# El caso Salgueiro

# Óscar Reboiras
## El caso Salgueiro

Papel certificado por el Forest Stewardship Council®

Primera edición: febrero de 2025
Primera reimpresión: marzo de 2025

© 2025, Óscar Reboiras
Autor representado por la Agencia Literaria Rolling Words
© 2025, Penguin Random House Grupo Editorial, S.A.U.
Travessera de Gràcia, 47-49. 08021 Barcelona

© Diseño: Penguin Random House Grupo Editorial, inspirado en un diseño original de Enric Satué

Penguin Random House Grupo Editorial apoya la protección de la propiedad intelectual. La propiedad intelectual estimula la creatividad, defiende la diversidad en el ámbito de las ideas y el conocimiento, promueve la libre expresión y favorece una cultura viva. Gracias por comprar una edición autorizada de este libro y por respetar las leyes de propiedad intelectual al no reproducir ni distribuir ninguna parte de esta obra por ningún medio sin permiso. Al hacerlo está respaldando a los autores y permitiendo que PRHGE continúe publicando libros para todos los lectores. De conformidad con lo dispuesto en el artículo 67.3 del Real Decreto Ley 24/2021, de 2 de noviembre, PRHGE se reserva expresamente los derechos de reproducción y de uso de esta obra y de todos sus elementos mediante medios de lectura mecánica y otros medios adecuados a tal fin. Diríjase a CEDRO (Centro Español de Derechos Reprográficos, http://www.cedro.org) si necesita reproducir algún fragmento de esta obra.
En caso de necesidad, contacte con: seguridadproductos@penguinrandomhouse.com

Printed in Spain – Impreso en España

ISBN: 978-84-204-7718-3
Depósito legal: B-21363-2024

Compuesto en MT Color & Diseño, S.L.
Impreso en Unigraf, Móstoles (Madrid)

AL77183

*A Rebeca y a Icía*

*Todo estaba cuajado de la pálida premonición de las cosas terribles: los tejados, los campos, los montes parecían vibrar con una rara vida muerta dentro.*
Xosé Luís Méndez Ferrín

*[...] La tierra en la que vivimos es en realidad un gran cementerio. Un inmenso cementerio lleno de todo lo que ha estado aquí.*
Tiziano Terzani

# Capítulo 1
## Padín y Moncho

Padín, que de bueno era tonto, que de tonto siempre decía la verdad, parecía la persona menos indicada para encontrar la tumba donde un asesino en serie enterraba a sus víctimas. Ni siquiera fue consciente. Estaba a otra cosa.

Los dientes de la pala mecánica se clavaron con furia en la dura y fría tierra de febrero. La boca metálica primero mordía, después tragaba y, por último, escupía. Un ritual monótono y ruidoso que nunca saciaba el hambre del monstruo de las galletas de acero.

Los restos del banquete, arrojados con precisión, permanecían amontonados a un lado del camino. La máquina clavó una vez más su mandíbula en las diferentes capas de hierba, sustrato y piedras, para expulsarlo todo al momento. Un cráneo, surgido del vómito, coronaba ahora la montaña de residuos. Su blanco óseo contrastaba con el recubrimiento dorado y avejentado de varios dientes.

Los dos grandes focos que alumbraban la obra se apagaron de repente. Como si compartieran el mismo interruptor, la excavadora permaneció inmóvil. Dentro, Padín, el conductor, aguardaba confuso. No podía ver qué sucedía fuera. Desde el exterior, la sombra que se movía por el camino sí percibía su rostro dentro del habitáculo, apenas iluminado por las luces del panel de control.

Padín se giró a la izquierda, en cuanto sintió el golpe furioso en el cristal. La sombra estaba pegada a la puerta. Mientras, él seguía parado. Se concentraba muy bien en su trabajo, pero era lento procesando cierto tipo de información. Un segundo después, un nuevo golpe sobre la ventanilla, y él sin saber qué hacer o cómo reaccionar.

—Hostia, ¿qué?

El grito lo alteró. La vista aún no se había adaptado a la oscuridad, pero unos nudillos duros como piedras aporreaban con fuerza sobre el vidrio. De pronto, la puerta se abrió y una mano lo golpeó en el hombro.

—¿Te quieres dar prisa? ¡Son las siete y cuarto!

La voz precipitada de Moncho era inconfundible. Había encuentro de la Champions y odiaba perderse el inicio.

—Coloco bien la excavadora y nos vamos —replicó Padín levantando el dedo índice, un gesto para indicar que solo era cuestión de un minuto.

—¿A ti te pagan las horas extra? Más tonto y no naces. Siempre con la misma historia, ¡me cago en la puta de oros! —El tono era cada vez más atropellado—. ¡Qué manía con dejar bien este trasto! No molesta a nadie y mañana hay que continuar con el trabajo. Si por aquí no pasa ni la Santa Compaña...

Padín sonrió de forma inocente, como quien escucha la rabieta de un niño.

—Mira, haz lo que te dé la gana. —Moncho no tenía el ánimo para discusiones—. Señor, dame paciencia porque como me des fuerza... —dijo entre dientes antes de encender de nuevo, de mala gana, los focos.

En el interior de la cabina, Padín comenzaba a accionar las palancas. Primero movió el cazo varias veces, para asegurarse de que no quedaba nada dentro. Acto seguido recogió el brazo articulado y, ya por último, vio cómo los estabilizadores de la mole mecánica dejaban de besar el suelo.

«Tonto pero meticuloso —concluyó Moncho—. A sus años yo también me mataba vivo trabajando. Después aprendí. A este, con el tiempo, le pasará lo mismo».

Siguió con la vista las luces de la excavadora, a medida que la oscuridad engullía las estelas rojas que se alejaban pista abajo. «¿Un minuto? Y voy yo y me lo creo». Llevó de modo instintivo el dedo índice al reloj Casio y apretó el botón de la luz. Una pantalla rayada y con restos de cemento le dijo que eran las 19.17 horas. Volvió a protestar y metió la mano en el bolsillo del abrigo para coger un cigarrillo. Tras encenderlo, el humo de la calada se fundió con las vaharadas de su aliento. Hacía frío, mucho frío. Solo pensaba en el calor del bar, donde lo esperaban el fútbol y unas cervezas. Si no fuera por el zopenco de Padín, ya estaría de camino.

Notó una gota de aguanieve en la nariz, medio posándose, medio precipitándose. «Esta noche va a caer una buena», concluyó mirando el cielo cuajado de negrura. Tras esa vinieron otras, resbalando por la capa grasienta de su piel arrugada.

Extendió el brazo y la palma de la mano para medir la lluvia. La mano, más que la de una persona, se parecía a la de una estatua: estaba llena de grietas, de surcos pétreos, de callos megalíticos y de una costra oscura que no desaparecía ni con lejía.

Dio otra calada al cigarrillo, pero el filtro estaba húmedo y no pudo chupar de aquella mezcla de tabaco y alquitrán. Lo tiró. La brasa, como una luciérnaga en la noche, cayó junto al cráneo e iluminó apenas un instante uno de los dientes de oro, para luego extinguirse.

Moncho siguió caminando entre las construcciones. Conocía de memoria el lugar. «Estas sí eran casas. Míralas, ahí, de cantería, firmes y desafiando al tiempo, como la montaña». Posó la mano en una de las paredes, palpando las caricias que el cincel había dejado en el lomo de piedra. «Y para duros, los que vivían dentro de ellas. Gente de otra pasta, no como la de ahora. ¿Quién aguantaría hoy sin luz?».

—¡Mierda, el grupo electrógeno! —recordó de repente.

Volvió sobre sus pasos para apagar de nuevo los focos. Los desmontó como pudo en medio de la oscuridad. Padín, guiado por una linterna, no tardó en llegar junto a él y ayudarlo. Fueron necesarios varios viajes para llevar todo hasta la caseta de obras que estaba a unos trescientos metros, junto al camino que atravesaba la aldea.

La aguanieve dio paso a un confeti blanco, lento y delicado, que se iba descomponiendo en cuanto besaba el suelo.

—Mañana creo que habrá problemas para venir a trabajar.

—Tengo unas cadenas en casa. Las coloco en las ruedas y subimos sin contratiempos.

—Sí, a ver si un día sin trabajar te va a sentar mal —le reprochó Moncho, para después menear la cabeza.

La pareja se dirigió hasta la salida de Salgueiro, donde aguardaba un Toyota Hilux. Solo se escuchaban sus pisadas, un búho a lo lejos y el agua del reguero que discurría junto a la aldea. Aún tenían un buen trecho de vuelta a casa y la semana prometía ser complicada. Moncho, quien por edad ya no tenía cuerpo para ser albañil, se maldecía por la profesión que le había tocado en suerte. Sin embargo, necesitaba el dinero para ir tirando. Nunca había sido muy ahorrador. Malo si trabajaba. Malo si no trabajaba.

Padín entró en el coche. Sus cerca de cien kilos se retorcieron en el asiento. Se quitó el gorro con una mano, mientras con la otra se estiraba la melena.

—¿Vamos? —quiso asegurarse al tiempo que abrochaba el cinturón de seguridad.

—Ya estás tardando —se quejó Moncho, quien había acabado el tabaco.

Padín metió la llave en el contacto y el sonido del motor, feroz y orgulloso, rompió la tranquilidad del lugar. A continuación, los altavoces vibraron con una voz desgastada pero poderosa:

*Y se van, y se van, y se van.*
*¿Qué hacer cuando los sueños se van?*
*Llevo un montón de años muerto sin darme cuenta.*
*Nunca supe la diferencia entre el infierno y el cielo.*

A medida que la música de Los Suaves se alejaba por la carretera, Salgueiro quedó envuelto de nuevo en la más absoluta soledad. Solo las sombras habitaban las diferentes viviendas. La aldea abandonada, a mil metros de altitud, se convirtió durante la madrugada en la diana perfecta para el temporal de nieve.

En una de las calles, el solitario cráneo fue desapareciendo poco a poco, oculto por un manto blanco cada vez más espeso. A corta distancia, los restos de otras ocho cabezas permanecían bajo tierra.

# Capítulo 2
## Fina

Entré en el pasillo. Las paredes blancas, el aire cargado y el olor a amoniaco me hicieron volver al pasado, a cuando mis días parecían una nebulosa, con mi mente y mi cuerpo funcionando a diez revoluciones por minuto mientras el mundo se movía a doscientas. Entonces, yo vivía en el ojo de un tornado, era un ser incapaz de dar un paso por miedo a que el exterior me devorase. Quise apartar aquellos recuerdos, pero la nariz me traía esencias cargadas de niebla y de granizo. La niebla envolvía el universo de gris, no dejándome ver más allá. Y el granizo martilleaba mi cabeza, ocupando todos y cada uno de mis pensamientos.

De nuevo pensé en el olor tan característico que me rodeaba. Habría que llamarlo por lo que era: olor a hospital.

Prrrrrrrrr prrrrrrrrrrrrrrr prrrrrrrrrrrrrrrr. Hablando de olores...

—*¡Carallo!* ¡La traca final de los fuegos del Apóstol ha venido adelantada este año! —Olegario, el compañero de cuarto de mi abuelo y conocido suyo desde hacía años, se rio con dificultad a causa de los tubos que tenía en la nariz.

La sucesión de pedos continuó un rato más. No era la primera secuencia sonora de ventosidades que ejecutaba. Varios días con un enfermo, al pie de su cama de hospital, te habitúan a todo.

—Niña, mejor fuera que dentro —me repetía el abuelo.

Comenzó a llegarme la peste justo en el momento en el que entraba el doctor García. Noté que contraía la nariz varias veces, igual que un ratoncito, mientras revisaba las analíticas. Además de buen profesional, parecía buena persona. Venía cada mañana sobre las once y cuarto para reconocer a los pacientes que estaban en planta y, de paso, para hablar con los familiares. En ocasiones, los segundos eran los que más trabajo le daban.

En nuestro caso, el abuelo llevaba ya unos días ingresado y su situación era buena. Yo era de las que confiaban en él. A duro no había quien lo ganase. Necesitaba bastón y el peso de los años lo había doblado un poco, pero era un hombre activo que odiaba estar encerrado. Tenía una gran memoria y, a pesar de que sus ojos apenas se podían distinguir bajo unas cejas montaraces, poseía una vista asombrosa.

—¿Cómo se encuentra hoy, don Manuel?

—Le he dicho que me llamo Manolo —protestó—. No soy tan importante como el antiguo presidente de la Xunta para que me traten de don. —Levantó la cabeza, en un ademán irónico en el que se daba aires de grandeza.

—Está claro que el humor no lo ha perdido. Eso es fantástico para la recuperación.

—Lo que no pierdo es la esperanza de marcharme de aquí de una vez. Si no me mata el colon, lo que me va a matar es la comida que me dan. ¡Ni las gallinas la quieren! —dijo con cara de asco.

—En su estado tiene que vigilar los alimentos. Sé perfectamente que no es lo que más le apetece, pero debe cuidarse —comentó mirando su excesiva barriga.

El doctor se acercó hasta la cama de Olegario, pero mi abuelo no estaba por la labor de dejarlo ir.

—Entonces ¿no me va a dar el alta?

—Manuel, mañana me pasaré de nuevo para valorar cómo se encuentra. —El tono, en esta ocasión, fue seco.

El abuelo me miró con cara de no entender nada. Al igual que a mí, a él tampoco le gustaban los hospitales. Esperaba que la muerte se lo llevase en cualquier momento, pero prefería que lo hiciera en su cama. De esa forma podía realizar las rutinas que más lo llenaban. Su día ideal consistía en estar en casa y madrugar. Después de afeitarse con esmero y alisar los cuatro pelos que tenía en el cogote, se calaba la boina y salía hasta la huerta. Tras pasar lista a los frutales y a las hortalizas, se sentaba en un banco de la calle y saludaba a los conductores conocidos, debatía con los vecinos si el tiempo era malo o peor y, por la noche, se calentaba junto a la cocina de leña. Las típicas rutinas de viejo. Ah, y tomaba sus ribeiros. Eso era lo que más echaba en falta. De hecho, dos días después de la operación me pidió que le colara una botella a escondidas.

—¿Qué trabajo te cuesta, mujer? —me rogó con cara de pena.

—Sí, claro. Y, si te parece, te traigo también orujo para que le eches unas gotas al café de la tarde. Abuelo, por favor, ten un poco de sentido común —le respondí, intentando sacar algo de carácter.

Más tarde quiso sobornarme con cincuenta euros. A cualquier otra chica de veinticuatro años que viviese en la casa materna le vendrían de perlas. A mí, que no salía y que apenas gastaba, no me suponían nada. Además, solo pensaba en lo enfadada que estaría mi madre conmigo. No se le escapaba una.

Tras la visita del doctor, fue haciéndose a la idea de que le tocaba pasar otro día más en aquel cuarto doble con vistas a ninguna parte. En ese hotel gratuito con pensión completa en el que ningún turista quería alojarse.

## Capítulo 3
## Padín y Moncho

Moncho dormía en el sofá cuando lo sobresaltó el timbre de casa. Apartó la manta, aún medio atontado por el sueño, y miró la hora.
—¡Mierda! —se dijo.
Eran las 8.20. Desde hacía diez días, Padín pasaba a recogerlo delante de su casa a las 8.15 en punto. El timbre volvió a sonar. Moncho se levantó para abrir y siguió la línea imaginaria que lo unía con la puerta con la misma torpeza que si estuviera caminando sobre un cable colgado entre dos edificios, a cincuenta metros de altura.
—Es la tercera vez que vengo y no estás preparado. Tenemos un horario que cumplir. Lamentándolo mucho, la próxima vez no esperaré. —Por más que lo intentaba, Padín era incapaz de parecer enfadado.
Moncho, en calzoncillos, entró de nuevo en casa.
—Dame solo dos minutos y estoy.
Fue corriendo al cuarto de baño, con el equilibrio aún inestable. La vejiga apretaba, deseando expulsar la cerveza que sus riñones habían filtrado durante la noche. Después abrió el grifo, hizo un cuenco con las manos y se echó agua a la cara mientras resoplaba. Siempre bufaba al lavarse la cara, haciendo un ruido de lo más extraño. Llenó de jabón ambos sobacos, se limpió con la toalla, recogió una muda limpia en el cuarto, metió en el bolsillo de la funda una Estrella Galicia y tiró para la calle, donde lo esperaba la *pick-up* de Padín.
Al abrir la puerta del coche lo asaltó el sonido enrabietado del batería de los Foo Fighters, quienes se preguntaban si había alguien llevándose lo mejor de ti. «¿Alguien te

ha robado la fe? El dolor que sientes es real», cantaba Dave Grohl en inglés, aunque a Moncho aquello le sonaba, pura y simplemente, a ruido.

—Siempre con esta música. Hoy tengo la cabeza como un bombo y esto lo empeora. Voy a poner otra cosa —se quejó antes de llevar el dedo a uno de los botones de la radio.

«Si no tienes un buen día, no lo pagues conmigo —habría respondido Padín—. Además, es mi coche». Sin embargo, se calló. Las guitarras eléctricas apagaron sus acordes, sustituidos por unas voces que no dejaban de hablar de lo mal que estaba España y del lamentable juego del representante español en la Champions.

Fueron en silencio el resto del camino. Uno sin ganas de hablar y el otro sin ganas de que le hablasen. Los integrantes de la tertulia radiofónica escupían las quejas que ellos se guardaban.

Atravesaron Prado de Limia, el lugar más próximo a la aldea que estaban reconstruyendo. Antes de comenzar a subir por la montaña, vieron que la tormenta de la noche pasada había sido intensa y un espeso manto blanco cubría la carretera. Como por allí no pasaban las quitanieves, Padín bajó a ponerle las cadenas al coche. Moncho fue tras él para echarle una mano. «Como para decirle ahora que dé media vuelta», pensó.

Eran los dos únicos obreros que trabajaban en el lugar. De vez en cuando aparecía alguien de la constructora para darles instrucciones y poco más. Los planes de la empresa eran comenzar en serio durante la primavera, coincidiendo con el buen tiempo. Pero en los pliegos públicos se indicaba que las obras debían iniciarse en febrero, por eso los enviaron a ellos dos de avanzadilla. Mejor que no hubiese ningún problema con la Xunta de Galicia, que últimamente estaba encima de todo.

Llegaron con dificultad hasta Salgueiro. Moncho no dejó de quejarse cada vez que el coche perdía tracción por culpa de la nieve. Padín solo había pronunciado una única frase, nada más poner las cadenas: «Yo voy a subir a trabajar. Aunque tenga que ir andando». Durante el trayecto, ignoró las protestas de su compañero. Seguían sin mirarse.

Aparcaron junto a la caseta de obra, justo donde un cartel anunciaba la inversión de diez millones de euros en la recuperación de la ecoaldea. «¿Ecoaldea? Vaya forma de llamarle a un sitio perdido en medio de la nada», pensó Moncho. «El visitante volverá al pasado, a una vida en la que el tiempo se detiene. Un complejo único, en pleno corazón del Parque Natural do Xurés, pensado para un turista de calidad, amante de la naturaleza», rezaba en un apartado el documento con el que la constructora había ganado el concurso público.

Se calzaron las botas, cogieron los cascos y enfilaron por la pista central de la aldea. Sus huellas, hondas y sonoras, rompían la superficie virginal de la nieve.

Como continuaban enfadados, para enfriar los ánimos, Moncho decidió revisar el estado de los tubos de saneamiento que les habían dejado unos días antes. Padín, por su parte, se dirigió hacia el final de Salgueiro, donde había aparcado la retroexcavadora.

Una vez solo, la lengua de Moncho empezó a hormiguear. Comprobó que Padín no estaba a la vista, se agachó detrás del material de obra y abrió la cerveza que llevaba en la funda de trabajo. Era su almuerzo. Apenas estaba saboreando el primer trago, tuvo que esconderla porque sintió la respiración ahogada de Padín. Se acercaba a él, con los ojos desencajados y la cara pálida.

—¡Tienes que ver esto!

Padín tiró de él hacia el lugar en el que estaba la excavadora. La máquina, con el motor en marcha, acababa de levantar un montón de tierra. Su negrura contrastaba con la nieve que lo cubría todo. Lo que también destacaba eran varios huesos, alguno de ellos enganchado en el cazo.

—Tenemos que llamar a la policía —advirtió Padín, cada vez más nervioso.

La reacción de Moncho no fue la que él esperaba.

—¿Para qué?

—¿Es que no ves que hay varios cuerpos enterrados? —le replicó incrédulo, señalando los restos humanos—. Aquí ha pasado algo gordo.

Moncho le pidió un poco de calma.

—¡No tienes ni idea! Seguro que son romanos o celtas de esos. Lo que debemos hacer es taparlos, que no lo sepa nadie. Como Patrimonio los descubra, nos paran la obra.

Padín levantó la vista, intentando calibrar el significado de aquellas palabras. Después de casi un minuto, sonrió aliviado.

—Pero, si son celtas, eso es una muy buena noticia. Para la aldea turística, digo.

Moncho no lo había analizado por aquel lado. Solo adivinaba problemas en aquellas costillas, vértebras y tibias. Pero Padín pronto las había convertido en una oportunidad.

—¿Imaginas la cantidad de gente que querría visitar el lugar? Se hablaría del tema en todos los periódicos e incluso en la Televisión de Galicia.

¡Periódicos y televisión! Publicidad gratuita para dar a conocer el complejo. Moncho hasta se imaginó abriendo el informativo de la noche, contando cómo había sido el descubrimiento. Añadiría una frase profunda, algo sobre la importancia de cuidar el patrimonio y la historia. Ya habría tiempo de pensarla.

—Vamos a avisar a la constructora. ¡Hoy les ha tocado la lotería!

Había descartado la idea de enterrar los huesos de nuevo. Si traían ganancias, entonces estaban mejor a la vista de todos.

Cogió el móvil, marcó el número del jefe y, a los pocos segundos, lo metió otra vez en el bolsillo. Había olvidado que allí no había cobertura.

—¿Me bajas en coche para llamar? —le pidió a Padín.

El joven grande y melenudo tenía ahora el rostro iluminado. El enfado había desaparecido. Descendieron un tramo de la carretera de montaña y pararon en cuanto el teléfono volvió a la vida, mostrando varias rayas de cobertura.

—Buenos días. ¿Señor León? ¿Qué tal? Soy Ramón Pena, uno de los trabajadores de Salgueiro.

—¿Por qué me llamas? Las cosas del día a día es mejor que las resuelvas con el encargado. Por si no lo sabes, soy un hombre muy ocupado.

El constructor parecía molesto.

—Lo sé, lo sé. —Moncho trató de mostrarse seguro—. En su día me dijo que llamase a este número si surgía algún imprevisto. No es que haya pasado nada malo, a ver si me entiende. Al contrario, es una buena noticia. Por eso quería que fuese el primero en saber que en la aldea hay restos antiguos.

—¿Cómo dices?

—Hemos encontrado restos de romanos o de celtas. Igual hasta son habitantes de los castros. No lo sabemos con certeza. Los que entienden de esas cosas son los de Patrimonio. En cualquier caso, todo el mundo hablará de la aldea y vendrán muchos turistas. ¿No está contento?

Quien sí lo parecía era Moncho, que hablaba como si fuera el propietario de la aldea.

—¿Contento? ¿Estás tomándome el pelo? Serían los primeros restos humanos de castreños o de celtas que se han descubierto en Galicia.

—Yo pensé que...

—No te pago para que pienses. —La voz era autoritaria—. No avises a nadie. Voy para allá ahora mismo. Te hago directamente responsable. Si esto se filtra, estás en la calle. ¿Entendido?

Moncho estaba desconcertado. Había quedado como un auténtico ignorante.

—¡Te he preguntado si lo has entendido!

—Sí, señor León.

Aún no había acabado de tartamudear la respuesta cuando, del otro lado, colgaron. Moncho se puso blanco, mirando la pantalla del móvil, incapaz de comprender en qué momento se había torcido la conversación.

—¿Todo bien? —le preguntó Padín al verlo tan callado.

—Me dijo que de esto ni media palabra o nos dan la patada.

Padín se revolvió en el asiento. Como si le quemase, soltó el smartphone. Llevaba un rato escribiendo mensajes.

—¿No se lo habrás contado a alguien?

—Solo he avisado a un conocido de Protección Civil. Supuse que le tocaría venir y quise prevenirlo con tiempo.

—¡Hostia puta!

Eso fue lo más suave que soltó Moncho por la boca. Los gritos duraron cinco minutos. En ese tiempo, Padín aguantó el chaparrón con la mirada gacha y las manos clavadas en el volante. Se sentía como cuando de pequeño hacía una travesura y su padre terminaba pegándole en el culo: pasaba de la felicidad más absoluta a la mayor de las impotencias.

# Capítulo 4
Elvira

*Marzo de 1963*

Aún no eran las siete de la mañana cuando se despertó. La respiración pesada y molesta de su marido, Antonio Ferreira, sonaba a su lado. Haciendo el menor ruido posible, Elvira Alonso se levantó de la cama y salió de la vivienda. Recorrió de memoria el camino, a pesar de que no se veía casi nada. Abrió la puerta de la capilla, se acercó al altar y se persignó delante de san Antonio de Padua. Aprovechando la luz parpadeante de las velas se arrodilló, rezó el padrenuestro y le dio un beso al manto que lo cubría. Era un ritual diario y silencioso. El mismo que le había visto hacer a su madre y a su abuela. A partir de ese momento, comenzaba su día.

Las casas iban cogiendo vida antes de que los primeros rayos del amanecer las iluminasen. La mayoría tenían la fachada apuntando al este, hacia donde nacía el sol, para aprovechar al máximo la claridad. Como allí no abundaba, intentaban que rindiera lo máximo posible.

Como una lengua de lava, las cuarenta y cinco construcciones de Salgueiro se extendían a lo largo de doscientos metros. Algunas se daban calor entre ellas («Mejor así, con paredes medianeras, que para algo vivimos en comunidad», pensaban unos) y otras preferían que corriese el aire («Será por sitio: cada uno en su casa y Dios en la de todos», concluían otros). Por debajo de la aldea discurría nervioso un arroyo. A falta de un nombre mejor, se llamaba como aquel lugar.

Elvira regresó a su casa, mientras escuchaba el despertar apagado de las viviendas de los vecinos. Se llevaban demasiado bien para vivir en un poblado que crecía apiñado en la falda de la montaña, protegido por ella como una mano cariñosa. Eso no los libraba ni mucho menos de los duros inviernos ni de las intensas nevadas. En esos momentos, si pudiesen, residirían en otro sitio. Permanecían aislados durante días y las jornadas se reducían a estar encerrados entre cuatro paredes. Sin luz eléctrica y sin una carretera que los conectara con otras aldeas, la sensación de soledad era inmensa.

Por lo demás, los habitantes se mostraban orgullosos de Salgueiro: no había una aldea mejor. Allí donde mirases, todas las casas eran dignas de un señorito. Daba igual la que señalaras, porque la piedra labrada siempre era de buena calidad. Algunas, además de una escalera exterior, se habían dado el lujo de poner balcón y hasta soportal. Los mejores canteros sabían que allí se pagaba bien. Y que el dinero nunca era un problema. Tanto que hasta el lugar acudía la gente a pedir préstamos. Por algo la aldea de Salgueiro era el banco del Xurés.

Los billetes y las monedas las contaban manos ennegrecidas y llenas de callos, no los dedos pintados de tinta de un empleado de banca. Los contratos se firmaban con un apretón de manos y el valor de la palabra. Más valía mantenerla.

Elvira sabía que no les faltaba el dinero, pero este no crecía del aire. ¿De dónde salía su fortuna? De doblar la espalda. En Salgueiro todo el mundo producía. Trabajaban como burros, de sol a sol. Como en cualquier otra aldea, tenían animales y fincas. Durante siglos trataron de domesticar la montaña, sin dejar de ser parte de ella. Las laderas más suaves fueron perdiendo su vegetación para convertirse en prados a base de azadas. El agua de los arroyos se recondujo para que las ruedas de los molinos pudiesen girar y transformar en harina los frutos del verano. Poco a poco les zurcieron caminos a los montes, por donde llegaba el contrabando de Portugal y viajaba su mayor tesoro: el carbón.

No había ningún otro lugar de la sierra donde creciesen tantos brezos. Las casas se fueron asentando junto a su principal materia prima y, a medida que las peñas se reinventaron en muros, más se alejaban los límites del bosque que los rodeaba. El monte desaparecía, engullido por la voraz rapiña de esa tierra necesitada de calor. Es cierto que habían vivido tiempos mejores y ya no había tanta demanda de carbón, pero de momento no faltaban compradores. Su particular oro negro seguía dándoles muchos beneficios y hasta les permitía tener otro negocio en paralelo, el bancario, con una clientela cada vez mayor.

La mujer entró en la cocina. Puso varias ramas en el hogar y prendió fuego con un encendedor. Antonio Ferreira se sentó a la mesa cuando sobre la trébede hervía la olla de café. Elvira lo sirvió en una taza y su marido lo bebió de dos tragos. No le gustaba que se enfriase. Disfrutaba de esa serpiente humeante que primero le mordía en la boca y después huía por la faringe para asentarse en el estómago, aún salvaje y ardiente. Estaba acostumbrado a las altas temperaturas.

—¡Me voy! —dijo Antonio mientras abría la puerta y salía de casa.

Era su forma de darle los buenos días a su mujer. Hablaba lo justo. Muestras de afecto, las mínimas. No se consideraba un hombre sentimental.

Como los mecanismos de un reloj, las piernas y las manos de Elvira se movían continuamente. Se levantaba siempre a la misma hora. «Quien tiene ansia no necesita despertador», se decía. Lo primero era el almuerzo, después ir a por agua al arroyo, hacer la cama y ordeñar.

Hoy, además, le tocaba sacar el ganado. Se turnaban entre los vecinos. Cada uno conocía sus vacas y sus bueyes. Los animales, de raza cachena, eran pequeños, pero bien adaptados a la sierra, duros como los arados que arrastraban durante la primavera. Imponían sobre todo por sus cuernos, que llegaban a medir casi la tercera parte de su cuerpo. Parecían dos puntas disparadas, el extremo de una enorme horquilla que trataba de mantener a distancia a los lobos. Por si acaso, los vecinos que los llevaban monte arriba también iban acompañados de mastines.

Tan pronto como salió Antonio por la puerta, a Elvira se le fue el pensamiento a los niños. En nada tendrían que ir a la escuela. Fue a su cuarto para despertarlos. Carmiña dormía con la cara pegada a una muñeca de trapo, dejándose ver apenas bajo las mantas. La cama de Cibrán estaba deshecha y vacía. «Este niño es un auténtico torbellino, nunca para quieto —pensó Elvira—. Si al menos hubiera almorzado...».

De repente comenzó a sonar la campana de la capilla. A Elvira le pareció raro porque solo tocaba a las doce del mediodía. Un único aviso diario para señalar la hora del almuerzo. Todos los vecinos lo respetaban. Pero a esa hora de la mañana nunca sonaba.

Salió de la casa a través de la escalera exterior y notó más movimiento del habitual en el camino. Varios hombres corrían y alguna mujer parecía lamentarse.

Tiró hacia la capilla. Sus pasos le sonaron amplificados sobre la poca nieve que había. Más que nieve era barro.

—¡Ay, qué desgracia más grande! —escuchó.

Varias personas, al verla, se acercaron con los brazos abiertos.

—¡Elvira, no vayas, Elvira! —le rogaron.

Se apartó de la gente, como si aquello no fuese con ella, aunque estaba cada vez más inquieta.

Junto a la humilde construcción religiosa, siete u ocho personas formaban un círculo cerrado. Permanecían inmóviles. Había algo en el suelo que atraía sus miradas. Al lado, Antonio estaba agachado, cubierta la cara con las manos. Nunca lo había visto así, él, tan duro e insensible. Se levantó en cuanto le dijeron que su mujer también estaba allí.

Elvira tardó en reconocer su rostro. Desde el café había envejecido. Se acercó a ella y la abrazó. Fue una sensación extraña, porque hacía años que no sentía sus brazos. Le sobró aquella demostración de afecto, porque su marido, en aquel instante, solo era un obstáculo. Se escapó de él. Se apartó de todos y se metió dentro del círculo. En medio, debajo de un saco, vio unos pantalones tiznados y unos pequeños pies descalzos cubiertos de hollín. Cayó de rodillas, ya llorando, ya sabiendo lo que iba a encontrar, ya imaginando la cara de su hijo Cibrán. Para lo que no estaba preparada era para descubrir lo que ocultaba el trozo de tela.

La imagen de su hijo que recordaría el resto de su vida no sería la de cuando nació, ni el momento en el que pronunció por primera vez «mamá». Sería la de su hijo mayor con la boca abierta, en un rictus desesperado por vivir. La sangre corriéndole por la mejilla y la cabeza machacada junto a la oreja izquierda.

# Capítulo 5
## Fina

—¡Venga! Toca hacer la ruta de las desgracias de hoy —me anunció.

Ayudé al abuelo a levantarse de la cama, le puse las pantuflas, le tapé el culo con la bata, agarró el soporte del suero y echamos a andar. Llamaba «la ruta de las desgracias» a pasear. Primero entraba en los cuartos vecinos. Daba los buenos días a todo el mundo y preguntaba qué tal habían pasado la noche: «La pasamos, que ya es un decir», le respondían algunos. Otros torcían el gesto e incluso había quien, señalando el periódico del día, aseguraba que para vivir tantas tragedias lo mejor era marcharse de este mundo sin dilación.

A continuación, tocaba recorrer la planta hospitalaria. En el corredor cruzábamos conversaciones con enfermos que llevaban una sonda como única compañía y con otros que avanzaban agarrados a un familiar.

A la media hora ya teníamos completado el circuito, pero tocaba dar otra vuelta porque no había nada más que hacer. Éramos como hámsteres atrapados en una rueda. La alternativa era comprar una tarjeta, insertarla en el televisor de la habitación y dejar que la secta de expertos en todo nos comiera la cabeza durante horas. O aguardar la visita de algún vecino o familiar y romper la rutina con alguna cara nueva.

Pasaban unos minutos de las once cuando, de repente, sonó mi móvil. Por puro reflejo, estiré las mangas de la camisa antes de cogerlo. La única persona que me solía llamar era mi madre. Pero no era ella.

—¿Fina?

—Sí, soy yo —respondí con dudas.

—¿Qué tal? Soy Agustín, el responsable de local de *Ourense Actualidad*. —Era uno de los periódicos más importantes de la provincia, donde había realizado las prácticas durante el verano—. ¿Te pillo mal?

—No, para nada.

—Verás, nos ha llegado el aviso de que han encontrado un yacimiento arqueológico en la aldea de Salgueiro. Hoy andamos con bastante lío en la redacción y queríamos ver si tú lo puedes cubrir.

—¿Tiene que ser hoy?

—Tú eres de Muíños, ¿verdad? Te queda cerca y seguro que lo resuelves en nada.

Fui incapaz de darle una respuesta. Mi abuelo, con la mirada, me preguntó qué pasaba.

—Del periódico —susurré mientras tapaba el móvil con la mano—. Si puedo cubrir una noticia.

—Diles que sí.

—Pero mamá y Miguel tienen trabajo y tú no puedes quedarte solo.

—Tonterías. Tengo casi ochenta y seis años y acabo de pasar la ITV. ¡Ve!

Ante mis dudas, insistió con la cabeza. Incluso tuve la sensación de que ponía cara de que se iba a portar bien.

—Fina, ¿sigues ahí? —La voz de Agustín parecía inquietarse.

—Sí, perdona.

—Piensa que es una oportunidad interesante. Y cobrarías como cualquier otro freelance de los que trabaja para el diario.

El abuelo continuó haciéndome señas para que aceptase.

—Cuenta conmigo, entonces —respondí, algo insegura.

—¡Genial! Mándame lo que escribas al correo electrónico de la redacción. En caso de que tengas cualquier duda, llámame o envíame un wasap, ¿de acuerdo? Un saludo, Fina.

Colgó y volví a estirarme la camisa mientras guardaba el teléfono en el bolsillo. Aún estaba intentando procesar la llamada cuando mi abuelo me abordó.

—No le digas nada a tu madre. Tú haz lo que tengas que hacer y regresa por la tarde, antes de que ella venga por aquí.

—Tiene un sexto sentido. Lo va a descubrir —le advertí.

Mi madre era una mujer práctica, de esas que no se andan por las ramas y precisan saber que se van a cumplir sus órdenes. De lo contrario, traicionabas su escala de valores. Como el negocio apenas le dejaba tiempo libre, seguir sus normas de forma estricta le daba tranquilidad, la certeza de que todo iba a funcionar mejor.

—Aún faltan muchas horas hasta que venga. ¿No tienes ganas de trabajar en el periódico? Hale, que no se diga de mi nieta periodista.

Dudé si hacerle caso al abuelo o si seguir a rajatabla las indicaciones de mi madre. Por unas horas fuera no pasaba nada, pero sabía que se tomaría como una traición mi ausencia. Sin embargo, yo también contaba con criterio propio y las oportunidades o se aprovechan o se pierden. Le di un beso de agradecimiento, cogí el abrigo, el bolso con las llaves del coche, y me marché corriendo a por mi primer reportaje como freelance.

No tenía ni idea de dónde había dejado el coche. Siempre me pasaba lo mismo: daba veinte vueltas por el aparcamiento del hospital en busca de un hueco, me sentía la persona más afortunada de la tierra cuando lo encontraba y después, cuando me quería marchar, iba de aquí para allá porque no recordaba dónde demonios estaba. El llamativo color verde de mi Volkswagen Polo solía ser suficiente para localizarlo en cualquier sitio. Pero en el hospital era distinto, porque en aquel lugar reinaba la ley de la jungla.

Mientras daba con él, accedí a Google en el móvil para documentarme sobre arqueología, ver si había algún experto local y conocer algo más sobre la historia de la aldea. Que no se dijera que no estaba haciendo los deberes. Ahora que no era becaria, estaba decidida a poner la primera piedra para convertirme en la Rosa Montero de Muíños.

Estaba mirando los resultados que me ofrecía internet cuando, milagrosamente, con el rabillo del ojo vi un techo verde pistacho en medio de una fila de coches. Entré y Los40 me dieron la bienvenida con un reguetón en cuanto metí las llaves en el contacto. El vehículo había sido un regalo de mi madre al acabar la carrera. De esa forma, ella no tenía que hacer de taxista y yo podía seguir con normalidad las prácticas en el diario. Era habitual trabajar hasta medianoche, domingos y festivos incluidos, por lo que necesitaba un medio de transporte. Debía de ser de tercera mano, una cafetera de más de veinte años con trescientos mil kilómetros a su espalda, pero aguantaba bien.

Tarareé el estribillo de la canción mientras seguía la ruta que me marcaba la pantalla del smartphone. Una vez en Muíños, me dirigí hacia Prado de Limia. Cada casa parecía la pieza de un puzle a medio construir, sin acabar de encajar en la siguiente. Todas diferentes entre sí, reclamando su personalidad, pero al tiempo buscando la proximidad de otras paredes y tejados, como si no quisieran estar solas. Muchas de esas viviendas estaban abandonadas y sentir el calor de otras habitadas era su forma de seguir en pie.

Dejé a un lado las pequeñas y laberínticas calles para tomar después el desvío que conducía a Salgueiro. La pista, a pesar de la espesa capa blanca que alfombraba el Xurés, estaba limpia. Por la zona nunca pasaban las quitanieves, pero había sal sobre el asfalto y en el lateral de la carretera se amontonaba la nieve. Conduje con cuidado.

Cuando el GPS me indicó que faltaban apenas tres minutos para llegar a mi destino, tuve que detener la marcha. Un todoterreno estaba atravesado en medio de la carretera. En cuanto me vieron, los dos guardias civiles que se hallaban junto al vehículo vinieron a mi encuentro. Con la mano me indicaron que debía dar media vuelta.

—Por aquí no puede pasar —dijo uno de ellos.

—Tengo que ir a Salgueiro y esta es la única carretera —le expliqué.

—Lo siento, pero el acceso está cortado.

Supuse que el tramo que me quedaba hasta Salgueiro estaba sin limpiar y era peligroso circular por él.

—¿Sabe cuándo se abrirá?

—Dé la vuelta, por favor —me soltó el guardia civil, mientras se apartaba de mi coche. Tenía cara de pocos amigos.

No podía comenzar de peor manera mi primer reportaje como autónoma. Pensé lo más rápido que pude.

—Disculpe. Soy periodista y vengo a cubrir una noticia. Protección Civil nos ha avisado de un descubrimiento arqueológico. —Traté de ser amable—. Como la aldea está ahí mismo, ¿les importaría si dejo el coche aparcado aquí y hago a pie el resto del trayecto?

La cara del guardia civil pasó de la incredulidad al enfado. Se arrimó de nuevo a mi Polo y me habló tan cerca de la nariz que, por un momento, creí reconocer la marca de tabaco que fumaba.

—¿En la facultad no le han explicado qué significa dar media vuelta? —Más que preguntar, escupía.

—De verdad que no quiero molestar. No es mi intención, agente. Perdone —le dije, temblando.

Sintió cómo me invadía el miedo, justo lo que buscaba, así que decidió jugar conmigo. Se apartó otra vez y habló a su compañero en voz alta, para que escuchase bien.

—Ramírez, si dentro de treinta segundos este vehículo continúa obstruyendo la vía, anote la matrícula.

El otro agente sacó el cuaderno.

—Y usted, ¿le suena el concepto de desobediencia a la autoridad?

Nerviosa, fui incapaz de girar con normalidad. El coche se me caló tres veces y apenas conseguí mover el volante para dar media vuelta. Noté de refilón sus risas en los tres minutos que tardé en realizar aquella maniobra.

Bajé por la carretera a diez por hora, con los brazos agarrotados en el volante y una sensación de impotencia enorme. Siempre había respetado los límites de velocidad, nunca había ido a una manifestación, admiraba la labor de las fuerzas y cuerpos de seguridad, e intentaba ser una ciudadana ejemplar. Aburrida, dirían algunos; yo me consideraba más bien obediente. Solo quería escribir una noticia. ¿Por qué me habían tratado así?

Deseaba ser Rosa Montero y no servía ni para hacer una crónica local sobre el descubrimiento de unos restos antiguos. Vaya ingenua de aldea estaba hecha. Otro fracaso más a sumar a mi lista. Lo que más me dolía era pensar en mi abuelo. No me gustaba decepcionarlo. Ya lo había hecho una vez.

«Mientras yo viva. ¡Promételo! Prométeme que nunca más te vas a dejar caer», me pidió años antes, cuando mi mundo era una nebulosa y yo lo defraudé de la peor forma.

Siempre me decía que leía con muchas ganas mis noticias y reportajes. No escribía nada desde hacía tiempo y seguro que esperaba ansioso la publicación. Lo vi tan ilusionado como yo tras la llamada del diario. Por esa razón, al descubrir un panel de madera en el camino de regreso, frené en seco. Quería llevarle el periódico al día siguiente con mi firma.

La señal indicaba la ruta de senderismo Torrente-Salgueiro y allí no había ningún todoterreno de la Guardia Civil impidiendo el paso. Acababa de encontrar un camino alternativo.

Unas zapatillas del Decathlon y unos vaqueros no eran la mejor indumentaria para atravesar el Xurés después de una nevada. No obstante, pensé que me podía considerar afortunada: el día anterior fui al hospital en chándal y con unos tenis de lona. Además, el sendero no tendría pérdida y no era lo mismo caminar que escalar una montaña. Si los colegios realizaban excursiones por la zona, yo también podía.

Me arrepentí de mi decisión al poco rato, cuando el frío se adueñó de mis piernas. Los pies no tardaron en mojarse y cada paso que daba era una pequeña tortura. No tenía ánimos ni para mirar el reloj, pero me pareció que subir por aquel caminito me llevaría todo el día. Además, las tripas me rugían que daba gusto.

Siempre fui más de bibliotecas que de pabellones deportivos. Era la típica alumna que sobresalía en todo menos en Educación Física. Si hubiera que suspender a alguien en esa asignatura, esa debería ser yo. Los profesores, por no estropearme la media, me ponían un bien. No merecía ni el suficiente. Cuando había alguna prueba de resistencia, siempre era la primera eliminada. Los compañeros incluso hacían apuestas a ver cuántos segundos tardaba en venirme abajo. «Hoy te pesa el culo más que de costumbre», me soltaban cuando no era capaz ni de acabar el primer esprint.

Era patosa y lenta. La típica gordita que no caía bien a nadie porque no tenía nada que ofrecer y que parecía haberse quedado unos cursos atrás, con mis pinzas de Minnie en el pelo y mis camisetas de Disney, cuando el resto de las chicas empezaban a ir maquilladas a clase y elegían qué ropa les sentaba mejor.

Si tocaba jugar por equipos, me escogían, y con razón, la última. Estorbaba en la pista e intentaba arrimarme a un lado para pasar desapercibida. Los más atléticos me miraban con condescendencia, como diciendo que «de donde no hay, no se puede sacar». Pasaba así las clases, sintiéndome una inútil integral. Deseé una y mil veces que me cayese el pabellón encima, porque sería un suplicio más llevadero que quedar en ridículo delante de todos mis compañeros.

Medio aterida, medio sudorosa, llegué a una encrucijada desde la que se veían a lo lejos varias casas sin tejado. Supuse que era Salgueiro. Me apoyé en un cartel, intentando coger fuerzas y no vomitar. Cuando me recuperé, leí el rótulo. El lugar estaba protegido y no se podía pasar por allí sin un permiso especial de la Xunta.

Tanto esfuerzo para nada. Había sufrido muchísimo durante la caminata y ahora, por culpa de una autorización que desconocía, no podía continuar. Solo deseaba cubrir mi pequeña historia, tomar cuatro notas y redactar que habían encontrado unos restos arqueológicos como ha sucedido en cientos de lugares de toda Galicia. ¿Qué problema había en entrar en la aldea sin una autorización? Regresar sin más se me antojaba un fracaso. Decidí cruzar aquel límite imaginario. Incumplir las normas no me convertía en mala persona, por más que mi madre repitiese una y otra vez que obedecer era situarse en el lado correcto del mundo.

Agustín no me había especificado si iban a enviar a un reportero gráfico, por lo que saqué el móvil e hice varias fotos del lugar. En cuanto vi las imágenes, el cansancio se esfumó. Parecía una postal de las que venden en las tiendas de recuerdos. Turistas, estaba claro, no iban a faltar. El sitio era precioso.

Preparé mentalmente mi presentación. Eran las 12.39 y seguro que los arqueólogos estaban pensando más en la comida que centrados en su trabajo. Debía aparentar profesionalidad delante de la primera persona que me viese: «Hola. Soy Fina Novoa, reportera de *Ourense Actualidad*. Vengo a cubrir el descubrimiento. Nos avisaron desde Protección Civil y queremos publicarlo mañana. ¿Puedo hablar con el responsable de la excavación?». Eso suponiendo que hubiera alguien. No había sido consciente hasta entonces de que, si la carretera estaba cortada porque era peligroso circular, igual no había nadie en Salgueiro.

Desterré ese pensamiento y seguí camino hacia la aldea. Grabé un vídeo del entorno mientras continuaba presentándome de forma imaginaria, rezando por encontrarme a alguien de un momento a otro. Las palabras no llegaron a salir nunca de mi cabeza. Las siguientes horas las pasé sin hablar, encerrada entre cuatro paredes y tiritando de frío.

# Capítulo 6
# Elvira y Antonio

*Marzo de 1963*

Los ojos de Elvira, marcados por una sombra tan negra como la ropa que vestía, permanecían clavados en el suelo. La cabeza baja contrastaba con su brazo derecho, apoyado tan firmemente en el ataúd donde reposaba el cuerpo de su hijo Cibrán que parecía una prolongación de la madera.

Abrían la procesión fúnebre los cuatro hombres que portaban la caja. A Antonio, el padre, el hombro izquierdo le quemaba a veces. Otras, tenía la impresión de que las tablas se convertían en plomo y él se hundía en la tierra con el peso. Pero lo peor era cuando la marcha se detenía. Durante los segundos en que los otros tres portadores posaban el féretro para relevarse, a Antonio le faltaba el aliento. Era como si le robaran el alma. Le arrancaban aquella esquina fría que encajaba entre su cabeza y su clavícula y, entonces, el hombro ardía de verdad y el suelo lo llamaba. Aquel era el último vínculo que los unía. Necesitaba sentir que su hijo continuaba cerca, la presión de las tablas sobre su mejilla. Porque, en cuanto dejase de sentir aquel peso sobre su hombro, se separarían para siempre y todo se extinguiría. La ausencia de aquella carga, de su niño, lo trastornaba.

Los vecinos habían recorrido aquel Camino de los Muertos decenas de veces, pero nunca habían estado tan callados. Junto al torrente de Salgueiro todos caminaban en perfecto silencio. Los niños parecían viejos, contagiados por el abatimiento; ninguno reía ni tenía ganas de juegos. Las madres o abuelas sujetaban sus pequeñas manos con fuerza, incapaces de separarse de los críos desde el día anterior.

El terror había hecho presencia en aquella apartada esquina del Xurés. Ellos, que se creían lejos de muchos de los peligros de la civilización, habían visto cómo se derrumbaban todas sus creencias. Aprovechando la noche, alguien secuestró y asesinó a un niño. Todos sentían el dolor de Elvira y Antonio como propio.

En cuanto consiguieron arrancarle el cuerpo de Cibrán de los brazos a la madre, las ancianas de Salgueiro lo limpiaron y lo vistieron sin poder evitar el llanto. Mandaron ir a por el cura de Prado, pero este no apareció. Envió recado de vuelta con la hora del entierro para el día siguiente. Lo lamentaba, pero, a pesar de las circunstancias, no podía subir hasta la aldea.

El velatorio fue un constante murmullo. Se sucedieron los rosarios y los rezos a media voz, en un ambiente cada vez más denso, en el que costaba respirar con tanto olor a cirio y a personas apiñadas. El chico estaba extendido encima de la cama de matrimonio, luciendo el traje de los domingos y unos zapatos que le quedaban demasiado grandes. Le cubrieron la cabeza con un sudario, aunque todos habían visto lo que escondía. La cara desfigurada, hinchada y violácea de Cibrán impresionó incluso a los hombres más rudos.

La casa de Elvira y Antonio fue un continuo ir y venir durante las siguientes horas. Por más que los amigos les insistían, no quisieron abandonar al hijo ni para comer. No tenían cuerpo para nada. Elvira, en el centro del cuarto, lloraba y rezaba a partes iguales. Antonio, entre el pasillo y la cocina, con los hombres, tomaba café y se lamentaba de que solo era un chiquillo. «No hay derecho», repetía.

Delante de la vivienda, un grupo de cabezas de familia trataba de aclarar los hechos. Por más vueltas que le daban al tema, seguían sin comprender lo sucedido.

—Quien encontró el cuerpo de Cibrán, ¿es de fiar?

—Sí, es primo de Catrollos, el que vive en Requiás. Viene todas las semanas a comprar carbón y nunca ha tenido ningún problema con nadie. Además, dicen que estaba blanco como un cirio, apenado como si el cuerpo fuera de uno de sus hijos.

—Eso no quiere decir nada —repuso un vecino.

—Él dice que descubrió al chico por casualidad. Lo conocía de verlo por aquí, jugando. Por eso vino directo con él.

—¿En qué sitio lo encontró?

—A la altura de Lobeira. Se arrimó a unas retamas para mear y vio el saco en el suelo, medio escondido, con el niño dentro. De otro modo, siendo aún de noche, no lo hubiese distinguido.

—Puede mentir.

—Y también decir la verdad. Encontrar un cuerpo y no hacer nada sería de mal cristiano. Lo que le pasó al pobre Cibrán solo él lo sabe.

—Solo él no.

En Salgueiro contaban con una pequeña capilla y con la protección de san Antonio, pero carecían de cementerio. Cuando alguien moría y el tiempo era clemente, bajaban hasta la iglesia de Prado de Limia con el difunto a cuestas. Solían ir de mañana, ya que necesitaban casi dos horas para recorrer los seis kilómetros de distancia que había entre ambas aldeas y después era necesario regresar. El sendero no ayudaba precisamente. Era muy estrecho, contaba con desniveles constantes y estaba sembrado de piedras. Cuando llovía mucho se hacía aún más peligroso, porque el arroyo que fluía en paralelo se desbordaba y partes del camino quedaban anegadas. Tocaba mojarse los pies y pisar con cuidado. No sería la primera vez que el féretro cayese al suelo junto a los portadores.

Por lo demás, como el trayecto era largo y pesado, todos hablaban entre sí. Los que hacían por última vez el camino era porque la edad los había llamado o porque habían sufrido algún tipo de accidente o enfermedad, algo a lo que ya estaban acostumbrados en Salgueiro. Salían de la aldea con cierto orden y, a medida que los lloros de los familiares se apagaban para concentrarse en la caminata, las conversaciones se volvían más animadas. Muchos aprovechaban la ocasión para hacer recados en Prado de Limia o visitar a algún conocido. También era obligatorio, tras finalizar el entierro, rezar delante de la tumba de los seres queridos y limpiar el mármol o la piedra de los nichos. No dejaba de ser, pues, un día triste, pero que vivían de un modo especial.

Sin embargo, esta jornada era muy diferente. Nadie llevaba productos para vender, ni pensaba comprar nada. Sí rezarían, con más devoción si cabe, delante de sus difuntos, pidiéndoles protección. Nunca antes habían vivido un suceso así; estaban desconcertados. Eran fuertes, tan rocosos como la montaña en la que vivían, pero un niño no dejaba de ser una criatura inocente. Y aquel, un crimen abominable.

El templo estaba repleto de gente. La noticia había corrido por toda la comarca y no se hablaba de otra cosa. Además, los padres del chico eran muy conocidos y todos querían darles el pésame en persona. Pero, por encima de todo, ansiaban tener información de primera mano. Había una pregunta que recorría las casas, tabernas, ultramarinos y barberías: «¿Quién ha podido hacer algo así?».

Antonio se mareó al sentarse en el banco de la iglesia. Un escalofrío le cruzó el pecho y, durante un tiempo, fue incapaz de respirar. Hubiera preferido que el camino fuera más largo para continuar sosteniendo el cuerpo de su hijo. No quería dejarlo marchar. No aún. Durante la procesión mortuoria, por momentos sentía que Cibrán le hablaba. Sus cabezas solo estaban separadas por unas finas tablas. Lo imaginó girándose dentro de la caja, para acercarse a su lado y contarle algo al oído. «Te perdono, papá», le pareció oír. Pero sabía que algunas cosas son imperdonables.

El cura hablaba desde el altar de que esta vida era un paso antes de la llegada del paraíso. Una prueba de Dios que todos debíamos superar para sentarnos con Él en el reino de los cielos, allí donde no existen ni el dolor ni la blasfemia. Elvira no escuchó el responso. A su mente venían una y otra vez las mismas preguntas. «¿Por qué tuvo que pagar él por mis pecados? ¿Por qué no me castigaste a mí?».

# Capítulo 7
# Fina

Deseé estar en el hospital, junto a mi abuelo, en cuanto vi la comitiva con varios coches patrulla del otro lado del valle. Circulaban por la carretera a la que no me habían dejado acceder, la misma que finalizaba en la aldea. No entendía nada, pero mi cabeza unió esa imagen con el control de la Guardia Civil y tuvo claro que aquello me quedaba grande.

Asustada, decidí esconderme. Dispuse del tiempo justo para meterme dentro de una de las viviendas abandonadas. Ninguna tenía puerta, ni ventanas. Ni tejado había. Dentro estaba indefensa, pero al menos evitaba estar a la vista de todos. Los vehículos aparcaron en la pista de tierra que había atravesado solo unos segundos antes. Sentí las ruedas peleando con la nieve, los motores apagándose, las puertas abriéndose y cerrándose y las voces que se organizaban.

—Buenas tardes. Soy el inspector Magariños.

Me quedé paralizada. La conversación sonaba tan cerca que, por un instante, tuve miedo de que incluso pudieran oír mi respiración. En las situaciones difíciles siempre reaccionaba igual: mi naturaleza me llevaba a querer escapar, a pasar desapercibida y a dejar que todo se diluyera sin más. En esta ocasión opté por la misma táctica: no me movería del sitio hasta que todos se marcharan.

—A sus órdenes. Soy el cabo Ramil. Hablamos por teléfono.

—Mucho gusto —dijo el inspector—. Le presento al señor León, que cuenta con un permiso especial para estar aquí.

¿De qué me sonaba ese apellido? Por más que intenté estirar la oreja, no escuché ninguna otra voz.

—El señor León es el encargado de las obras que se están realizando en la zona.

Cierto. Se trataba de uno de los empresarios más conocidos de la provincia. Una persona muy influyente y con tantos millones en la cuenta corriente que sus tataranietos seguirían viviendo de rentas.

—Como sabrá, la Xunta de Galicia es la propietaria de la aldea. Tengo órdenes de arriba para que este caso mantenga un perfil bajo —informó Magariños.

—Pero... —El cabo Ramil no pudo acabar la frase.

—No me gustan los peros. Quiero la máxima discreción. Hable con todos los implicados. Como haya una sola filtración a la prensa, tendrá que dar explicaciones. Yo conozco a mi gente, pero quiero que se haga cargo de la suya. —Su tono era firme, aunque en ningún momento levantó la voz—. Desde este instante la Unidad de Homicidios toma el mando de la investigación.

—De acuerdo —dijo Ramil, nervioso.

—Y ahora, si es tan amable, infórmeme de la situación.

—La zona donde se hallaron los... —dudó el guardia civil—. La fosa está en el camino de arriba. El médico forense está ahora mismo allí. La jueza está de camino y debería llegar de un minuto a otro. Por lo demás, está todo acordonado. Hemos intentado no comprometer ninguna prueba en la escena... —Dejó inacabada la frase de nuevo—. En el lugar de los hechos.

—¿Dónde están los testigos?

—Se encuentran también arriba. Son Alberte Padín y Ramón Pena. Como nos podrá confirmar el señor León, trabajan como operarios en las obras de rehabilitación de la aldea. Comenzaron hace diez días. —La voz se notó otra vez insegura—. Movían tierra con una pala excavadora cuando aparecieron los huesos. Avisaron a Protección Civil porque pensaron que eran restos de un yacimiento histórico.

—¿También están aquí los de Protección Civil?

—Sí. Son dos voluntarios veteranos. Los tenemos separados de los obreros. En cuanto llegaron, se dieron cuenta de que los huesos eran recientes y nos llamaron para que nos hiciésemos cargo de todo.

—Muy bien. Una última cosa antes de que nos pongamos manos a la obra. Entiendo que la aldea está controlada y que no vamos a tener curiosos metiendo las narices.

—Así es. Por aquí solo pasa algún que otro excursionista. Hay que solicitar una autorización previa a la Xunta. Hoy no había ninguna y las siguientes son para el fin de semana que viene. Gracias a la nieve, el acceso es complicado, y en la carretera, como ha podido comprobar, fijamos un control hasta que llegaron ustedes. El único incidente que tuvimos fue la llegada de una joven que venía a cubrir el aviso del descubrimiento arqueológico. Según ella, habían recibido la noticia de Protección Civil. Tenía pinta de becaria y le pedimos que diera media vuelta. No creemos que regrese a molestar ni que tenga ningún tipo de información sobre lo que ha sucedido en realidad.

—Excelente trabajo, cabo Ramil. Ahora, por favor, llévenos hasta el lugar del suceso.

Escuché sus pasos perdiéndose por el camino, mientras me invadía la angustia. Aquello se parecía a una película y yo no estaba acostumbrada a ser la protagonista. Más bien era una figura de relleno, un bulto en el que solo unos pocos reparaban, devolviéndome miradas de desdén o de indiferencia. Permanecí en la esquina de aquel hogar deshabitado, incapaz de pensar con claridad. No me atreví ni a sacar el cuaderno de notas por no hacer un movimiento que pudiese delatar mi presencia.

Además, el frío me mataba. Estaba agachada, intentando darme calor con mi propio cuerpo, pero cada vez me notaba más entumecida. Había sido una completa estúpida. Menuda idea subir al Xurés con la ropa que llevaba puesta. Debería tener un poco más de sentido común porque nunca mido las consecuencias de lo que hago. Ya me lo decía mi madre: «Eres demasiado confiada. Andas con mil pájaros en la cabeza y después vienen las quejas».

Ella sí que sabría qué hacer. Siempre lo sabía. Ella y el abuelo eran las personas más inteligentes que conocía. Bien es cierto que no conocía a demasiadas, pero en los malos momentos ellos dos siempre estaban ahí.

Eran personalidades completamente opuestas. Mi madre era organizada, equilibrada y responsable. Trabajaba como una mula en el hostal familiar, intentaba ser discreta y llevarse bien con todo el mundo. Mi abuelo, como muchos viejos, ya estaba de vuelta de todo. No tenía filtro, soltaba lo primero que se le pasaba por la cabeza y no buscaba complacer a nadie, solo buscaba ser él. En lo único en lo que se ponían de acuerdo era conmigo: al ser hija y nieta única me dieron una cosa buena y otra muy mala. Lo bueno era el amor que me profesaban. Lo malo, su sobreprotección.

Cuando llegaba a casa, después de tener algún incidente desagradable con un compañero en el instituto, mi madre me abrazaba, me comía a besos y me tranquilizaba.

—Tú eres especial y no todo el mundo es capaz de verlo. Algún día descubrirán lo mismo que veo yo.

Me consolaba tiernamente para, acto seguido, preguntarme qué deseaba comer.

—Dime lo que más te apetezca, que te lo preparo.

Era mi premio de consolación tras un duro día.

Mi abuelo también intentaba hacerme la vida más sencilla.

—Dime quién ha sido, que le parto los dientes. Quien se porta así con una compañera es un malnacido.

En ese momento para él no había bromas.

Como me negaba a decir nombres, el abuelo zanjaba la conversación metiendo la mano en el bolsillo. «Mira lo que tengo para ti», y sonreía mientras me daba unos caramelos o un bollo con chocolate. Los dulces y la comida se convirtieron, poco a poco, en un refugio. Cuando las cosas se torcían, el sabor de los platos de mamá y la felicidad que me producía el azúcar siempre estaban esperándome. Llenaban el vacío producido por la falta de amigos y por las burlas de mis compañeros.

Me gustaría ser como ellos dos, más valiente, más sociable y menos insegura. ¿Qué harían en mi situación? Mi abuelo podría argumentar que había subido hasta allí para comprobar el avance de las obras o fingir ser un anciano senil, desorientado y perdido en medio de la nada. Lo conocía de sobra como para saber que era imprevisible.

Mi madre pondría cara de buena, buscaría a un policía y le diría la verdad: que había ido a cubrir una noticia y que se había encontrado, sin comerlo ni beberlo, con todo ese berenjenal. Pediría disculpas e intentaría solucionarlo de algún modo.

Concluí que yo era incapaz de hacer ninguna de esas cosas. Debía escoger mi camino. Como la cabra tira al monte, mi instinto dictaminó que lo mejor era continuar haciendo lo mismo: quedarme en el sitio. Tener paciencia y esperar.

Me froté una y otra vez manos y piernas, para evitar que el frío me invadiese. Traté de anotar mentalmente cada pequeño detalle, cada novedad que fui adivinando durante aquellas horas interminables. Escuché cómo aparcaron más coches, el instante en el que llegó la jueza y un guardia civil la acompañó por el camino, cómo los de la Científica desembarcaron en Salgueiro y se prepararon para recoger pruebas y fotografiar el escenario del crimen.

Por mi parte, peleaba contra mi cuerpo, contra mi cabeza y contra mi impulso de salir corriendo de aquel rincón que se había convertido en mi mundo.

En un momento dado, me acordé de la historia de la caverna de Platón. Me vi a mí misma como aquellos hombres que están frente a un muro, con una hoguera a su espalda, y convierten en verdad las sombras que proyectan las llamas. Pensé si no estaría yo también transformando las voces y los sonidos en una falsa realidad. Si no era todo una fantasía, una mala pasada de mi imaginación y de mis ansias por dejar de ser una fracasada. Justo entonces escuché una nueva conversación y mis sentidos se pusieron en alerta.

—Curioso que todo esté abandonado. Las casas son cojonudas. No me importaría vivir en un lugar así, lejos de la ciudad y de las preocupaciones.

—Con tanta tensión, ni me había parado a mirarlas. Sí que son bonitas, sí. En la capital comprar algo así implica una hipoteca hasta cumplir los ochenta. ¡Como mínimo!

—¿Echamos un ojo dentro?

—Sí, claro. A ver qué queda de la estructura.

Fui consciente de que todo era real cuando me giré y vi la punta de una bota de la Policía Nacional entrando en el lugar en el que me escondía.

# Capítulo 8
## Moncho

Moncho encadenaba un cigarrillo tras otro, sin ser consciente de que por delante tenía más horas de espera que tabaco. Justo estaba aplastando una colilla con la punta de la bota cuando vio llegar a un grupo de hombres. En medio se encontraba su jefe.

La mirada que le dirigió Arturo León era clara. No hacía falta ser muy inteligente para interpretar que esos ojos, pequeños y duros, enmarcados por dos cejas que se asemejaban a gatos tumbados, le decían: «Esta me la vas a pagar». Moncho agachó la cabeza como un perro que sabe que se ha portado mal y espera, resignado, el castigo del dueño. Cada vez que osaba levantar la vista hacia el constructor, él lo estaba mirando fijamente. Más que mirarlo, lo retaba, y él volvía a bajar la barbilla hasta pegarla al cuello, en un gesto mitad reverencial, mitad penitente.

Se encontraba a cierta distancia de la excavadora y de la zona en la que estuvo trabajando los días anteriores, ahora rodeada por una cinta que impedía el paso a cualquiera que no llevase uniforme o traje caro.

—La culpa es mía por hacerte caso —soltó Moncho.

—¿Y qué querías que hiciéramos? —le inquirió Padín.

—Si llego a saber el pifostio que se monta, tapábamos todo y esto no sale de aquí. Lo que se ha hecho toda la vida, vaya. —Se acarició la frente con la mano—. Lo que pasa es que ahora vamos de modernos, de proteger el patrimonio, y por todas esas gilipolleces no avanzamos.

Arturo León, haciendo gala de su apellido, los seguía como a dos presas sobre las que deseaba abalanzarse de un momento a otro. A su lado, varios agentes hablaban y también los señalaban. Uno de ellos se les acercó.

—Les agradezco la espera.

«Como si pudiésemos ir a algún lado», pensó Moncho.

—Soy el inspector jefe Magariños. —Le tendió la mano y la estrujó como si en lugar de saludarlo fuera a hacer vino con sus dedos—. Soy miembro de la Sección de Homicidios y de Desaparecidos de la Policía Nacional. Toda la información y la ayuda que nos brinden será muy útil para nuestra investigación.

—Ya le hemos contado a su compañero..., a Ramil, todo lo que sabemos. —Moncho estaba cansado de no hacer nada—. ¿Sabe cuándo podremos volver al trabajo?

—Por ahora las obras permanecerán paradas. Debemos ser exhaustivos en nuestra labor. ¿Quién de ustedes manejaba la excavadora?

—Yo —intervino Padín—. Llegamos un poco más tarde de las nueve. Siempre empezamos puntuales, pero hoy el acceso fue complicado, incluso con la *pick-up*, que es todoterreno.

—Prosiga, por favor.

—Cogí la retroexcavadora y fui al mismo lugar en que estuvimos ayer. Estaba sacando tierra y me pareció que en medio había algo blanco. Al principio pensé que sería nieve y después piedras. Pero, teniendo en cuenta que no había tormenta y que las piedras por aquí son oscuras, me bajé de la máquina. Fue entonces cuando vi lo que era.

El inspector tomó nota mientras intercambiaba miradas con otro policía.

—Por lo que me han contado, dedujeron que se trataba de restos de un yacimiento antiguo.

—Eso fue Moncho. Quería esconderlo todo y seguir como si nada para no tener problemas con los de Patrimonio.

Moncho saltó y se fue directamente a por Padín.

—¿Qué dices, imbécil? ¿De qué me estás acusando?

—Pero si aún me lo acabas de comentar ahora.

—Ni hablar. Yo quería llamar a la Policía y tú pensabas que esto sería un reclamo turístico para visitar la aldea.

Moncho fue consciente de que el inspector se fijaba en su rostro rojo y enrabietado. Junto a él, Padín ponía cara de no entender nada. Sin duda alguna le estaban ofreciendo al inspector la conversación más surrealista que había presenciado en años.

—Señores, no estoy aquí para juzgar su trabajo. En caso de que no se pongan de acuerdo, debo recordarles que obstruir una investigación policial es un delito. ¿Está claro?

Los dos asintieron, pero solo Padín tomó la palabra.

—Yo no miento.

Moncho apretó el puño y la mandíbula. Cuando el inspector le miró la mano, el obrero la abrió automáticamente.

—De acuerdo. Cambiemos de tema. ¿Han visto algo extraño en los últimos días?

—La verdad es que no. Por aquí solo pasa algún que otro excursionista y los agentes del Parque Natural, para comprobar que todo está bien. Estamos nosotros y poco más. —Moncho se rascó la cabeza—. Hace una semana también estuvo el camión con el material de construcción, pero solo unas horas.

—¿Nadie más?

—Mi madre viene a veces, a traernos el almuerzo. Hay días en los que bajamos, pero otros nos quedamos a comer aquí. —Padín recordó el caldo de su madre y puso un gesto de felicidad—. Y la mujer que nos trae el bocadillo a media mañana. Hace el reparto por la zona y, como los guardias del Xurés ya la conocen, se acerca hasta aquí con nuestro encargo.

—¿Notaron si el lugar donde estaban trabajando tenía la tierra removida?

—No sabría decir. Estos días hizo mal tiempo, hubo bastantes tormentas y escorrentías —explicó Moncho.

—Pero algo así se notaría.

—Es cierto que la tierra estaba blanda. Hay sitios donde al cazo le cuesta un mundo entrar. Aquí no. También es verdad que en la aldea se hicieron otras obras, hace tiempo.

—¿Quién de los dos es el encargado?

—Yo. —Moncho levantó la mano—. Si se me puede llamar así, porque solo estamos trabajando nosotros dos. Me toca por antigüedad.

—Esta no es su primera obra, ¿verdad?

—¿Tengo cara de peón? —repuso indignado, mostrando los callos de sus manos—. Llevo muchos años en el tajo y en unos meses espero jubilarme.

—Usted fue el que le indicó al señor Padín que trajera aquí la excavadora para hacer las obras de saneamiento, ¿correcto?

—Sí. —Moncho no tenía claro a dónde quería llegar el inspector.

—Acláreme una cosa. ¿Cómo alguien con su experiencia y su profesionalidad ordena que se inicien los trabajos de saneamiento en un punto equivocado?

## Capítulo 9
## Fina

Podía imaginarme la sorpresa que se llevaría el policía al encontrarme dentro de aquella casa deshabitada. Después pasaría la noche en el calabozo, algo que no parecía un mal plan visto el frío que estaba padeciendo. Pero sucedió lo imprevisible. Nada más dar el primer paso, el policía nacional reculó.

—Puaj, ¿qué es esto? —protestó poniéndose a la pata coja y levantando la bota izquierda.

—Creo que acabas de pisar una salamandra —le aclaró su compañero.

—¿Una salamandra? ¿Aquí? ¿Después de una nevada? Vaya asco.

—Estos bichos suelen salir cuando llueve, pero a saber. Igual la pilló la nieve mientras buscaba comida y se quedó tiesa.

—Visto lo visto, prefiero vivir en la ciudad.

—Sí, claro. Es mucho más cosmopolita pisar mierda de perro en la calle —se burló el que permanecía en el exterior.

Por fortuna, ninguno de los policías pasó de la puerta. Continuaron conversando y se alejaron de la vivienda. Dentro, yo aún temblaba, presa de los nervios. En cuanto desapareció la tensión, la adrenalina bajó como si le hubieran pegado una patada y la arrojaran desde un acantilado. Me mareé un poco y me tuve que sentar en el suelo porque las piernas eran incapaces de sostenerme.

El tiempo pasaba lento como en las interminables esperas en las salas de hospital. Escondida y sin otro entretenimiento, le di vueltas a esas paredes ahora desnudas. Aquello había sido una casa habitada dentro de un pueblo con vida. Seguramente no fuese muy diferente del mío. Ser de aldea te marca porque todo el mundo te conoce. Todo gira alrededor de tu familia: eres la hija de, la nieta de o la prima de. Siempre hay un vínculo que te une a alguien.

En ese microcosmos, todos saben o creen saber qué haces. En el rural se trabaja duro y, a la vez, se desgrana cualquier novedad, por pequeña que sea. La gente mayor se sienta cerca de la carretera para ver quién pasa y a qué hora. Hay señoras que se acomodan detrás de las cortinas y observan, pacientes. Hombres que van de taberna en taberna, solo por saber qué se cuece. Es una gran telaraña informativa. Nadie escapa de nadie. Te conviertes en periodista y en protagonista de la noticia.

Ansías conocer y, al tiempo, esconderte. Preguntas de forma ambigua, con un simple «¿qué?» o un «¿estás ahí?» y rezas para que se desencadene la magia, para que la otra persona te desvele algún secreto.

Sin saberlo, llevaba la profesión en los genes. Me crie en un mundo donde las noticias cobraban vida, se transformaban y adoptaban una vida paralela, hasta el punto de convertirse en historias. Mi abuelo, por ejemplo, era un gran narrador. Mucha gente venía a comer al local de la familia solo para escucharlo. Hablaba con todos, conocidos y extraños, a los que seducía con su cantar de ciego entre sorbo y sorbo de ribeiro. Comprobaba qué historias funcionan y cuáles no, y las iba adaptando al gusto de los oyentes.

—Eso no sucedió así —le decía en ocasiones.
—Pero ¿a que queda más bonito como lo cuento yo? —me advertía.

Cierto. Es por eso por lo que me gusta escribir, para llegar a ser como mi abuelo. Ansío tener lectores fieles que quieran más historias. Como no tengo su imaginación, simplemente cuento lo que pasa en la realidad, respondiendo a las clásicas preguntas del periodismo: qué, quién, cuándo, dónde, cómo y por qué.

En esas estaba en Salgueiro, haciendo de vecina cotilla, escondida de todos y tratando de discernir qué sucedía. Lo malo era que no me podía mover ni contárselo a nadie. Si seguía así, en el periódico pensarían que no había cumplido con el encargo. Por otro lado, en caso de intentar algo, correría el riesgo de que me vieran y acabar detenida: hola, disgusto en la familia, y adiós, reportaje.

De nuevo más voces y movimiento en el camino.

—De un momento a otro va a llegar un especialista con un georradar. Estaba en un congreso en Santiago y, con la que hay montada, Magariños lo mandó llamar —escuché que decía un policía.

—¿Tú crees que ahí arriba puede haber más...? —dejó la frase a medias.

—No tengo ni idea. Lo que sí sé es que se está haciendo de noche y el inspector me ha pedido que busque iluminación como sea para que todos podamos trabajar.

—Si tienes que bajar a buscar material al pueblo, no estás aquí como mínimo hasta dentro de una hora. Regresarías de noche y, conociéndolo, te caería una buena —le dijo el compañero.

—Menudo carácter se gasta...

—¿Y aquí no tendrán focos? Algo usarán para trabajar cuando oscurece.

—Cierto. Vamos a hablar con los empleados de la obra.

Todo volvió a quedarse en silencio. Pasó tiempo y tiempo sin que se escuchase nada fuera. Me puse de pie, di varias vueltas sobre mí misma, me arrodillé otra vez y pensé que era un buen momento para intentarlo. Después de llevar medio día sin moverme, aguantando las ganas de hacer pis y con un agujero enorme en el estómago, tenía una pequeña oportunidad.

Esperé un par de minutos más, sin acabar de decidirme. Finalmente, una de mis piernas se animó y el resto del cuerpo fue detrás. Me asomé, paciente, al exterior. No había nadie ni a un lado ni a otro del camino.

Según mis cálculos, todo el mundo estaba en la parte de arriba de Salgueiro. Seguramente allí también se encontraba la caseta con el material de obra y ahora estarían montando los focos. Para ir hasta esa zona había que coger un desvío, veinte metros más adelante de donde me encontraba. El problema era que precisaba recorrer esa misma distancia para tomar el sendero que me permitiría salir de la aldea.

Nada más echar a correr, pensé en las clases de gimnasia, en las risas de mis compañeros si me vieran hacer aquel esfuerzo sobrehumano. Al segundo paso, las piernas dejaron de responderme. Estaban entumecidas por el frío. Caí de morros en la nieve de una forma ridícula. Me levanté, con el orgullo herido y la vergüenza en la punta de los párpados, y me arrastré como si fuera una vieja de ochenta años. Un metro, dos metros, tres... Dejé atrás un rastro que podría seguir hasta un vendedor de la ONCE, pero no me importaba. Siete, ocho, nueve... Mis rodillas parecían bielas oxidadas. Doce, trece, catorce... Por detrás no veía a nadie, no oía voces, solo me quedaban unos metros más y podría escapar. Dieciséis, diecisiete... Solo un poco más. Diecinueve, veinte...

Nada más llegar al cruce, en lugar de seguir sin más, me giré en dirección a donde estaban todos los policías y los guardias civiles. El alma se me cayó por la misma alcantarilla por la que había huido mi orgullo. Dos hombres caminaban hacia mí.

# Capítulo 10
# Antonio

*Marzo de 1963*

Antonio avanzaba por el sendero con un hacha en la mano. Siempre se levantaba temprano, pero ese día más. Tanto le daba una hora que otra porque llevaba tres días sin dormir, desde la muerte de su hijo. Notaba el cuerpo febril y descontrolado, por lo que había decidido agotar las pocas fuerzas que le quedaban.

El primer golpe fue anárquico y apenas sacó unas virutas a la corteza. El segundo ya era vigoroso, hasta el punto de tirar abajo con ganas la planta. Otro brezo se partió con el tercer hachazo, cuando lo golpeó con la energía de un caballo salvaje.

Con cada tajo que daba soltaba un grito. Agarrar, girar el cuerpo y golpear. Descargaba todo lo que llevaba dentro con violencia; no podía ni quería parar. El brazo iba y venía, en un movimiento mecánico y continuo. Caía un brezo y lo apartaba a un lado. Buscaba otro y deseaba partirlo. Le molestaba la visión de los arbustos, eran enemigos que debía aniquilar sin misericordia. Las ramas verdes se acumulaban como cuerpos en la batalla, sin que Antonio les prestara atención.

—¿Piensas acabar con todo el monte en una sola mañana?

La voz de Duarte le llegó desde atrás. Antonio se giró, extrañado al ver a alguien a esas horas.

—He estado días sin trabajar. Necesito adelantar lo que no he hecho.

—Te llevo entonces esto para la finca —dijo mientras agarraba varios troncos de brezo.

—No necesito ayuda.
—Somos vecinos, Antonio.
—No estoy para historias. —Lo miró, serio.
—No he venido a hablar. Vengo a trabajar y punto. Tienes mujer y otra hija, encargos que atender y los dos brazos más fuertes de la aldea. Pero solo cuentas con un par de piernas, no puedes estar en varios sitios a la vez. Tú sigue con lo tuyo, que yo recojo los brezos, los dejo donde siempre y listo.
—¿Y si no me da la gana que los cojas?
—Lo malo del trabajo es que no se ve lo que está hecho, siempre pensamos en lo que queda por hacer. Con lo cual tú mandas, tú me dices si sobro o me quedo.

Antonio palpó varias veces el mango del hacha con los dedos hasta que los cerró como una trampa para ratones, mientras las venas de las manos se le hinchaban. Dio tres pasos, hasta situarse enfrente de Duarte. Levantó el hacha y, cuando la tuvo a la altura del pecho de su vecino, señaló con ella una pila de leña.

—Mueve primero este montón.

No volvieron a hablar ni durante la oscuridad ni durante la parte de la mañana en la que cada uno continuó con su labor.

Duarte acarreó todo a una finca que estaba a unos trescientos metros. Era un terreno trabajado, tan plano que cualquiera diría que había sido trasplantado en el medio de la montaña. Una zona perfecta para sembrar patatas, coles, o para que pastaran las vacas. Solo que allí producían carbón.

El brazo de Antonio seguía saltando como un resorte. Sudaba muchísimo y respiraba por la boca. Cuando la campana de la capilla anunció las doce, recordó el sonido de la muerte unos días antes. Se fue a comer, aunque el caldo y el pan de borona se le atragantaban cada vez que su vista se detenía en la silla vacía de Cibrán. Algo se le revolvió por dentro, porque de vuelta a la finca vomitó lo poco que le había llegado al estómago. Cuando miró hacia un lado, Duarte lo esperaba a cierta distancia, haciendo como que no había visto nada.

Dedicaron, sin dirigirse la palabra, la siguiente hora a rellenar un agujero con los troncos de los brezos, a los que les sacaban las hojas con una hoz. Era una abertura en la tierra de dos metros de ancho por medio de alto. El lugar estaba lleno de ellas, como si por allí hubiera pasado un topo gigante.

Cubrieron de madera el primer orificio e hicieron lo mismo con otros dos. Seguían sin hablar. Lo que sí hacían era sudar, porque no paraban de moverse. El ritmo no había bajado ni por un segundo. Solo se permitieron un descanso cuando la última abertura estuvo hasta arriba de madera. Satisfecho, Antonio lio un cigarrillo para, a continuación, ofrecérselo a Duarte. Se hizo otro y observó todo lo que habían trabajado aquel día.

Sacó una hebra de tabaco que se le había quedado en la punta de la lengua y, levantando la cabeza, hizo un gesto de tirar para casa.

—Hasta mañana —dijo sin más.

Duarte le devolvió el saludo, pero se quedó en la finca unos minutos más, fumando su cigarrillo con las manos metidas en los bolsillos del pantalón.

Volvieron a encontrarse en el mismo lugar a una hora que era demasiado temprana incluso para los gallos. Se dieron los buenos días con otro pitillo, sentados encima de un muro de piedra. Antes de darle la última calada, Antonio se acercó con el encendedor a las tres piras de madera que habían juntado el día anterior y comenzó a prenderles fuego.

La de brezo era una madera buena. Ardía lenta y había demanda porque rendía mucho en los braseros. Durante las siguientes horas no pararon de remover los troncos para después echarles terrones por encima. En medio de cada montón hicieron un respiradero, una especie de chimenea para que la madera continuase consumiéndose poco a poco mientras se transformaba en carbón.

Continuaron toda la madrugada. Elvira llegó con café. Los ojos enrojecidos y cansados de Antonio trataron de esquivarla. No había sido capaz de hablar con su mujer desde que su hijo apareció muerto. En casa había un ambiente irrespirable y no se atrevía a ser el primero en sacar el tema. Y delante de otra gente no era adecuado.

Elvira, vista la indiferencia de su marido, optó por marcharse.

Duarte fue el primero en coger el termo y servirse una taza de café. Antonio se acercó tras comprobar que la tierra seguía escupiendo humo. Era necesario desatascar el respiradero de vez en cuando.

Los saltos de agua del arroyo, los sorbos al café y el tintineo de la loza eran los únicos sonidos que rompían la noche.

No hacían falta dos hombres para esa tarea, pero prefirieron el rocío de la madrugada al abrigo de sus viviendas. Se entretuvieron vigilando cómo se consumían la madera y los cigarrillos entre sus labios. Unas veinte colillas por cabeza después, los recibía el amanecer.

Fueron a por dos rastrillos y varios sacos. Comenzaron quitando con cuidado los terrones y, debajo, apareció el fruto de aquellas horas. Eran como patatas negras quebradizas. Brillaban como el oro en las minas y eran el centro de todo lo que pasaba en Salgueiro. Las fueron juntando y metiendo en sus respectivos costales, que cerraban con mimo. Cuando acabaron, llevaron todo aquel tesoro al almacén.

Antonio sonrió por primera vez en días. Una vez que los sacos quedaron colocados, le dijo a Duarte que lo esperase en el almacén. Regresó al cabo de unos minutos con una botella en la mano y un par de vasos. Sirvió el aguardiente. Titubeó, dándole vueltas a la bebida, como mirando a través del líquido cristalino. Al final, se animó y tragó la mitad.

—Lo único en lo que puedo pensar es en Cibrán y en el hijo de puta que lo mató. Quiero que lo pague.

Antonio imprimió en cada palabra una estela de venganza.

Tomó otro trago y miró a Duarte.

—¿Cuento contigo?

—Por supuesto.

Mientras lo decía, Duarte introdujo la mano en la chaqueta con la que se protegía del frío de la madrugada. Sacó un revólver y lo colocó encima de uno de los sacos, justo al lado de Antonio.

—... cuenta también con esto.

El padre de Cibrán pareció sorprendido, pero el rostro de Duarte no dejaba lugar a dudas. Metió de nuevo la pistola en la chaqueta y salió por la puerta del almacén, no sin antes lanzar una última frase:

—Vamos. Sé por dónde podemos empezar. Matemos a ese cabrón.

Partieron de inmediato, sin avisar a nadie.

# Capítulo 11
# Moncho

La incredulidad no le permitía cerrar la boca. Era como si le desbarataran una verdad absoluta, como si descubriera que la Tierra es plana. No era la primera vez que le pasaba, pero Moncho siempre reaccionaba igual. Tras el desconcierto inicial, trataba de excusarse culpando a otro. Generalmente a quien tenía más cerca. En esta ocasión no fue una excepción.

—¿Y tú no pudiste decirme dónde había que empezar la obra de saneamiento?

—Lo hice.

—Un cojón de pato. Como tú eres joven, tiras para delante y no te importa lo que pase el día de mañana. Pero yo contaba con jubilarme aquí. El muerto para Moncho, que es viejo y no rige bien.

—Nadie ha dicho eso.

—Pues bien calladito que te has quedado cuando me han echado la culpa. Pensé que tenía un amigo y resulta que no eres más que otro Judas.

—No sabía bien qué decir. Me dejó tan sorprendido como a ti.

—Ahora no vengas con excusas.

—Perdona, de verdad. Sabes que para algunas cosas soy algo parado. La culpa, si hay que asumir las consecuencias, es de los dos.

Moncho había conseguido lo que buscaba: ahora Padín también se sentía culpable. Se le notaban los remordimientos en el tono y en la cara. El veterano estaba acostumbrado a ganar las discusiones. Cuatro días antes lo hizo cuando su compañero le indicaba, mirando los planos, que estaba cometiendo un error.

—¿Quién manda aquí? —le gritó Moncho a Padín.
—Tú.
—¿Pues entonces?
—Pero ¿tú estás seguro?

Padín estaba ya desesperado. Sujetaba los planos de la obra y no hacía más que darles vueltas. Miraba de un lado y miraba del otro. Señalaba un punto, interpretaba los caminos, analizaba la disposición de las viviendas y no acababa de convencerse.

Moncho, por contra, gritaba y daba patadas a la excavadora.

—Empezamos ahí arriba y no se hable más. ¡Me cago en la puta de bastos!

La calma de Padín no se vio alterada por los insultos.

—¿No crees, pregunto, que es un lugar demasiado elevado para hacer las obras de saneamiento? Las casas están abajo.

Moncho, que de cerca veía lo justo y se negaba a usar gafas, era un hombre de ideas fijas. Cuando tomaba una decisión, resultaba imposible convencerlo. Después de cabrearse, intentaba buscarle la lógica a las cosas más irracionales.

—Los arquitectos de ahora van de modernos y hacen cosas absurdas. Cuando yo tenía tu edad, una casa era una casa. Ahora hacen cajas de zapatos gigantes con hormigón, cobran un riñón por ellas y dicen que son el futuro. ¡No me jodas!

A Padín aquellos razonamientos le parecían absurdos.

—Yo solo quiero tener claro por dónde hago las zanjas para meter los tubos. Igual es mejor llamar al arquitecto.

—De eso ni hablar. Bastante por culo dan ya esos estudiados, que piensan que entienden mucho sobre construcción y no saben una mierda. En el plano todo queda muy bonito, pero a la hora de la verdad hay que dar el callo.

—Moncho, que te estás yendo otra vez...

—Pues no me marees. No vamos a llamar a nadie. Coge la retro y tira con ella para arriba. Menos hablar y más trabajar.

Plegó el plano y lo metió debajo del brazo, como quien lleva el periódico los domingos por la mañana. Padín siguió de pie, confundido, sin tener claro qué hacer. Moncho, con un ademán, lo animó a que se moviese. Pero, como seguía indeciso, quiso motivarlo con su habitual tacto.

—O te mueves o llamo a la constructora para que pongan a otro en tu sitio. Tú verás.

Amedrentado y resignado, Padín corrió hacia la excavadora.

Moncho, satisfecho, tiró el plano en la caseta y pensó que eso era ser eficiente.

Ahora, varios días después, discutían de nuevo entre ellos y esperaban no sabían muy bien qué. El inspector Magariños les había dicho que no se movieran de allí. De eso hacía media hora. Moncho bufaba. A su lado, Padín se mordía las uñas. Y, mientras ellos estaban parados, aquello era un ir y venir de gente. Todos parecían atareados, todos tenían algún cometido que no pasaba por prestarles atención.

Un par de policías comenzaron a hablar con Magariños. De vez en cuando miraban hacia ellos y señalaban distintos puntos de la aldea. Después de un rato, se separaron del inspector y se acercaron. Moncho pensó que o bien se podían ir a casa o bien tocaba responder a más preguntas.

—Necesitamos su ayuda —les dijo uno de los agentes.

—Para eso estamos —se ofreció, educado, Moncho.

—Tenemos varias horas de trabajo por delante. La noche está a punto de caer y precisamos iluminación. ¿Con qué material cuentan aquí?

—Hay varios focos que conectamos con un generador de gasóleo. Está todo metido en la caseta de obras que hay más abajo, a la entrada de la aldea.

—¿Podrían buscarlo y ponerlo en funcionamiento?

—No se hable más. Ahora mismo vamos.

Se marcharon felices de poder ocupar su tiempo en algo. Sobre todo Moncho, que había acabado el tabaco.

No soportaba estar quieto y sus rodillas protestaban cuando estaba nervioso. Era una tarea sencilla y rápida, pero al menos tendría entretenidas las manos, que echaban de menos sujetar un pitillo.

Cuando estaban a punto de llegar al cruce que conectaba con el camino principal de Salgueiro, Moncho descubrió una cara extraña. Era una chica que su abuela definiría como «saludable» o «de buen ver», bajita, con gafas gruesas y el pelo oscuro atado en una larga cola. Llevaba una libreta en la mano y parecía asustada.

«¿Quién demonios será esta?», pensó Moncho tras fijarse en la ropa que llevaba y en su actitud. Le pareció demasiado joven para estar allí trabajando.

La chica estaba clavada. El gesto, congelado, casi grotesco. Como si estuviera contemplando a dos monstruos en medio de la nada. Moncho y Padín detuvieron sus pasos a dos metros escasos de ella.

—¿Buscas a alguien? —se animó a preguntar Padín, tras unos segundos incómodos.

La joven entonces reaccionó. Miró en todas direcciones, medio avergonzada, medio desconcertada. Se veía insegura, pero, finalmente, siguió andando de un modo renqueante y torpe.

—Un momento... —dijo de nuevo Padín.

A Moncho le extrañó la actitud de su compañero, que no solía ser muy hablador. La chica, tras las palabras de Padín, se volvió, muy nerviosa.

—Te equivocas de dirección. Los cuerpos han aparecido allí arriba.

—Yo, yo...

No dijo nada más. Retomó su camino, dejando atrás a Moncho y a Padín. Estos, perplejos, la siguieron con la mirada antes de que se perdiese por un sendero.

—¿Vais a estar todo el día ahí parados? —La voz del policía procedía de unos metros más atrás.

—Es que... —dijo Padín.

—Es que nada —protestó Moncho, cortando a su compañero—. Ahora mismo volvemos con los focos —le confirmó al agente.

Moncho siguió hasta la caseta de obra y fue sacando los soportes y las luces. Padín no dejaba de mirar hacia el sendero que había tomado la chica.

—¿No es un poco raro lo de esa chavala? Estaba como perdida. Igual se lo deberíamos comentar a la Policía.

—No, gracias. Ya se han reído de nosotros todo lo que han querido y más.

Moncho, que no deseaba hacer otra vez el ridículo, tiró de su peculiar lógica.

—¿Y si es alguien del juzgado o una persona de prácticas que viene a tomar notas? ¿Cómo quedamos? Yo no pienso abrir la boca a menos que me pregunten. —Le echó gasóleo al grupo electrógeno—. Los expertos son ellos, ¿no?

—Pero se metió por donde no era.

—¿Tú ves dónde estamos? Si la chica tiene ganas de mear, ¿a dónde quieres que vaya?

Padín se giró para contemplar las casas sin tejado, por donde ya amenazaba con entrar la oscuridad de la noche.

—También es verdad —convino—. Entonces seguro que volvemos a coincidir con ella —dijo sonriendo.

—Te veo más parlanchín y menos trabajador que de costumbre. Échame una mano y acabemos con esto.

Como nadie más los ayudó a llevar el material, tuvieron que hacer varios viajes. Cuando acabaron, la penumbra ya se había instalado en el Xurés. Arrancaron el generador eléctrico, y las lámparas, tras encenderse y apagarse un par de veces, tal que párpados en movimiento, despertaron de su sueño.

Todo el mundo pareció complacido y el inspector Magariños incluso les dio las gracias.

—¡Tiene buenos trabajadores, señor León!

—En mi empresa me gusta contar con los mejores —respondió el empresario.

Moncho y Padín sonrieron, satisfechos. «Ojalá se le pase el enfado», deseó el primero.

Unos segundos después, Arturo León se colocó en medio de ellos. Moncho notó sus brazos, cariñosos, llevándolos a un aparte. Extrañado, se dejó guiar junto a su compañero. El constructor comprobó que no había nadie cerca y les habló.

—Estáis despedidos.

La sonrisa de Moncho desapareció. Se transformó en un gesto de sorpresa y de impotencia.

—No os quiero ver nunca más —los amenazó antes de darles una palmadita en la espalda y marcharse con cara de satisfacción.

## Capítulo 12
## Fina

Nada más enfilar el sendero y comprobar que no me seguía nadie, rompí a llorar. Llevaba horas aguantando la tensión, deseando ver a mi abuelo, escapar del frío, que mi madre me abrazara con su calor. Primero hipé, como si estuviera a punto de sufrir un ataque de ansiedad y, de repente, en mi pecho se abrió una espita. Las sensaciones me fueron inundando, surgieron de golpe, de un modo precipitado, tal que una ola que lo barre todo. Pero, tras el ahogo inicial, llegó el momento de la consciencia. En cuanto vertí las lágrimas acumuladas, pude respirar por fin.

Hasta el fondo. Inspirar por la nariz y espirar por la boca. De forma lenta y reposada. Como me enseñaron. Era necesario que saliera todo, que no se acumulara y se convirtiera de nuevo en una telaraña.

Me dije que tenía que reponerme y echar a andar cuanto antes. En breve la oscuridad sería total y aún me quedaba un buen trecho. Tocaba ir con cuidado. Si me torcía un tobillo, sola y en medio de la nada, tendría un serio problema. Mi cuerpo había sufrido un desgaste considerable y a nadie se le ocurriría buscarme allí. Solo había dos personas que me habían visto, pero no me conocían de nada. Continuaba sin creer que me hubieran dejado ir sin más. Supuse que eran los albañiles de los que hablaban los agentes, los que habían descubierto las tumbas.

Mientras bajaba con cuidado por un camino oscuro y resbaladizo recordé que contaba con un pequeño salvavidas. Encendí la linterna del móvil y sentí algo parecido a la felicidad cuando la luz iluminó cada uno de mis pasos. Para mantener la mente alejada de otros miedos, pensé en aquellos dos hombres. Era una pareja muy curiosa. Me recordaban a las películas que veía mi abuelo de Bud Spencer y Terence Hill. Solo que en este caso el gordo y alto no tenía barba, pero sí una estética heavy, con su pelo negro y largo y su sudadera de letras grandes que, supuse, eran de un grupo musical. Tenía el aspecto de un oso panda, algo inocente y con ganas de hacer amigos. El bajito, por edad, podría ser su padre. No era tan guapo como Terence Hill, pero poseía sus ojos claros. Por lo demás, le escaseaba el pelo y tenía barba de varios días en una cara morena y llena de surcos. Se veía más susceptible e incluso pensé que era un viejo verde, porque no había dejado de mirarme de arriba abajo, con la frente arrugada.

Fue encontrarme con ellos y sentirme como la mujer de Lot. A ella también le pudo la curiosidad. Se giró para contemplar Sodoma y se convirtió en estatua. A mí me pasó lo mismo. Me quedé petrificada. Esperaba que se abalanzaran sobre mí, que llegaran policías, me pusieran unas esposas y acabara en la parte de atrás de un coche policial, como en las series de la tele. Pero entonces fue cuando me habló el joven. Supongo que fue su voz. Era tranquilizadora. Supe que tenía una oportunidad para continuar con mi plan.

Si para convertirme en periodista de raza tenía que sufrir de ese modo, igual debía reformular mis metas y objetivos en la vida. Vivir aventuras estaba bien, padecer calamidades era otro cantar.

En cuanto avisté el coche, sentí un alivio enorme. La suerte quiso que no me pasara nada durante el camino de regreso, pero estaba muerta de frío. El motor del Polo carraspeó antes de funcionar. Apreté el pedal del acelerador, puse la calefacción al máximo y esperé a que por las rejillas de plástico me llegara el aire. Aún no salía caliente del todo cuando el móvil escupió varias notificaciones. Agustín me había llamado un par de veces, pero quien más había insistido era mi madre. Llevaba horas en mitad del monte, en un sitio sin cobertura, sin que pudiese contactar conmigo, y seguramente estaba preocupada. Ya tendría tiempo de solucionarlo. Lo primero era hablar con el periódico.

—¿Agustín? ¿Qué tal? Soy Fina.

—Hola, Fina. No conseguía localizarte.

—El reportaje se ha complicado más de lo previsto. Lo bueno es que tengo noticias increíbles.

—De eso te quería hablar precisamente... Hoy nos hemos quedado sin espacio en el periódico y no lo podremos publicar. Dedícale el tiempo que necesites y mándamelo con calma, ¿de acuerdo?

—Pero, pero...

—Entiende que estamos condicionados por la agenda del día. Te pedí cubrir la noticia porque casi todos los compañeros estuvimos con la inauguración de un tramo de la A-56 entre Ourense y Lugo. Ya lo verás mañana, pero la cobertura será muy completa.

—No lo entiendes. Lo que ha sucedido en Salgueiro tiene que estar en portada.

Agustín empezó a reírse al otro lado de la línea. Lo hacía de una forma sonora, estridente, sin cortarse. Hasta escuché cómo se mofaba de mí con alguien de la redacción.

—Con todos los respetos, Fina, llevo más años que tú en el diario para saber cuándo un tema es de portada y cuándo no.

—Lo sé, lo sé —intenté ser diplomática y no venirme abajo—. Pero lo que ha pasado no es lo que te imaginas, se trata...

—... de un tema muy importante para la provincia que puede dinamizar el turismo —me cortó sin que pudiera acabar la frase—. Irá otro día, por eso no te preo...

—¡Es un asesinato! —le grité.

—¿Cómo que es un asesinato?

Noté que ya contaba con toda su atención.

—O varios. De eso no estoy segura. Pero están los de Homicidios investigando. Es grave. —Me alivió recuperar el control de la conversación—. Ahora mismo Salgueiro está lleno de policías, de guardias civiles y de forenses.

Hubo unos segundos de silencio en los que casi podía escuchar cómo Agustín masticaba mis últimas palabras.

—Espera un minuto —me pidió.

Tardó un par en coger de nuevo el teléfono.

—He estado buscando información. No hay ninguna nota de prensa sobre el tema y en la competencia nadie habla de esto. —Hizo una pequeña pausa—. ¿Qué pruebas tienes? No quiero arriesgar mi puesto por las fantasías de una novata.

—No es una fantasía. —Traté de ordenar mis ideas para que todo sonase coherente—. En primer lugar, no hubo ningún descubrimiento arqueológico. Si fuera así, cualquiera podría acceder hasta Salgueiro sin problemas. Puedes intentarlo, pero una patrulla de la Guardia Civil tiene cortada la carretera. En segundo lugar, están siendo discretos con el tema.

—¿Y tú esto por qué lo sabes?

—Es una larga historia. Pero el inspector Magariños está al mando del caso.

—¿El inspector Magariños? ¿Estás segura?

—Sí.

En ese momento fui consciente de que me estaba tomando en serio.

—Tengo que hacer unas comprobaciones. Mientras, ve escribiendo el reportaje con lo que tengas. Hablamos más tarde.

Saqué el cuaderno y escribí todos los datos y nombres que recordaba. No quería olvidarme de nada. Apunté las cuestiones que quedaban pendientes y anoté como idea hacer un despiece sobre la historia de Salgueiro. En el periódico seguro que contaban con documentación.

El teléfono volvió a sonar. Pensé que sería Agustín, pero no, era mi madre. Me había olvidado por completo de ella.

—Hola, mamá.

—Fina, ¿dónde estás? —me dijo angustiada.

—No te preocupes. Me quedé sin batería. Como nunca me llama nadie, no me he dado cuenta hasta ahora.

Me sorprendió lo fácil que me había resultado inventar una justificación. Faltaba una hora para su visita al hospital. Tenía el tiempo justo para volver y hacer como si nada.

—Por lo demás, sin novedad. Todo tranquilo.

—No mientas, Fina. Me han llamado desde el hospital. Llevo aquí tres horas con tu abuelo y tú tan pancha.

Más que el enfado de mi madre, me asustó pensar que algo malo le había sucedido al abuelo.

—¿Está bien? ¿Qué le ha pasado?

—¿Ahora te preocupas? Pues ahora es tarde. Tenías la obligación de cuidarlo y lo has dejado solo, como a un perro.

—¿Está bien?

—Él, que siempre presumía de ti, de su nieta del alma...

—Dímelo, por favor.

—Si te interesa saberlo, ven al hospital. Era tu responsabilidad estar aquí.

Ni siquiera se despidió. Colgó y me dejó con la angustia en el cuerpo.

## Capítulo 13
## Duarte

*Marzo de 1963*

A buen ritmo necesitaban unas tres horas. Esa era la distancia a pie entre su aldea y la de Pitões das Junias. Sobre el mapa cruzaban a otro país. En la práctica, no había líneas físicas ni imaginarias. Xurés o Peneda-Gerês, tanto daba. Nadie conocía en realidad dónde estaba la frontera. Las rocas, las retamas, los robles o la tierra del camino eran iguales. Allí todos eran vecinos e incluso los distintos acentos fluían con absoluta normalidad en las conversaciones, como quien escucha diferentes músicas o tonalidades, todas entendibles y familiares.

Duarte apuraba el paso sin mirar atrás. A unos metros, como una sombra, lo seguía Antonio. Atravesaron el falso llano de Barxa en lugar de coger por la Pica de As Gralleiras, más corto pero también más difícil. Solo se detuvieron en el riachuelo de Candaira, allí donde el bosque frondoso de Curral de Iribo se había apoderado de la ladera. La brisa les pegaba en la nuca y los animaba a seguir caminando, pero decidieron que un pitillo no les sentaría mal. Mientras, saciaron la sed con el agua de la sierra, sobre la que se adivinaba un cielo de color ceniza que amenazaba tormenta.

Ya en Portugal, a la altura del bosque de As Espinheiras, Duarte contempló cómo el horizonte se fundía con los pliegues del Xurés, que adquirían la forma de una hoja de roble aquí, de un cuerno de cabra allá y de la grupa de un caballo al galope donde la sierra se decidía a morir. Para él, el paisaje era lo de menos. Solo quería llegar a su destino. Sus músculos, aunque exhaustos, cumplieron.

Las callejas de Pitões das Junias, anárquicas y estrechas, parecían un rompecabezas pétreo. La tierra de los caminos se transformó en adoquines trabajados que iban a juego con las casitas de piedra. Siguieron una de las sendas, como Dorothy en *El mago de Oz*, hasta dar de frente con una construcción en la que destacaba una gran puerta de madera. Dentro, un hombre revisaba varios barriles de vino. En cuanto se giró hacia los visitantes, le cambió la cara y se dirigió a Duarte para abrazarlo.

—¡Qué alegría verte, primo! ¡Cuánto tiempo!

—Ya ves. Y eso que no vivo tan lejos. ¿Tú qué tal todo, primo? —le preguntó Duarte en portugués.

—Como siempre, haciéndome rico a base de servir agua con algo de vino.

Los tres se rieron mientras el tabernero cogía tres tazas y una jarra. Duarte y el dueño del local se miraron con la complicidad de los amigos que no dejan de serlo a pesar del tiempo que llevan sin verse.

Antonio era el único que no hablaba. Centró su atención en el vino, que no tardó en bajar gustoso por su garganta. Le supo a poco y se sirvió otro. Notó un súbito calor en la cabeza y cómo todo su cuerpo se vivificaba.

—Por cierto, este es Antonio. Además de amigo, es vecino mío en Salgueiro.

—Mucho gusto —dijo el tabernero, exagerando la sonrisa hasta entornar los párpados.

Después de brindar por la amistad, Duarte se animó a preguntar por la persona que los había llevado hasta Pitões das Junias.

—Por un casual, ¿tú sabes dónde vive Guillerme Nunes?

—Sí, justo delante de la iglesia de San Rosendo. Es la casa que tiene el balcón de madera rojo en la primera planta —les explicó mientras le servía una tercera taza a Antonio—. ¿Lo buscáis por trabajo?

—Algo así —respondió Duarte.

—Muy buena gente y muy trabajador. Se pasó esta mañana a tomar un chiquito y me dijo que no volvería hasta el anochecer. Si esperáis, lo tenéis aquí a última hora. Me ha comentado que compra el carbón en Salgueiro.

—¿Acaso hay alguno mejor?

Duarte mostró las palmas de las manos, negras y agrietadas, dando a entender que allí residía el secreto del preciado oro negro que fabricaban en la aldea.

—Por lo visto, Guillerme tiene un primo en Requiás —intervino por primera vez Antonio, quien no paraba de rellenar y vaciar su taza.

—Aquí los que más y los que menos somos primos.

Al tiempo que lo decía, el tabernero golpeaba en el hombro a Duarte, con visible camaradería.

—La familia siempre es lo primero.

La frase de Antonio, seca y amarga, no pareció influir en el ánimo del encargado de la tasca, que alzó su taza hacia los dos hombres que tenía delante.

—¡Por la familia!

Cuando juntaron los recipientes, Antonio estiró el brazo con tanta fuerza que rompió la taza de Duarte. El espacio que los separaba se cubrió de rojo. Algunas gotas le salpicaron en la cara, formando un curso semejante al de una vena. Duarte se limpió con la manga de la camisa.

—Será por agua y será por vino —dijo el tabernero, tratando de restarle importancia al incidente, al tiempo que secaba la mesa con un trapo—. Además, veo que a Antonio el camino le ha dado sed.

En cuanto todo estuvo seco, trajo otra taza y una nueva jarra. En esta ocasión no brindaron. Antonio inauguró la nueva ronda, mientras Duarte lo miraba serio.

—Buen vino, sí señor —dijo Antonio, bebiendo con placer.

—Primo, te dejamos. Se nos hace tarde —anunció Duarte.

—Pensé que veníais a ver a Guillerme —se extrañó el tabernero.

—Vamos hacia Vila Real. Como nos cogía de paso y tenemos un negocio pendiente con Guillerme, quisimos pasar a saludarlo. Pero, si no está, ya hablaremos con él a la vuelta.

—¿Queréis que lo avise?

—Mejor que se lleve la sorpresa. Tú no le digas nada. —Duarte le guiñó un ojo—. No vaya a ser que se esconda para no tener que invitarnos a esta agua turbia tuya.

El tabernero le rio la gracia. Antonio, algo ido, apuró aún un par de tragos más, mientras Duarte tiraba de él.

—Pasaremos mañana o pasado por aquí, de noche.

—Nos vemos, entonces.

Ya fuera, los dos hombres se detuvieron. Duarte miraba hacia los lados, viendo más allá de las callejas empedradas y de las pequeñas casas que se sucedían asfixiadas de espacio. Antonio, sin embargo, con el bigote empapado en alcohol, miraba sin mirar. Estaba desorientado, como si no entendiera qué hacía en aquel lugar y a dónde conducía el camino que tenía delante. Las mejillas, coloradas, le iluminaban la cara, en la que los ojos estaban apagados y partidos.

—¿Qué es eso de que vamos a Vila Real?

La lengua de Antonio se movía de una forma exagerada mientras hablaba.

—Es mejor que nadie sepa que hemos venido a por él. Haremos guardia por aquí hasta que aparezca.

—¡Yo haré lo que me dé la gana!

Duarte lo dejó estar. Se ajustó la gorra sobre la cabeza, para protegerse de las cuatro gotas que caían, y se metió en una de las callejuelas, la que daba a la casa de Guillerme.

Incapaz de permanecer quieto, con las piernas oscilando de manera extraña, Antonio juró e hizo aspavientos a un interlocutor imaginario. Volvió a mirar hacia la puerta de la tasca y, tras ser consciente de que estaba solo, se frotó la cara con las manos. Se golpeó la cabeza con el puño derecho y tiró por la misma calle por la que había desaparecido Duarte.

Las chimeneas delataban la presencia de la gente en las casas, pero nadie se dejaba ver a esa hora. El humo alimentaba una atmósfera cargada, en la que olía a tierra y a humedad.

«A mí me parece de color granate», pensó Duarte al ver el balcón que el tabernero le había descrito como rojo. La madera de castaño, basta pero de buena calidad, necesitaba otra mano de pintura. Se separó para comprobar que la casa también escupía los restos de una hoguera en su interior y se preparó para hacer guardia.

Unos minutos después, Antonio apareció. Iba derecho hacia la puerta de Guillerme.

—¿Qué haces?

Los brazos de Duarte, ocultos por la sombra de uno de los laterales de la iglesia, lo agarraron. «Ha escogido el peor día para beber», concluyó mientras le hacía un sitio en el escondite.

—Se está haciendo de noche. Lo abordaremos antes de que entre en casa. ¿De acuerdo?

Antonio asintió.

—Mientras, descansa, pero no vayas a dormir la mona. No eres de mucha ayuda en este estado.

—No me des órdenes. Estás aquí porque me da la gana, ¿me oyes? Hemos venido por Cibrán, no porque al señorito le apetezca jugar a policías y a delincuentes.

Duarte contuvo las ganas de darle un puñetazo.

—No sé tú, pero yo sí tengo claro a qué hemos venido. Si piensas que sobro, me lo dices y listo. Ahora, como le pase algo a otro niño de Salgueiro, te juro por estas que te desuello vivo.

Duarte besó el pulgar para, justo después, apretar los dientes. Los dos hombres se retaron con la mirada. «No estoy aquí para pelearme con un borracho», se dijo finalmente. Optó por unir las solapas de la chaqueta y buscar de nuevo la protección de su escondrijo.

Antonio quiso acompañarlo, pero le apretaba la vejiga. Como estaba cerca del atrio, fue a mear en el sitio que le pareció menos santo. La lluvia caía con saña.

—Esta agua ya lo limpia todo —se justificó para orinar en las piedras sacras.

«Ten paciencia —pensó Duarte—. Estás aquí por los tuyos. Piensa en ellos y no en el borracho de Antonio». Para darse fuerzas, acarició el revólver. Su tacto metálico le devolvió la seguridad en sí mismo. Esa noche el tambor acabaría con una bala menos dentro.

# Capítulo 14
## Fina

Solo me alteré las dos primeras veces. La tercera ocasión en la que las ruedas patinaron de forma ruidosa en una curva, me resultó algo familiar y predecible. Frenaba antes de acometer las curvas para embragar y pisar a continuación el acelerador hasta el fondo. El motor se quejaba tanto que los pocos ancianos que a esas horas aún estaban por la calle llevaban varios segundos preparados, esperando mi paso, como si fuera la participante de un rally.

En el hospital no busqué sitio. Aparqué encima de una acera, cerca de la puerta principal; los cuatro intermitentes encendidos señalaban mi infracción incluso a los más despistados. Como estaba tan nerviosa, no esperé el ascensor y subí directamente por las escaleras. Atravesé el pasillo en el que estaba la habitación del abuelo y, al entrar, lo vi intubado. A su lado mi madre y su pareja, Miguel, permanecían de pie. Me vinieron imágenes de multitud de filmes en los que alguien está en coma, rodeado de familiares y de amigos que esperan lo peor.

—¿Cómo está? —pregunté, con la voz desdibujada.

—Bastante bien, aunque nos ha dado un buen susto —respondió Miguel.

—¿Qué le ha pasado?

Mi madre despertó de su indiferencia.

—¿Qué ha pasado? Pues que no estabas. Eso es lo que ha pasado.

—No seas tan dura con tu hija.

Miguel intentó salir en mi defensa. Mi madre, enfadada, era directa y sarcástica. En esos momentos es cuando más se parece al abuelo, incapaz de refrenar la lengua o de maquillar lo que siente.

—Y, si llega a pasar algo grave, ¿qué?

—Pero no ha pasado nada. Fue un mareo y ya está.

—¿Cómo que un mareo? —quise saber.

Miguel levantó las manos, pidiendo un poco de tranquilidad.

—Por lo visto estaba paseando y se mareó. Tuvo la mala suerte de que, al caer, se golpeó la cabeza contra la pared.

—Di la verdad. ¡Casi se mata! —replicó mi madre.

Me dirigí hacia el lateral de la cama y le acaricié la mejilla al abuelo, como había hecho él tantas veces conmigo.

—Ahora lo tienen en observación. Está débil, pero los médicos nos han dicho que no hay nada que temer. El viejo es duro como una piedra.

Quien no estaba de acuerdo era mi madre. Negaba con la cabeza a la vez que clavaba, severa, sus ojos en mí.

—Y tú, ¿se puede saber dónde estabas?

Agaché la mirada, culpable, y decidí confesar.

—Me llamaron del periódico para cubrir un tema y el abuelo me animó.

—El abuelo tiene ochenta y cinco años. Día sí y día también habla de las ganas que tiene de que lo enterremos. ¿Y tú le haces caso? —protestó—. Mañana, si quieres, vamos a una guardería y les pedimos consejo a los niños. Alguno de ellos seguro que tiene más criterio que tú.

No supe qué decir, pero la comparación me dolió.

—Lo peor de todo es que a mediodía me dijeron que habían visto tu coche en Prado. «Imposible», respondí yo, «está en el hospital con el abuelo. No pueden vivir el uno sin el otro». Y mira tú...

Señaló la cama en la que estaba tumbado. Me sentí culpable por verlo así, sedado e indefenso, él que era pura vitalidad.

—Me quedo yo con él esta noche y el resto de la semana —me ofrecí, en un intento de compensar lo sucedido.

—De eso nada. Ya está hablado. Lo hace Miguel. ¡Tú te vienes conmigo a trabajar!

Quise protestar, quejarme, pedirle al abuelo que dijese algo. Pero era imposible. Yo no tenía autoridad moral para exigir nada y él ya bastante tenía con recuperarse.

—¡Venga, nos vamos! Aún tengo que preparar todo para la cena.

Me despedí de mi abuelo con un beso y le dije al oído, sin que nadie escuchase, que se pusiera bien, que lo necesitaba. Miguel nos acompañó hasta la puerta, donde trató de animarme.

—No te lo tomes a mal. Tu madre estaba muy preocupada por ti y por el abuelo.

—Gracias por contármelo.

Coincidí de nuevo con mi madre delante de la puerta del ascensor. Nos metimos dentro como dos desconocidas. Antes de que nos dejase en la planta baja, le agarré la mano. Ella me devolvió el gesto, fría al principio, pero más tarde apretándola mientras arrugaba la nariz. Me la soltó en cuanto la puerta se abrió, temiendo que un extraño la descubriera en un momento vergonzoso.

Para mi sorpresa, el coche seguía encima de la acera. De camino a casa fuimos escuchando las noticias locales, donde destacaba la importancia para la provincia de la nueva infraestructura que se acababa de inaugurar. Justo cuando hablaba un alto cargo de la Administración, sonó el teléfono. En la pantalla del manos libres vi escrito «Agustín». Colgué, pero volvió a sonar al cabo de unos segundos.

—Coge —me pidió mi madre.

Le hice caso. El jefe de local fue al grano.

—Fina, ¿estás con el reportaje?

—Verás, es que...

—Déjalo por ahora. Nos hemos quedado sin portada. La de mañana, quiero decir. Los de arriba se enfadarían si les arruinamos la inauguración. Piensa que hoy estuvo aquí el presidente de la Xunta, el de la Diputación y hasta el ministro de Fomento. Han contratado varias páginas completas de publicidad y ni siquiera han pedido un descuento.

—Agustín, ahora no tengo tiempo.

—Sé que estás decepcionada, pero no les podemos hacer esto. Quedaríamos mal con ellos. —Hizo un breve descanso para darme tiempo a entrar en razón—. Pero la portada de pasado mañana es nuestra. Tuya, quiero decir. Ven mañana a primera hora a la redacción y concretamos todo.

—Hablamos mañana. Adiós.

—Fina, de lo sucedido ni una palabra a nadie. ¿Contamos contigo?

—Hasta mañana, Agustín.

Colgué el teléfono, intentando olvidar lo dura que estaba siendo aquella jornada. Desde el asiento del copiloto escuchaba los soplidos de mi madre.

—¿Qué? —le pregunté.

—Hay que ser un poco más amable. Yo a mi hija no la he educado así —me reprochó.

—Mamá, ya sabes que hoy no está siendo un buen día.

—Pues, si te parece mal que te diga una verdad, tienes dos problemas.

Levantó los brazos, señal inequívoca de que el pequeño avance que se había producido en el ascensor no había servido de nada. A partir de ahí, solo se dirigió a mí para organizar la cena de esa noche en el hostal.

Era un día laborable de principios de febrero, una época sin demasiado trabajo. Los pocos clientes que dormían en el hostal, por lo general, también cenaban allí. Solían ser obreros que estaban en la zona unos días e iban a lo barato. «Nuestro hostal no es para gente que busca lujos», repetía mi madre.

Me tocó hacer de pinche. Primero pelé y corté las patatas. Más tarde me ocupé de la lechuga para las ensaladas. Normalmente mi madre se hacía cargo de la cocina y Miguel de servir las mesas. Los fines de semana, ya con más clientela, yo echaba una mano en el comedor y Beatriz, una vecina, hacía de refuerzo en los fogones.

Mi madre tenía muy buena mano con la comida, por eso no dejaba que nadie la sustituyera. Con Beatriz, que era una mandada, incluso le costaba compartir espacio. A pesar de que casi todo el mundo pedía menús del día, siempre quedaban muy contentos de lo rico que estaba todo y no buscaban otro sitio donde comer.

Los primeros comensales llegaron a la hora del telediario. No tenían nada que hacer, estaban lejos de casa y la televisión era su principal entretenimiento. Además, ese día había fútbol. Daba igual el partido. Había clientes felices solo con ver a veintidós hombres en pantalón corto correr detrás de una pelota, jugaran bien, mal o fueran de regional preferente. Lo primero que decían era si podíamos poner el fútbol.

Los que se sentaban esa noche en el comedor eran los mismos de los días anteriores. Pidieron los primeros platos y esperaron en compañía de una cerveza o del vino de la casa. Los pedidos fueron saliendo y las conversaciones giraron alrededor de jugadas o de decisiones arbitrales. De vez en cuando alguno gritaba, celebraba un tanto o se metía con el compañero de mesa.

Cerca de medianoche, ya tomado el café y escuchadas las declaraciones de los jugadores, que repetían que era necesario «dar el máximo» a la vuelta, «jugar con mayor intensidad» o «proporcionarle una alegría a la afición», el comedor se fue quedando desierto. Recogí todo y puse los cubiertos para el día siguiente. En la cocina, mi madre fregaba los platos. Iba a pasar la fregona cuando escuché voces fuera. Comprobé de nuevo la hora cuando entraron varios hombres de uniforme. El primero me debió de ver la cara de susto, porque me preguntó si era muy tarde para cenar.

—Estábamos recogiendo —tartamudeé.

El policía hizo un gesto de disculpa.

—No encontramos ningún sitio cerca para tomar algo. A nosotros nos sirve con cualquier cosa y nos harías un favor muy grande.

Reconocí la voz: era el inspector Magariños.

—La cocina está cerrada —insistí, mirando hacia la fregona.

—Pero, así como se cierra, también se abre.

Mi madre, que limpiaba las manos en un trapo, invitó al inspector a entrar. Detrás de él pasaron más funcionarios.

—Eso sí, tendrán que esperar un ratito.

—Por eso no se preocupe. Se lo agradecemos.

Unimos varias mesas para que pudieran cenar todos juntos. Conté siete personas, algunas con ropa de policía y otras de paisano. Mi madre les explicó que, si querían algo rápido, teníamos sopa, lomo al horno y merluza cocida. También podían pedir patatas fritas, huevos, chorizos o bistec, pero tardarían un pelín más. Quisieron un poco de todo.

—Si no es mucha molestia, ¿nos podrían preparar también unos bocadillos de lomo para unos compañeros que no han podido venir?

La voz de ese policía también me resultó conocida, pero no supe ponerle nombre.

—Claro —indicó mi madre—. Fina, ayúdame en la cocina.

Encendí el fuego y puse las sartenes. Mientras se calentaba el aceite, les llevé pan a la mesa. Maldije no poder estar todo el tiempo en el comedor y escuchar de qué hablaban. Me pareció que organizaban los turnos de trabajo, pero solo cacé frases sueltas. Cuando servía la ensalada, comentaban los resultados de la Champions. Con los huevos fritos nadie hablaba, solo devoraban la comida. Fue al final, mientras recogía, cuando uno de los que iban de paisano dijo algo que me inquietó.

—Debo mirar con calma las imágenes del georradar, pero hay algo muy raro en cómo estaban enterrados.

—¿Qué entiendes por raro?
—Igual es pronto para decirlo, sobre todo porque había un par de cuerpos movidos por la excavadora, pero la disposición no parece casual. Viendo el mapeo del subsuelo, da la impresión de que se forman dos figuras. En el interior los cuerpos se distribuyen como una estrella. En el exterior la figura está incompleta. Parece un círculo, pero no lo puedo asegurar.

Dibujó la disposición de los cadáveres en una hoja. Me estiré para ver mejor cuando Magariños fue consciente de mi presencia, callada y atenta a la conversación.

—¿Van a querer postre? —pregunté de forma brusca, mientras las orejas se me iluminaban de rojo.

—No es necesario. Tráenos la cuenta, por favor.

Guardaron el papel y bajaron la voz. A partir de ahí no pude escuchar nada más.

# Capítulo 15
# Padín

Se levantó a la hora de siempre. Sin que las legañas hubieran desprecintado sus ojos, su brazo derecho cayó como un martillo encima del despertador. No lo dejó sonar ni dos segundos. Siempre dormía en el mismo lugar de la cama, a tal distancia de la mesita de noche que su extremidad parecía parte del engranaje del aparato: describía una semicircunferencia casi perfecta que acababa con un «clac» y desencadenaba que todo el cuerpo se estirase como un resorte.

Era una persona de costumbres. Nada más levantarse, abría la ventana para airear la habitación, ponía algún disco y dejaba que las notas, enérgicas y llenas de furia, alejaran su sopor. Al reproductor de música le había dado de comer el día anterior un CD de Parkway Drive. La canción de esa mañana comenzaba lenta, con una guitarra eléctrica que lanzaba acordes sosegados a los que se incorporaban al principio varias voces arrastrando sus «oes» y, más tarde, una batería. La tranquilidad se rompió cuando los instrumentos y el coro huyeron a un segundo plano para que el vocalista irrumpiese con un aullido y disparase sus versos guturales. Cuando la letra indicaba que «somos los diamantes que eligieron permanecer convertidos en carbón», Padín vertía la cuarta cucharada de azúcar en la leche. En el momento en el que el cantante gritaba que «nuestra generación nació para presenciar el fin del mundo», la taza ya estaba limpia y descansaba en el escurridor.

Como cada día a las 7.56, se lavó los dientes durante un minuto, para después cepillarse el pelo y recogerlo con una goma negra.

A las 8.05, tras hacer la cama y cerrar la ventana, agarraba las llaves de la *pick-up*.

Doce minutos más tarde estaba aparcado delante de la casa de Moncho.

Nervioso, miró el reloj, apagó el motor y, por segunda vez en dos días, pulsó el timbre de aquella casa de planta baja y paredes de ladrillo sin cubrir. La puerta se entornó. Moncho, que en un primer momento apenas pudo abrir los ojos, dejó ver en su plenitud unos iris del color de un cielo de verano. Lo que menos esperaba era descubrir, plantado delante de su puerta y con una gran sonrisa, a su compañero de trabajo el día después de ser despedidos.

—¿Qué *carallo* haces aquí?

Moncho, en calzoncillos y con la camiseta de publicidad de una ferretería, bloqueaba la entrada de la casa. Del interior le llegó olor a cerrado.

—Olvidé que tenía el despertador programado. Total, que me he levantado como si hoy tuviese que ir al trabajo. Pensé que a ti te habría pasado lo mismo.

—Por Dios, Padín. No me levanto a tiempo ni cuando trabajamos, como para hacerlo cuando estamos en paro. Esas cosas solo te suceden a ti —le dijo Moncho al tiempo que se metía dentro, como quien liquida a un vendedor de libros o a un predicador de paraísos eternos a domicilio.

Padín, avergonzado, bajó la vista hacia las puntas de sus zapatones y se giró marcialmente, rumbo al coche.

—Venga, hostia, pasa.

La voz le llegó antes de que alcanzara el vehículo. Sonaba resignada. Pero, antes de que Padín entrara, Moncho marcó territorio.

—Espérame aquí mientras me visto.

Dio un par de pasos y permaneció quieto, intentando que la vista se hiciera a la oscuridad, en un ambiente cargado y húmedo.

—Ya que estás, haz el favor de abrir las persianas —le ordenó Moncho.

En cuanto lo hizo, descubrió un pequeño salón que gravitaba alrededor de un viejo sofá. Una manta de colores apagados y de costuras deshechas descansaba encima, pegada a un cojín lleno de cercos amarillentos. A los pies del mueble, varias latas de cerveza hacían compañía a calcetines de diferentes colores a los que se les escapaba el aire por las puntas y el talón. A unos metros, tal que un moderno altar, se alzaba un televisor de pantalla plana. «Vaya bicho. Debe de tener unas cincuenta pulgadas», echó a ojo Padín. Junto a los altavoces, unas cajetillas de tabaco vacías y un cenicero repleto de colillas creaban una estampa que nunca formaría parte del catálogo de Ikea.

Abrió una ventana para ver si el aire penetraba en ese lugar poco acostumbrado a la ventilación. El frío de la mañana buscó alguna rendija que le permitiese hendir aquella atmósfera densa y agobiante, sin conseguirlo. «Pasa aquí mucho tiempo, pero no le dedica atención a la casa», supuso, consciente de que era la primera vez que entraba allí desde que trabajaban juntos.

Solo se veían durante la jornada laboral y a Padín no le gustaba preguntar por su vida privada a Moncho. Corría el riesgo de que a él también le preguntaran por la suya. Era casi un autómata, concentrado en la labor asignada: trabajar, comer, dormir y escuchar música eran los elementos que daban sentido a su día a día, los cuatro puntos cardinales que conformaban su existencia. El fin de semana casi no alteraba su rutina porque ayudaba en casa de sus padres, iba a limpiar alguna finca al monte o hacía algún trabajo en negro: arreglar un tejado, construir un muro, partir leña...

Esa mañana era diferente, la jornada no seguía el esquema de costumbre. Lejos de estar nervioso o intranquilo, Padín se descubrió escudriñando con interés entre aquellas paredes. No se podía decir que lo considerase un amigo, pero sí que le había cogido cierto aprecio a Moncho. Vale que tenía la edad de su padre, que era un gruñón y que en lo único en lo que coincidían era el trayecto que seguir para llegar hasta Salgueiro, pero aun así lo tenía en gran estima. Por eso no quiso juzgar toda la suciedad de la vivienda. Por lo demás, no había ni un solo cuadro o foto. Se preguntó qué le pasaría para no tener ningún recuerdo a la vista.

—¿Te he dicho yo algo de abrir las ventanas? —La tranquilidad se había acabado—. ¡Cierra la ventana, que después es imposible calentar la casa!

—¿No crees que también es necesario ventilar un poco?

—El día en el que yo crea en algo será cuando me muera, porque por fin tendré paz y haré lo que más me apetece: nada. Mientras, métete en tus asuntos, que en mis cosas ya mando yo.

Sin que Padín pudiera darle la réplica, Moncho cerró la ventana con fuerza y lo invitó a salir a la calle.

—¡Arreando!

—¿A dónde vamos?

—A buscar trabajo.

De todas las respuestas que podría haber escuchado, esa era la última que esperaba oír. Saber que aquel hombre pequeño y fibroso estaba decidido a encontrar un nuevo empleo lo dejó perplejo. Tanto que le pareció una idea maravillosa e incluso se animó a compartir uno de los consejos que le dieron en el INEM hacía años.

—Podemos hacer una lista de empresas a las que llevar el currículo.

—¡Qué lista de empresas ni qué gaitas! Tira hacia el bar, que allí es donde se hacen negocios.

Otra vez una contestación inesperada. Padín sabía tanto de bares como de iglesias: iba cuando no quedaba otra. De todos modos, se dejó llevar. Todo fuera por salir del paro.

## Capítulo 16
## Duarte

*Marzo de 1963*

Era noche cerrada. El cielo invisible disparaba con violencia sobre las calles un ejército de gotas afiladas y penetrantes. Guillerme apuraba el paso. Caminaba pegado a las fachadas, en un inútil intento de resguardarse de la lluvia. Solo pensaba en llegar a casa y quitarse la ropa, cada vez más empapada y pesada.

—Vamos —dijo por lo bajo Duarte, nada más distinguir la figura del hombre.

A su lado, Antonio dormía.

—La madre que te...

Le dio una patada a Antonio, que refunfuñó algo, pero siguió sin abrir los ojos. Guillerme estaba a punto de llegar a la escalera exterior de la casa. Si esperaba otro segundo más, sería tarde. Corrió tras él, solo, y le habló justo antes de que agarrara el tirador de la puerta.

—Muy buenas.

—Buenas —respondió Guillerme casi por inercia, sin tener claro quién era el hombre que le hablaba.

—Soy vecino de tu primo Catrollos.

—¿Le ha pasado algo? —preguntó mientras bajaba la escalera y se exponía de nuevo a la tormenta, con cara de preocupación.

—Me mandaron precisamente para darte aviso.

—Entremos entonces y me cuentas qué ha sucedido —le ofreció Guillerme.

—Mejor vamos de camino y te pongo al día.

—¿Con este tiempo? Imposible. Esto va a más. —Señaló el cielo, que descargaba con ganas.

—¡Tú te vienes conmigo!

Duarte tiró del brazo de Guillerme con fuerza y, como este se resistía, abrió la chaqueta y sacó el revólver. El cañón apuntándole al pecho hizo su trabajo. El hombre dejó de forcejear y levantó las manos.

—No quiero problemas.

—Yo tampoco.

—Si buscas dinero, no llevo encima. En casa tengo algo, pero están mi mujer y mis hijos. Por favor, no les hagas nada.

—No busco dinero. Solo respuestas.

Guillerme se dejó guiar bajo el chaparrón. La pistola marcaba el camino.

A unos metros, Antonio seguía roncando. Duarte pensó que podía ser una carga y ni siquiera intentó despertarlo una segunda vez. También decidió salir de Pitões das Junias por si algún vecino los descubría y salía en ayuda de Guillerme.

Caminaron durante veinte minutos. Los muros del monasterio de Santa María, altos y abandonados, eran el escenario silencioso que buscaba Duarte. Se acercó a un roble frondoso, sacó la chaqueta y envolvió con ella, cuidadosamente, el revólver. Después la dejó en el suelo. Guillerme observaba expectante la escena cuando notó, de repente, el puñetazo en la boca del estómago. Un rayo lo cubrió de sombras, encogido en el suelo.

—Hace unos días encontraste el cuerpo de un niño. ¿Lo mataste tú?

—Yo solo lo descubrí. —La frase le salió ahogada—. Te juro que no le hice nada.

—Y, si lo hubieras matado tú, ¿confesarías?

—Pero es que yo no lo maté.

El segundo golpe tampoco lo vio venir. El zapatón embarrado de Duarte le reventó el labio. La mitad de la cara, ennegrecida, pronto se tiñó con la sangre que le salía a borbotones. Dolorido, Guillerme se llevó la mano a la boca, para comprobar que los dientes seguían en su sitio.

—Cuéntame la verdad y dejaré a los tuyos con vida.

Con eso olvidó el dolor, el sabor metálico y terroso de la sangre en la boca, y pidió por su mujer e hijos. Se arrodilló y suplicó como si el hombre que tenía delante pudiera obrar un milagro.

—A mi familia no, por favor. —La lluvia no le permitía ver, pero lloraba—. Vi al pobre niño, lo recogí y avisé. Nada más.

—Mientes. Y, como no me estás tomando en serio, buscaré a tu hijo más joven. A ver si así te vuelve la memoria.

Asustado, Guillerme reparó en la cazadora que descansaba al pie del roble. Trató de cogerla, pero Duarte, que adivinó al momento sus intenciones, lo frenó con una nueva patada a la altura del bazo y él cayó retorciéndose y otra vez tragó barro, como un cerdo hozando en el abrevadero.

—Tú lo has querido, no yo.

Duarte desenrolló la chaqueta con delicadeza, como si cogiera entre los dedos una lámina de papel de seda que custodia un objeto frágil y único. Agarró con firmeza el mango del arma y apuntó a la frente de Guillerme.

—Última oportunidad para confesar. Vas a morir de todas formas, pero al menos puedes irte sabiendo que tu mujer y tus hijos seguirán vivos.

El cañón apuntaba una máscara informe, en la que los ojos asustados sobresalían en medio de una superficie negra y rojiza.

—Te lo juro por mis hijos. —La voz era ahora desesperada—. Soy incapaz de hacerle eso a un niño. Escuché unos ruidos cuando meaba, fui a mirar y el cuerpo estaba allí.

—¿Unos ruidos?

—Sí. Vi unas sombras apartándose entre las ramas y después me fijé en el saco, con el chico dentro.

Guillerme tosió. La sangre le seguía cayendo por la barbilla, para diluirse en el suelo.

—¿Por qué no lo dijiste antes?

—Porque no quiero problemas.

—¿Qué problemas ibas a tener?

—Tenía miedo de que aquellas sombras fueran los asesinos del niño. ¿Y si se trata de alguien que vive en Salgueiro? Dejar un chico tirado allí no era de buen cristiano, pero no quería correr su misma suerte, así que me lo callé.

El beso metálico del revólver se separó de la carne.

Duarte lamentó no tener allí a Antonio para saber qué hacer, para consultarle si se lo creía o no, si era preciso seguir insistiendo, maltratar aquel cuerpo otro poco más, y comprobar si burbujeaban nuevas revelaciones. Pensó en las últimas palabras que había escuchado y decidió que tenía suficiente.

—Sigues mintiendo. —La pistola, una vez más, señaló a Guillerme—. Lo más fácil para un asesino es echarle la culpa a otro.

—Lo que digo es verd...

Duarte apretó el gatillo y el disparo sonó, iluminado por una nueva descarga eléctrica. Las ramas de los robles extendieron sus sombras, como brazos, sobre las dos figuras que se apostaban junto al muro del monasterio. La primera de ellas se alejó, camino de Pitões das Junias. La segunda, con los ojos cerrados y las manos tiesas, recibía los bruscos destellos de la tormenta. La epiléptica luz de los truenos se acompasaba a la perfección con el temblor confuso del hombre. Si alguien le hubiese preguntado en ese momento a Guillerme si se convulsionaba por el frío o por el miedo, se sorprendería al reconocer que lo hacía de felicidad. Estaba vivo. El oído le zumbaba de forma estrepitosa después de que la bala le hubiera pasado a unos centímetros, pero solo pensaba en ver a sus hijos.

A unos metros de allí, Duarte se preguntaba quiénes se escondían tras las sombras que habían dejado el cuerpo de Cibrán.

## Capítulo 17
## Fina

Apenas pude dormir. Le daba vueltas y más vueltas a todo lo que me había sucedido en las doce horas anteriores, desde la llamada en el hospital, mientras cuidaba a mi abuelo, hasta la fría e interminable tarde dentro de una casa en ruinas, pasando por el descubrimiento de que los restos arqueológicos eran, en realidad, personas asesinadas. Los cadáveres formaban dos figuras: en el exterior un círculo y en el interior una estrella. Lo había escuchado perfectamente, hasta vi el dibujo sobre un folio.

El insomnio puede hacer estragos o milagros. En mi caso lo que provocó fue una enorme agitación. Por eso, a las tres de la madrugada me levanté con el objetivo de poner en orden mis pensamientos a través de la escritura. Era un ejercicio que solía hacer: cuando todo se descontrolaba, cuando las palabras se enmarañaban, un cuaderno y un bolígrafo eran el mejor remedio para saciar el torrente que se movía dentro de mi cabeza.

Escribo desde pequeña casi como una terapia; escribo para crear, para construir, para ordenar, para callar, para buscarle un sentido a todo y para describir cosas que a veces no sé expresar con el habla, pero que salen de un modo automático cuando agarro el boli. Eso cuando hay suerte, porque la mayoría de las veces lo que escribo es un ejercicio fallido. Y no es que sea demasiado crítica conmigo misma o que me aplique eso de la falsa modestia, es que no hay por dónde cogerlo. Me falta inventiva.

«Ay, Fina, yo de esto no entiendo», me dijo una vez mi abuelo cuando le mostré un cuento en el que llevaba trabajando un mes. Y, claro, si el abuelo, que era un gran contador de historias, no entendía, el resto menos aún.

Bien es cierto que aquí no estábamos hablando de un cuento, sino de una historia real, de periodismo. Como me enseñaron en la facultad, hay que organizar la información. Repasé las notas, las horas, los nombres y los datos más importantes. Quería tener todo atado para cuando llegase a la redacción, que se viera que aspiraba a ser una buena profesional. Me esperaba una portada y debía estar a la altura.

Traté de buscar los hilos que nos permitieran seguir tejiendo la historia. Anoté a quién era preciso llamar para contrastar datos y a quién se podía entrevistar. Sin duda la noticia era demasiado grande para una novata, pero jugaba con la ventaja de que yo era la única que conocía las claves. Mientras la Policía tuviera el grifo cerrado, la exclusiva era mía. Debía mostrarme segura. No era mi especialidad, pero había que intentarlo.

Las horas de la noche pasaron entre folios, esquemas, anotaciones e ideas. De tanto pensar, me empezaron a sonar las tripas. Para que no me avergonzasen, necesitaba entretenerlas con algo. Decidí prepararme un café, tostadas con mermelada, coger dos magdalenas para mojar y un pequeño bocadillo de jamón. En esas estaba cuando mi madre entró en la cocina del hostal.

—Ya que estás, sírveme otro café —me pidió mientras estiraba los brazos y bostezaba.

Ella también había dormido poco esa noche. El mundo de la hostelería lo tenía todo: mucha competencia, escasa ganancia, innumerables horas de trabajo e insuficiente descanso. Aún no eran las ocho de la mañana y las dos estábamos allí. Yo porque no era capaz de pensar en nada más que en la reunión en el diario. Ella porque, después de tomar el café, comenzaría a preparárselo a los primeros clientes de la jornada.

—¿Puedes quedarte con el abuelo esta mañana? —me preguntó mientras calentaba las manos en la taza—. Así

Miguel viene hasta aquí, se pega una ducha y descansa un rato. Las noches en los hospitales son agotadoras.

—Lo intento. Pero antes tengo que ir a la redacción del *Ourense Actualidad* —le expliqué.

—Ah, sí. La noticia esa tan importante que te han pedido —me dijo con un cierto reproche.

—Tú sabes las ganas que tengo de trabajar de periodista y de que os sintáis orgullosos de lo que hago. —La miré a los ojos, buscando su aprobación, pero ella seguía centrada en su café—. Desde que acabé las prácticas no me ha salido nada, te he estado echando una mano aquí. Hacía meses que no me llamaban del *Ourense* y me pareció una buena oportunidad, porque me da miedo no vivir de lo que he estudiado. No sería la primera a la que le toca trabajar de cualquier cosa, pero me ilusioné cuando pensaron en mí. Era una noticia sin más, pero se torció y tuve que estar muchas más horas de las previstas en Salgueiro.

—¿Tuviste que ir hasta Salgueiro? —Dejó la taza a un lado, sobresaltada.

—Sí. Lo peor fue que tuve que ir andando.

Repetí lo de «andando» y añadí un «yo», al tiempo que me reía. Habiendo coches, nunca había entendido la necesidad de caminar. Esperaba que mi madre me devolviera también una sonrisa, pero mi comentario no le hizo ninguna gracia.

—¿Has ido sola? ¿Con el monte lleno de nieve? ¡Para que te pase algo o cojas una pulmonía! —me recriminó.

—No estuve sola. Y no hacía tanto frío —le mentí para no preocuparla más de la cuenta—. ¿No comprendes que, por fin, después de mucho tiempo, me pasa algo bueno? Quieren que la noticia vaya en portada y todos los vecinos van a comentarla durante mucho tiempo. Ya lo verás. Confía en mí, por favor.

A pesar de lo enfadada que estaba, conseguí que mi madre sintiese curiosidad.

—¿Y de qué se supone que van a hablar los vecinos?

—Tendrás que esperar a mañana y leerlo en el periódico —le solté con picardía, haciéndome la interesante—. Y antes de que me preguntes: sí, me van a pagar.

—No me preocupa que te paguen. Por suerte no tenemos problemas de dinero. Sí me preocupa que a mi hija le suceda algo en medio del monte o pase horas en una aldea perdida. —Las madres nunca dejan de ejercer de madres ni de vernos como niños—. Cuando te ocurra algo así, manda un mensaje o dime por dónde andas.

Me miró fijamente, rogándome que le hiciera caso.

—Hazlo, aunque sea para que no te eche la bronca.

En esta ocasión fue ella la que se rio. Me apretó la barbilla, en un gesto cariñoso, bebió lo que quedaba del café y se despidió.

—Me voy a cambiar y abro, que ya son horas.

Mientras atacaba la segunda magdalena, ella regresó a la cocina. Tenía los brazos cruzados sobre la bata. Los soltó de forma torpe y me dio un sentido abrazo.

—Anda con cuidado, ¿vale?

—Sí, mamá. Estaré bien.

Le respondí con una frase hecha, repetida de generación en generación por los hijos y perfeccionada tras añadir al final una sonrisa amable, con la esperanza de que se quedase tranquila, aunque nunca lo estaría del todo.

Yo, que soy una persona pusilánime y que se asusta al ver una abeja a diez metros, en lo que menos pensaba era en que me sucediese algo malo. Por supuesto que iba a estar bien. Mi papel era pasivo: contar algo que había sucedido, transmitir los hechos, recoger declaraciones, poner todo en contexto y listo. Acabar mi trabajo y escribir otra cosa porque el mundo seguía produciendo información y los periodistas somos los obreros de la actualidad. Algo así me habían contado durante las prácticas. Me gustaría que me lo hubiesen vendido como en las películas, ser profesionales que descubren la verdad, la exponen ante el mundo y provocan cambios en la sociedad. Durante los meses en los que estuve de becaria incluso pensé que cubrir ruedas de prensa, contar sucesos y preguntar a los vecinos por los problemas de su zona podían marcar la diferencia, que algún lector, poderoso o no, reaccionaría ante mi noticia. Lo único que recibí fue la felicitación de mi familia y de los vecinos. Todos leían mis artículos y decían que era muy buena. Incluso cuando mi único mérito era copiar frases de una nota de agencia. En todo caso, no necesitaba más. Era feliz así. Mi sueño era trabajar en un lugar en el que todo giraba alrededor de las palabras.

En cuanto pisé de nuevo la entrada del *Ourense Actualidad* sentí esas cosquillas que dicen que experimentan los enamorados. Estaba con mi historia como una niña el día de su cumpleaños: alterada, nerviosa y contenta. Tanto que fui incapaz de aguardar en la silla cuando me dijeron que Agustín aún no había llegado. Nunca se entraba temprano, porque siempre se salía tarde.

Aproveché para pasear por la redacción. Todo estaba igual: los televisores encendidos en distintos canales, las decenas de ordenadores esperando, igual que tanques, en fila y marciales, dispuestos a bombardear teletipos y a aguantar los golpes escupiendo frases sobre el teclado. A un lado la máquina de café y los periódicos de la competencia. Cada día era fundamental ver qué habían publicado los demás y quién lo había hecho mejor. Nadie quería ser el último en conocer algo importante y todos ansiaban una exclusiva. Era una batalla por ser los más rápidos, los que más y mejor informaban y los que contaban con la simpatía de los lectores y anunciantes.

En los cuatro años de carrera había aprendido de forma superficial de qué trataba el periodismo. Más tarde, en los meses que estuve de prácticas, fui una soldado en una trinchera más que una becaria. Una de las cosas que siempre imaginas es que el periodista viaja, se mueve y tiene todo el tiempo para elaborar la noticia. La verdad es que se sale muy poco, cuando se hace es para ir a eventos a los que te convocan y si hablas con alguien suele ser por teléfono.

Me acerqué a la mesa de la prensa y cogí la edición del día del *Ourense Actualidad*. Dentro, como me había comentado Agustín, vi páginas y más páginas sobre la inauguración de la autovía. Los titulares y las fotos hablaban de la importancia de aquella infraestructura. Políticos sonriendo, números, distancias, millones... Me alegré de no tener que compartir portada y de contar con un día más para prepararlo todo.

—Ha quedado bien, ¿a que sí?

Agustín me cogió por sorpresa y di un respingo.

—¡Qué susto me has dado! —le dije, aliviada al ver su cara—. Sí, ha quedado muy completo. Felicidades.

—Lo malo es que esto caduca en un día. Toca buscar material para mañana.

—Por eso estoy yo aquí.

Al responsable de local le hizo gracia mi ocurrencia.

—Muy cierto. Chica lista. En esta profesión no hay que perder el tiempo. Ven conmigo —me señaló una puerta al fondo—, vamos al despacho de Raúl.

—¿Al de Raúl?

Había escuchado perfectamente, pero me puse aún más nerviosa. Raúl Portas era el director del periódico. Solo hablaba con los redactores jefes y con los responsables de cada sección. Al resto no nos dijo ni «hola» durante el tiempo que estuve allí.

—Claro. Fina, ¿quién crees que decide las portadas? El jefe es él, no yo.

Entré en aquel cuarto como quien entra en un lugar destinado solo a los elegidos. Me sentía muy poca cosa allí. Por suerte, Raúl se dirigió a Agustín por otro tema.

—Quiero darle continuidad unos días a lo de la autovía. Hablad con los conductores de la nueva infraestructura para conocer sus impresiones. Sobre todo, con transportistas. Ah, y con empresas que exportan a otras provincias.

Hay que vender confianza y optimismo. En cuanto a los negocios pegados a la otra vía que se quejan de que la nueva variante los lleva a la ruina, dadles voz, pero no mucho espacio. ¿De acuerdo?

—Descuida. En una hora tenemos la reunión de local. Distribuyo el trabajo y vamos preparando las maquetas. Por cierto, te presento a Fina Novoa, de quien ya te he hablado.

—Mucho gusto, Fina. Me comentó Agustín que trabajaste con nosotros una temporada. Por lo visto, eras la mejor becaria, una chica brillante y resolutiva. No pudimos seguir contando contigo porque la prensa ya sabes cómo está. Todo el mundo recurre a internet y toca resistir.

Bajé la vista tras el cumplido, intentando no darle importancia. La verdad es que no recibí ninguna valoración durante mis prácticas y saber algo así, de la mano del director, me impresionó.

—Este año vamos a tener un hueco —continuó Agustín—, porque se prejubila Manuel, uno de los veteranos.

—Lo que necesitamos es talento e historias. Historias únicas. Y creo que tú tienes una.

Los dos esperaban que dijera algo interesante, que me vendiera, que hablara de lo sucedido en Salgueiro como algo de lo que se harían eco los medios nacionales e internacionales. Pero los decepcioné.

—Sí. He hecho un esquema con todo. ¿Lo queréis ver?

—Ya habrá tiempo para detalles —me cortó Raúl—. Lo principal ya lo conozco. Lo que no sé es quién es tu fuente.

—¿Cómo que mi fuente? —Otra vez parecía tonta repitiendo frases.

—Sí, quiero saber cómo descubriste lo sucedido en Salgueiro. Eres la única que parece tener información. El resto de los medios no ha publicado nada. Ayer llamamos al inspector Magariños, para tantearlo, y nos contó que está aburrido, haciendo informes en la comisaría de Ourense. ¿Para qué iba a mentir un hombre de su trayectoria?

—¡Pero estuvo en Salgueiro! —solté, molesta—. Incluso vino a cenar a medianoche con otros policías al hostal de mi familia.

Raúl y Agustín se miraron al momento. Me di cuenta de que me había descubierto de la forma más estúpida.

—¡Así que tú eres la fuente! —El director se llevó las manos a la cabeza—. Esto sí que no me lo esperaba. ¿Tienes alguna prueba? ¿Alguna declaración?

—Eh... —Intenté poner orden en mis pensamientos, pero no me salió nada.

—¿A medianoche, dices? —me preguntó Agustín—. Pero si me llamaste por la tarde para contarme lo sucedido.

—¡Eso es! —Por fin me acordé—. Fui hasta Salgueiro a cubrir el descubrimiento arqueológico. La Guardia Civil tenía cortado el paso, pero accedí a la aldea por un caminito. Me escondí al ver cómo se acercaba una comitiva policial, pero pude escuchar algunas conversaciones. Hasta hice un par de fotos y un vídeo.

Saqué el móvil del bolsillo y les mostré las imágenes. Juntaron sus cabezas con la mía para mirar lo que escondía aquel aparato.

—Pero ¿qué broma de mierda es esta? —bramó Raúl.

—Son las fotos que hice al entrar en la aldea —expliqué, avergonzada.

—Sí, un paisaje nevado. Muy bonito. Puedes presentarlo a un concurso a ver si te dan el premio de consolación.

No me gustó nada su tono sarcástico. Comenzaba a sentirme cuestionada por todo.

—Lo que pregunta Raúl es qué prueba esto.

—Que estuve en la aldea ayer por la tarde. Que no os miento. Yo no sabía lo que había pasado. Aquello se llenó de policías, me asusté y me escondí. En la entrada de la aldea ponía que solo se puede acceder con una autorización y no quise que me descubrieran.

Al final no pude aguantar y lloré de rabia. Agustín me pasó un brazo por encima de los hombros y trató de consolarme. Lo sacudí porque no quería que nadie me tocase.

—Raúl, aquí hay algo muy gordo. Tú lo sabes. Tienes instinto, como yo. La chica dice la verdad.

—Sí, pero solo con el instinto, sin pruebas, es muy arriesgado.

—¡Por eso está Fina aquí!

Acababa de repetir la frase que le había soltado yo a él unos minutos antes. Me cogió tan desprevenida que, con la sorpresa, los mocos salieron disparados de mi nariz. Era una situación tan surrealista que a todos nos dio por reír.

—Fina, si te parece, comenzamos de nuevo —propuso Raúl—. Te creo, pero no puedo publicar esta historia. Así, sin más, no.

—¿No tenéis ninguna fuente en la Policía? Yo soy una novata, pero vosotros contaréis con alguien que os pueda detallar y confirmar lo sucedido.

—Magariños suele tener un círculo de confianza muy cerrado. De ahí solo sale aquello que le interesa —apuntó Agustín.

—Podéis ir hasta Salgueiro. Tiene que quedar algo después del operativo policial que montaron ayer. —Traté de agarrarme a cualquier posibilidad.

—La gente de Magariños es muy profesional —dijo Agustín—. Si encontramos los restos de la cinta policial, será una suerte.

Me caía mal aquel inspector. Aunque solo había coincidido con él una vez, imponía. Vaya si imponía. Afortunadamente, se me ocurrió otra idea.

—Ya lo tengo. Sé cómo podemos publicar la historia sin comprometer la integridad del periódico.

## Capítulo 18
## Magariños

Era controlador y metódico. Tanto que provocaba, a partes iguales, temor y admiración. Exprimía todo cuanto podía y más a sus subordinados. Y estos se dejaban hacer durante un tiempo. Resultaba ser un tipo comprensivo cuando era preciso y un jefe exigente la mayor parte de las veces. Solo quería a los mejores. Y los mejores querían aprender de él. La mayoría seguían siéndole fieles, a pesar de sus llamadas intempestivas, del amargor de sus ojos cuando no había una respuesta y de sus órdenes frías y secas cuando necesitaba resultados.

El inspector Magariños, el primero de su promoción, no tenía apenas amigos. Vivía por y para el trabajo. Dentro de la Policía socializaba para mantener unido al grupo. Los líderes deben ser también próximos y él intentaba que su gente le fuera incondicional. En el salón de su casa había colocado un diagrama con todos los policías bajo su mando y su árbol genealógico. Conocía los nombres de cada una de aquellas cajitas. Y, por supuesto, las fechas importantes: si los hijos cumplían años, por ejemplo, siempre les compraba algún detalle y permitía que salieran a su hora.

Una vez al año organizaba una quedada con todos. Quería que fueran una gran familia. En cierta medida era la única que conocía.

Él solo necesitaba una cosa: que estuvieran a la altura. Que respondieran. Como en la jornada anterior, en la que trabajaron sin descanso en un escenario complicado y con unas condiciones muy adversas. Había pedido discreción y sus hombres estuvieron toda la noche, sin una sola queja, exhumando los cuerpos y buscando pruebas. Como recompensa, les había dado la mañana libre. Debían dormir un poco. Era consciente de que por delante tendrían jornadas de mucha carga y estrés. Eran engranajes de una máquina que funcionaba de forma armoniosa. En esos momentos era cuando más disfrutaba, cuando todos estaban concentrados, atentos a cualquier detalle que les permitiera resolver el caso. Se sentía como un director de orquesta, sacando lo mejor de cada uno, afinando capacidades, guiando sentidos e interpretando pistas.

Esta vez estaba ante la pieza más complicada de su carrera, llevaba años preparándose para un desafío así. Porque el inspector Magariños era un hombre al que le gustaba tener todo bajo control, pero que ansiaba que lo pusieran a prueba. Deseaba nuevos retos. Y este era inmenso.

Lo advirtió nada más llegar a la aldea. El escenario no se había escogido al azar. El asesino o los asesinos se habían tomado muchas molestias para esconder allí los cuerpos. Todo parecía parte de un ritual, pero había elementos que lo situaban ante un caso excepcional.

Nueve cuerpos eran demasiados. El asesino de la baraja, Alfredo Galán, había matado a seis personas y lo había intentado con tres más. El monstruo de Machala, Gilberto Chamba, acabó en Ecuador con la vida de ocho mujeres y en España hizo lo mismo con otra más. La diferencia era que ellos estaban en prisión, y el que buscaba Magariños, en libertad. Podía cometer o haber cometido más crímenes.

El móvil se iluminó. Era Mouteira, de la Unidad de Antropología Forense del Hospital de Verín.

—¿Ya tienes el informe?

—¿Qué tal un «buenos días» o un «antes de nada, Mouteira, muchas gracias por darle prioridad a mi caso»?

—Tienes toda la razón —reconoció Magariños—. Cuando estoy absorto en una investigación suelo perder las formas. Disculpa, Mouteira. Y gracias por llamarme tan rápido.

—Esto ya es otra cosa —dijo con cierta sorna el forense—. Volviendo a tu pregunta, el informe aún no está listo. Estoy en ello, pero, como sé que es un caso complejo, te llamo para contarte algunas conclusiones preliminares. Todo esto de forma extraoficial.

—¿Algo sobre el *modus operandi* del asesino?

—Sí, que no tiene.

—¿Cómo que no tiene?

—Lo que oyes. De hecho, varios cuerpos carecen de signos de violencia según el análisis inicial.

—¿Qué quieres decir? ¿Que no han sido asesinados?

—Estoy pendiente de los resultados de toxicología, pero, a nivel superficial, no he detectado nada extraño.

—¡No jodas que han muerto de viejos!

Un profanador de tumbas o un ritual en el que se empleaban restos humanos abriría una nueva línea de investigación.

—En algún caso es probable. Pero hay diferentes tipos de víctimas.

—¿A qué te refieres con diferentes tipos?

—En dos cuerpos he descubierto cortes en los huesos. En algunas zonas incluso encontré fisuras, por lo que estaríamos hablando de que se empleó un arma blanca con un grosor de hoja superior al de un cuchillo.

—¿Me estás diciendo que solo en dos casos hay indicios claros de asesinato?

—No. Te estoy diciendo que dos cuerpos han recibido agresiones por arma blanca —replicó Mouteira, en un tono aséptico—. Otros tres presentan un traumatismo craneal entre el esfenoides y el hueso frontal. Hay impactos en distintas zonas, por lo que no son fruto de un accidente.

—¿Se trata también de víctimas de avanzada edad?

—Te lo detallaré todo en el informe, pero no hay un patrón. Este tipo de traumatismos está presente en los cuerpos de los niños enterrados en el lugar y en un adulto.

Magariños, que siempre tomaba notas en un cuaderno, dejó de hacerlo. Nada de aquello tenía sentido. Las piezas, lejos de encajar, complicaban todo lo que creía suponer hasta ese momento.

—¿Estás ahí? —Mouteira no estaba acostumbrado a los silencios del policía.

—Sí, sí, perdona. —Trató de recuperar el hilo.

—Los cadáveres, antes de que los desenterrara la excavadora, estaban cubiertos por un saco. Eso revela que fueron manipulados por la misma persona.

Los esquemas mentales de Magariños acababan de saltar por los aires.

—Una última pregunta antes de dejarte tranquilo. ¿De cuándo son los cuerpos?

—La mayoría se encuentran en fase esquelética. A simple vista diría que hay diferentes estadios. Algunos llevan muertos años y otros décadas.

—¿Décadas? ¿Lo dices en serio?

—Sí. No obstante, uno de los cuerpos está en fase inicial de licuefacción.

—¡En cristiano, Mouteira!

—La víctima falleció hace menos de quince días.

## Capítulo 19
## Raúl y Agustín

Fina atravesó la redacción. Atrás quedaron el director y el jefe de local del diario. Aún era pronto. En las mesas apenas había unos pocos periodistas. Con los ojos cansados, ambos se miraron, animándose a comentar el encuentro con la chica.

—Creo que has sido un poco duro con ella —dijo Agustín, mientras jugaba con el bolígrafo, dándole pequeños golpes a una libreta.

—Es importante que aprenda, que se curta —soltó Raúl, seco, como si la respuesta fuera obvia—. Le dije que había sido la mejor de las prácticas solo porque tú me lo pediste. Pero está muy verde. O espabila o se la comen viva.

—Todos tuvimos pájaros en la cabeza un día y el sueño de ser el gran periodista de nuestra generación.

—Con suerte, alguno de los que acaban ahora el grado de Periodismo conoce a Kapuściński o Günter Wallraff. Cuando transcurre un año, lo que les preocupa es poder llegar a fin de mes. Y, cuando pasan cinco, desearían haber estudiado otra carrera.

—Malos tiempos para la lírica.

—Muy malos. Qué te voy a contar que tú no sepas.

El director dobló la portada del diario. Señaló la cabecera, donde destacaba un cuño: «25 años con Ourense y su gente».

—Necesitamos esa historia. Hablaré con los de comercial, les diré que tenemos algo grande entre manos. El periódico se va a vender como churros.

—Por eso no entiendo tu obstinación. Cuanto antes la publiquemos, antes empezamos a vender. A fin de cuentas, tú y yo sabemos que lo de las fuentes y lo de contrastar es pura teoría. Aquí el que no corre vuela.

—No quiero ser el idiota al que le pisan la historia. Pero tampoco quedarme con el culo al aire. Andemos con ojo. Tú sabes los intereses que hay por medio y cómo es ese Magariños. Confías en esa chica, ¿no?

—Se ve a leguas lo inocente que es. Por ese lado no hay peligro. La historia es solo nuestra.

—Entonces prefiero esperar. Si la Policía aún no ha comunicado nada, no creo que lo haga hoy. O bien evitan crear alarma o tienen otras razones que se nos escapan. Vayamos mejor sobre seguro.

—Sin prisa, pero sin pausa y con todo bien atado. Como en los viejos tiempos.

Agustín recogió la libreta y el bolígrafo y se levantó. En breve se reuniría con su gente para planificar los temas de la sección. A diferencia de los que se ocupaban de economía o de internacional, la parte de local era la más importante para un periódico como el suyo. Hablaban con todo tipo de personas: vecinos, políticos, jubilados, empresarios, artistas aficionados, clubes deportivos, asociaciones culturales... Incluso había quien llamaba indignado a la redacción porque no tenía wifi en casa y le parecía la peor catástrofe del mundo. «Ya le he dicho a la empresa de internet que si no me lo arreglaban rápido se iba a publicar. ¡Quiero que se les caiga el pelo!». «A ver si hay un hueco, porque hoy está complicado», solía resolver Agustín cuando, más que informar, le exigían que se denunciase al día siguiente a toda página.

—Mantenme al corriente de todo —le pidió Raúl—. Ah, por cierto, no acabo de fiarme al cien por cien de esa chica. O al menos de que su idea salga adelante. Necesitamos un plan B. Trabaja en paralelo, a ver qué descubres.

—Raúl, sabes que no tengo tiempo.

—Sácalo de donde sea. Distribuye el trabajo y que se encargue Sabela de la supervisión durante unos días.

Esto es más importante. Quiero buen material para esta semana.
—¿Y si lo que descubro no te gusta?
—Entonces me decepcionarías.

# Capítulo 20
# León

«La gente piensa que tener poder es fácil. Pero no hay nada más complicado. Todo son problemas. Nadie piensa en las adversidades, en las amenazas o en los enemigos. Si supieran todo esto, desearían seguir con sus vidas, sin sobresaltos, sin anhelar lo que desconocen. Porque no todo el mundo es capaz de controlar el poder o mantenerlo. Siempre hay quien ambiciona lo que es tuyo. Muchos se cambiarían por mí con los ojos cerrados, pero sé que no aguantarían la presión ni un día. Solo puedes contar contigo mismo. Vives en constante tensión y debes ser fuerte, tomar decisiones y actuar. Muy pocos son capaces de hacerlo, porque son débiles y tienen miedo. Es más fácil que otros decidan. Desean el poder, pero son incapaces de usarlo, temerosos de sus consecuencias. Por suerte, el mundo nunca será de los débiles», reflexionaba para sí Arturo León mientras aparcaba con cuidado su flamante Mercedes-Maybach Clase S delante de la oficina.

Antes de salir del coche se miró en el espejo y colocó bien el nudo de la corbata. No era un tipo presumido, pero cuidaba su aspecto. «La primera impresión cuenta» y «Cuando alguien no te conoce, te juzgará por la imagen que proyectas» eran dos de sus lemas. Tenía muchos más. Tenía tantos que podría publicar una guía para emprendedores, un ensayo sobre cómo triunfar en el mundo de los negocios, y aún le sobraría material para cuatro o cinco libros más.

Otra de las frases que se repetía, porque él era así y se daba ánimos de forma constante, era «Convierte tus debilidades en tu fortaleza». Le gustaba para título de un libro.

Sonaba a manual de autoayuda, cierto, pero era toda una declaración de intenciones. Claro que tenía puntos débiles, pero no podía permitirse el lujo de que se los descubrieran. No a su nivel. Él había venido a este mundo para ser un ganador, para hacer cosas grandes y ser un hombre respetado. Los que son como él no se conforman con menos, no llegan a un punto en el que paran o levantan el acelerador, porque la velocidad es adictiva. Frenar sería ver el mundo a cámara lenta, al ralentí, sería como coger un purasangre y ponerlo a dar vueltas en un carrusel. No formaba parte de su ADN. Él deseaba correr, ganar, estar arriba y mirar a todos desde la cúspide. Para hacerlo, los detalles eran fundamentales, incluso el nudo de la corbata de seda que tan bien combinaba con el traje italiano hecho a medida.

Hay quien dice que somos sustituibles, que hay cientos de personas que pueden ocupar tu lugar y no notaríamos la diferencia. León no lo creía. Al menos en su caso. Sabía que tenía enemigos, competidores que deseaban ocupar su sitio, hombres y mujeres que escondían sus intenciones bajo una pantalla de amistad o de intereses comunes. Pero nunca podrían igualarlo. Él se consideraba único. ¿Por qué? Porque llevaba años encima, desconfiando y siendo, al mismo tiempo, amigo de todos, vendiendo y comprando favores. Apretando manos y partiendo piernas. Los demás apenas eran aprendices, quejicas con ínfulas de grandeza que aún no habían asimilado lo que es el trabajo. Porque para lo que él hacía no llegaban ocho horas laborables, ni diez, ni doce. Él había nadado en el barro y comido tierra muchas veces. Solo alguien que conoce el sabor del estiércol se relame al cubrir de mierda a los adversarios.

Entró en el despacho y tocó con el dedo índice el lomo de su biblia. Era una manía, un acto reflejo, como quien se persigna por las mañanas o se levanta con el pie derecho. No leía mucho, pero aquella obra lo marcó. Le habían hablado de *La rebelión de Atlas* en una reunión de empresarios porque contaba la historia de unos hombres de negocios brillantes a los que les hacían la vida imposible con leyes, protección a los trabajadores y demás gaitas. Fue a una librería a preguntar y, cuando le enseñaron aquel tomo de más de mil páginas, pensó que ni de broma iba a malgastar su preciado tiempo leyendo aquello. «¿Qué me va a enseñar a mí un libro?», meditó. Pero lo compró y un día pasó la primera página, otra tarde le dedicó diez minutos y, unas semanas después, había finalizado la novela y ya estaba releyéndola. Las páginas estaban marcadas, justo allí donde había señalado frases e incluso párrafos enteros. Después supo que la obra era de una mujer, Ayn Rand. «Para ser mujer no escribe mal», fue lo primero en lo que pensó. Le contaron que era rusa. «Claro, solo un comunista, alguien que ha tragado basura hasta lo inimaginable, podía contar una historia así», sentenció.

Le gustaba su defensa del individualismo, el «egoísmo racional», que llamaban los estudiosos, pero que Rand definía tan bien en la frase «Juro por mi vida y por mi amor por ella que nunca viviré para otro hombre, ni pediré a otro hombre que viva por mí». Otra de las citas que tenía marcadas en aquel libro tantas veces sobado definía como la clase más depravada de ser humano al que no tenía propósitos. Arturo León contaba con un claro propósito en la vida: tener poder. No buscaba protagonismo. Eso solo lo necesitaban aquellos con baja autoestima o que deseaban aparentar. Él prefería mandar sin ser visto, pisar con discreción, dar favores con disimulo y mangonear con cautela y elegancia.

La butaca de cuero rechinó nada más sentarse. El sonido se apoderó de la estancia. Eran casi las diez de la mañana, aunque normalmente estaba allí a las seis. Como jefe, daba siempre ejemplo: era el primero en llegar y el último en marcharse. Normalmente entraba a las seis, aunque ese día, para asombro de todos, hacía su entrada casi a las diez de la mañana.

Valoraba a los empleados entregados, los que hacían horas y no se limitaban solo a cumplir lo que marcaban los sindicatos. Los afiliados eran los peores, los que menos ganas tenían de trabajar y más daban por culo. Se les llenaba la boca hablando de derechos, pero no de asumir responsabilidades o de sacar adelante tareas. Hacían lo justo, y ni eso. No obstante, contaba con buenos trabajadores, con hombres que se implicaban y estaban hasta las mil, día sí y día también. Todo el mundo tenía una familia, aunque no todos disfrutaban de la suerte de estar en una empresa importante. Él daba de comer a cientos de hogares. Deberían estarle más que agradecidos.

El imprevisto en Salgueiro había trastocado su agenda. Estuvo siguiendo de cerca el trabajo policial hasta que, de madrugada, el cansancio lo convenció de que, a su edad, necesitaba acostarse un rato. Esa mañana tenía encuentros con proveedores, visitas a obras y una reunión con el departamento de contabilidad que ahora necesitaba reorganizar al entrar más tarde. Se veía como un empresario generoso. Cada uno según sus méritos. Lo que no podía tolerar era dar órdenes y que se ignorasen. «La obra de toda una vida, tantos años de constancia, y dos desgraciados casi me buscan la ruina. Menos mal que soy un hombre con recursos y los favores se pagan con favores», constató mientras anotaba, con una caligrafía exquisita, los nombres de Padín y de Moncho en su agenda Montblanc. Si pensaban que ser despedidos era lo peor que les podía pasar, estaban muy equivocados.

## Capítulo 21
## Fina

Mi cabeza era una cacerola burbujeando y con la tapa puesta. Las ideas iban y venían, se mezclaban, daban paso a teorías, a nuevas preguntas. Quería mi portada. Tenía un plan. Era un plan muy básico, pero un plan a fin de cuentas. Además, a Raúl y Agustín les había parecido bien.

Deseaba comenzar con la jornada de trabajo, pero también saber de mi abuelo. Como aún tenía tiempo por delante y estaba en Ourense, decidí ir al hospital. Una visita rápida antes de afrontar el resto del día.

Me tiré varios minutos dando vueltas para encontrar un sitio donde aparcar. Cientos de personas pasaban el día dentro de aquella mole de hormigón y vidrio. Pocos sitios peores que este para consumir las horas y las esperas. Mi abuelo siempre se ponía en lo peor. Era así por naturaleza. No disimulaba ni conmigo ni con mi madre. «Ya verás como no es nada», le solíamos decir cuando tenía cita con el médico, justo antes de que él nos repitiera las mil y una enfermedades que acababan con uno bajo tierra. ¿Era hipocondriaco? En absoluto. Conocía muy bien la muerte y, a su edad, siempre pensaba en las probabilidades de marcharse de este mundo de forma natural o bien animado por una enfermedad.

Subí a la tercera planta y, en cuanto se abrieron las puertas del ascensor, vi a Miguel. Esperaba a que una máquina regurgitase un sucedáneo de café.

—¿Cómo ha pasado el abuelo la noche?

Miguel, que estaba concentrado en el recipiente de plástico que se llenaba poquito a poco, se giró sorprendido.

—¡Ah! Buenos días, Fina. Bien, bien. Hoy ya está consciente y con ganas de cháchara. Ya lo conoces. No hace más que quejarse, pero le gusta la marcha.

Cogió el resultado aguado de sesenta céntimos y me fue contando cómo había sido la noche. En cuanto entramos en el cuarto, al abuelo se le iluminó la cara. No le dije nada, pero leyó en mis ojos la preocupación por su accidente.

—Tienen miedo de que me seque porque no hacen más que meterme mangueras por todos lados —dijo señalando los diferentes tubos—. ¡Voy a echar flores!

De nuevo consiguió sacarme una sonrisa.

—Un par de meses más y darás manzanas. ¡Pero de las ácidas! —le dijo Olegario, su compañero de habitación.

El abuelo se rascó la frente, justo al lado de donde tenía un enorme hematoma.

—No aguanto más aquí. Si no me lleva la salud, me voy a morir de aburrimiento. Vaya compañero que me ha tocado sufrir. ¿No me podían poner una chica guapa al lado? Pues no, a otro viejo decrépito como yo.

—Lo primero que haré en cuanto me den el alta es ir a la feria y tomar un buen pulpo acompañado de un ribeiro. No aguantarte más se merece una celebración.

—Cuidado, no vaya a ser que te atragantes.

—Soñar es gratis, Manolo. Pero, mira, si tan cansado estás de mí, hazle un poco de caso a tu nieta. ¿O piensas que Fina no tiene otra cosa que hacer que escuchar a dos viejos chochos?

—Es la mayor verdad que has dicho en tu vida.

A continuación, el abuelo me miró fijamente. Abrió los ojos al máximo y arrugó la frente. Era una señal muy nuestra. Muy de decir sin decir nada. Un «aquí estoy» que nos servía para saber que las cosas estaban bien. En esta ocasión, no me conformé solo con eso.

—Siento haberte dejado solo ayer.

—No digas tonterías. Fui yo quien te dijo que fueras. No puedes perder todo el día con un carcamal como yo. El trabajo es lo primero.

—Sí, pero, si hubiera estado contigo, no tendrías ese moratón en la cara ni estarías intubado. Mamá te dejó a mi cargo.

—Por mucho que digáis tú y tu madre, tengo una edad. A mejor no voy a ir. Y vosotras tenéis vuestra vida. A todo esto, ¿cómo fue la noticia? ¿Me has traído el periódico?

—De momento no ha salido nada. Tengo que seguir investigando.

—¿Y eso?

—No puedo contar mucho, pero es gordo. Es por algo que pasó en Salgueiro.

—¿Sabes quién nació allí? ¡Xosé da Pequena!

La línea de trabajo no pasaba por hablar con ningún vecino que hubiera nacido en aquella aldea abandonada. De todas formas, era una magnífica idea. Si mi plan funcionaba, me acercaría a verlo. Me serviría para describir cómo se vivía en el lugar, para contar con información de primera mano de la zona y redactar algún despiece informativo.

—Vive en Prado, ¿no?

—Sí. En la parte alta, junto a la iglesia.

—¿Sabrá quién soy? Es que acercarme allí, sin más, me da un poco de apuro.

—Y, si no lo sabe, le dices que vas de mi parte y listo. —El abuelo pareció reflexionar—. Además, ¿tú no eres periodista? Mal te veo con tanto escrúpulo.

Olegario me miró y movió la cabeza, como diciendo «ahí has hablado».

—Tenéis toda la razón. A ver si me acerco en algún momento.

Era cierto que me faltaba iniciativa y sangre en las venas. En ocasiones tenía la sensación de que era como una comercial a puerta fría, tocando en las casas o llamando por teléfono, intentando convencer a la gente para que me dedicase unos minutos, que confiasen un poquito en mí y así poder vender alguna historia.

Miguel cogió sus cosas y se despidió durante unas horas. Acompañé al abuelo y a Olegario hasta su regreso, después de comer. Me daba pena dejarlos, pero el tiempo pasaba rápido y aún debía poner en marcha el plan para conseguir mi exclusiva.

—Portaos bien, que ya va siendo hora de que trabaje un poco. Voy hasta las oficinas de Arturo León. Con suerte, podré entrevistarlo.

—¡Arrediós! —juró mi abuelo—. Sí que es importante la noticia, sí. Olegario, mira mi nieta. Va a hablar ni más ni menos que con uno de los empresarios más conocidos de la provincia.

—Con algunos es mejor no relacionarse —atajó Olegario—. Ándate con ojo y no te fíes de él.

Esta vez el compañero de cuarto de mi abuelo centró nuestras miradas. Estaba serio y su habitual ironía había desaparecido. Se rascó la nariz, apretó los labios y me miró.

—No es ninguna broma. Sé que soy viejo y no suelo decir cosas sensatas, pero en esto hazme caso.

No volvió a abrir la boca. Solo juntó las manos para remarcar la frase, casi pidiéndomelo por favor, y se sentó encima de la cama del hospital, con la bata dejando a la vista sus pantorrillas peladas y las varices asomando como lombrices por atrás.

—Al comité de sabios siempre le hago caso. Os iré contando qué tal todo.

Como no me gustaba verlos de aquella forma, me despedí dándoles dos sonoros besos a cada uno, de esos más propios de una madre que de una chica de veinticuatro años.

## Capítulo 22
## Padín

Sentado junto a la barra del bar, Padín removía un vaso de leche con cacao que llevaba tiempo frío. Sin quererlo, había creado un vórtice al que deseaba saltar de cabeza. A veces, sujetaba la cuchara con delicadeza, entre el pulgar y el índice izquierdos, como si fuera un objeto frágil y sensible. Imaginaba que era una de las palancas de la excavadora, que estaba dentro de la cabina, controlando con precisión una máquina grande y pesada, aislada del resto del mundo. «Ojalá todo fuera tan sencillo como manejar una retroexcavadora», concluyó al tiempo que movía ligeramente la cucharilla.

Su compañero, Moncho, agarraba por el cuello la segunda cerveza de la tarde. Mientras, con la uña rascaba la etiqueta, sacando poco a poco trocitos de papel que después convertía en bolitas. Hacía una fila con ellas, las golpeaba con los dedos y desaparecían en el suelo.

Padín intentó seguirlas con la vista y se sintió ridículo al perder de ese modo el tiempo. Allí nadie les daría una oportunidad laboral. Era el cuarto bar al que iban ese día y en todos había sucedido lo mismo. Cuando entraron en la primera cafetería, por la mañana temprano, Moncho se presentó como si fuera el sheriff del lugar. Saludó a los paisanos, con palmadas recias y seguras, para que todos lo vieran. Regaló sonrisas y preguntó por la familia. Después habló con algunos del tiempo, de fútbol, e incluso compartió alguna maldad tras señalar la contraportada del diario *As*.

Él, que se situaba detrás de Moncho como un científico que pretende únicamente observar y no influir en el resultado de un experimento, trataba de entender cómo iban a conseguir trabajo de esa forma. Lo hizo cuando Moncho aseguró que los cafés corrían de su cuenta, para luego soltar, como quien no quiere la cosa, el tema en cuestión.

—Por cierto, si sabéis de algo, este y yo buscamos curro.

Eran en su mayoría del gremio, albañiles como ellos que tomaban un café con un poco de aguardiente para enfrentar las bajas temperaturas de la mañana. Conocidos que tenían contactos y te llamaban o te recomendaban si se necesitaba a alguien en una obra. Los paisanos aceptaron el convite, pero fueron lacónicos en la contestación.

—Lo haremos. Pero la cosa está un poco floja.

—¡Ah! Yo pensaba que se había acabado la crisis y se necesitaba gente.

—No es tan bonito como lo pintan.

La sonrisa de Moncho le salió más forzada que amigable. Así lo percibió Padín. De ahí, interpretó, que su primera reacción fuera pedir una cerveza cuando se quedaron solos ellos dos. Toda la alegría, toda la conversación y toda la simpatía que desprendía al entrar en el bar se ahogaron de repente en la boca de aquella botella de color parduzco.

Corrieron la misma suerte en los siguientes locales. Moncho hablaba con sus conocidos, pero la gente tenía prisa, se quejaba de que escaseaban los encargos o se disculpaba porque no estaban buscando a nadie en ese momento.

—Ya verás como en unos días nos llaman —se animó Moncho mientras limpiaba con el dorso de la mano el líquido ambarino.

—No, no lo harán.

Estaban solos y la frase del propietario del bar hizo que movieran la cabeza en una sincronización perfecta, como espectadores de un partido de tenis.

—Son buena gente —le replicó Moncho—. A mí nunca me han fallado.

—Sí, pero el miedo es libre.

—¿A qué te refieres? —Su metro sesenta cambió de posición, adoptando una actitud defensiva.

—Me refiero a Arturo León.

—¿Qué pasa con él? —preguntó sorprendido.

—Ha dejado algún que otro recado. Os ha marcado con una cruz.

Mientras se quedaban sin habla con la noticia, le daba brillo al vaporizador de la máquina de café, repasando una y otra vez la lengua metálica con un paño. Padín fue el primero en abrir la boca.

—¿Cómo que nos ha marcado?

—Andad con ojo porque os la tiene jurada. Ha amenazado con hacerle la vida imposible a quien os eche una mano.

—¿Y eso por qué?

—Dice que falta material en la obra de Salgueiro y los ladrones no andan lejos. —Señaló a ambos con el trapo—. Decidió tapar el asunto para evitarle mala publicidad a la Xunta, pero no olvida.

Se transformaron en habitantes de un museo de cera. Más que pálidos estaban blancos y casi ni pestañeaban. La cerveza de Moncho permaneció varios segundos a media altura, como si el tiempo se congelase. Padín abrió la boca, incapaz de respirar.

—Yo, de vosotros —hizo una pausa mientras los miraba—, buscaba trabajo lejos de aquí.

Padín parecía un niño que intenta pronunciar por primera vez palabras. No era capaz de arrancar la frase, mientras pedía ayuda a Moncho con gestos.

—¡Pe..., pe..., pe..., pero si no hemos hecho nada! —protestó finalmente.

El dueño del establecimiento se encogió de hombros, como diciendo que «no son cosas mías». Moncho se unió a su actitud de indiferencia, bebiendo de un trago lo que quedaba en la botella.

—Ponme otra —pidió ante la extrañeza de Padín.

Los siguientes minutos se comportaron como dos extraños. Uno creando remolinos en un vaso de leche fría con cacao y otro transformando trocitos de papel en esferas que iban a morir al terrazo. La apatía se acomodó en aquella esquina hasta que un golpe seco encima de la barra sacó a Padín de su ensimismamiento. Moncho sacudió de nuevo el mostrador y se levantó del taburete con la mirada perdida y furiosa. Pidió que le cobraran las consumiciones y enfiló hacia la salida del local. Padín lo atajó. Los pelos solitarios y encanecidos de Moncho le llegaban a la altura de su pecho.

—Aparta —le gritó al tiempo que lo empujaba, sin poder moverlo ni un solo centímetro.

—¿A dónde vamos? —quiso saber Padín, sin darle importancia al empujón.

—Tú a ningún sitio. Yo a bajarle los humos a uno que se lo tiene muy creído. Si me ha puesto una cruz, al menos que sea con motivo.

—No hagas locuras. Las cosas siempre se solucionan —trató de calmarlo Padín.

—Tienes toda la razón —ironizó—. Si no es por las buenas, lo solucionaremos por las malas.

Padín sintió que Moncho se recreaba en la última palabra. Pensó en replicarle que actuar en caliente siempre era un error, pero no tuvo ocasión. En dos rápidos movimientos fue superado por aquel hombre terco y pequeño que, a pesar de su edad, se mantenía de lo más ágil. Cuando reaccionó, Moncho ya estaba con un pie fuera del bar.

# Capítulo 23
# Antonio

*Marzo de 1963*

Tenía los pies fríos y húmedos. Nunca era capaz de dormir si se le enfriaban y ahora estaban congelados. Por esa razón se despertó. La boca estaba pastosa, como si le hubieran dado de comer hierba seca. Sacó la lengua para limpiar los labios y fue como sentir papel de lija. La cabeza nadaba en una niebla densa y tan oscura que no veía ni recordaba nada. ¿Dónde estaba?

Volvió a ser consciente de la humedad. El pantalón. Tenía el pantalón mojado. Se llevó la mano, instintivamente, a la entrepierna. No sería la primera vez que se meaba encima.

Tras el tacto, el sentido que recuperó fue el del oído. Las gotas rompían contra el suelo, caían con fuerza sobre el pavimento y formaban grandes charcos. A lo lejos se oían truenos y el viento azotaba los robles. Era una tormenta de invierno, de esas de las que es mejor escapar.

Más tarde el iris filtró el brillo intermitente de los relámpagos, y de la oscuridad surgieron las primeras sombras. La cabeza aún le daba vueltas, pero los ojos se adaptaron a la noche y fue percibiendo varias formas. Se encontraba en el atrio de una iglesia. «En Pitões das Junias. Eso es. Vine aquí con Duarte», concluyó. Pero estaba solo. ¿Por qué?

Intentó levantarse y le llegó el olor fétido de su vómito. En el suelo, una sopa de vino tinto y pan se diluía gracias a la lluvia. Había bebido mucho. Demasiado. Recordaba la conversación en la taberna, los primeros tragos y después una bruma, un muro cada vez más denso que no le permitía ver más allá. Había ido allí por Cibrán, de eso estaba seguro. Como también de que le había vuelto a fallar.

Nunca fue lo que se dice un buen padre. Quería a los hijos a su manera. En especial a Cibrán. Por encima de todo deseaba un niño, un hombre con el que compartir el oficio, con el que ir de caza, con quien practicar las señas del tute y echar unas partidas antes de cenar, o a quien enseñar los nombres de las grandes rocas, de los arroyos y de las cascadas. Tardó en llegar. Elvira no se quedaba embarazada y le ponía velas cada día al santo. Él intentó rezar alguna vez, pero no le salía, era incapaz de creer que esas caras mustias de túnicas oscuras traerían un bebé a su vida. Quien sí le dio confianza fue la curandera. Recomendó que su mujer pasase menos tiempo en casa y más al aire libre, que tomase un preparado especial de hierbas y no la agobiara tanto. Diez meses después, nació Cibrán.

Aún recordaba la emoción de verlo por primera vez. Era un niño. Un bebé que gritaba a pleno pulmón, un macho vigoroso que crecería y cuidaría de la casa en el futuro. Al cogerlo en brazos paró de llorar. Sintió una felicidad inmensa. Era como si gritara porque necesitaba su contacto. Por fin se conocían. Ese fue el momento en el que más unidos llegaron a estar.

Antonio era un hombre trabajador, aunque poco cariñoso. No destacaba por ser paciente ni hablador. Se quejaba del mocoso porque no lo dejaba dormir por las noches y así no podía rendir de día. Prefería estar en cualquier sitio antes que en casa para huir de ese olor a pañales manchados y a leche materna. Entonces solo era un crío, una bolita blanca que requería atención constante y él no estaba para historias. Eso era cosa de su mujer. Elvira lo animaba a acunarlo, a hablarle, a acogerlo en el regazo y hacerle monadas. ¡Qué poco lo conocía! Él no era de esos. Además, las pocas veces que había cogido a Cibrán de bebé, este se retorció y lloró con rabia. No le quedaron más ganas de cuidarlo.

El chico fue creciendo. Era sano y fuerte. Ya no era un bicho arrugado y llorón. Se le llenaba el pecho al saber que no había ningún niño que corriera tanto como él o que aprendiera a tirar los trompos a la primera. Estaba orgulloso de Cibrán, pero nunca se lo decía. Hacerlo sería convertirlo en un niño débil y los padres deben ser un referente para los suyos. Lo educó lo mejor que pudo, señalándole sus faltas con el cinturón y remarcando con bofetadas sus errores. Tenía que enseñarle, lo mismo que su padre había hecho con él. La vida es un perro peligroso, de apariencia tranquila mas traicionero, que muerde cuando te confías. Puedes acariciarlo, puedes creer que está domesticado, que te aprecia, pero algún día notarás su mordisco, cruel e indiferente, y el dolor será aún mayor. Cibrán necesitaba entenderlo.

Lo llevó al monte desde que empezó a dar sus primeros pasos. Era fundamental que conociera la sierra, que se adaptara a aquel medio hostil y hermoso. Allí no era necesario ser inteligente, pero sí duro. Debía encallecer las manos y el corazón, desnudar la montaña para producir. Solo así, transformándose en piedra, sería uno más. Un hombre rico y respetado en toda la comarca. Un auténtico Ferreira de Salgueiro. Pero no iba a ser tan sencillo como había imaginado. Delante de él era cierto que se comportaba, que trabajaba y hacía todo lo que le mandaban. Sin embargo, el chico tenía otros intereses. Aunque a él no se los confesaba.

Un día el maestro quiso hablar con Antonio.

—¿Cibrán se porta mal? —preguntó él, sabiendo por otros vecinos que las travesuras eran habituales en la escuela y que en casa los corregían con una vara.

—No, al contrario. Es el niño más listo de la clase. Siempre está atento, hace los deberes e incluso ayuda a los otros que van más retrasados.

—Entonces ¿por qué quiere hablar conmigo? —dijo desconcertado.

—Porque es un chico tan aplicado que me gustaría darle clases avanzadas por las tardes. Alguna vez me ha pedido libros y los devora con un ansia que no es propia de su edad.

—¿Le pide libros?

—Sí. Es muy bueno con los números, pero también quiere aprender historia y geografía. Ya tiene más conocimientos de los que tendrá cualquier otro niño cuando acabe la escuela. Yo puedo prepararlo para que siga estudiando.

—¿Que siga estudiando? No le meta ideas raras en la cabeza al chico. Conmigo tendrá un negocio próspero y no le va a faltar la comida.

—Lo sé, pero su hijo tiene una capacidad de aprendizaje y una aptitud superiores a cualquier otro alumno de los que he tratado. Llevo años siendo maestro y nunca he visto un niño tan listo como el suyo. Imagine lo orgulloso que se sentirá cuando acabe el bachillerato.

—Lo siento, pero, si me dice que Cibrán ya ha aprendido todo lo que había que aprender, entonces lo más sensato es que deje la escuela —atajó Antonio.

El maestro quiso que entrara en razón.

—Creo que no ha entendido bien.

—No, quien no ha entendido es usted. Cibrán se va a quedar en casa, trabajará conmigo y no irá a ningún sitio. Mañana dejará la escuela.

—¡Pero si solo tiene nueve años!

—Sí, la misma edad que tenía yo cuando iba al monte solo con el carro y los bueyes. Si entonces yo era un zopenco, él, que es listo, no tendrá ningún problema en adaptarse.

—Por favor, no eche a perder el talento de su hijo —le rogó.

La conversación no duró más. Antonio abrió la puerta de casa y se la mostró al profesor, que, incrédulo, se preguntaba qué clase de padre era aquel. Al día siguiente, al ver vacío el pupitre del chico, el maestro maldijo la ignorancia y el momento en el que se le ocurrió hablar con ese hombre. Pero dos días después recuperó la fe en la humanidad: la sonrisa feliz de Cibrán ocupaba su lugar habitual en clase. Lo que desconocía el buen hombre eran las líneas geométricas, algunas rojas y otras violáceas, que marcaban su piel bajo la ropa.

Tras la charla con el profesor, Antonio permaneció en la cocina, esperando. Acariciaba de vez en cuando el cinturón, que descansaba sobre su regazo. La serpiente de cuero se estiró tras escuchar a Cibrán entrar en casa. No le hizo falta decir nada. El niño se acercó, dócil, como otras veces. Resistirse era peor. Se dejó hacer, cerrando los ojos y los puños cada vez que la serpiente silbaba en su trasero. Gritó lo justo y Antonio se sintió orgulloso del aguante del niño. Era un buen hijo a pesar de todo. En esa ocasión cinco correazos fueron suficientes.

—A partir de mañana dejarás de ir a la escuela y vendrás a trabajar conmigo.

El niño se subió los pantalones. La barbilla le temblaba. Las quejas estaban prohibidas. Lloraba por dentro.

—Otra cosa. Como sepa que traes algún libro a casa, este de aquí se va a poner muy contento —amenazó, señalando el cinturón—. ¿Queda claro?

Su hijo, tieso y nervioso, respondió:

—Sí, padre.

—Está bien. Ahora ve a limpiar la cuadra.

La puerta se cerró al cabo de unos segundos. Antonio sonrió. Nunca lo hacía, pero ese día sí. Estaba feliz. Ser padre era duro, pero tenía sus recompensas. Debía ser severo, inflexible. Algún día Cibrán se lo agradecería. Era por su bien. Además, ahora estarían juntos todo el día y nada le hacía más ilusión que ayudarlo a prosperar. La casa sería para él. Todo iba a ser para Cibrán. Cibrán Ferreira. Un chico listo.

Quien no lo comprendió fue Elvira. Aquella noche le gritó como nunca lo había hecho. La mujer supo que algo pasaba en cuanto vio al hijo.

—¿Cómo se te ocurre? Pero si solo tiene nueve años... —le reprochó.

—Habla con el profesor. Te dirá que ya sabe todo lo que tiene que saber. En casa hace falta el dinero y tendrá un oficio.

—Pero ¿qué dinero? Nos sobra. Te matas a trabajar día sí y día también. ¿Para qué? ¿Para que tu pequeño pase también penurias en el monte? El carbón te ha metido la negrura dentro.

—Estás muy equivocada. Lo que hago es duro, sí, pero muy honrado. A los holgazanes no los respeta nadie —apuntó Antonio.

—¿Holgazán? Pero ¿qué dices? Cibrán hace todas las tareas que le mandamos y encima quieres castigarlo por ser el mejor en la escuela. A ti te falta un hervor, ¿no?

El antebrazo le salió disparado. Fue instintivo. La mano abierta impactó de lleno en la cara de Elvira. La mujer, incrédula, se tapó el rostro. Ella también debía aprender a respetarlo.

—Ya veo cómo arreglas las cosas, ya —lo censuró airada antes de marcharse de la cocina.

Pasó la noche fuera. Supuso que en casa de sus suegros. No tardaría en volver. Su familia, la verdadera, estaba ahí. Acertó. Al mediodía siguiente la cocina olía a comida. Elvira se encontraba en la habitación, sentada encima de la colcha. A los pies, varios bultos.

—¿Qué es esto?

—Son mis cosas y las de los niños. Si Cibrán no vuelve a la escuela, nos marchamos —lo expuso tranquila, como quien recita una frase memorizada cien veces.

—¡No eres capaz! —se enfadó.

—Piensa lo que quieras. Está todo planeado. Te he dejado comida para dos días. Después, arréglatelas como puedas.

Quiso golpearla de nuevo, pero, esta vez sí, Elvira estaba preparada. Antes de que él hiciera ningún movimiento, sacó de entre los pliegues de la colcha una navaja. Agarró el mango con fuerza y dirigió el filo al cuello del hombre.

—Que te quede claro, es la última vez que le pones la mano encima a los niños —le advirtió—. De lo contrario, se quedarán sin padre o sin madre.

Antonio calló y la escuela recuperó a su mejor alumno.

Ardía por dentro. Era la segunda vez que sentía algo así. Rabia. Rabia e impotencia. Litros de rabia y de impotencia corrían por sus venas mientras contemplaba la lluvia en Pitões das Junias. Una vez disipada la bruma de la borrachera, la cólera palpitaba hasta llenarlo todo. Lo habían tratado como a un don nadie. El mierda de Duarte lo dejó tirado. Otro que no lo respetaba. A él, que debía vengar la muerte de su niño. «Esto no va a quedar así», se prometió. Esta vez sí, cumpliría su palabra.

# Capítulo 24
## Moncho

Parecía una peonza. Moncho estaba descontrolado y daba vueltas alrededor de la *pick-up* de Padín. Quien los viera desde lejos podría tener la sensación de que se trataba de la típica escena en la que un padre sufre la rabieta de un hijo pequeño. Solo que, en este caso, al niño le salían pelos de la nariz y las orejas. Por no mencionar que apestaba a cerveza.

—Dame las llaves del coche.

—De ninguna manera.

—¡Que me des las llaves del coche, hostia!

Moncho se puso violento y amenazó a Padín. Lo miraba desafiante, como un carnero a punto de embestir. Los perros pequeños, ya se sabe, se creen grandes y son los más retorcidos. A pesar de su apariencia de poca cosa, Moncho era fuerte y más ágil de lo que decían sus años. Un tipo que se movía por impulsos. En ocasiones era necesario darle tiempo para que se calmase. Se ciscaba en todo, mencionaba a todo el santoral, gritaba estirando el cuello y moviendo los brazos como un gallo en busca de pelea. Era de genio vivo. Lo mejor era manejarlo con paciencia hasta que recuperara la compostura. Eso es lo que hacía Padín, esperar y contemplar desde sus ciento noventa centímetros la coronilla de su compañero de andanzas, allí donde antes había pelo.

—Yo te dejaba las llaves, pero hasta dentro de dos meses no te devuelven el carnet.

—¿Y? ¿Acaso me vas a denunciar?

A Moncho parecía que le iba a dar algo de lo colorado que estaba.

—Sabes que no. Pero con la que hay montada y con el despliegue de medios que vi ayer, donde solo faltaban los geos, es preferible no arriesgarse. No vaya a ser que te caiga otra buena por reincidente y, de rebote, me acusen a mí de cómplice.

Acababa de sacar el as para matar su tres. Por eso Moncho, aunque quiso replicarle, permaneció callado. «Con lo tonto que parece a veces y, cuando quiere, bien que las suelta». Se separó de Padín. Metió las manos en los bolsillos y enfiló hacia la carretera nacional.

—¡Si me cuentas tu plan, te llevo yo! —le gritó Padín, cuando ya los separaban unos veinte metros.

«¡Plan! ¿Qué plan ni qué hostias? Lo único que quiero es reventarle los dientes a Arturo León. Darle tal sopapo que se quede dos días temblando. Que se acuerde de quién es Moncho Pena».

En lugar de desahogarse, se detuvo. Estuvo así dos minutos, de pie en el mismo sitio, con las manos enfundadas en el abrigo y la mirada clavada en la grava de la carretera. Padín incluso se empezó a preocupar, pues nunca lo había visto así. De repente dio media vuelta y regresó junto al coche. Apoyó las manos en el remolque, casi con desgana. Ya no tenía la cara cabreada de antes.

—Tú sabes que me quedan ocho meses para jubilarme, ¿verdad?

—Sí, claro. Solo hablas de eso.

—Si tengo que ir al paro ahora, pierdo un diez por ciento de la pensión. Trabajando desde los quince, ¿crees que es justo?

A Padín, que aún le faltaban décadas para pensar en la jubilación, le dio pena Moncho. No tanto porque le fueran a pagar menos, sino porque sabía el sacrificio que suponía andar por los tejados y aguantar las mojaduras y el frío invernal. Y, mal que bien, cada mañana estaba en su puesto de trabajo, protestando, eso sí, pero cumpliendo como lo haría cualquier chico de veinte.

—El señor León nos contrató y nos dejamos los hígados cada jornada. Si en medio de la obra aparecen unos muertos, ¿qué culpa tenemos?

—El que avisó a los de Protección Civil fui yo —reflexionó Padín—. Puedo hablar con él y que te readmita. Tú no sabías nada.

—Volvemos a las mismas. ¿Acaso los has matado tú? Aparecieron y punto. Mala suerte. ¿Quién podía saber el lío que se iba a crear? Si no éramos nosotros, iban a ser otros. Pero no, la culpa es de los tontos que se dejan la piel en la obra. Que las paguen todas juntas. Y encima nos tacha de ladrones. ¡No tiene vergüenza!

En ese momento se calló, buscando la aprobación de Padín, quien no acababa de entender aún qué se proponía Moncho.

—Pero ¿qué podemos hacer?

—A eso voy. Hablaremos con él.

—¿Con Arturo León? —le preguntó escéptico Padín.

—Con el mismo. Total, a peor no puede ir la cosa.

—¡Ah, no, qué va! Conociéndote, acabamos entre rejas.

—No te asustes. Iremos en son de paz. Apareceré allí con las orejas agachadas. Me costará, pero me voy a tragar el orgullo y pedir perdón.

—¿Tú? ¿Perdón? —Padín arrugó el entrecejo, desconfiado.

—Sé que cuesta creerlo, pero sí. Es la única forma que se me ocurre para que nos dé la liquidación y que podamos cobrar el paro.

—No lo acabo de ver. Dentro del bar has dicho que lo ibas a arreglar por las buenas o por las malas...

—¡El mundo al revés! El que siempre protesta y le pone peros a todo soy yo, no tú. —Estiró los brazos, pidiéndole comprensión—. Mira, Padín, solo quiero arreglarlo. Me parece bien que no quiera saber de nosotros e incluso puedo entender que esté enfadado, pero que nos despida por lo legal. Una cosa es que no lo avisáramos solo a él y otra muy distinta es que ande por ahí un asesino y la tome con nosotros.

El pulgar de Padín acarició las llaves del coche. Moncho no dijo nada. Siguió con su cara de hombre calmado. «Está casi convencido», masticó. Pero, como el otro no terminaba de decidirse, lanzó el envite.

—Hablas tú, ¿de acuerdo? Yo escucho y callo.

—Siendo así, sube al coche.

Zip, zip. El pulgar dejó de pulsar las llaves de la *pick-up* y los dos entraron en la cabina. Moncho lo hizo con cierto alivio, porque no se imaginaba recorriendo a pie los pocos kilómetros que había hasta su casa. Desde el asiento del conductor, Padín lo contemplaba, sin fiarse del todo. Aquello tanto podía salir muy bien como acabar en un lío.

—Recuerda que vamos en son de paz. Además, en Salgueiro han quedado nuestras cosas. Espero que nos las deje recuperar.

—¿Merecerá la pena ir hasta allí? Poco queda ya —precisó Moncho.

—Yo tengo muchas herramientas y las voy a necesitar en el próximo trabajo.

Moncho se preguntó si serían capaces de encontrar una nueva ocupación después de las mentiras que habían difundido sobre ellos. Deseaba ver a Arturo León delante de él, sin tanta gente alrededor. Cara a cara. Hombre contra hombre. Tenía fama de ser duro, una persona que era más de actuar que de hablar. Pero a ver cómo se defendía solo, sin guardias de seguridad o policías cerca. Acarició los ásperos callos de la mano derecha y cerró el puño.

# Capítulo 25
## Fina y León

Se notaba que Arturo León era un hombre de mucho dinero y de buen gusto. La sede de su constructora se diferenciaba claramente del resto de las naves del polígono. Frente a los prefabricados de hormigón y uralitas de colores, aquel era un edificio moderno, de diseño. En definitiva, no pegaba con el entorno. Supongo que así dejaba clara su personalidad.

Era primera hora de la tarde y metí el coche en el primer sitio libre que encontré en el recinto, un lugar con bastantes árboles y zonas verdes. Otro signo de distinción. Podías coger la empresa, insertarla en el centro de Silicon Valley y no desentonaría. De ese modo, impresionada, caminé rumbo a la recepción. Me iluminó la sonrisa de una chica rubia de ojos claros. Encajaba más como protagonista de un anuncio de televisión que detrás de aquel mostrador.

—Buenos días. ¿En qué puedo ayudarla?

—Hola. Quería hablar con Arturo León.

—¿Tiene cita con él?

—Soy periodista de *Ourense Actualidad*. Vengo a hacerle una entrevista.

Dos únicas frases. Sencillas y ambiguas. Nada de explicaciones. Mejor obviar que iba sin cita. Debía apostar al factor sorpresa. Por teléfono todo eran trabas, así que mi única oportunidad era plantarme allí sin más. Y rezar.

—¿Me puede indicar su nombre?

La respuesta también la tenía preparada.

—Diga que vengo de parte de Raúl Portas. Del director.

Me mostró otra vez sus dientes blancos, casi albinos, dentro de una sonrisa de película —un gesto, supuse, ensayado mil veces— y esperé.

—Dile que venga.
Lo que menos esperaba Arturo León esa tarde era la visita de una periodista. De forma instintiva miró la mesa del despacho, que siempre mantenía impoluta. Recogió los contratos que estaban a la vista y los metió en un cajón. Por si las moscas.
Lo siguiente fue comprobar el nudo de la corbata y estirar la chaqueta. Se puso de pie. Sabía que aún tenía un par de minutos, la distancia desde la recepción hasta el último punto de control, su secretaria. Nadie podía entrar sin que ella diese su visto bueno.
Unos nudillos tocaron suavemente en la puerta. Un par de toques, la marca establecida entre ambos.
—Sí, adelante —dijo con seguridad.
—Señor León, esta es Fina Novoa.
Aquella joven, pequeña y regordeta, tenía cara de todo menos de periodista. No es que los periodistas poseyeran una cara en concreto, pero esta parecía despistada. Caminaba encorvada, echada hacia delante y con los brazos caídos, como dejándose llevar. Si no supiera que venía del *Ourense Actualidad*, diría que era una adolescente aún en proceso de crecer.
Los periodistas eran una raza falsa. Sin embargo, a esa chica le faltaba viveza, era como contemplar una oveja perdida. A medida que caminaba hacia él, arrastraba la vista por cada detalle, como maravillada por la grandiosidad del despacho. De repente, se detuvo medio segundo en la portada del libro que destacaba sobre la mesa de caoba.
—Es de Ayn Rand. ¿La conoces?

Una de las cosas que había aprendido Arturo León era la importancia de tener siempre la última palabra. Y de realizar la primera pregunta.

—No. La verdad es que no. ¿Está bien?

Llevaba todo el día fantaseando con la entrevista que le iba a hacer, con unos nervios que me habían quitado hasta el apetito y, a la primera de cambio, me hablaba de una novela. Al menos el libro tenía pinta de eso.

—Es una de las grandes obras del siglo xx. No solo por la historia en sí, sino porque te permite entender mejor el mundo que nos ha tocado vivir.

Vaya, este hombre era una caja de sorpresas. Me lo pintaban como un lobo y parecía todo lo contrario, un señor muy agradable. Eso sí: me sorprendió su edad. Tenía en la cabeza a alguien más joven, pero estaba en esos años que asocias a partidas de dominó en el bar y no a reuniones de altos ejecutivos. Vestía bien, elegante pero discreto. Además, se veía seguro, de los que te miran directamente a los ojos, imponiendo su presencia.

—Si te gusta leer, te lo recomiendo. Nunca dirías que está escrito por una mujer.

La primera en la frente. Para que después digan que la impresión inicial es la que cuenta.

«Fina, tú disimula, como que no has oído nada, pasa a otro tema aunque te pida el cuerpo contestarle. Pon en práctica lo que te enseñó la psicóloga: canaliza lo malo y mételo en un rinconcito. Si puedes, piensa en algo positivo, como por ejemplo en la portada que puedes conseguir gracias a este cromañón», me dije.

Cogí el libro entre las manos y lo miré por encima.

—*La rebelión de Atlas*. Me lo apunto. Por cierto, aún no le he dado las gracias por recibirme. Va a pensar que soy una maleducada.

—No te preocupes, Fina. Así que te envía Portas. ¿Qué puedo hacer por ti?

También le gustaba ir al grano. Sin embargo, Arturo León tendría que esperar un rato. Mi estrategia iba por otro lado.

Se acomodó en la butaca de cuero. Había lanzado el anzuelo y ahora tocaba esperar. Desde su posición, Fina lo miró a través de unas gruesas gafas que no estaban a la moda. De hecho, a pesar de su cara de niña, tenía un cierto aire de re‑vieja.

—Verá, señor León, en el diario vamos a hacer un especial sobre algunas de las grandes iniciativas que están en marcha en la provincia. Hoy, por ejemplo, verá que damos máxima cobertura a la inauguración de la A-56. El director, Raúl, considera que hay que hablar de Ourense en positivo. Por eso me envía, porque uno de los grandes proyectos que están ejecutándose es la ecoaldea de Salgueiro. Y, aunque el promotor es la Xunta de Galicia, usted nos puede contar todos los detalles.

El pez se había dejado ver. Tocaba recoger el sedal poquito a poco, con paciencia. Iba a ser muy fácil con aquella chica inocente que sacaba bolígrafo y libreta. Leía en ella como en la carta de un restaurante.

Separó los dedos, los apoyó en el tablero, compuso su mejor cara y se levantó para acompañarla hasta la puerta.

—Por supuesto. Estaré encantado de colaborar con el periódico. Ahora mismo lo comentamos con mi secretaria. Ella te mandará toda la documentación que precises.

La presa ya estaba más cerca. Incluso había dado un pequeño salto y ahora lo miraba desconcertada, dudando si ponerse de pie o si continuar sentada. Arturo León quiso jugar un poco más.

—Fina, por aquí.

La joven recompuso la cara como pudo y lo siguió hasta la salida.

—Por supuesto. Esperaba que tuviese a bien atenderme unos minutos, pero supongo que está ocupado y he llegado sin avisar. Además del especial sobre Salgueiro, deseaba preguntarle por un asunto delicado. Una información que ha llegado a nuestra redacción y que, por teléfono, por la consideración que tenemos en nuestro medio con usted, no era conveniente tratar.

Último empujón y, ¡zas!, el pececito acababa de picar.

El empresario sabía latín. Me había desarmado en un visto y no visto y sin pestañear. Todo con la mayor elegancia y encima quedando como un señor. Está claro que para político y para rico hay que servir. Inocente de mí. Soy como la lechera. Me había imaginado toda una secuencia de frases sutiles, abordándolo de refilón con lo del proyecto en Salgueiro, y ni por esas. No había entrado al trapo y me estaba enseñando la puerta.

Tocaba apechugar y dejarme de subterfugios. El oponente que tenía enfrente no me lo pondría fácil. De hecho, mostraba una sonrisa inquietante y, en medio, un colmillo que olía la sangre. La mía.

—¿Y qué asunto...? —se interrumpió—. ¿Cómo lo has calificado? ¿Asunto delicado?

—Eso es.

Arturo León mantuvo la compostura.

—¿Qué asunto delicado es ese? Recuerda que soy un hombre ocupado y no tengo todo el día.

Se inclinó ligeramente hacia mí, comiendo parte de mi espacio personal. Tenía miedo de lo que iba a decirle. Quería usar las palabras adecuadas, ser cuidadosa, pero con Arturo León no había medias tintas.

—Verá. Nos ha llegado a la redacción la noticia de un suceso que tuvo lugar ayer en Salgueiro. Queríamos conocer su parecer antes de publicar nada.

—¿Te refieres al robo de material? —preguntó con naturalidad.

—No. Me refiero a un tema más grave. A los cuerpos que se encontraron ayer, en el transcurso de las obras.

Siguió con su cara de póquer. Decidí lanzar un farol y ver cómo reaccionaba.

—Tenemos la confirmación policial.

Retrocedió instintivamente. Tan de piedra no era. Por un momento incluso levantó los ojos hacia un punto invisible del techo. Pero después los volvió a clavar en mí. Quiso seguir peloteando.

—Es la primera noticia que tengo. Supongo que lo más sensato, antes de hacer una declaración, es informarme.

Estaba claro que no iba a moverse ni un milímetro de su papel de hombre de negocios formal. A esas alturas, tenía claro que era un auténtico embaucador. Y ahora era yo la que no deseaba andar perdiendo el tiempo con tonterías.

—Me sorprende escuchar eso. Nuestra fuente lo sitúa a usted en Salgueiro ayer por la tarde. Estuvo acompañando al inspector Magariños y siguió de cerca las labores de exhumación.


Silencio. Cuando Arturo León estaba en lo peor de una negociación, callaba y regalaba una de sus miradas frías e inexpresivas. Permanecía quieto, sin más. No se amilanaba ante nada ni ante nadie. Y mucho menos ante una muerta de hambre que venía a su despacho a pedirle una declaración. No merecía ni el desprecio que sentía ahora por ella. Estaba en su empresa, era una invitada y no se comportaba como tal. Esa sería su respuesta, el silencio. La más absoluta indiferencia.

Conforme avanzaran los segundos, del otro lado aumentaría la confusión. Fina no sabría cómo interpretar aquello. Hablaría para matar el vacío, pero él lo alimentaría más y más. Hasta que...

Ring, ring, ring. El teléfono empezó a sonar encima de la mesa. Fina seguía sin moverse, pero parecía aliviada de que ese sonido rompiera la tensión creada en aquel cuarto. León, por contra, resopló pensando en lo inoportuno de la llamada. A aquella extensión solo lo telefoneaba su secretaria.

—¿Sí?

—Perdone que lo moleste, señor León. Sé que está reunido, pero hay dos hombres en recepción que quieren hablar con usted. Dicen que son trabajadores de la empresa y solo usted puede resolver lo que los trae aquí.

—¿Han dado sus nombres?

—Son Ramón Pena y Alberte Padín.

Si Fina no estuviera delante de él, comenzaría a gritar, irritado. Mandaría que los expulsaran de allí o que llamaran a la Policía, para después denunciarlos por acoso. Por la cuenta que le traía, aguantó. Los periodistas tienden a inventar historias, a hacer un mundo de cualquier minucia. No le iba a dar ese gusto a la cuatro ojos que tenía allí metida, hurgando para vender sensacionalismo.

—Lo lamento mucho. Hoy me va a ser imposible. Tengo varias reuniones. Que les tomen nota para citarlos otro día —le comentó a la secretaria con tono amable.

Colgó el teléfono. En su pensamiento estaban fijados aquellos dos. ¿Qué querrían? Seguramente dinero. El mundo se reducía a eso: a comprar y a vender. A pedir. A dar. A chupar de los demás para vivir del cuento.

—No quiero molestarlo más de lo necesario. Si me hiciera una pequeña declaración sobre lo sucedido en Salgueiro...

Me hice la tonta. La idea era intentarlo de nuevo, con educación, hasta que se cansara. Insistente pero no pesada. Crucé los dedos para ver si esta vez funcionaba.

De repente, otra vez el teléfono. ¡Riiiiiiiing! Arturo León en lugar de coger el auricular lo estranguló. Aunque soy despistada por naturaleza, noté cómo hacía un gran esfuerzo por aparentar serenidad delante de mí. El cuerpo tenso y la mandíbula mordiendo una presa invisible lo delataban. Volvió a colgar y salió del despacho. Como ya tenía experiencia en escuchar conversaciones ajenas, me arrimé a la puerta. Habló con su secretaria.

—Si no quieren marcharse, llama a seguridad. Que sea todo muy discreto, ¡pero quiero a esos dos fuera de mi empresa!

La empleada, fiel y diligente, le aseguró que así lo haría. Regresé a mi sitio y esperé. Sus pasos eran apresurados y enérgicos. Sentí cómo se iba acercando y ocupaba otra vez su trono. Había pasado de la indiferencia a la soberbia. Se estiró en el sillón y señaló mi cuaderno.

—Apunta ahí.

Emocionada, cogí el bolígrafo. Había conseguido mi ansiada declaración.

—Arturo León no va a ser mencionado en ninguna noticia. Entre otras cosas porque él no sabe nada ni estuvo en ningún sitio. Fin de la cita.

Tras escribir las primeras palabras y ser consciente de lo que estaba ocurriendo, lo miré, incrédula.

—De regalo, te daré otra declaración. Esta es *off the record*. ¿Te enseñaron qué es eso en la carrera de mentira que has estudiado o quieres que te lo explique?

La mofa era tan evidente que ni respiré. Me sentí violentada, incapaz de reaccionar.

—Como mañana vea en el periódico mi nombre, aunque sea en la línea más escondida de la sección que nadie lee, te va a caer tal denuncia que vas a estar viviendo en los juzgados durante meses.

Hizo un gesto para que me acercara, pero estaba inmovilizada. Él bajó la voz, como contándome un secreto.

—Eso solo será el comienzo. Porque cuando salga la sentencia, y no dudes que será a mi favor, vas a estar pagando hasta el día del juicio final.

A continuación, movió la mano derecha, indicándome que me podía ir, como si espantase a un bicho que lo molestaba. Mi pecho era un pantano que a duras penas aguantaba las ganas de llorar. Pensé en Olegario, en su advertencia, y me tragué la rabia. Metí la libreta en el bolso y quise salir de allí lo más rápido posible.

—Una última cosa. No vuelvas a aparecer por aquí —me advirtió antes de que cruzase el umbral de su despacho.

Uno, dos, tres... En cuanto conté quince y estuve segura de que dejaba atrás la mesa de la secretaria, corrí torpemente por el pasillo. Me tapé la cara. Tan avergonzada estaba que no quería que nadie me viera llorando a lágrima viva. No me conocían, pero sentía como si todos fueran Arturo León, señalándome. «Ridícula, que eres una ridícula. Tú y tu portada».

Busqué el coche en el aparcamiento. Solo quería largarme de aquel recinto y meterme en la cama unos días. Al fondo, dos hombres forcejeaban junto a un vehículo. En cuanto me vieron, intentaron disimular. Los reconocí al instante. Eran los dos trabajadores que me habían descubierto en Salgueiro. El grande dejó atrás a su compañero y se acercó.

—¿Estás bien?

Por supuesto que no estaba bien. ¿Cómo va a estar bien alguien que se siente impotente y llora delante de extraños?

El pequeño también se aproximó mientras escondía algo dentro de la cazadora.

—A ti te vimos ayer en la aldea. Pensamos que eras de la Policía o del juzgado, pero ya veo que trabajas para ese saco de mierda. ¿Te sientes orgullosa de limpiarle el culo a ese papahostias?

—Moncho, por favor...

—Pero ¿tú has visto cómo nos ha tratado ahí dentro? Somos lo último de lo último para él.

—Sí, pero ella no tiene la culpa.

—Y entonces ¿qué hacía allí ayer?

—Soy periodista —les dije mientras me limpiaba con un pañuelo.

La respuesta los dejó desconcertados. El chico de pelo largo quiso disculparse.

—Tienes que perdonarlo. Moncho está muy afectado. El señor León nos ha despedido y ahora no nos quiere pagar el finiquito.

Por cómo se movía y por lo grande que era, me recordó a esos jugadores de fútbol americano que se ven en la televisión. Solo que con la cara del muñeco de Michelin: enorme y bondadoso, como si regalara abrazos.

—Por cierto. Él es Moncho y yo soy Padín.

Me tendió la mano y la acepté.

—Yo soy Fina. Se ve que tenemos amigos comunes —dije con ironía—. A mí también me acaba de dar una patada bien grande. He venido a preguntarle por lo que sucedió ayer y acabó amenazándome.

—Siendo así, puedes publicar lo que hizo con nosotros ese sinvergüenza. Te contaremos todo lo que quieras saber —se ofreció Moncho.

La vida en ocasiones te da aliados inesperados. Un viejo con cara de malas pulgas, un oso gigante y una aprendiz de periodista confabulando contra un poderoso y respetado empresario. No le veía mucho futuro a nuestra unión, pero no tenía otra cosa para salvar mi portada.

—Será mejor que nos vayamos de aquí. Si nos ve juntos, sabe Dios cómo puede reaccionar. ¿Podríamos quedar hoy?

—Pensándolo bien, es mejor que no cuentes conmigo. —Moncho reculó—. No sirvo para hablar. Me ciego y puedo decir cualquier barbaridad. Además, hoy lo único que me apetece es olvidarme de este asunto.

—¿Y tú? Por favor, dime que vas a hablar conmigo esta tarde —prácticamente le estaba suplicando a Padín.

—¿Quieres que me entreviste solo a mí?

—La gente tiene que saber qué ha pasado, así que ya estás quedando con ella. Pero mañana. Hoy han pasado muchas cosas y es mejor que hables estando más tranquilo. De hecho, ahora me llevas a casa antes de que se me crucen de nuevo los cables —dijo Moncho antes de girarse y advertirme—: Pero ni se te ocurra poner nuestros nombres ni nuestra foto. ¿Está claro?

—¡Hecho! ¿Conoces la cafetería junto al complejo turístico de O Corgo, en Mugueimes?

Padín me confirmó que sí.

—Si te parece, quedamos allí mañana a eso de las once.

—De acuerdo. Nos vemos a esa hora.

Arturo León se movía por el despacho como un insomne que por más vueltas y vueltas que da en la cama nunca está a gusto. Era el día nacional de los idiotas, porque esa tarde había tenido que lidiar con tres.

A mediodía había hablado con el inspector Magariños. Le aseguró que la Policía Científica estuvo trabajando durante toda la noche. A esa hora aún quedaban un par de agentes y no tardarían en acabar la exhumación. Vista la excepcionalidad del caso, las diligencias se realizarían con la máxima discreción. Le dio su palabra. Y ahora esto. Una bola de sebo andante que tenía información del suceso. Estaba claro que la palabra de la gente valía lo mismo que el humo. Le tocaba arremangarse y mancharse las manos. Lo más importante era ir hasta Salgueiro cuando no hubiera nadie y ver cómo estaba todo aquello. Lo siguiente sería buscar una cuadrilla para sustituir a los dos ineptos que había despedido.

—María, tengo que salir. No me pases llamadas. No estaré disponible —le ordenó a la secretaria.

Se dirigió al Mercedes, dejó el abrigo en el asiento del copiloto y puso la calefacción. La pantalla digital informaba de siete grados en el exterior. El motor arrancó, potente. Salió a la calle en la que estaba su empresa justo en el momento en el que un todoterreno blanco atravesaba hacia la izquierda. El conductor, al verlo, quiso agacharse, pero Arturo León lo reconoció. Cabreado, hizo rugir los 612 caballos de su coche y avanzó en dirección contraria. Los pocos caminantes con los que se cruzó en el polígono, más que fijarse en la impresionante berlina, clavaban la vista en el lateral derecho del coche. En letras rojas, escritas deprisa y corriendo con un espray, se leía:

# *IJO DE PUT*

# Capítulo 26
# Elvira

*Marzo de 1963*

Los que conocían a Elvira no podían dar crédito de su transformación física. No era solo la capa de luto que ocultaba sus treinta y dos años, sino también su apariencia. Era como ver una planta secándose, como si a medida que pasaban las horas se encogiera, se fuera curvando y se transformase en una vieja. Cada día que transcurría representaba un año en su existencia.

Evitaba el contacto con el resto de los vecinos. Solo salía en ocasiones, para visitar a san Antonio de Padua, y cada vez lo hacía menos. Cuando se encontraba con alguien, su mirada era esquiva. No devolvía los saludos, pero había quien aseguraba que musitaba responsos, rezos que encadenaba de su casa a la capilla y de la capilla a su casa. Caminaba inclinada, como quien asiste de penitente a una procesión, por eso muchos creían que había menguado. Apenas comía y dormía, razón por la cual tenía la cara consumida y aparentaba varias décadas más.

Los primeros días después del funeral todos hicieron turnos para cuidarle el ganado y que en aquella casa no faltara la comida. Pero Elvira no parecía agradecerlo ni superar el periodo de duelo. Continuaba a lo suyo, con una expresión áspera y sombría. Además, adquirió un tono cerúleo más propio de los difuntos que de los vivos. «Pobrecita. Solo piensa en su hijo muerto», aseguraban las más viejas del lugar.

«... perdona nuestras deudas, así como nosotros perdonamos a nuestros deudores, y no nos dejes caer en la tentación, mas líbranos del mal, amén». Elvira susurraba un nuevo padrenuestro antes de comenzar la primera de las diez avemarías del enésimo rosario.

Las contraventanas cerradas evitaban que la claridad se colase en aquella estancia, donde había que caminar a tientas aún a pleno día. Aferraba las cuentas con los dedos huesudos, tamborileando nerviosa, deseando atrapar la siguiente bolita y dar inicio a una nueva oración, en un ciclo sin final aparente.

—Mamá, tengo hambre —le dijo su hija en voz baja.

Llevaba una hora sentada en una silla, con los pies colgados y la boca seca. Elvira levantó la cabeza, descolocada, como una gallina que picotea maíz de forma automática y, de repente, es consciente de que hay todo un mundo a su alrededor.

Se acercó a la niña y le cogió los dedos de la mano. Compartió con ella el rosario y levantó la vista para observar el Cristo que, desde el centro de la pared, aguantaba estoico sobre la cruz, con el rostro cubierto de sangre, como el de Cibrán.

—Quinto misterio. La crucifixión y muerte de Nuestro Señor. Padre nuestro que estás en el cielo... —Elvira continuó, animando a su hija a que la acompañase.

La niña notó que las manos maternas ardían. Se quiso liberar de ellas, escapar de aquel calor, pero, cuanto más se movía, Elvira más la apretaba. Estaba de rodillas, frente a ella. Era muy pequeña para saber el rosario, pero la madre le acercó la boca al oído.

—Carmiña, reza conmigo —le pidió, casi en éxtasis.

Más que las oraciones, lo que le quedó grabado a la niña fue la voz de su madre, susurrando, prácticamente contándole un secreto.

—Señor, ten piedad de nosotras. Cristo, ten piedad de nosotras.

Elvira sintió que Jesús las miraba desde la cruz y rezó con mayor intensidad. Apretó con violencia el rosario sobre la piel de Carmiña, quien lloraba horrorizada.

—Ten misericordia de nosotras —exclamó.

# Capítulo 27
Padín

Pulsó el reproductor de música y subió el volumen. Necesitaba la calma que le proporcionaban las guitarras eléctricas. El encuentro con Arturo León lo agitaba por dentro.

—¿Qué haces? Me van a estallar los oídos —protestó Moncho.

—Creo que nos ha visto. Ahora sí que la hemos hecho buena —dijo nervioso—. Adiós a la liquidación y a lo que te correspondía de tu pensión. Yo tendré que emigrar.

—Era lo mínimo que se merecía.

—Pero ¿no ibas a quedarte callado y dejarme hablar a mí?

—Estaba dándonos largas. Nos quería echar de allí. ¿Darnos cita para otro día? Ni que fuese un médico. Esta gente es de ir matando poco a poco un tema, enterrarlo y listo.

Pero Padín tenía una nueva preocupación.

—Por mucho que nos ignorase, ¿a santo de qué lo del coche?

—Pero ¿tú lo has visto? Debía de costar un ojo de la cara. Más que tu chabola y la mía juntas. Para que después nos ratee el despido. Lo que daría por verle la cara cuando descubra la pintada —dijo riéndose.

—A mí no me hace gracia. Se va a querer vengar.

—Que lo intente. Ahora tenemos a esa periodista de nuestro lado. —Le puso la mano encima del hombro—. Mañana no me falles. Además, tengo la sensación de que le gustas.

—¿Tú crees? —preguntó Padín, rojo como un tomate.

—Seguro. Tú hazme caso. A todo esto, si quieres recuperar tus herramientas, pásate por Salgueiro antes de que a León se le ocurra cambiar la cerradura de la caseta de obras.

## Capítulo 28
## Fina

Decidí que al día siguiente regresaría a Salgueiro. Por más que me desagradase la idea, necesitaba conocer con calma y a plena luz del día el lugar donde había sucedido todo. Cogí el móvil y mandé un correo electrónico a parque.natural.xures@xunta.gal solicitando autorización para pasar por la aldea. Gracias a eso tenía la justificación perfecta si alguien me llamaba la atención: sería una simple excursionista, aunque esta vez preparada para la ocasión.

A continuación, llamé a Raúl. En parte porque le había prometido que lo iría informando con cualquier novedad y, en parte, porque tenía el cuerpo revuelto. Las amenazas de León me dejaron abatida. Confiaba en que mi estrategia iba a ser maravillosa y todo resultaría sencillo, pero con solo dos frases Arturo León me había dejado temblando más que un mimbre en invierno.

No tenía fuerzas ni para marcar su número. Menos mal que me animaron aquellos dos infelices. Compartir tristezas sirve para eso, para sentirte algo mejor y pensar que el maquiavélico plan del universo para hacerte sufrir no se centra solo en ti.

Las nubes negras acabaron por diluirse tras la charla con Raúl. Le expliqué todo lo sucedido con León, cómo finalizó la conversación y las amenazas para frenar cualquier tipo de publicación en la que estuviera su nombre.

—León está nervioso. Eso es bueno. Significa que esconde algo. Busca defender sus intereses. Por la denuncia no te preocupes. —Su voz me transmitió seguridad—. Quien publica es el periódico. Nosotros avalamos la información. Contamos con un departamento jurídico estupendo y tú no serías nunca la responsable. De hecho, si te quedas más tranquila, firmaríamos como Redacción. O eso o bien ponemos tanto tu nombre como el mío.

—¿Harías eso?

—Por supuesto. El mérito, lógicamente, sería tuyo. En todo caso, León pretende meternos miedo, pero no va a morder. Para él sería publicidad negativa. Lo que se llama el efecto Streisand: si hay un intento de censura, este puede volverse en tu contra, generando mayor interés y difusión. Ahora sí, cualquier cosa que escribamos debe estar contrastada y bien contrastada.

—Descuida. Esta tarde no podía, pero tengo apalabrada para mañana la entrevista con uno de los testigos directos, con Alberte Padín. Es la persona que descubrió los restos —le dije, orgullosa.

—¡Muy buen trabajo! Fina, asegúrate de que no hable con ningún otro medio. Debemos mantener la exclusiva. Hazte su amiga si es necesario.

La cosa más sencilla del mundo. Hacer amigos. «Hola, soy Fina. ¿Quieres ser mi amigo?». De risa. Me conformaba con que apareciera a su hora y no se echara atrás en el último momento.

—Siento mucho no haber conseguido más. Contaba con que mi plan funcionase y salir ya con la noticia.

—No te preocupes, esto es nuestro pan de cada día. Hay muchos callejones sin salida y es frustrante. Pero al menos tienes un plan B.

## Capítulo 29
## Padín

Nunca llegaba tarde a ningún sitio. Tenía un reloj grabado en la piel que no le permitía ser impuntual y que le carcomía los poros si no se organizaba y salía con tiempo. Esa mañana no solo sentía una comezón en cada célula, sino que también sudaba y se movía de un lado para otro, sin rumbo fijo.

Pensaba continuamente en las once, en la cita que tenía con Fina. Se había peinado varias veces. Se soltó el pelo, se lo recogió, se lo volvió a soltar y, finalmente, optó por dejarlo como al principio: para atrás y recogido con una goma negra, aunque no se quedó convencido del todo. Se veía raro. Quería caerle bien a esa chica que le parecía tan inteligente. Los dos encuentros anteriores con Fina habían sido extraños, imprevistos, y quería que el tercero, el planificado, saliera bien.

Cambió la camiseta de Black Sabbath por una de Megadeth y después por una de Metallica. Desechó esta última porque tenía un montón de cruces e igual causaban una impresión equivocada. Con cada cambio de vestuario se ponía desodorante. Había que ser precavido. Se maldijo por no tener otra ropa en el armario. No le importaba la opinión de los demás, pero deseaba gustarle a Fina. «Gustar» igual no era la palabra. ¿O sí? Tenía algo que lo alumbraba por dentro y le provocaba una sonrisa. No sabía cómo interpretar aquello. Al final optó por una camiseta del Resurrection Fest porque le pareció la más sobria de las que tenía: solo el logotipo y el nombre del festival.

Eran las 10.04 de la mañana y, a pesar de que ya se había lavado los dientes a primera hora, se los cepilló de nuevo. Puso un montón de dentífrico y restregó molares, premolares, caninos e incisivos durante varios minutos. Se echó el aliento en las palmas de las manos para ver si olía a menta y, para asegurarse, cogió una botella con enjuague bucal e hizo gárgaras hasta que se aburrió.

Miró después la hora, pero, como los minutos no pasaban, decidió ir hacia el lugar del encuentro. Si hubiera algún imprevisto por el camino, siempre tendría margen para no retrasarse.

Habían quedado en un bar cerca del embalse de As Conchas. Al lado estaba la playa de A Rola y un gran paseo fluvial, así que aparcó y optó por caminar. Mejor allí que no encerrado en casa, comprobando el reloj cada cinco minutos.

No solía pasear ni disfrutar de su tiempo libre, y aquel simple paseo era toda una experiencia para él. Pasaba la mayor parte del tiempo sentado en las entrañas de una gran mole metálica o realizando pequeñas chapuzas, de modo que estirar las piernas no le venía mal. Le sorprendió la cantidad de personas mayores que caminaban a pesar de que el día era frío y gris. Avanzaban a buen ritmo y pensó que él, físicamente, estaba mucho más viejo que todos ellos. No llevaba ni doscientos metros andados cuando tuvo que parar porque le faltaba el aire. «Comer saludable tampoco me vendría mal», se dijo mientras estiraba la camiseta, que podría pasar perfectamente por una prenda premamá.

Se detuvo en uno de los bancos del paseo y se obligó a no mirar el reloj porque sabía de sobra la hora. Contempló, eso sí, la superficie cristalina del río Limia, apresada en aquella enorme extensión, deseando seguir su curso y atravesar localidades, montañas y fronteras hasta fundirse con el Atlántico. Miró justo enfrente y vio los restos del antiguo poblado romano de Aquis Querquennis. Pensó en la tranquilidad que le daba el lugar, hasta casi hacerle olvidar sus problemas. Dos mil años antes, en la ribera en la que se encontraba, se habían detenido asustadas las tropas del general Décimo Junio Bruto. No querían cruzar, creían que ese río era el Leteo, frontera del inframundo, y que quien tocara sus aguas perdería todo recuerdo del pasado. El general se vio obligado a vadearlo él solo. Ya en la otra orilla, fue diciendo uno a uno el nombre de sus soldados. Entonces sí, estos cruzaron, convencidos de no perder la memoria.

«Ojalá fuese el Leteo —deseó Padín—. Sería todo tan fácil: entrar en sus aguas, borrar la mente y cruzar al otro lado siendo alguien nuevo. Empezar de cero, dejar lo malo y que las bombas vitales que te atormentan cesen sus detonaciones».

Cerró los ojos y se imaginó sumergido en aquella corriente líquida. Primero se estremecería con el frío y después no sabría qué era el frío, ni el calor, porque las palabras y las vivencias saldrían de su piel, huirían de su cuerpo tal que burbujas. Seguiría avanzando mientras el curso del agua arrastraba su esencia y la diluía. Se vio del otro lado del río, como un bebé cubierto por el líquido amniótico, feliz y liberado. Fue en ese momento cuando abrió los ojos y allí, a lo lejos, descubrió a Fina. Se sobresaltó tanto que su reacción fue tocarse. Estaba seco y vestido. Aquella visión, aquella chica, era real. Se alegró de estar en ese lado del río y le hizo gracia saber que ella también había llegado con antelación.

Acababa de salir de un coche bastante hortera, con un café en una mano y el móvil en la otra. Parecía distraída, así que decidió observarla. Fina tenía la mirada fija en el aparato electrónico. Dejó el café encima de un pequeño muro y acercó la nariz a la pantalla. Con la mano libre comenzó a peinarse el cabello que le caía sobre la frente. Ofreció al teléfono su perfil derecho y después el izquierdo. Mientras, separaba con cuidado los pelos que se unían en grupitos, imantados por una sutil película de grasa. Se aplicaba en aquella labor a conciencia, concentrada en construir un flequillo homogéneo. En ocasiones usaba los dedos índice y pulgar para darle libertad a cada cabello. Otras, convertía la mano en un peine grueso que usaba con delicadeza y lentitud. El resultado que le devolvió la cámara del smartphone no debió de gustarle, porque arrugó el entrecejo y repitió la operación, esta vez con menos cuidado y más rapidez.

A Padín le resultó divertida esa preocupación por la imagen y se rio al recordar que, poco antes, él hacía y deshacía su melena frente al espejo para quedarse igual que antes. Se preguntó si Fina era así de presumida o si se preparaba únicamente para su encuentro. Le faltó el aliento al pensar que podía ser lo segundo, pero la cordura fue a su rescate. «Las chicas inteligentes no se fijan en tipos como tú. Si apuntas tan alto, te quedarás tuerto —le advirtió la razón—. Además, tú vienes a lo que vienes». Dejó de mirarla y cogió impulso para recorrer los metros que los separaban. Ella había dado por imposible peinar el flequillo y saboreaba el café a sorbitos.

—¡Hola! —saludó Padín con energía mientras oscilaba la mano derecha para captar su atención, como si fuera posible no verlo.

Fina, que estaba en su mundo, se asustó. O más bien aquel saludo la sorprendió en el peor momento, porque se atragantó. Intentó reprimir de forma ahogada la tos al principio, pero después lo hizo con tal fuerza que escupió el café y se manchó la blusa.

—¡Caramba! —se quejó mientras examinaba la extensión de la mancha.

Padín, agitado, sacó un paquete de pañuelos y se lo ofreció.

—Perdona. De verdad que lo siento. Sé que habíamos quedado en la cafetería, pero te vi aquí...

—No pasa nada. Soy una despistada y estas cosas me suceden a menudo —dijo Fina, tratando de restarle importancia.

—Sí, sí que pasa. No es la primera vez que alguien se asusta al verme, debería ser más cuidadoso.

—¿Y por qué se asustan? —quiso saber ella.

—¿En serio hace falta que te lo diga? Soy enorme, llevo el pelo largo y mis pintas no causan precisamente furor.

—Al contrario que yo, que estoy hecha una miss —dijo con ironía Fina mientras señalaba la blusa mojada.

Padín sintió cierto alivio. Los dos rieron como niños, con la complicidad de quien se siente igual.

Resignada, Fina cogió los pañuelos y los miró sin saber cómo solucionar aquel desastre.

—Miss Muíños tiene una imagen que mantener. ¿Imaginas qué dirían de ella si entra así en un local público? —bromeó al tiempo que contemplaba la puerta del bar en el que habían quedado para la entrevista.

—Yo vivo muy cerca de aquí. Puedo llevarte en coche y dejarte una camiseta para que te cambies.

Padín lo comentó sin más, de forma inocente, como quien le ofrece un vaso de agua a un sediento. Fue al ver la reacción de Fina, que se ponía colorada, cuando se dio cuenta de que igual no era la mejor de las proposiciones.

—Ha sido una idea tonta, ya lo sé. No me hagas caso, no tengo muchas luces —se justificó.

Lo que nunca esperaría era la respuesta de Fina.

—¿Dices que vives cerca?

—Sí, a cinco minutos en coche, en Farnadeiros. Quien dice cinco dice ocho, pero no más —explicó Padín para no faltar a la verdad.

—Está bien. Acepto.

El que se puso rojo en esta ocasión fue Padín, consciente de que hacía mucho tiempo que ninguna chica entraba en su casa.

## Capítulo 30
## Carmiña

*Marzo de 1963*

Carmiña pegó una bofetada a la muñeca de trapo y la reprendió. Debía comportarse. Era mayor.

—¡Mala, muy mala!

La sentó de nuevo en la cama y le pidió que uniese las dos manos. Rezarían para que fuera buena.

Desde la muerte de su hermano, hacía dos semanas, Carmiña jugaba sola cuando nadie la controlaba. En la calle habían desaparecido las voces agudas y felices. No había rayuelas marcadas sobre la tierra. Las carreras atropelladas del pillapilla o del inicio del escondite se transformaron en pasos desconfiados de adultos.

En su casa vestían de luto. La alegría y la compañía de otros niños estaban prohibidas. Y ella tampoco podía ir hasta las casas de los demás, los únicos sitios seguros para jugar.

La muñeca se echó a llorar. Carmiña decidió castigarla. Se quedaría en aquel cuarto, encerrada, sin hablar con nadie. Así aprendería. No era un bebé. Las niñas grandes tienen que ayudar en casa. Las niñas grandes no lloran. Solo los bebés lloran.

Dejó atrás las quejas y agarró la escoba. Se fijó en las ramas de la retama, gastadas y negras. Lamieron una vez más el suelo. Primero en la cocina, donde juntaron migas de pan, tierra y restos de leña. A continuación, fue al corredor, siempre oscuro y frío. El aire se colaba por debajo de la puerta y le silbaba para que abriese. Ella sabía que no debía hacerlo. Pensó en barrer rápido y volver con la muñeca. Acababa de perdonarla. El viento sopló con fuerza, en esta ocasión enfurruñado. Protestó hasta mover las ventanas. Carmiña, del susto, se arrimó contra la pared.

Notó que, a la altura del pie, algo se había movido. En un principio pensó que se trataba de un ratoncito, pero al mirar descubrió que era una piedra suelta. La aflojó y detrás encontró un pequeño tesoro. Un vaquero la recibió con disparos. Carmiña cayó, muerta. Después resucitó y decidió disparar ella. Montó en un caballo imaginario, como veía hacer a los niños de la aldea, y apuntó. Pum, pum, pum. La figura de plomo se derrumbó. La recogió y siguió explorando. Con la punta de los dedos tocó algo más. En el fondo de aquel agujero había un libro. Lo abrió y sonrió al ver decenas de dibujos de animales. No sabía leer, pero recorrió con la vista la figura de un perro. Distinguió una vaca, mucho más gorda que las que pastaban en la sierra. Había gatos, liebres, zorros y lobos. Pero también había otros seres maravillosos en aquellas páginas que no reconocía. Se preguntó si vivirían en Ourense.

Estaba tan absorta en el libro que, cuando la puerta se abrió, pensó que era de nuevo el viento. Una urraca gigante la contemplaba desde el umbral.

—¡Dame eso!

Nada más sacudir la nieve de la ropa, Elvira se acercó hasta la niña. Esta, agachada en el suelo, se tuvo que levantar cuando la madre la cogió por la oreja.

—¿De dónde lo has sacado? —preguntó, señalando el libro.

Los ojos de Elvira siguieron a los de su hija hasta dar con la rendija en la pared. Agarró el libro con desprecio. *Mamíferos del mundo*, rezaba la portada y, dentro, una dedicatoria que le produjo un escalofrío: «C. y D. están unidos, del mismo modo que la Claridad forma parte del Día».

## Capítulo 31
Fina

Abrí la puerta del coche de Padín y me golpeó un intenso olor a ambientador. Por dentro, de limpio que estaba, parecía nuevo. Ni polvo en el cuadro de mandos ni tierra en las alfombrillas. Como si lo acabara de sacar del concesionario.

Esperó a que me pusiera el cinturón de seguridad y arrancó. La potencia de los altavoces me aturdió. Padín fue consciente y apagó la música al momento. La voz, desaforada y salvaje, calló. Y con ella las guitarras y la batería que atronaban por detrás.

—Perdona. Tenía el volumen demasiado alto.

—Por mí está bien. Puedes dejar lo que estabas escuchando —mentí.

Me hizo caso a medias. La canción ahora sonaba muy baja, casi en un segundo plano. Aunque el inglés no era lo mío, me pareció entender «en un mundo de algunos, ser nadie».

La nieve comenzó a caer. Era más bien aguanieve, frío líquido, precipitándose tímido sobre el coche. Padín accionó el limpiaparabrisas y yo seguí la cadencia con la mirada. Las láminas de goma recogían y después tiraban a la carretera aquellos puntitos traslúcidos.

—¿Has tenido alguna vez la sensación de que la vida está hecha para otros?

La frase me salió sin pensarla. Más como reflexión que como pregunta. El coche bajó la velocidad. Padín estaba mucho más rígido. Agarraba el volante con tensión y la locuacidad que había mostrado al encontrarnos desapareció completamente. La cambió por una barbilla arrugada y unos labios entornados hacia el interior de la boca.

—Sí. Más veces de las que me gustaría —confesó.
—¿Y qué haces en esos casos?
—Enterrar lo malo.
—¿Y funciona? —quise saber.
—¡Ojalá!

La nieve se estampaba contra el parabrisas. Producía golpes secos, casi imperceptibles, como gritos ahogados.

—Mira el cristal del coche. —Señaló el exterior con la barbilla—. ¿Cuándo se transforma la lluvia en copos de nieve? ¿En qué momento exacto el rocío de la madrugada deja de ser rocío para convertirse en escarcha?

Desactivó durante unos segundos el limpiaparabrisas y sobre el cristal empezó a acumularse nieve y lluvia.

—O es escarcha, o es aguanieve, o es nieve, dicen. Pero en realidad no son ni lo uno ni lo otro.

—Ah, ¿no?

—No. Su destino es evaporarse. Pueden durar más o menos, pero son efímeras. Desde que caen, comienza su agonía. —Activó de nuevo las escobillas.

Me quedé muda. Estaba claro que no era la única que, en ocasiones, se dejaba llevar por el desánimo. Lo miré de reojo y me pregunté cuántas veces solemos prejuzgar a alguien solo por la impresión que nos causa durante unos segundos. Con Padín me había sucedido eso. Me llamó la atención su corpulencia, su pelo largo y su ropa, pero, cuanto más lo conocía, más me gustaba su personalidad. Era amable, algo tímido, siempre con una sonrisa preñada de melancolía y reflexivo. Tenía también algo de enigmático. Y, todo junto, lo hacía ganar puntos.

La luz del intermitente apareció en el cuadro del coche y redujimos la marcha. Tomó un desvío hacia la izquierda, por una pista estrecha acotada por paredes de casas y muros tan grises que parecían una extensión del asfalto. Padín se detuvo. El conductor de un motocultor con un remolque cargado de tojos y de helechos me miró sin disimulo mientras permanecíamos parados, esperando a que él pasara. Se detuvo a nuestra altura y le habló a Padín, como si yo no estuviera.

—Qué bien acompañado te veo. A ver si a esta la cuidas —le dijo, guiñándole un ojo, para después arrancar y dejar atrás una estela vegetal.

Supuse que se refería a alguna novia anterior, pero no me atreví a preguntar. Experimenté una sensación rara. Me pudo la curiosidad, las ganas de saber cómo era el tipo de chica de Padín, si también buscaba a alguien que le gustase la música heavy. Sin embargo, yo estaba allí para que me hablase de otros temas. Abrí la libreta y repasé las preguntas justo cuando él aparcaba delante de la casa. Era de planta baja, con fachada de piedra y una gran finca detrás. Bajamos y mi anfitrión me abrió la puerta.

—Perdona, pero no esperaba visita. Si lo hubiese sabido, lo tendría todo más recogido.

Me acomodó en el salón y se ausentó para buscar la camiseta que me había prometido. Aquel lugar era como una caja vacía. Apenas había muebles. Solo un tresillo, una mesa, un par de sillas y poco más. Ni un adorno, ni una foto, alfombra o armario en el que exhibir la vajilla. Todo muy recogido y limpio, eso sí. Hasta olía a detergente, como a recién fregado. Era un maniático del orden y de la limpieza. Seguramente se habría asustado al ver mi cuarto.

—Sé que es demasiado grande, pero no tengo otra cosa.

Padín me ofreció la prenda y me acompañó hasta el cuarto de baño. La estancia también era muy aséptica, como si estuviera de paso o acabara de hacer una reforma y aún no le hubiese dado tiempo a colocar detalles personales. Me puse la camiseta. Me llegaba hasta las rodillas y era tan ancha que podría convivir dentro de ella con mi siamesa y sobraría espacio. La metí como pude dentro de los pantalones y volví al salón.

—¿Quieres agua? No tengo otra cosa que ofrecerte.

—Mejor después. Ahora preferiría hacer la entrevista, si no te importa. Ya pasa de las once y aún no hemos empezado.

—Por supuesto. ¿Qué quieres saber?

—Todo. Es decir, qué pasó en Salgueiro, qué te dijeron la Policía y la jueza. Cualquier detalle es importante.

En el último instante decidí que, en lugar de preguntar, era mejor que hablase libremente. Si tenía alguna duda, ya me la aclararía.

—Ah, y también saber por qué os despidió León.

Padín se acomodó varias veces en el sofá, como un perro que da vueltas sobre sí mismo antes de encontrar la postura ideal. Encendí la grabadora y me preparé para tomar notas. Después, incapaz de mirarme a los ojos, jugando nerviosamente con los pliegues del pantalón, me contó cómo aparecieron los primeros huesos, el aviso a Protección Civil, la llamada y posterior enfado de Arturo León, la visita que le hicieron a su oficina para cobrar la liquidación...

Estuvo hablando casi una hora. Nada más acabar, se limpió las sudorosas manos en el pantalón y levantó la cabeza, como si llevara soltando frases todo el tiempo sin tomar aire y precisara, de repente, respirar. A continuación, me miró por primera vez desde el inicio de su relato. Continuamos hablando más tiempo, mientras yo disparaba preguntas y más preguntas y él me devolvía vacilaciones, dudas y varios «no sé».

Antes de apagar la grabadora, me recordó que no debía publicar su nombre. Le confirmé que no lo haría, que lo trataría como una fuente de primera mano, pero que sería muy sencillo identificarlo. Eso no le importaba, solo quería asegurarse de que omitiera sus datos.

—Es por mis padres. Prefiero ahorrarles un disgusto —me confesó.

Nos levantamos, dando por finalizada la entrevista, aunque le pedí un último favor.

—¿Te importaría dejarme el disco que veníamos escuchando en el coche?

No sé por qué, pero aquella voz chillona, desgarrada y que emitía palabras incomprensibles se me había metido en la cabeza. Tenía la necesidad de escucharla de nuevo. La mente es muy retorcida. La batería percutía en mi cráneo como el sonido ahogado de los copos que caían y se estrellaban sobre el parabrisas.

—En el coche tengo un *pen* con cientos de canciones que saltan de forma aleatoria. Aquí, en casa, tengo el original. Ven conmigo y te lo dejo.

Padín me guio hasta una puerta al final del pasillo. A diferencia del resto, esta estaba cerrada. Metió la mano en el bolsillo, sacó la llave y me invitó a entrar. Cuando encendió la luz descubrí un cuarto enorme. Ya dentro, cerró otra vez la puerta. La estancia estaba llena de discos y de DVD, colocados en estanterías, como una biblioteca. Había incluso una sección con libros. Las baldas estaban organizadas por etiquetas. Buscó la que indicaba Y-Z y siguió con el dedo hasta dar con la caja de metacrilato.

—Es su penúltimo álbum. Se separaron un par de años después —me dijo al tiempo que me lo ofrecía.

—Perdona la ignorancia. Esto que escuchas, ¿qué es? ¿Heavy? —Hice un gesto hacia las banderas que colgaban de la pared, con calaveras, zombis, estrellas, cadenas y nombres de grupos en tipografías de lo más diverso.

—Si lo quieres llamar así... —Encogió los hombros—. ¿Conoces el Resurrection Fest? —Señaló la camiseta que llevaba.

—Me suena porque salió en todos lados la foto de un chico en silla de ruedas, levantado por el público. Hasta ese momento, nunca había oído hablar de él.

—Se celebra en Viveiro, en Lugo. Tocan grupos de heavy, pero también de hardcore y de punk. Sé que te puede sonar todo a ruido. Pero no todo el ruido es igual. —Sonrió, dejando claro que era un tema sobre el que había hablado muchas veces.

—Supongo que vas todos los años. Yo nunca he ido a un festival de música.

—Yo tampoco —me reveló con cierta pena.

—¿Y eso?

El timbre de la casa nos interrumpió. Padín miró la hora y me pidió que lo esperase en aquel cuarto mientras salía a atender. A solas, me sentí aliviada al pensar que por fin había conseguido la historia. Y todo gracias a ese chico melenudo y vestido de negro. Estaba en deuda con él. Tener un detalle no estaría mal. Decidí comprarle algo para engordar su colección. Fotografié las banderas y algunos discos, para saber sus gustos y que el regalo no fuera repetido. Pero aquel simple gesto, tomar una foto de las cosas de Padín, fue una decisión de la que no tardaría en arrepentirme.

# Capítulo 32
# Padín

Entraron de nuevo en el coche. Fina tenía mucho trabajo por delante y le pidió a Padín que la acercara hasta el aparcadero de O Corgo, junto a la playa de A Rola.

Condujo despacio. Las rodadas de los coches marcaban el camino. Los límites de la carretera habían desaparecido, solo había un río blanco que no paraba de crecer. Sujetaba con firmeza el volante y, con disimulo, miraba de reojo a su copiloto. Qué sensación tan diferente conducir junto a Fina. Con Moncho siempre iba discutiendo o enfadado. Por contra, con ella deseaba alargar el trayecto y que la cabina del vehículo se impregnase de su agua de colonia infantil.

Entraron en Mugueimes y Padín sintió una cierta tristeza. Había estado muy a gusto con ella, algo se le había removido por dentro en su compañía.

—¿Quieres mi número? —se atrevió a preguntar—. Lo digo por si más tarde tienes alguna duda o necesitas aclarar alguna cuestión.

—Sí, muy buena idea. ¡Qué despistada soy!

Se detuvieron junto al Polo verde pistacho de Fina.

—Muchas gracias por todo. Y también por el disco. Ya te contaré.

Padín estiró el brazo para darle la mano al tiempo que Fina se inclinaba para despedirse con dos besos. Avergonzado, replegó el brazo y quiso responder al gesto de Fina, pero ella acababa de echar hacia atrás el cuerpo, extendiendo su mano.

Se rieron de su torpeza.

Finalmente, tras mirarse, se dieron dos besos y la mano.

—Adiós —dijo Fina, antes de cerrar la puerta.
—Adiós —respondió Padín, con una voz tímida y un poco pesarosa. Deseó con todas sus fuerzas no tardar en verla.

# Capítulo 33
# Antonio

*Marzo de 1963*

Un ratón parecía querer abrirse a dentelladas en su pecho. Antonio, por más que se frotaba en la zona, no conseguía disminuir aquel dolor. Solo era capaz de mitigarlo a base de tabaco y alcohol.

—Últimamente estás bebiendo más de la cuenta y eso no es bueno —lo recriminó su mujer mientras él se agarraba a una botella de vino igual que un recién nacido al pecho de su madre.

Salió al balcón para no escuchar sus reproches y contempló la aldea. La jornada de trabajo había acabado. Era de esos escasos momentos donde todo el mundo disfrutaba de un poco de tiempo libre. Sacó el tabaco de picadura y se hizo un cigarrillo. Se fijó en los sauces que crecían a lo largo del arroyo. El viento soplaba suave, casi acariciando las hojas. Los árboles asentían, complacidos, manteniendo su posición de guardianes de Salgueiro. Formaban una especie de muralla que los separaba del monte, tan próximo y tan lleno de sombras. Aquella montaña era su sustento, la pisaban cada día, pero no dejaban de ser conquistadores ajenos. «La tierra tiene memoria», le decía siempre su padre.

Contempló sus manos, negras. Se preguntó qué había hecho con ellas durante todos esos años. Construir o destruir. ¿Dónde estaba la diferencia?

A unos metros, unos niños reían y gritaban a partes iguales. Era la primera vez en días que los veía jugar. Formaban un corrillo que se iba animando cada vez más. Bajó junto a ellos con el pitillo entre los dientes, saboreando cada calada.

Habían dibujado un círculo en el suelo. Por turnos, enrollaban un trompo con una cuerda y lo lanzaban sobre la tierra. En el juego, ganaba aquel que más cerca se quedaba del centro. Pero lo que más motivaba a los participantes era acabar con las ilusiones de los demás. Uno de los trompos llevaba un tiempo en medio de aquel circo romano imaginario trazado con un palo. Su dueño ya se veía ganador cuando un chico mayor pidió espacio.

—Me toca.

Antonio fue consciente de que el chaval miraba desafiante y confiado al resto. Sabía que muchos envidiaban su confianza y temían su temperamento. Era de esa clase de niños que le caían bien.

Contempló cómo estiraba el cordel y comenzaba a envolver con fuerza el trozo de madera. Lo hacía con mimo, como si no tuviera prisa y el proceso fuese trascendental. Los más pequeños lo miraban casi ensimismados. Finalmente, estiró el brazo y, de un golpe seco, arrojó su trompo. Describió una trayectoria perfecta, aterrizando justo en el centro y desplazando al trompo que, hasta ese momento, tenía todas las posibilidades de vencer.

—¡Bien hecho!

El hermano del chico, un año mayor que él, lo felicitó con una sonora palmada en la espalda. A Antonio, aquel gesto de complicidad casi le dolió. Él nunca podría tenerlo con su hijo.

El juego continuó. Los demás niños lo intentaban, pero no había fortuna. Ya estaban pensando en recoger e irse para casa. Solo quedaba Leandro por tirar. Antonio se fijó en que su trompo tenía una punta filada. Casi pudo seguir su brillo mientras lo lanzaba por el aire. De repente, se escuchó un ruido seco y contundente. Al chico mayor se le torció el gesto. El trompo de Leandro había partido en dos el suyo. Todos lo celebraron con alborozo, como si hubieran contemplado un milagro.

Leandro aún estaba intentando comprender qué había pasado exactamente cuando el chaval lo cogió por el pescuezo y lo arrimó al tronco de un castaño. Quiso escaparse, pero el hermano del joven lo agarró por un hombro.

—Esta me la pagas, desgraciado.

—Ha sido sin querer.

—Me da igual. Tú me rompes el trompo, yo te rompo la cara. Breixo, que no se mueva —le dijo a su hermano.

Antonio se metió las manos en los bolsillos, contemplando con curiosidad la escena, el cigarro aún en la boca, humeante. Le gustaba que los niños se fueran haciendo mayores, que aprendieran a base de golpes. La vida no estaba hecha para los blandos.

—¿Qué pasa aquí? —escuchó una voz a su espalda.

—¡Papá! —gritó Leandro.

Duarte se acercó hasta los niños. Vio que tenían inmovilizado a su hijo, se fijó en los trompos tirados en el suelo y dio orden de que todo el mundo se marchase a casa. Como los chicos mayores no estaban muy por la labor de moverse, se puso frente a ellos y les habló con tranquilidad.

—Sé que lo de Cibrán os ha afectado a todos. Erais sus amigos. Pero a él no le gustaría veros así, peleando. Venga, es tarde y mañana será otro día —les pidió.

Cedieron de mala gana, no sin antes darle una patada al trompo de Leandro, que se perdió entre la hierba. Cuando se quedaron solos, Duarte le pasó el brazo por la espalda a su hijo y echaron a andar. Al pasar junto a Antonio, sin pararse, le recriminó que no hubiera hecho nada.

—Son cosas de críos.

—No, no lo son —insistió Duarte—. Eso lo sabe cualquier padre.

El ratón parecía haberse despertado otra vez. Antonio tiró la colilla al suelo y la aplastó con rabia. Nadie hasta ese instante se había atrevido a llamarlo mal padre.

## Capítulo 34
Fina

Bip. Bip. Estaba tan concentrada transcribiendo la entrevista de Padín que tardé en reaccionar a la notificación del móvil. Desde el Parque Natural do Xurés autorizaban mi visita. Podía acercarme hasta Salgueiro. Como aún había algunas horas de luz por delante y suponía que la Policía ya no estaba allí, solo tenía que ir, tomar notas y volver. Además, accedería en coche hasta la entrada de la aldea. Cualquier cosa era mejor que repetir la caminata por aquel sendero infernal.

La radio no sintonizaba Los40, solo emisoras portuguesas. Me quedé con la primera que emitía reguetón. Mientras le daba volumen, al fondo surgía el cementerio de Prado. Estaba construido a las afueras del lugar. Unos metros antes, a la izquierda, comenzaba la carretera de Salgueiro. Era una pista estrecha, serpenteante, que bordeaba las laderas de la montaña, yendo y viniendo. Mientras comenzaba a subir, Prado apareció de nuevo a la vista, con la iglesia en medio y el resto de las casas a distintos niveles. Tenía la sensación de que casi no había avanzado. Además, no sabía si era cosa del coche o del Xurés, pero no podía pasar de la segunda marcha.

Más allá vi otra parroquia, la de Xermeade. Me pregunté si allí también conocerían historias sobre Salgueiro y si debería hablar con sus vecinos. Tan despistada estaba que a punto estuve de salirme de la carretera. Enderecé el coche en el último segundo y prometí no distraerme con las vistas. En realidad, había poco que mirar: todo era blanco. La nieve cubría el paisaje con un manto uniforme. Un incendio había arrasado la zona el año anterior y casi no existía vegetación. Solo tojos y algún pino solitario carbonizado, cubierto ahora de nieve. Era un contraste enorme. Los primeros kilómetros eran un desierto: copos de nieve en lugar de arena y grandes piedras en lugar de dunas.

Subía, subía y subía. Es curioso como la percepción del tiempo y del espacio pueden variar de un día para otro. El recorrido me parecía más largo que el de la jornada anterior. En esta ocasión lo miraba todo con nuevos ojos. Hasta pude contemplar en el ascenso el embalse de Salas. La inmensa esclusa gris contrastaba con la luminosidad del agua. Millones de gotas brillaban en un mar tranquilo y plateado justo antes de saltar al vacío.

En el último tramo de la carretera regresó la vegetación: los robles, pinos y sauces movían sus ramas, estirándose hasta casi tocar el coche. Un poco más adelante, el camino, para mi sorpresa, dejó de subir e inició un descenso. Me despedí del asfalto al tiempo que, del otro lado de un riachuelo, surgía algún que otro tejado abierto. Una pista embarrada me condujo hasta la entrada de Salgueiro. Era curioso verme allí, justo por donde había visto entrar a los coches patrulla. Cuarenta y ocho horas antes mi perspectiva era muy diferente.

El lugar parecía otro sin voces, sin luces, sin pasos y sin coches. Solo estaba yo. Las roderas y las huellas cubrían el camino, pero allí no había nadie. Ni siquiera un agente de guardia. Crucé el regato, alrededor del cual se amontonaban los árboles, y entré en la aldea. Vi un par de construcciones restauradas, una incluso con acceso para silla de ruedas. Después apareció un majestuoso castaño, a cuyo pie descansaba una mesa de piedra con asientos. Unas pocas casas tenían la cubierta tapada con uralita y de otras solo se apreciaban las paredes, desnudas pero dignas.

Al pasar frente a la vivienda en la que me había escondido, la memoria de mis huesos, aterrada, me pidió que apretara el paso. Seguí hasta la capilla, muy cerca del cruce en el que me encontré con Padín y con Moncho. Me llamó la atención la especie de soportal que había antes de su entrada principal. Era tan grande como la capilla y destacaba por un banco de piedra que rodeaba su interior. Las vigas de la cubierta eran sobrias. Debían de estar tratadas para soportar la humedad, porque tanto la madera como un pequeño dibujo estaban en perfecto estado. Le hice una foto al conjunto porque nunca había visto algo así. A continuación, me acerqué a uno de los respiraderos de la capilla para comprobar qué había dentro. Incapaz de ver nada, introduje la cámara del teléfono y apreté el botón. Se disparó el flash y, de repente, escuché varios ruidos sordos acompañados de movimiento. Flap, flap, flap. Escapé asustada, rezando para que fueran murciélagos.

Un cartel señalaba el lugar. COLMENAS. 200 M. Alguien con un punto de humor negro podría tacharlos y escribir CADÁVERES. 200 M. Seguí la flecha. A la izquierda se concentraban más viviendas, todas sólidas, pero sin puertas ni ventanas. No era una aldea con cuatro casas y paredes a medio caer; aquello era como una urbanización de antes de que existieran las urbanizaciones: las casas pegadas, con gruesas paredes de piedra, grandes balcones, escaleras de acceso a la primera planta, la hierba cortada a pesar de estar en medio de ninguna parte... El sueño de cualquier persona de clase media. Sin embargo, todo tenía un aire espectral. Aquellos hogares parecían calaveras mirándote desde sus cuencas vacías, sin acabar de creerse que ahora eran solo piedras y aire.

Varias cintas de la Policía cerraban la calle. No se permitía el paso. Fotografié el lugar desde todos los ángulos. Raúl y Agustín tendrían imágenes de sobra para el diario. Junto con la entrevista de Padín, ahora tenía pruebas de que todo era real.

Comprobé que no hubiera nadie y, a cámara lenta, crucé las marcas policiales. El terreno estaba tan embarrado que resbalé. Caí en uno de los agujeros. Azorada, me limpié como pude la ropa y entonces fue cuando la vi. En el fondo del agujero, arrugada por mi aterrizaje, había una pequeña bandera blanca con el número cuatro. Mirara donde mirase, estaba lleno de banderas. Conté nueve.

Regresé hasta la entrada de la aldea, sofocada y dándole vueltas una y otra vez a lo mismo. «Nueve. Nueve cuerpos. ¡Aquí enterraron a nueve personas!». De repente, me sobresaltó el ruido de un motor. Se acercaba un coche grande. Me metí en el mío. Le di al contacto, pero no arrancaba. El Polo devolvía únicamente sonidos ahogados. La afonía se detuvo cuando el otro vehículo me cortó el paso. Dejé de darle al contacto porque era inútil. No tenía forma de salir.

# Capítulo 35
# Antonio y Duarte

*Abril de 1963*

—Queridos primos, atended, por favor. Vamos a empezar —repitió Duarte por segunda vez.

A su alrededor, los veintiséis hombres de la aldea se distribuían en corrillos, donde compartían confidencias y comentaban las incidencias del día. Poco a poco se fueron callando y tomaron asiento. No faltaba nadie. Allí estaba congregada toda la población masculina con casa propia en Salgueiro.

Cada vez que había un tema importante o alguien quería tratar un asunto relacionado con la aldea, se organizaba una asamblea. La hora era siempre la misma: cuando el día agonizaba. El punto de encuentro, el cobertizo de la capilla. Una construcción que también era la puerta de entrada al santuario. La estructura, del mismo tamaño que la capilla, estaba sujeta por ocho columnas de granito que descansaban en una bancada en la que los hombres se reunían, escuchaban, daban su punto de vista, discutían y tomaban decisiones.

Aquel lugar, humilde y sobrio, era su pequeño parlamento. Todos tenían voz y voto, desde el más veterano hasta el más joven. Pero lo que se decidía no podía salir de allí.

Duarte, con un quinqué apagado en lo alto del brazo, se colocó en el centro del cobertizo y los miró a todos, uno por uno. Apenas eran siluetas sin cara. De repente, se oyeron dos golpes secos.

—¿Quién va? —preguntó.

—Los hombres de la montaña —le respondieron los reunidos a una sola voz.

—¿A qué venís?

—A convertir en luz la noche.

El quinqué brilló y Duarte lo colgó del techo. Los rostros tomaron forma, pero en el exterior las sombras seguían expectantes aquella reunión.

—Gracias a todos por venir. Como sabéis, hemos padecido una desgracia hace muy poco. —El recuerdo de Cibrán sobrevoló el cobertizo—. Vivir aquí, aislados, es duro. El que más y el que menos ha sufrido algún contratiempo, pero lo que pasó en nuestra aldea es peor que una epidemia. Cerca de aquí, quién sabe si escuchándonos, hay un asesino de niños. Tal vez más de uno.

El grupo se revolvió. Las voces comenzaron a mezclarse, varios hombres hacían aspavientos y un ruido sordo abrazó las piedras del lugar, como queriendo escupir esa palabra maldita.

—Todos tendréis ocasión de hablar —gritó Duarte—. Calmaos un poco, por favor. Antonio quiere deciros algo.

El padre de Cibrán se levantó del asiento de piedra y Duarte le cedió el mando. Los hombros y la cabeza, caídos, mostraban a un hombre derrotado. La esclerótica del ojo, blanca por naturaleza, en su caso estaba teñida de venas que rompían en múltiples ramas sanguinolentas. Él, el más fuerte de la aldea y de la comarca, era ahora un espantajo.

—Aunque no lo haya dicho —habló—, tanto mi mujer como yo estamos muy agradecidos por vuestro apoyo.

No era una persona dada a afectos ni a hablar en público. Estaba claro que la muerte de su hijo lo había cambiado.

—Nada me debéis y nada os debo. Pero hay que reparar una injusticia.

Orgulloso como era, le costó seguir la frase.

—Os necesito para coger al cabrón o a los cabrones que han matado a Cibrán. Al que me ayude no le va a faltar de nada. Sabéis que soy agradecido y un hombre de palabra.

—¿Qué te ha dicho la Guardia Civil? —quiso saber uno de los vecinos.

—¿Tú la has visto por aquí estos días? Solo se preocuparon la primera semana. No encontraron nada y no volví a tener noticias de su parte. Han desaparecido y no seguiré esperando.

—¡No hay derecho! —se indignó un viejo.

—Tenemos que encargarnos nosotros. Debemos cuidar los unos de los otros porque para ellos no existimos —protestó otro.

—Cuenta con nosotros, Antonio. Esto no va a quedar así —prometió un hombre joven, entre gritos de aprobación.

Antonio ya no tenía los hombros caídos ni la cabeza agachada. Había ensanchado el pecho y crecido diez centímetros. Los que continuaban inmutables eran los ojos, inyectados en sangre.

—Si yo fuera tú, comenzaría por el primo de Catrollos, el que encontró a Cibrán. —Quien hablaba era Xosé, un joven que acababa de casarse allí y llevaba poco tiempo en la aldea—. A veces es quien menos piensas. Además, se encontraba lejos de su casa y a deshora por el monte.

—Sí. Lo mismo pensé yo —confesó Antonio.

—¿Y?

—Le hemos hecho una visita. —Aunque la oscuridad no permitía distinguir ciertos detalles, la mirada que le dirigió a Duarte estaba preñada de resentimiento—. No ha sido él. Pero nos aseguró que antes de encontrar a Cibrán distinguió varias sombras.

Las voces se embarullaron de nuevo.

—¿Y si os ha mentido? —inquirió otra vez el joven—. Yo creo que se lo ha inventado. Podemos hacerle otra visita varios de nosotros y ver si se le suelta la lengua.

## Capítulo 36
## Padín

Fue corriendo hacia el coche de Fina. En la cara del albañil se dibujaba una sonrisa bobalicona.

—No necesitarás ayuda, ¿no? —preguntó.

Fina, desde el interior del coche, desconcertada y más seria de lo que recordaba, dijo que no y trató de arrancar de nuevo el motor. No hubo suerte.

—Tiene pinta de ser la batería —concluyó él—. Ábreme el capó y así salgo de dudas.

Padín aún tuvo que esperar veinte segundos antes de que la chica se decidiera a seguir sus indicaciones. Asomó la cabeza sobre las tripas del coche, empezó a tocar cables y piezas, le pidió a Fina que le diera al contacto y regresó junto a su puerta.

—Lo que yo pensaba: es la batería —anunció—. ¿Cuánto hace que no la cambias?

Fina continuaba dentro de su Polo verde, con el cinturón puesto y sin saber muy bien qué responder.

—No te preocupes. Tengo unas pinzas en mi coche. Ahora mismo lo arreglamos.

Le encantaba manejarse entre máquinas y se le daba bien. Sabía leer en ellas mucho mejor que en las reacciones de cualquier persona. Además, con los aparatos solo había que seguir las instrucciones y aplicar la lógica. La gente era mucho más complicada.

—Prueba ahora.

El coche al principio le devolvió un ruido afónico, casi acatarrado, pero finalmente acabó rugiendo y celebrando cada acelerón de Fina. Esta, una vez que confirmó que Padín la había sacado del apuro, se apeó dejando el motor en marcha.

—Que sepas que me has dado un susto enorme cuando llegaste con el coche. No te imaginaba aquí y pensé que me bloqueabas la salida —confesó—. Pero menos mal que has aparecido en el momento justo. Me imaginaba caminando hacia Prado, en busca de cobertura para contactar con una grúa.

—Sí, no me digas que no es casualidad. Volvemos a coincidir y lo hacemos aquí, donde nos cruzamos por primera vez —soltó Padín, como quien no quiere la cosa—. Por cierto, ¿qué te ha traído hasta Salgueiro?

—Te iba a preguntar lo mismo. Si fuera un poco más neurótica, pensaría que me estabas persiguiendo.

—¿Te imaginas? —rio él—. Esta tarde caí en la cuenta de que sigo con las llaves de la excavadora. Como ya estoy metido en unos cuantos líos, no quiero más. Así que he venido a dejarlas en la caseta de la obra. ¿Y tú?

—Yo he venido a trabajar. Para escribir sobre algo, antes debes conocerlo. Anteayer estuve escondida y necesitaba ver este lugar.

—Es bonito, ¿verdad?

—Bonito y siniestro, creo yo.

—Pues a mí me gusta —apuntó Padín, mirando fijamente a los ojos a Fina.

Ella, sin saber muy bien qué más decir, se acercó con timidez, casi pidiendo permiso. Él notó su olor a colonia, más y más próximo, al tiempo que se le aceleraba el corazón.

—A todo esto, muchas gracias por rescatarme.

Fina le dio un beso en la mejilla. Él notó sus labios, suaves y cálidos. Dejó de respirar y cerró los ojos. Se sentía como los héroes de los cómics, poderoso y feliz.

—Por cierto, esta mañana me diste tu número, pero yo no te di el mío. Apúntalo por si alguna vez necesitas que yo también te rescate —añadió ella, devolviéndole también una sonrisa, antes de subirse en su coche para abandonar la aldea.

Padín guardó el teléfono en favoritos y vio cómo se alejaba.

# Capítulo 37
## Agustín

Las tres primeras páginas del periódico del día siguiente estaban en blanco. Llevaba casi una hora llamando a Fina para preguntarle cómo iba con la entrevista, pero el teléfono devolvía una y otra vez la misma respuesta: la línea móvil no estaba operativa.

Era perro viejo y había tenido que lidiar en varias ocasiones con noticias de última hora. Reventaban el trabajo de toda la jornada y convertían la redacción en una batalla campal en la que atronaban los gritos, las prisas y las carreras para poder cerrar a tiempo y estar al día siguiente en el quiosco. Superados esos momentos, solían celebrarlo, con la euforia en el cuerpo, tomándose un cubata, ya fueran las dos o las tres de la mañana. Esta vez era diferente: conocían el tema, todo estaba preparado, pero no habían redactado ni la primera línea.

Justo lo que le había dicho Raúl, el director: no podían dejar un tema tan importante en manos de una novata. Una noticia de ese alcance no se podía improvisar. Además, era muy arriesgado tener el periódico parado sin saber si iban a recibir o no la entrevista. Por esa razón, hacía apenas diez minutos, su jefe y él estuvieron de acuerdo en que era necesario esperar al menos otro día para salir con la exclusiva.

—Cada día que no publicamos esta historia es un día en el que estamos perdiendo dinero y en el que la competencia podría hacerse con la exclusiva, Agustín.

—Lo sé.

—Pues no veo que estés haciendo mucho por remediarlo —lo recriminó el director.

—He intentado mover mis contactos, pero, o no sueltan prenda, o no saben. Sin la entrevista de Fina, estamos vendidos.

—Tienes otro día. Mañana no quiero excusas.

Raúl dio por zanjada la discusión y se metió en su despacho. Por su parte, Agustín se encaminó hacia donde estaba el equipo de maquetación. Había que rehacer el periódico y buscar noticias para rellenar el tema de portada que se había caído. Sin embargo, lo que más le preocupaba era que se repitiese esa situación. Iba a buscar debajo de las piedras si hacía falta hasta dar con algo. Le estaba dando vueltas a eso cuando sonó su teléfono.

—¿Dónde estabas, Fina? ¿Sabes qué hora es?

—Perdona. Fui hasta Salgueiro y me quedé sin batería. Como allí no hay cobertura, no he podido contactar contigo hasta ahora.

—Vamos a lo importante: ¿tienes la entrevista? —apremió Agustín.

—No. Estaba transcribiéndola cuando me llegó el permiso para ir a la aldea y no quise retrasarlo más. Pero no te preocupes porque me pongo con ello y te la mando en un rato.

—Ahora es tarde. ¿Tú te crees que podemos estar esperando por ti todo el día? —la riñó Agustín—. Mándame lo que tengas y ya me encargo yo.

—De verdad que está prácticamente terminada.

Raúl temió que se pusiera a llorar y decidió mostrarse menos enfadado.

—La historia sigue siendo tuya, pero comprende que esto es una cadena. No puedo vivir con esta incertidumbre porque afecta al trabajo de muchas personas. —Hizo una pausa—. Vamos a hacer una cosa. Sigue trabajando en la información, pero, para yo quedarme más tranquilo, pásame la grabación y todo lo que tengas.

Si Agustín pensaba que todo se tranquilizaría a partir de ahí, no podía estar más equivocado. Después de hablar con Fina, en la redacción recibieron una visita inesperada. Cuando el visitante se fue, el director lo llamó a su despacho y le dijo que se olvidase de la entrevista de Padín: no iban a meterla ni esa noche, ni mañana, ni nunca. Volvían otra vez al punto de partida. Pero su suerte cambió al recibir el correo de Fina. Si su intuición era buena, el periódico no solo publicaría la noticia de los crímenes, sino también quién los había cometido. Para comprobarlo, debía hacer otra llamada.

## Capítulo 38
## Magariños

El cuerpo solo le obedecía gracias a su férrea disciplina y a la docena de tazas de café que había bebido. Los últimos dos días habían transcurrido para él entre informes, reuniones y llamadas de superiores. Se sentía un poco cansado, pero no podía bajar el ritmo.

Trabajar en Homicidios requería organización y una mínima vida privada. Magariños poseía mucho de lo primero y nada de lo segundo. Por algo había llegado a ser inspector jefe. La oficina era su casa. Él prefería decir que se trataba de un templo. Obraba milagros. Allí escuchaba a sus hombres, reinterpretaba los detalles que estos pasaban por alto, los guiaba en su misión y, en la mayor parte de los casos, se hacía la luz.

Durante los primeros días de una investigación siempre lo poseía un control febril. Lo quería saber todo de todos. Muy poca gente tenía madera de líder, pero él lo era. Para tomar decisiones, un líder necesita datos. Magariños se empapaba en ellos y los guardaba en pequeños compartimentos, como en un servidor con un disco duro ilimitado. Muchos pensaban que trabajaba por intuición, pero realmente era un sabueso. Solo seguía las pistas y los datos. Por eso, tras conocer el informe preliminar del forense, lo primero que hizo el día anterior fue escribir su carta a los Reyes Magos. Desde Madrid le prometieron los recursos que hicieran falta. Confiaba en su equipo, pero en un caso como ese lo más inteligente era crear diferentes grupos y no ahogarse con tantas líneas de trabajo. Para dormir en el despacho ya estaba él. Por lo demás, sus hombres no se estaban aburriendo.

Justo en ese momento, Almeida, uno de los agentes en los que más confiaba, le hacía señas desde el pasillo señalando el reloj. A esa hora de la tarde, cuando casi todos estaban recogiendo, se reunían los dos solos, para ver cómo había ido el día.

Almeida era un policía de los que llevaban la profesión en la sangre. Demasiado veterano para estar aún en activo. Inteligente, con contactos y lo bastante frío como para no aprovechar su experiencia antes de que se jubilara. A pesar de su edad, se mantenía en forma y su físico imponía. Por todo eso, solía encargarle la coordinación de los equipos o le pedía que lo acompañase cuando era necesario.

El inspector abandonó su despacho y entró con él en la sala de reuniones. Tocaba ver en qué punto estaba la investigación. Le gustaba ser directo.

—¿Se sabe algo del último fallecido en Salgueiro?

—Por ahora no.

Magariños puso un gesto de decepción.

—Esa es nuestra prioridad: conocer la identidad del hombre que han asesinado hace dos semanas con un arma blanca.

—A pesar de que casi no han dormido, los chicos están dejándose los cuernos en este tema —dijo Almeida mostrándole una lista—. Ahí tienes los nombres de la gente conflictiva de la zona, con denuncias por altercados, incidentes violentos o bien con alguna condena. Ninguno parece estar relacionado con Salgueiro.

—¿Nadie con antecedentes por agresión de este tipo?

—Algún robo o amenaza, pero sin más. Estamos coordinados con la Guardia Civil y nos hemos fijado un punto de control todos los días, para intercambiar información. Mañana pondremos en común lo que tenemos, por si se nos ha escapado algo.

—Muy bien. Quiero colaboración máxima en el caso. ¿Habéis comprobado también si ha desaparecido alguien en la zona?

—No hay ninguna denuncia reciente en la comarca.

—Amplía el rango de fechas, por si el asesino pudiera haber secuestrado a la víctima antes de cometer el crimen. Pide también datos de desaparecidos en las zonas limítrofes y, si es necesario, de toda la provincia de Ourense —ordenó Magariños.

—Eso nos va a llevar mucho tiempo —protestó Almeida.

—Hay que ser muy minuciosos. Esto es gordo y nos van a estar mirando con lupa.

—Te entiendo, pero el equipo que tenemos no da para más. Ya bastante hacen.

—Me han prometido refuerzos.

—No me fiaría yo mucho. Ya sabes cómo son los de arriba: juegan a ser políticos, siempre con palabras bonitas hasta que te dejan vendido.

Magariños se quedó en silencio, sopesando sus palabras, lo difícil que sería no contar con más ayuda. Sin embargo, decidió no compartir su preocupación con Almeida.

—¿Alguna otra cosa importante?

—Nos acaba de llegar el informe de la Científica sobre los sacos que envolvían los cuerpos. —Blandió al aire varias hojas.

—Por lo que veo, está todo el mundo haciendo horas extra. ¿Qué han encontrado?

—Están confeccionados con esparto.

—¿Y eso es bueno o malo?

—Son habituales para guardar alimentos, como patatas, legumbres o café. Y, aunque es más raro, también se pueden usar para almacenar escombro en las obras de construcción. Pero lo bueno del informe viene ahora.

—Sorpréndeme.

—Los sacos son iguales. Da igual si cubrían un cuerpo más o menos reciente: todos tienen el mismo patrón y la misma antigüedad.

—¡No me jodas! Esa es buena. —Golpeó la mesa, emocionado, al tiempo que miraba el documento.

—Lo sé. Si me autorizas, mañana le paso las características del tejido a uno de los nuestros para que recorra almacenes, tiendas y proveedores. A ver si nos sonríe la suerte y alguien reconoce el saco.

—Vale, pero que no lo dedique más de un día. Si no encuentra nada, quiero a todos enfocados en la última víctima.

Magariños estaba a punto de abandonar la sala cuando se dio cuenta de que Almeida le pasaba otro documento.

—Me he dejado lo mejor para el final. En esta segunda lista se recogen las personas que han estado en Salgueiro durante las últimas semanas: guardas, excursionistas, cazadores... —El policía dibujó una pequeña sonrisa antes de soltarle la noticia a su jefe—. Uno de los esos nombres estaba en el sistema y, mira tú por dónde, acaban de comprobar su ficha policial.

—Si me lo comentas es porque no ha sido nadie de nuestro equipo. ¿Me equivoco?

—No. He descartado que fuese un acceso casual, tipo multa de tráfico. Después de hacer la consulta, realizaron una copia con los datos.

Almeida agarró la hoja y, con la mano izquierda, subrayó el nombre en cuestión. Magariños torció el gesto y miró a su mejor hombre sabiendo lo que iba a preguntarle.

—¿Quién ha entrado en el sistema?

—Uno de los compañeros que expide el DNI. Estaba fuera de turno. Salió de la comisaría nada más imprimir la ficha con la información.

—De repente me apetece estirar las piernas. ¿A ti no? —preguntó el inspector, dirigiéndose a la salida—. Vamos a hacerle una visita.

# Capítulo 39
# Almeida

Por la forma de agarrar el volante del coche y su silencio frío y calculador, Almeida sabía que Magariños le estaba dando vueltas al caso. La cabeza del inspector nunca descansaba, aunque, en ocasiones, se evadía de todos para analizar cada punto de la investigación.

Cuando llegó destinado a la comisaría de Ourense, Magariños ya peinaba canas y aparentaba más años de los que señalaba su carnet de identidad. Las ojeras, con el tiempo, se le fueron marcando más y más en la cara. Por lo que sabía, su jefe dormía poco y a ratos. Al principio tenía fama de ser algo estirado, pero Almeida, como buen veterano, lo ayudó a encajar con sus nuevos compañeros. Con constancia, trabajo y resultados, supo ganarse la confianza de todos.

De eso ya habían pasado muchos años. Sin embargo, seguía siendo un hombre bastante hermético. No solía exteriorizar sus emociones, como si cada conversación fuese una partida de póquer. Almeida solo recordaba una vez en la que se vino abajo. Era tarde y el policía le preguntó a Magariños si no pensaba irse a casa. El inspector rompió a llorar. Una hora después, mientras tomaban cervezas, confesó que su mujer lo había abandonado un par de semanas antes y estaba destrozado. Al día siguiente fue el primero en entrar en la oficina y nunca más volvió a hablar del tema. Así era él, bueno con su gente, cabrón con los malos e implacable consigo mismo. Desde entonces habían creado un equipo de trabajo sólido.

—Aquí es complicado aparcar —dijo Almeida—. Métete en el primer hueco que encuentres.

El agente que había accedido sin autorización a la ficha de una de las personas que había estado en Salgueiro de forma reciente vivía en un piso a las afueras de Ourense. Tras avanzar por la carretera de Celanova, llegaron al núcleo de A Valenzá. Había crecido gracias a la proximidad con la ciudad y a que la vivienda allí era más barata. La vía principal estaba rodeada de edificios de cuatro plantas con falsas fachadas de granito y cortinas que casi nunca se descorrían.

—¿Olvidas que somos policías y estamos de servicio? —replicó Magariños mientras dejaba el coche en doble fila.

Se dirigieron al portal que buscaban. Almeida estiró el brazo izquierdo y presionó el interfono. Ya se había hecho de noche y, a esas horas, casi no había gente por la calle.

—Buenas. ¿Está Paco?

—¿De parte de quién? —preguntó desconfiada una voz femenina.

—Soy un compañero de la comisaría. Estuvo hace un rato por la oficina y creo que, por error, cogió mi chaqueta. Él tiene una muy parecida. Dentro tengo mi móvil y las llaves del piso —explicó Almeida, quien había pensado en la historia durante el trayecto en coche.

—Salió a hacer un recado y me dijo que tardaría unas horas. No sabía que había ido hasta el trabajo. Si quieres, lo llamo —se ofreció, ahora con un tono acogedor—. Te abro y lo esperas en el piso.

—¡Qué va! Lo espero aquí. No quiero molestar.

—Pero si no es molestia. Además, te va a coger el frío.

La voz femenina siguió insistiendo durante otro minuto. Sabía de la camaradería existente entre los policías y no quería que su marido se llevase una decepción al encontrarse a un compañero en la calle. Magariños ya estaba a punto de rendirse cuando Almeida le dio con el codo. Un hombre se acercaba al portal.

—Ya lo estoy viendo. Te agradezco el ofrecimiento, pero al final no hace falta.

—Otro día entonces. Queda con Paco y te invitamos a un café. ¡Qué menos!

Almeida se despidió de la mujer. Apenas se apartó del interfono, escuchó cómo Magariños le daba las buenas noches a Paco. Este, sorprendido al reconocer al inspector, lo primero que hizo fue mirar instintivamente hacia su vivienda. Ver a alguien de Homicidios equivalía a un mal presagio.

—Tranquilo. Todo está bien —lo calmó Almeida.

—Solo queremos saber a qué dedicas el tiempo libre. Por lo visto te has pasado a horas poco habituales por la comisaría. ¿Olvidaste algo? —ironizó Magariños.

—Sí, justo. Me dejé... el móvil. —Era muy malo mintiendo e improvisando. Hasta un niño podía leer que su cuerpo decía lo contrario de sus palabras—. Hoy no podemos vivir sin ese aparatito.

La excusa le dejó a Magariños el camino allanado.

—En ese caso no te importará prestármelo para ver una cosa.

Paco dudó. Llevaba años haciendo tareas administrativas, tramitando el DNI, y estaba muy verde en cuanto al trabajo de calle. Cuando era más joven conocía todos los trucos de los delincuentes para salir airosos del interrogatorio más difícil.

—Entiendo que tengas reparos. Un móvil es algo personal. Tiene mensajes privados, información confidencial y comunicaciones amparadas por protección de datos.

El tono de Magariños no le gustaba nada. Conocía su fama y optó por estar callado.

—Ahora bien —prosiguió el inspector—, también nos puedes acompañar hasta la comisaría. Allí se te abrirá un expediente por consultar información personal para la que no estabas autorizado. Ya sabes cómo va la ley de protección de datos...

Almeida disfrutaba viendo cómo su superior sacaba la artillería. Siempre tenía preparado el siguiente movimiento. A continuación, Magariños extendió la mano en un medido pase torero, invitando a Paco a acompañarlos. Este, acorralado, desbloqueó su smartphone. El inspector comprobó los mensajes y se guardó el último número con el que había hablado Paco. Después, buscó con la mirada la aprobación de Almeida. Por fin tenían una pista.

## Capítulo 40
## Fina

La bronca de Agustín me había dejado un sabor tan amargo como el de esas medicinas que me obligaban a tomar de pequeña, cuyo recuerdo no se iba durante semanas.

Le pasé todo el material que tenía, como me pidió, y, más tarde, también la entrevista editada. Una vez cumplida la tarea, me fijé un nuevo objetivo: seguir investigando. Al día siguiente le demostraría a Agustín que era una buena profesional, que tenía madera de periodista. Sin embargo, en cuanto me metí en la cama, me asaltaron más y más preguntas. Sentí que no había abordado bien a Arturo León el día anterior y que Padín solo había contado una parte de la historia, que podía haberlo exprimido más. En los detalles era donde un periodista marcaba la diferencia entre ser bueno o del montón. Me quedé dormida sobre las tres de la madrugada, cuestionando mi trabajo y mi comportamiento.

Me levanté tarde y me puse en marcha lo antes posible. Tocaba dirigirme a mi primer destino: la casa de Xosé da Pequena.

Por las calles de Prado de Limia solo transitaban los perros. Cuando el frío se agarraba como una garrapata a los días, lo mejor era el calor de la cocina de leña o tirar de mantas. Las casas delataban a los moradores. Las humaredas blancas subían, lentas, hasta unirse en una bruma que era ya parte del paisaje.

Cerca de la iglesia vi un ultramarinos. Entré con la excusa de preguntar por la vivienda. La razón real era otra.

—Buenas. ¿Tiene dónuts?

—¿Cómo no voy a tener? Mi comercio es pequeño, pero no falta de nada.

Efectivamente era el típico establecimiento donde podías comprar tanto el periódico como el matarratas, sin olvidar los chorizos para el caldo o unas botas de plástico. Un auténtico El Corte Inglés a la gallega.

—Deme uno de chocolate.

La dueña, a quien le noté un acento extraño, apenas movió los pies unos centímetros. Cogió la caja de una estantería en la que tenía colocada la bollería industrial. En las baldas próximas descansaban varias botellas de aguardiente, vino de la casa, hogazas y barras de pan.

—Es un euro con treinta.

Pagué con cinco euros. Una máquina registradora moderna vomitó la caja con la recaudación del día y la dependienta cogió la vuelta. Fue ahí cuando me aventuré.

—Una pregunta. Xosé da Pequena vive en una de estas casas, ¿verdad? —pregunté mientras daba el primer mordisco.

—En esa de ahí.

Se acercó a la puerta y, sin abrirla, me señaló una vivienda de piedra en la que destacaba una escalera lateral que subía hasta la primera planta. Nada más bajar el dedo, puso cara de preocupación.

—¿Le ha pasado algo a Xosé?

A falta de entretenimiento y de otros clientes que atender, yo era su última hora. Al tiempo que comía otro trozo redondo de felicidad, decidí ser sincera. Al menos lo justo y necesario.

—No, que yo sepa. Es amigo de mi abuelo. Me dijo que había vivido en Salgueiro y vengo a hablar con él para que me lo cuente.

—¿Qué es? ¿Para un trabajo del instituto?

Estuve a punto de atragantarme. No era la primera vez que me confundían con una adolescente, un hecho que no dejaba de sorprenderme.

—Algo así. Es para conocer mejor cómo era la vida allí. ¿Usted nació aquí, en Prado?

—No. Me crie en el País Vasco.

—Ya me parecía que tenía un acento extraño.

—Hace unos años decidí cambiar de vida y aquí me tienes, de autónoma con casi sesenta tacos. O, como decís los más jóvenes, de emprendedora —ironizó mostrando su pequeño establecimiento—. En la zona casi no hay negocios y la gente es muy mayor. Con decirte que soy de las más jóvenes... A mi modo, ayudo a que el rural no muera del todo.

—¿Qué sabe de Salgueiro? ¿Los vecinos comentan por qué se abandonó?

—Supongo que les pasó lo mismo que a mí: que quisieron comenzar de cero. Dicen que el carbón, con la llegada de la electricidad, ya no tenía demanda. Vivir aislados, sin carretera y sin luz, también ayudaría.

—¿Cuándo dejaron de vivir allí arriba?

—No te puedo decir. Don Xosé tiene buena memoria y seguro que lo sabe.

—Sí, mejor será que hable con él antes de la comida. Muchas gracias por todo...

—Mamen. Me llamo Mamen. Y trae aquí ese plástico, que te lo tiro yo.

—Muy amable. Yo soy Fina, por cierto.

Cogió el envoltorio y me devolvió una sonrisa casi de abuela.

—Ven por aquí siempre que quieras, que se agradece alguien con quien hablar.

Le prometí que así lo haría. Con el estómago reconfortado y empujada por su amabilidad, toqué el timbre en la casa que me había indicado Mamen. Me abrió un hombre enjuto pero vivaz. Se ayudaba de un bastón para caminar.

—Hola —saludé, tímida—. ¿Es usted Xosé?

—¿Quién lo pregunta?

—Vengo de parte de mi abuelo, de Manuel Prieto.

La boca se le abrió tanto que me mostró sus encías de bebé octogenario.

—¡Vaya! ¿Eres su nieta? ¡Pasa, pasa!

Lo perseguí dando pasitos cortos hasta llegar a una cocina en la que, supuse, su mujer alimentaba el fuego con leña de roble.

—Urbana, trae unas galletas para esta rapaza. Haz el favor —le dijo.

Me pidió que me sentase junto a la mesa. Él, por su parte, se acercó a un armario y sacó una botella de ribeiro.

—Vaya, vaya. Así que la nieta de Manolo. Tienes un aire —concluyó después de mirarme de arriba abajo—. Te falta su picardía, pero has salido a él. A todo esto, ¿cómo no viene contigo? ¿Qué es de ese desvergonzado?

—Está en el hospital. Lo han operado del colon, pero en unos días esperamos tenerlo en casa.

—Tu abuelo es más duro que el invierno. No habla más que de morir, pero aún te va a enterrar a ti. No me entiendas mal, ¿eh? Aunque es un poco pesado. Le rompe la cabeza a un santo, pero lo que nos reímos con él... ¡Tiene cada salida! Por cierto, ¿tú bebes vino?

Negué con la cabeza.

—Sé perfectamente que eres muy joven, pero no hace falta que lo sepa tu abuelo. —Me guiñó un ojo—. Venga, un vaso para brindar a su salud.

Me sirvió y tragué de mala gana. Un sorbito y para dentro, como cuando tomas una pastilla a la fuerza.

—Cuéntame. ¿Qué puedo hacer por ti?

—Creo que usted vivió en Salgueiro. Quiero saber cómo era residir allí, qué cosas hacían y si era duro. Es para un reportaje.

—Si yo te contase... Cuando fui a Salgueiro no imaginaba...

—¡Bah, bah, bah! —nos cortó Urbana—. A ti la cabeza te anda a medio gas. Si hasta hablas con la televisión. No recuerdas los nombres de los nietos y te vas a acordar de lo que pasó hace más de cincuenta años. ¡Ja!

—¡El entendimiento aún lo tengo todo! —protestó indignado Xosé.

—¡Sí, por eso usas pañales! ¡Ni de mear te acuerdas!

—Urbana, no me cabrees —amenazó, cogiendo el bastón.

—Niña, es mejor que le preguntes a otro vecino de Prado. Él no está para estas cosas.

—¿Y usted? ¿Qué me puede contar?

Me fulminó con la mirada. En ese momento supe que la entrevista también se había ido a pique.

—A mí no me líes. Ya bastante tengo con lo que tengo. Además, en nada me voy a poner con las tareas de casa y la comida. Hay que respetar a la gente un poco.

Urbana no era precisamente la reina de la sutileza. La invitación a marcharme no podía ser más clara. Me levanté mientras Xosé, desde la silla, me daba recuerdos para mi abuelo. Su mujer me acompañó hasta la salida. Justo cuando me despedía, escuché mi nombre.

—Fina, te has olvidado de la bufanda.

Volví hasta la cocina y la recogí. Xosé me pidió que me acercara a él. Comprobó que la mujer no asomaba por allí y me susurró lo más bajo que pudo.

—En Salgueiro pasaron cosas muy malas. En...

—¿Qué? ¿Es para hoy? —nos interrumpió Urbana.

## Capítulo 41
## Antonio y Duarte

*Abril de 1963*

La asamblea continuaba. Los ojos de Antonio brillaron como los de un vampiro. Tenía la espina clavada por no poder asestarle un puñetazo al pedazo de mierda que le había traído el cuerpo de su hijo. Deseaba tenerlo enfrente, que le pidiera disculpas por llevarle la desgracia a su casa, por teñir de luto su hogar. Fuera o no el asesino, cogió el cuerpo de Cibrán de una cuneta y lo arrojó como un fardo, a la vista de todos los vecinos.

—¡Basta! —atajó Duarte, adivinando el gesto de crueldad de Antonio—. No se trata de culpar al primero que se cruza en nuestro camino. Es necesario tomar medidas, pero con sensatez. Más que nunca debemos estar unidos y actuar con cabeza.

—Cómo se nota que a ti no te han matado a un hijo. ¿Actuar con cabeza? ¿Cómo se hace eso? ¿Nos quedamos como si nada hasta que pase otra desgracia?

Duarte trató de dominarse. Intuía que Antonio había estado bebiendo antes de la asamblea. Había pasado de la amargura a la euforia y ahora apretaba los puños, en un arrebato de ira.

—Tienes toda la razón, Antonio —intentó calmarlo—. No soy quién para decir qué hacer y qué no. Solo que seamos prudentes. Nadie te va a devolver a tu hijo. Cibrán merece justicia. Y el resto de los niños merecen vivir tranquilos.

—¿Qué proponéis? —inquirió uno de los asistentes.

—En primer lugar, todo el que tenga información o escuche algo, que hable con Antonio. Al dinero que ofrece él, yo sumo otro tanto como padre que soy. En segundo lugar, organizar cuadrillas de vigilancia por las noches. Es una decisión que deberíamos haber tomado hace tiempo, pero, como la autoridad no actúa, nosotros seremos la autoridad. Así estaremos todos más seguros.

Varios congregados asintieron. Esos días habían roto la tranquilidad de una vida dura en la que cada jornada era semejante a la anterior. Aquel suceso los había desconcertado y los hacía desconfiar. Los niños no salían solos con el ganado, ni tampoco les permitían jugar como antes. Había un temor latente a que se repitiera otro crimen.

Tras un par de intervenciones, decidieron votar. Todos levantaron la mano. Harían rondas de vigilancia.

—Los carboneros han hablado. Los carboneros han acordado. Lo aquí decidido a fuego queda grabado.

—¡A fuego queda grabado! —corearon los allí presentes.

Terminada la asamblea, los hombres regresaron a sus casas. El cuerpo pedía calor y refugiarse lejos de aquella noche que amenazaba helada.

Antonio, con un sabor agridulce, inició el camino de vuelta pensando que, solo a unos pasos del lugar donde se habían reunido, una multitud había rodeado también a su hijo. Notó que alguien lo cogía del brazo y lo llevaba a un lado. Era Eusebio da Chisca, el anciano más respetado de la aldea.

—¿Sabes lo que dijo antes el mozo, Xosé? —musitó mientras se aseguraba de que nadie lo escuchaba—. Que a veces el culpable es quien menos lo piensas. Creo que tiene razón.

## Capítulo 42
## Fina

Urbana me cantó las cuarenta. Una vez en el exterior de su casa, me dijo que no me quería volver a ver, que Xosé estaba enfermo. Necesitaba descanso y no que le llenaran la cabeza de historias. Había más gente a la que preguntar sin tener que molestarlo a él. «Ve a importunar a otros». Finalizó la retahíla de advertencias con un «adiós» y cerró la puerta. No dije ni pío. Solo le faltó correrme de allí con la escoba.

Me había tratado como si tuviera diez años. Como si fuera una chiquilla malcriada que acudía para molestar a los adultos con mis impertinencias. Que sí, que Xosé estaba mayor, pero daba la impresión de que tenía ganas de hablar, de que necesitaba que alguien lo escuchase. Todos necesitamos contar nuestras cosas, que no se nos hagan bola dentro. Tener a mano una persona que aguante nuestras movidas, por muy aburridas que sean. Urbana diría, sin duda, que se trataba de tonterías. Pero incluso a ella, lo noté por cómo me gritó, le iría de perlas desahogarse en algún momento.

A pesar de que no era mi día, lo que más amargor me produjo fue dejar a Xosé en aquella cocina, con la palabra en la boca. Cierto que las compuertas de mi autoestima habían hecho agua por todos lados, pero el contraste entre su cara de felicidad cuando me vio y el rostro ceniciento cuando me marché provocó que me invadiera el desánimo. Ni las amenazas de León ni que Urbana me echase de allí como si hubiera acudido a pedirle dinero me habían hecho tanto daño. Sumaban, que no era poco. Y, aun así, lo que me destrozó la moral fueron los ojos de disgusto del anciano.

Miré el reloj llena de impotencia. La hora de preparar el almuerzo estaba cerca: una mañana prácticamente perdida y cero avances. Normal que el periodismo viviera de notas de prensa y de actos políticos, porque así no había forma de sacar adelante nada. Maldito el día en el que le cogí el teléfono a Agustín y me metí en ese lío. Estaba medio decidida a plantar todo cuando, al final de la calle, vi a cinco viejos —dos mujeres y tres hombres— sentados en un banco. Al sufrir de miopía tardé en darme cuenta de que me llamaban moviendo los brazos. Apoyados en sus respectivos bastones, esperaron a tenerme delante para lanzar sus preguntas: «¿Vienes de la de Xosé?», «¿Le ha pasado algo?», «¿Eres su nieta?», «¿Dónde vives?», «¿Cuánto hacía que no lo visitabas?».

Antes de que pudiera responder, comenzaron a hablar entre ellos. Me sacaron parecido con una hija de Xosé. Especularon con que vivía en Madrid y que había cambiado mucho desde que era una mocosa. Hablaron mal de Urbana, porque hacía meses que no permitía que su marido estuviese allí las mañanas con ellos, al fresco y charlando.

—Ricardo, que no se te pase la hora de la pastilla —dijo de repente una señora de pelo corto y dos aros de un oro oscurecido colgándole de las orejas.

El tal Ricardo se levantó, ante el silencio de todos. Se acercó a un lavadero de piedra próximo en el que se extendían varias bragas grandes de algodón. Agarró un vaso de plástico naranja que descansaba en el borde, atado a un cordel, lo llenó de agua, cogió la píldora del bolsillo y la tomó. Una vez seguros de que Ricardo había tomado su medicación, los viejos siguieron a lo suyo.

—Chica, ¡no nos cuentas nada! —se indignó un señor que rondaría los noventa años, pero que lucía raya al lado como un niño el día de su primera comunión.

El resto secundaron su afirmación y esperaron a que dijera algo. Me dieron unos segundos de margen, mientras Ricardo ocupaba su lugar en el banco.

—No soy nieta de Xosé, pero mi abuelo y él son muy amigos. He venido a saludar y a preguntar por Salgueiro.

Su anterior locuacidad se tornó en desconfianza.

—Bueno, yo tengo mucho que hacer. Recojo —dijo una mujer a la que un pañuelo negro sobre la cabeza le tapaba la mitad del rostro.

—¿Qué? —preguntó la que tenía al lado, señalando la oreja de la que colgaba el sonotone.

En lugar de responderle, la señora unió los dedos y los llevó a la boca en tres ocasiones. Uno a uno, fueron despidiéndose y se marcharon. Incluso Ricardo, que se levantó haciendo aspavientos.

—Para esto no me sentaba —protestó.

El banco se quedó vacío, mostrando en el respaldo las letras, a todo lo largo, de la Diputación de Ourense. Achacosos, encorvados y con pasos que se arrastraban por el suelo, sus anteriores ocupantes se fueron perdiendo por las calles de Prado de Limia.

Antes de cerrar la puerta, una señora me hizo la señal de la cruz tres veces. Después se metió en casa. Escuché la doble vuelta y me quedé sola, sintiéndome encerrada en plena calle.

Me fui a casa, un poco cabizbaja. Tras pasarme varias horas buscando en internet información sobre Salgueiro sin encontrar nada valioso, por la tarde me acerqué hasta el Centro de Interpretación del Parque Natural Baixa Limia-Serra do Xurés. Estaba situado en Lobios, un ayuntamiento cercano. Disponían de información de la zona, así que crucé los dedos para que hubiese datos sobre la aldea abandonada.

—Estás de suerte. Ahora te enseño.

La señora que me atendió se puso las gafas, salió de detrás del mostrador y comenzó a buscar en diferentes armarios y cajones. Quitó mapas, libros sobre etnografía, folletos con rutas..., pero nada relacionado con Salgueiro. Llamó a un compañero que estaba en la planta superior del edificio.

—Pepe, ¿te suena dónde está la memoria de Salgueiro? Recuerdo haberla visto por aquí, pero no la encuentro —dijo señalando un armario—. Contaba algo de la historia del lugar y estaban catalogados todos los elementos: casas, molinos, capilla, horno...

—Sí, ya sé cuál dices. Se la llevaron hace tiempo. Por lo visto, la necesitaban para hacer el proyecto de restauración de la aldea. ¿No te lo había dicho? —preguntó el hombre, algo extrañado—. Vino el propio Arturo León en persona a recogerlo.

Otra vía muerta. Por más que lo intentaba, era imposible conseguir información sobre Salgueiro. Y, con cada paso sin resultados, más claro tenía que aquel era el camino que debía seguir. Conocer la historia del lugar era trascendental.

De vuelta a casa, recibí una llamada de Agustín.

—Fina, ayer me dijiste que estuviste en Salgueiro, ¿verdad?

—Sí —respondí sin saber muy bien a qué venía la pregunta.

—¿Había alguien? ¿Notaste algo raro? ¿Estaba todo en orden?

—Fui hasta el lugar de la exhumación y después, al salir, me encontré con Padín, a quien entrevisté por la mañana. ¿Por qué?

—Se declaró un incendio en Salgueiro. Ardió la capilla.

Me quedé callada y empecé a respirar de forma agitada.

—Un vigilante del Parque Natural do Xurés ha dado la voz de alarma. Entre el mal tiempo y lo alejada que está la aldea, nadie vio el humo y no sabemos cuándo empezó el fuego.

—¿Crees que tiene algo que ver con la investigación?

—Tengo demasiados años para creer en coincidencias —constató Agustín.

—Y yo soy demasiado sensible para que me digas que ha sido provocado y que no coincidí con el autor por casualidad.

Recordé a la vieja que se había encerrado en su casa de Prado. Esta vez fui yo la que se santiguó.

# Capítulo 43
## Magariños

Los que lo conocían sabían que Magariños estaba de buen humor. Había llevado café y bizcocho para todos.

—Como no puedo pagaros más, al menos os invito a desayunar —explicó.

Sin embargo, sonreía y hablaba más que de costumbre. Por norma, Magariños era de esas personas que callan y escuchan. Intervenía para zanjar una discusión o para dar órdenes claras, pero no malgastaba palabras. La gente de su equipo sospechaba que había encontrado algo, de ahí que estuviese tan relajado.

Cuando se juntaron en la sala de reuniones, todos supieron de qué se trataba. Les felicitó por el trabajo de esos días y escribió en la pizarra un nombre. A continuación, pidió a un par de policías que siguiesen a esa persona durante el día.

—No hace falta que os lo recuerde, pero sed discretos. Con cualquier movimiento raro, informadnos a Almeida o a mí.

Después, tendió una foto al policía encargado de buscar información sobre los sacos en los que estaban envueltos los cuerpos encontrados en la obra.

—Cuando preguntes en las tiendas, a ver si reconocen esta cara y la asocian con los sacos.

Más tarde, entró en su despacho con Almeida. Tocaba bucear entre papeles, una parte nada divertida, pero que solía tener sus recompensas. Las siguientes horas las dedicaron a consultar la ficha policial y el expediente judicial de la persona que estaban investigando. Además, a raíz de la visita que hicieron a Paco, estaban leyendo toda la información que pudieron reunir sobre unos sucesos que guardaban una gran similitud con su caso.

Cuando la jornada ya iba tocando a su fin, Magariños miró animado la pantalla de su móvil.

—Buenas tardes, Mouteira.

—Hombre, Magariños, ¿y tú tan amable?

—Porque sé que me llamas con buenas noticias.

—Estás en lo cierto. Le he robado horas al día para tener el informe antes de tiempo. Sabiendo lo excepcional del caso, he querido echar una mano —dijo el forense—. Me debes una.

—Si no me falla la memoria, te debo unas cuantas. Venga, no me tengas en ascuas, ¿hay algo que nos pueda ayudar?

—Eso debes juzgarlo tú mismo. En cuanto cuelgue te mando todo al correo, pero algunas de mis conclusiones preliminares estaban en lo cierto —siguió Mouteira—. Por un lado, tenemos cuatro cuerpos que no presentan ningún signo de violencia. Según el estudio que he realizado del íleon, del fémur y de la sínfisis púbica, pertenecen a individuos de entre cincuenta y ochenta años. Son personas que han fallecido de muerte natural, pero exhumadas y trasladadas a Salgueiro.

—¿Qué hay de las muertes violentas?

—Hay tres cuerpos con contusiones craneales. Como te dije, se trata de dos niños y de un adulto. Todo parece indicar que fueron golpeados con un objeto contundente hasta la muerte.

—¿Cómo de contundente?

—Por el tipo de impacto en el hueso, creo que se trata de una piedra. —Mouteira hizo una pausa—. Además, ha habido ensañamiento. Hay diferentes fracturas, realizadas desde distintos ángulos. El agresor siguió golpeando a las víctimas una vez consumado el fallecimiento.

—Una manera horrible de morir asesinado.

—¿Acaso hay alguna buena, Magariños? —quiso saber el forense—. Esto me lleva a los dos cuerpos que me quedan. En ambos casos sufrieron heridas incisivo-punzantes.

—Como en el cuerpo más reciente.

—Eso es. En el informe verás que recibió varias puñaladas en órganos vitales.

—¿Pudo tratarse de lesiones producidas en el transcurso de una pelea?

—No. El asesino sabía muy bien lo que estaba haciendo. Por las marcas, es alguien muy preciso, con un gran control. Sabía dónde clavar y no quería que muriese rápido, sino sufriendo.

Si eso era cierto, sin duda estaban ante un sádico o ante alguien que se movía por venganza y no se detendría solo ahí.

—¿Algo más?

—Sí. Por la orientación de los cortes, el agresor es zurdo y alto.

Magariños tuvo una corazonada. Las piezas, poco a poco, empezaban a encajar. Solo necesitaba conectar a la persona que estaba investigando con el último enterrado en Salgueiro. Si lograba eso, con el informe y las pruebas que había reunido su equipo, contaría con suficientes indicios para solicitarle a la jueza instructora del caso una orden de detención.

Tras despedirse del forense, llamó a Almeida.

—No creo que encontremos nada durante el seguimiento. Conociendo cómo actúa, estos días no dará ningún paso en falso. Vamos a hacer otra cosa.

—¿Qué estás pensando?

—En conseguir lo único que nos hace falta para que alguien duerma esta noche en el calabozo.

## Capítulo 44
## Duarte

*Abril de 1963*

Lejos de pensar en la primavera, el tiempo bebía del estado de ánimo de los vecinos de Salgueiro. El frío de los cuerpos, el hielo de las miradas y el gris de las palabras habían alimentado una tormenta como no recordaban los más viejos en esa época del año. El blanco de la nieve en el exterior contrastaba con el anaranjado del fuego en las casas. Junto al hogar, se congregaban manos llenas de hollín, cuerpos agarrotados y conversaciones apagadas.

—¿Cuánto es siete por siete? —le preguntó Duarte a su hijo.

—¡Treinta y nueve! —respondió Leandro al momento.

El padre negó con la cabeza y le acarició la cara.

—Piensa. Solo un poco. No se trata de memorizar, sino de razonar. Todo tiene una lógica —le explicó al tiempo que le revolvía los cabellos engrasados.

—Entonces ¿no son treinta y nueve? —preguntó, contrariado, el niño.

Pum, pum, pum. Golpearon la entrada.

—Son cuarenta y nueve. Suma siete veces el siete y verás como da cuarenta y nueve. Por hoy, mejor lo dejamos, ¿de acuerdo?

Pum, pum, pum. Tocaron de nuevo a la puerta. Escondida entre un gorro y un abrigo de lana, la cara roja de su vecino Serafín reflejaba malas noticias.

—¡Tenemos difunta en la aldea! —La boca apenas se le veía en medio de la ropa.

—¿Quién ha muerto?

—Adelaida do Souto. Me avisó su marido y estoy dando recado.

—¿Qué piensa hacer?

—La quiere bajar hasta Prado ahora mismo.

—¿Con este tiempo?

—Sí. Va a peor y ya sabes lo que pasó la última vez. El camino se puso imposible y tardamos una semana en darle santa sepultura a Catelo.

—Deberíamos hacer un cementerio aquí y ahorrarnos estos problemas. Mira que bajar hasta Prado con la que está cayendo y que no tenga un velatorio...

—El velatorio quiere hacerlo allí abajo, en casa de sus suegros. Está reuniendo hombres para llevar la caja. Hasta se ha ofrecido a pagar.

—¿Qué pagar ni qué gaitas? Aquí todos somos vecinos y estamos para lo que haga falta. Que cuente conmigo.

Una hora después, Adelaida abandonaba su casa dentro de un sencillo ataúd. Encima de las barnizadas tablas de pino se fue depositando, poco a poco, un manto de copos de nieve tan grandes que muchos pensaban que eran pétalos de nardo.

Duarte y Antonio sujetaron el féretro por los pies mientras bajaban con cuidado por las escaleras exteriores, estrechas y resbaladizas. Solo una pequeña comitiva acompañaría a la difunta hasta Prado. La nieve arañaba los rostros con la misma ferocidad con la que rasgaba el aire. No era seguro que pudieran volver en el día.

Pararon unos minutos junto a la capilla. Fuera, hombres y mujeres le daban el último adiós a la difunta. Rezaron por su alma. El zumbido de la nieve se confundía con aquellas voces sibilantes que por momentos se apagaban y por momentos se avivaban.

—Si vivimos, vivimos para el Señor; si morimos, morimos para el Señor; en la vida y en la muerte somos del Señor.

En cuanto finalizaron las oraciones, Duarte y ocho figuras más se separaron del grupo y se adentraron en el Camino de los Muertos. Todos iban con capas que les cubrían la cabeza, atadas a la altura de la barbilla. Las prendas, de lino y de lana abatanados, no permitían distinguir a los que se abrigaban bajo ellas. Si alguien se encontrase con aquel cortejo en medio de la montaña, bien podría confundirlo con el de la Santa Compaña. Siluetas níveas que caminaban despacio, portando un ataúd y atravesando un camino invisible por medio de la montaña.

Duarte sostenía la parte trasera de la caja. Los dedos entumecidos, a veces, no le respondían y apretaban la madera inseguros. Los cuatro portadores, como soldados en un desfile, marchaban con respeto y en el más absoluto silencio.

Uno. Trrrrr. Dos. Trrrrr. Uno. Trrrrr. Dos. Trrrrr.

La nieve crepitaba al contacto con las botas. Cada paso se clavaba con cautela en la superficie alba e incierta con la que los obsequiaba esa primavera con sabor a invierno.

A pesar del temporal, Duarte no perdía de vista la sombra del viudo de Adelaida. Al frente de todos ellos, portaba una cruz de madera. Cada poco tiempo giraba la cabeza y buscaba con pena el último lecho de su compañera.

Una vez, mientras acompañaban juntos el ganado, Adelaida le contó a Duarte su historia. Había nacido en casa, un mes de enero. Hasta ahí lo habitual. Pero la madre le relató que sus gritos al ver la luz desataron una tronada que duró dos días. Era la forma que tenía el Xurés de anunciar a todos que ya estaba allí. Siempre que había rayos, le recordaba la historia y acababa con la misma frase: «No les tengas miedo, Adelaida. Son las voces que difundieron tu nombre por las montañas y que ahora te saludan».

Duarte levantó un poco el ataúd y lo acomodó de nuevo en el hombro, donde se le clavaba con saña cada vez que se enterraba en el suelo. A saber qué pensaría Adelaida si viese el día de su muerte: había llegado a este mundo con la luz y el sonido de los rayos, y se marchaba con una nevada grisácea y asfixiante. El Xurés se despedía de la anciana envolviéndolos a todos con una sábana de frío y humedad.

El camino se estrechó. La comitiva detuvo su marcha porque delante había un desnivel abrupto. Por allí apenas cabía una persona. Depositaron el ataúd en el suelo. El marido de Adelaida dejó la cruz a un lado y barrió con el antebrazo la costra blanca que se acumulaba en la madera y que crecía más y más. Decidieron que los dos más fuertes, Antonio y Duarte, agarrarían cada extremo del féretro y atravesarían el paso angosto.

Duarte intentó concentrarse mientras la atmósfera seguía disparando copos y más copos de nieve. Cada uno de ellos quemaba más que el anterior. Le besaban la piel y la succionaban. Eran sanguijuelas que absorbían su calor. Una. Otra. Otra más.

Antonio le hizo una señal, levantó el féretro e inició el descenso. Duarte, detrás, a duras penas veía dónde ponía los pies. Avanzaron con cuidado, asegurando cada paso antes de dar el siguiente. De pronto, el viento sopló con mayor violencia. Las manos de Duarte resbalaron y, por un momento, tuvo la sensación de que el ataúd, casi en vertical, iba a darse la vuelta. Apretó de nuevo, con fuerza, la madera y respiró aliviado al comprobar que no se le había escapado.

El corazón latía fuerte dentro de la chaqueta. O tal vez era el viento, pequeños remolinos que lo acechaban, que lo movían, que revolvían su ropa, buscando un hueco para hacerle perder el equilibrio. Los últimos metros se alteró tanto que sus poros bombeaban sudor y más sudor.

En cuanto pasó el peligro, las piernas comenzaron a temblarle. Antonio estaba delante de él, a su misma altura. El camino era otra vez ancho. Atrás había quedado lo peor.

Los demás hombres, no sin dificultades, bajaron también la garganta. Dos se acercaron a Duarte y lo relevaron de sus funciones. Otros dos hicieron lo propio con Antonio. Cuando este se acercó a su lado, Duarte quiso felicitarlo por el esfuerzo. No pudo decir nada. Lo sujetaron por detrás. Quiso ver qué sucedía, pero Antonio le clavó un puñetazo en medio del estómago que le hizo doblarse. El odio ardía en sus ojos. Los siguientes puñetazos fueron a la cara. El tercer golpe le rompió la nariz. El aire frío no fue capaz de cuajar la sangre.

En el suelo, con los sentidos ofuscados, notaba el sonido apagado de las patadas contra su cuerpo. Era un baile interminable de pies. Saltaban encima de sus costillas. Le pisaban la cabeza. Impactaban en su cuello. Martilleaban su espalda. De repente, la danza se detuvo. Lo levantaron. Saboreó su sangre, espesa, incontrolable como una fuente en primavera. Antonio lo agarró por la barbilla. Apenas pudo verle la cara. El ojo derecho estaba hinchado y por el izquierdo le corría una cortina roja.

—¡Puta que te parió, cabrón!

Voló. Tuvo esa sensación. Lo empujaron al arroyo. Voló durante unos cinco metros. La distancia que lo separaba de las piedras. Impactó contra ellas, dedicándole su último instante de vida a los suyos. Los huesos chascaron. Rebotó y las aguas gélidas lo acogieron. Su cuerpo flotó. La corriente rabiosa lo arrastró hasta que, finalmente, quedó encajado junto a las ramas que se acumulaban en un meandro. Sus ojos velados, boca arriba, se cubrieron de nieve. Al día siguiente lo harían de tierra, en el cementerio, junto a Adelaida.

## Capítulo 45
## León

Agarró con cuidado el elegante estuche del armario y lo puso encima de la mesa del comedor. Lo abrió y admiró la botella de porcelana, de un intenso azul cobalto salpicado de pintas negras. Acarició el tapón, imitación de la empuñadura de la antigua espada de Escocia, y tiró despacio de él. La habitación se llenó de una esencia intensa y, al mismo tiempo, dulce.

El líquido ambarino se fue depositando sin prisa en el fondo del vaso. Tenía un diseño especial, con boca cónica para percibir mejor las notas y un pie grande de cristal para agarrarlo de forma correcta entre las manos mientras degustaba el whisky. Lamentablemente, era incapaz de percibir la madera de cedro y las almendras junto al resto de los frutos secos. Solo sabía que la botella le había costado mil euros. La sacaba en ocasiones especiales y esa era una de ellas.

El escudo bañado en oro en el que estaban grabados los treinta y ocho años de maduración le parecía un detalle de buen gusto. León tenía pocos caprichos, pero siempre eran selectos y exclusivos. Para algo trabajaba tan duro. Como la berlina de lujo que se había comprado y que uno de los albañiles había afeado. Aquella pintada de mal gusto era como mancillar una obra de arte, como destrozar la Capilla Sixtina. Por un momento se le agrió el día, pero no tardó en sonreír pensando en la venganza.

Se acomodó en la butaca, con el vaso de whisky en la mano y con la oreja puesta en Juan Pardo, quien le cantaba a un caballo de batalla. Era el único cantante que le gustaba, recuerdo de su juventud. Cerró los ojos y le dio un pequeño trago a la bebida. Si algo podía describir la felicidad para un hombre como Arturo León, era ese momento. Su momento. En ocasiones como aquella amaba la soledad, recrearse en sus éxitos. Sin embargo, otras veces miraba a su alrededor y veía un vacío, como un campo yermo que crecía al tiempo que él se hacía mayor. Lamentaba no tener un hijo a quien legar todo su imperio y conocimientos. Nunca estaría a su altura, pero, al menos, sería alguien en quien confiar.

Su padre también le había enseñado el valor del esfuerzo. No lo recordaba como un hombre cariñoso ni culto. Era de pocas y medidas palabras, cuando no de gritos. Vivía por y para el trabajo, y esa fue la mayor herencia que recibió de él.

Metió la mano en el bolsillo, cogió un juego de llaves y buscó la que encajaba en el segundo cajón del escritorio. Con otra llave abrió una caja metálica. Dentro, había una foto en blanco y negro. Su padre posaba junto a la madre, mostrando orgulloso sus dientes de oro. En el centro, él y su hermano. Todos con ropa de domingo y con los ojos bien abiertos. Una representación fiel de lo que fue su infancia: orden, organización, frialdad, compostura y una violencia siempre contenida que tensionaba sus cuerpos.

Los bordes estaban gastados y arrugados, por lo que prefería mirarla a distancia. No quería corromper aquella imagen porque era la única que tenía de su familia al completo. Pero en esa ocasión agarró la instantánea. En el reverso, escrito a lápiz, solo cuatro números: 1963. Observó de nuevo las caras que le hablaban desde el pasado, le dio las gracias al padre y guardó otra vez aquel recuerdo. Cuando estaba a punto de cerrar la caja, metió la mano en ella y sacó una hoja arrugada. Un cartel de SOS Desaparecidos. Informaba de que un vecino de Verín faltaba desde hacía dos semanas. Era su hermano.

—Esto también va por ti —dijo con voz serena, dirigiendo la copa hacia la caja donde estaba la fotografía, como un brindis con aquellos que no están.

A continuación, bajó el brazo y, tras admirar la superficie cobriza y traslúcida del alcohol, dejó atrás sus recuerdos. «En esta ocasión no ha sido sencillo», pensó, sintiendo el calor embriagante del whisky de cuarenta grados. Lejos de asustarlo, las dificultades lo motivaban. Se venía arriba con cada nuevo desafío. Era un hombre de acción por mucho que pasara horas y más horas dentro de su despacho. Donde otros veían solo empresarios, él sabía que había auténticos guerreros. Los peores golpes, las emboscadas más traicioneras y los navajazos escondidos detrás de un abrazo amigo eran habituales en su mundo. En los negocios y en la política. Y en ambos él era el rey de los mercenarios. Solo que Arturo León trabajaba única y exclusivamente para sí mismo.

Delegaba las cuestiones accesorias, supervisaba con gente de su confianza la operativa diaria del negocio y se encargaba en persona de los asuntos importantes. Ese día había tenido un problema y estaba resuelto. Resultados. Resultados. Resultados. Eran lo único que valía. El único objetivo que tenía en su vida.

Recordó una de las frases de Ayn Rand en *La rebelión de Atlas*: «El dinero no comprará la felicidad a quien no sabe qué desea».

Él, a pesar de todo, era feliz.

# Capítulo 46
## Fina

Otra noche sin pegar ojo. Esta vez con sentimientos encontrados. Por un lado, sonreía, deseando que se hiciera de día y poder abrazar mi portada soñada. Por fin se iba a publicar la exclusiva que tanto me había costado. Esa que muy pocos periodistas consiguen y que yo había logrado por casualidad. Quería regodearme en ella, meterla en una caja, destaparla y respirarla a todas horas. Hacerme adicta. Leer una y otra vez mi nombre impreso en el periódico.

Por otro lado, estaba intranquila. Cuando hice las prácticas, cada vez que había algún accidente, un suceso o un caso de violencia de género con víctimas mortales, me ponía pálida y escribía cada palabra con tristeza. Soy aprensiva. Con la historia de Salgueiro, por más que había intentado abstraerme, me había pasado lo mismo. Estaba feliz por contar la noticia, pero angustiada por los muertos. Escribir su historia era sufrir con ellos.

La jornada anterior estaba tan estresada que ni cené. Había quedado con Agustín en no ir hasta la redacción, a Ourense. Me ahorraba cincuenta minutos en coche y, a cambio, aprovechaba para trabajar. Después de mi visita al Centro de Interpretación del Parque Natural, continué preguntando aquí y allí, llamando a la Xunta de Galicia y a historiadores de la comarca para hacer un despiece sobre Salgueiro.

Temí que todo se torciese de nuevo y el periódico saliese sin más a la calle, pero Agustín me confirmó que tenían todo preparado.

—Mañana todo el mundo va a hablar de esta historia y el mérito es todo tuyo, Fina. ¡Enhorabuena!

Las palabras me emocionaron tanto que lloré. Silencié el móvil para que no me escuchara moquear. Mientras, me contó que, a pesar del retraso de tres días, el director estaba entusiasmado. Nadie se había adelantado y debíamos ir pensando en un especial para los siguientes números. El periódico se iba a agotar. Me trataba más como a una colega de profesión que como a una chica que había realizado las prácticas meses antes. Nunca había escrito tan motivada ni me había sentido tan insegura. Miles de personas estarían pendientes de cada línea.

Con esas sensaciones tan encontradas transcurrió la noche. Imaginaba las conversaciones con el abuelo, las preguntas de los vecinos, lo orgullosa que estaría mi madre y hasta el marco que le pondría a la página del periódico.

En el hostal de mi madre estábamos suscritos a cuatro diarios: había dos de deportes (el fútbol era monotema para buena parte de los clientes), uno nacional (la política también provocaba pasiones y debates) y *Ourense Actualidad*. El repartidor llegaba muy temprano. Los dejaba en el enrejado y mi madre, nada más abrir, los cogía y colocaba encima de la barra. Era el acompañamiento perfecto de cualquier café. Una forma maravillosa de despertar y empezar el día con la indignación que provocaba un resultado de fútbol, una ley impopular o las últimas ocurrencias del Gobierno.

Escuché cómo aparcaba una furgoneta delante del negocio, para arrancar segundos después. Mi corazón parecía el móvil en modo vibración, bombeando calambres a todo mi cuerpo. Me levanté sin quitarme el pijama y corrí hasta la entrada. Mi madre aún estaba en cama. Abrí la puerta con cuidado y vi las hojas dobladas. Las agarré, intentando contener la emoción y entré de nuevo en el local para escapar del frío.

Encendí la luz y estiré la portada del diario sobre el mostrador. A cuatro columnas, bajo el antetítulo de EXCLUSIVA, se anunciaba: «Muerte en Salgueiro: un vecino de

Muíños, principal sospechoso». El corazón interrumpió sus movimientos y, por un instante, en cuanto vi la foto de la noticia, noté como un desvanecimiento convertía el mundo en una paleta blanca que me aplastaba. Un agente acompañaba al interior de un coche patrulla a un hombre corpulento y de pelo largo: era Padín.

Alterada, pasé página y vi mi firma junto a la de Agustín. Sin embargo, el texto y todo lo que allí se contaba era inédito para mí. Solo reconocí el destacado sobre Salgueiro.

Lo peor fue descubrir una de las imágenes que acompañaban el reportaje. Si la primera vez, mi corazón dejó de latir, en esta ocasión un puñetazo me golpeó en el pecho y el aire desapareció. Era una sensación vieja, conocida. Una mano que me ahogaba para después, justo en el momento en el que los pulmones ardían, disminuir un segundo su presión. El tiempo suficiente para arañar un poco de oxígeno. Era una lengua de tierra que me inundaba la tráquea y que subía por la nariz hasta clavar sus uñas en la cabeza, cayendo como una red de metal que me acercaba al suelo.

La imagen era mía. Se trataba de la habitación en la que Padín guardaba todos sus discos y el material de los grupos que tanto le gustaban. Instintivamente cogí el teléfono. Peleé con las ganas de llorar, gritar y acudir deprisa a Urgencias antes de derrumbarme, y abrí la aplicación del correo. En la bandeja de salida descubrí que le había enviado a Agustín las fotos que hice con el móvil en casa de Padín junto con otras que había tomado en Salgueiro. Un despiste, un simple error que se había convertido en parte de la exclusiva del periódico.

Los siguientes diez minutos los dediqué a leer todo el contenido del reportaje. El odio que sentía por Agustín se concentró de repente en Padín. Él también me había mentido. Descubrí que tenía una deuda económica enorme y que robó material en la obra de Salgueiro, seguramente para poder saldarla. Lo peor fue saber que tenía antecedentes por agresión. Y después estaban todos los detalles que lo conectaban con la quema de la iglesia, con la profanación de tumbas y con los asesinatos.

¿Por qué Agustín no me había contado nada? Mi firma y la suya estaban juntas, pero yo ignoraba por completo todos esos datos.

Padín se había convertido en un absoluto desconocido para mí. Aquel gigante torpe y dulce era una persona cruel y violenta, un tipo de la peor clase. Un presunto psicópata que construyó su propio cementerio con restos humanos y víctimas. En el diario *Ourense Actualidad* incluso entrevistaban a un experto en criminología, quien explicaba que muchas veces los asesinos en serie quieren mostrar su obra al mundo, sentirse reconocidos y acaparar titulares. En este caso, sin embargo, señalaban que el presunto asesino trató de ocultar su autoría con un truco muy simple: hacerse pasar por la persona que había encontrado, por casualidad, los cuerpos. La aldea, además, estaba abandonada desde hacía muchos años y solo ahora se habían reactivado las obras de rehabilitación. Por esa razón solicitó trabajo en la constructora, para poder estar cerca de sus víctimas sin levantar sospechas. A continuación, preparó el escenario. Simuló malinterpretar el lugar en el que se debía realizar la acometida de saneamiento, desenterró los cuerpos y avisó a su compañero del descubrimiento. Tarde o temprano alguien encontraría los huesos y prefirió adelantarse. Incluso envió un mensaje a Protección Civil informando. De este modo, la Policía no desconfiaría de él.

Todo tenía cierta lógica, aunque el Padín que yo conocía no se asemejaba a ese monstruo que describía el periódico. Aun así, muchas veces no conocemos a las personas. Me estaba volviendo loca y el mundo se parecía al decorado de un teatro que pasa de una colorida comedia a una tragedia negra. Apenas sabía nada de él y solo compartimos unas pocas horas de conversación, pero me resultaba sincero. Aparte de la rareza y obsesión por el heavy, pensé que era una buena persona. Ahora bien, los psicópatas tienden a manipular y son expertos creando mentiras. Yo era débil, por lo que daba el perfil de víctima. Por otro lado, la música estaba en el centro de toda aquella espiral de muerte y violencia. Por no olvidar los antecedentes policiales por agresión, de la que no se daban más detalles. Además, Padín tenía trato con uno de los muertos, un hombre que había desaparecido de su casa dos semanas antes. Algo así no se podía inventar.

Me sentí abrumada. Agustín me había mentido. Padín me había mentido. Hasta la Fina Novoa que firmaba la noticia me parecía otra, alguien que me engañó y se apoderó de mi nombre para poder presumir ante los suyos. Necesitaba explicaciones antes de que la cabeza me estallara.

Comunicaba. Marqué el número de Agustín tres veces y en todas comunicaba. Lo mejor era acudir directamente a la redacción y pedirle cuentas cara a cara. Por mucho que me apeteciera acudir a los brazos de mi abuelo o mi madre para desahogarme, necesitaba conocer sus razones. Me lo debía.

El cuerpo también me pedía hacer otra llamada. A decir verdad, no todo el cuerpo, porque mi parte sensata me advertía que era absurdo. Ganó la parte irracional y telefoneé a Padín, pensando al momento en colgar y peleando por no hacerlo. El móvil estaba apagado.

Corrí a la habitación y me vestí, armando tanto ruido que mi madre asomó por la puerta.

—¿Has visto el periódico? ¿Estás en portada?

—Ma, no estoy de humor. Voy a Ourense, a la redacción.

—¿Te encuentras bien?

Tanta pregunta me desbordaba, así que la ignoré. No fue la mejor idea porque me persiguió por casa igual que un cachorrito hambriento de respuestas.

—¡Que me dejes!

Exploté y lo pagué con ella sin tener ninguna culpa. Me había permitido trabajar tranquila durante los tres días anteriores, encargándose ella sola de hacer las comidas y de servirlas. Me confesó que le encantaba verme tan entusiasmada. Incluso solicitó al distribuidor de prensa otro número del *Ourense Actualidad*: quería enmarcar uno que no estuviera sobado por los clientes del bar.

Después de gritarle, descubrí la preocupación en sus ojos. Estaba comportándome mal. Lo mismo que habían hecho Agustín y Padín conmigo.

—Perdona, mamá. —La abracé—. Estoy decepcionada, tensa, superada por todo... No sé ni cómo estoy. Solo necesito aclarar algunas cosas que se publicaron en el diario. Espero conseguirlo en la redacción. Te llamo para que te quedes tranquila —le expliqué sin dejar de apretarla contra mí.

Fui consciente de que mi madre no entendía nada. No tardó en bajar al negocio. Supuse que esperaba encontrar algo de luz en el periódico. Aproveché para coger las llaves del coche y salir. No necesitaba más preguntas. Solo respuestas.

Desde la calle contemplé la carretera. Estaba cubierta de cristales de hielo que resistían las rodadas de los primeros vehículos de la mañana. Las casas sacudían la molicie del sueño desterrando soplos de humo por las chimeneas. A lo lejos, algún perro ladraba amenazante a caminantes invisibles y los gallos disparaban quiquiriquís ansiosos. Había demasiada normalidad.

El frío atacó mis mejillas, enrojecidas por la tensión. Me puse la bufanda y me metí en el coche. En el asiento del copiloto estaba el disco que me dejó Padín. No sabía qué creer. ¿Y si se trataba de un malentendido? Mi parte irracional deseaba que Padín no fuera un asesino. Para ir a Farnadeiros solo me tenía que desviar un poco de la carretera provincial. Igual solo lo habían llamado a declarar y la jueza ya lo había puesto en libertad. Si estaba en casa, quería hablar con él.

Aparqué el Polo en la entrada de Farnadeiros y recorrí a pie la estrecha pista que me separaba de su casa. Aquello era un auténtico circo. Dos guardias civiles custodiaban la entrada de la vivienda y numerosos vecinos charlaban en grupos a unos metros, siguiendo con curiosidad el más mínimo movimiento. Nadie se fijó en mí porque mi llegada coincidió con la unidad móvil de la Televisión de Galicia. Venía equipada con una parabólica para las conexiones en directo. Algunos vecinos optaron por meterse en casa, temerosos de que los grabaran. Otros, por el contrario, se acercaron, curiosos, preguntando a los periodistas si había novedades.

Una mano tiró de mi brazo y descubrí un rostro familiar. Era el conductor del motocultor con el que nos cruzamos Padín y yo antes de llegar a su casa. Vestía un abrigo castaño con forro de lana que, por el olor que desprendía, imaginé que no había visto un lavado en años.

—Tú eres la chica que estaba anteayer con Padín —se sorprendió—. Fuiste la primera persona en la que pensé después de la que se armó aquí esta madrugada. De buena te has librado.

No me dio tiempo a apartarme de él. Vomité en sus botas.

# Capítulo 47
# Antonio

*Mayo de 1963*

El burro apenas pestañeó. Soportó estoico hasta el último saco. Fue ahí cuando, cargado como estaba hasta arriba, dio un par de pasos, titubeante. Uno para adelante y otro para atrás. Después, esperó. Un minuto más tarde, la cuerda que tenía amarrada al bozal se tensó. Era la señal. Antonio tiraba de él.

A decir verdad, el burro era capaz de hacer el camino solo. Llevaba años recorriéndolo. Ese y el de las herrerías portuguesas. Era un animal recio, aún joven y que rara vez se quejaba. A Antonio le habían ofrecido dinero por él, pero nunca quiso venderlo. «A ver dónde encuentro otro tan bueno», precisaba.

Tres luces mataban la uniformidad de la noche. La primera era la del quinqué de Antonio. Las otras dos eran las de los vecinos que lo acompañaban con sus respectivos animales. Tenían un encargo e iban a entregar el carbón a primera hora en A Rola. Si de día era difícil atravesar aquel camino angosto, de noche parecía imposible. Excepto para ellos, que estaban acostumbrados a las empinadas cuestas, a las piedras sueltas y a un suelo cambiante. Los burros también estaban habituados al terreno, pero el excesivo peso los tenía más nerviosos de lo habitual.

Avanzaron con cautela hasta que Antonio paró en el lugar desde el que había arrojado a Duarte. Soltó el ronzal del burro, puso el quinqué en el suelo, se bajó la bragueta y echó una meada que le supo a gloria. Llevaba aguantando desde que se levantó. La elipse de orina se perdía en la negrura, pero se deleitó al sentir cómo chocaba con el agua. Pensó en Duarte impactando con la piedra para después salir impulsado hacia el arroyo. Gloria bendita. Sacudió el miembro y lo metió dentro del pantalón. Los dos acompañantes esperaban.

—Listo. Vamos, que aún queda mucho por delante —anunció.

Llegaron a A Rola justo cuando alboreaba. De camino solo encontraron a un contrabandista y, curiosamente, a la pareja de guardias civiles de Prado de Limia que acababa su ronda nocturna.

La silueta del barquero apareció en medio de la niebla. Venía abrigado con un gorro y traía los brazos peludos y fibrosos a la intemperie. Los madrugadores pájaros y su remar acompasado rasgaban la tranquilidad del amanecer.

—¡Buenos días!

—Buenos de Dios —respondieron los hombres desde la orilla.

—Veo que habéis llenado los camiones hasta los topes —dijo con una sonrisa, señalando a los burros.

—La primavera parece que no quiere llegar y el frío no quiere marcharse. Con algo se tienen que calentar en Ourense. —Antonio hablaba masticando un palo—. Para nosotros todo es negocio.

Vendían el carbón a diferentes comerciantes. Estos mandaban aviso a Salgueiro, bajaban los sacos el día acordado y, después, el barquero cruzaba la mercancía por el embalse hasta Porto Quintela, en Bande. Desde ahí se lo llevaba en camión hasta la capital.

Los hombres distribuyeron con cuidado la carga a lo largo de la embarcación, siguiendo las instrucciones del barquero. Antes la operación era mucho más sencilla porque solo había que cruzar el río Limia. Ahora tenían casi un kilómetro de separación con la otra orilla, oculta por la niebla.

A muchos vecinos aún les costaba reconocer esa laguna artificial que surgió una década atrás, entre protestas.

Hubo cientos de expropiaciones y los vecinos de Porto Quintela y los de Baños incluso tuvieron que dejar sus casas de toda la vida y construir unas nuevas más arriba. Hasta desapareció el lugar de San Bieito, un espacio festivo y sagrado. Varios afectados se manifestaron en la inauguración oficial. La pancarta rezaba FRANCO, EL PUEBLO QUIERE HABLARLE. Pero ni el pueblo pudo hablar ni Franco quiso escuchar que las expropiaciones se habían hecho por una miseria.

—¿Cómo andan la mujer y el hijo de Duarte? —preguntó el barquero.

—Allí andan —respondió Antonio.

—Me acuerdo mucho de ese hombre y de su familia. Buena gente.

Con la embarcación llena, se separó con cuidado de la orilla y comenzó a maniobrar. Antes de que la niebla le desdibujara los rasgos de la cara, se levantó de la barca.

—Dadle esto de mi parte a Leandro.

Les lanzó un pequeño objeto que cayó delante de los pies de Antonio. Este lo recogió. Era un silbato de latón. Lo metió en el bolsillo y se despidió de la sombra etérea que penetraba en el embalse de As Conchas. Lo saludó con la misma mano con la que acababa de aplastar el pito con todas sus fuerzas.

Dos horas más tarde, un segundo vaso de ribeiro descendía por la garganta de Antonio. Pararon en una taberna de Prado de Limia para calentar el cuerpo, aunque a Antonio lo que se le calentaba era la lengua y la cabeza.

—Que se meta el silbato en el culo. Pedirme eso a mí, que sabe que me mataron al hijo.

—El chico no tiene culpa de lo que hizo el padre —murmuró uno de los vecinos, comprobando que nadie los escuchaba.

La rabia incendiaba los ojos de Antonio. Apretó el vaso en la mano y tragó saliva antes de empujar la silla hacia atrás.

—Invito yo. Ayer fue el cumpleaños de Cibrán.

El nombre del hijo le salió casi como un suspiro. Dejó una moneda en la mesa, antes de que los demás reaccionaran. A continuación, se puso en pie y se encaminó hasta el cementerio. No quería que nadie lo compadeciera.

El burro mordió varias hierbas altas que nacían junto a la verja del camposanto. Dentro, Antonio contemplaba apartado el nicho familiar. No fue capaz de acercarse y rezar. Sin embargo, sí se aproximó a la tumba de Duarte. Comprobó que era el único visitante y escupió en su lápida.

—Eres peor que Judas. Y pensar que te hacías pasar por un amigo cuando fuiste tú... —Calló en cuanto oyó unos pasos.

Una anciana vestida de luto se servía de un bastón para recorrer la distancia que la separaba de una pequeña sepultura sobre la que descansaba un jarrón con flores secas. Levantó la cara, arrugada como los pétalos del ramo, y lo saludó con la cabeza.

—¿Andas ahí?

Antonio no contestó. En cuanto la mujer devolvió los ojos a la punta de sus zapatos, lanzó otro gargajo a la placa de mármol.

—Ojalá no tarden en pudrirse los tuyos junto a ti —gruñó Antonio, para después abrir la bragueta.

# Capítulo 48
## Moncho

Las sábanas olían a humedad y a sudor. Hacía por lo menos un mes que no las cambiaba. Se estiró todo lo que pudo en la cama y restregó la cara en la almohada, intentando aliviar la presión que ejercían en ese instante varios martillos hidráulicos en su cabeza. La resaca prometía ser dura.

Decidió dejar cerradas las persianas para que la luz no avivase los repiqueteos que le seguían machacando el cráneo. Buscó a tientas con la mano derecha la pared y, apoyándose en sus piernas inseguras, llegó al cuarto de baño. Su equilibrio había vivido mejores momentos, igual que la limpieza de la casa. Por esa razón, cuando se puso a mear y la mitad del líquido amarillo que expulsó fue a parar al terrazo, pensó lo de siempre: «Ya se limpiará». Como si hubiera un hada mágica que no tuviese otra cosa mejor que hacer que limpiar la casa de Moncho.

Se apoyó en el lavabo y abrió el grifo. Tenía las palmas tan curtidas por el trabajo y tan llenas de callos que apenas sintió los pelos, duros como espinas, de la barba de tres días. Sí notó la humedad que le abrazaba los pies descalzos: la orina se había extendido por el suelo. Antes de limpiarse en la alfombra, mojó los contados cabellos y, con un peine, los echó hacia atrás. La grasa hacía las veces de fijador.

De nuevo en su habitación, se vistió deprisa, metiendo la camisa menos manchada que tenía por dentro de los calzoncillos. Había quedado con Padín en el bar para tomar el café y leer juntos la publicación de Fina. Ese día Padín tenía que hacer un recado a primera hora y no podía recogerlo. El despertador no había sonado e iba a llegar tarde. Tal vez ni lo puso. Conocía de sobra cómo eran los días en los que no tenía horario y el tiempo lo carcomía por dentro. Los minutos eran todos iguales, nada guardaba un orden o un sentido. Se dejaba llevar, adormecido por pensamientos etílicos que lo evadían de los otros, que lo alejaban de esa realidad que le devolvía la imagen de un pelele triste y malencarado, a quien solo la televisión era capaz de hacer compañía.

Olió sus axilas y roció sobre ellas una buena dosis de desodorante. Lejos de disimular el olor, lo que provocaba era la atención automática de los que se cruzaban con él.

Para que Padín no tuviera que esperarlo mucho más tiempo, trató de apurar el paso. Mala idea porque al minuto estaba parado y doliéndose de una punzada en el abdomen. Una cosa era trabajar en la obra y otra muy diferente echar una carrera con el estómago vacío. Recuperó fuerzas y decidió caminar con normalidad. «Cinco minutos más no me van a hacer mejor persona. Tocará inventarse algo», concluyó Moncho.

Aún no se le había ocurrido ninguna excusa aceptable cuando entró en el bar. Buscó a Padín entre las mesas y no lo encontró. Sí descubrió a algunos de los habituales, metiéndole al cuerpo la segunda taza de cafeína de la jornada. Todos se giraron como si fuera un extraño que entraba por primera vez allí. Tuvo la impresión de que le hacían un escáner visual, de los pies a la cabeza.

—¡Buenas! —saludó.

—¡Vaya, pero si te hacíamos en Pereiro de Aguiar!

El que habló era un hombre con el que había compartido en más de una ocasión charlas intrascendentes sobre fichajes, goles y entrenadores. Estaba sentado con otros dos tipos, que le rieron la broma. Moncho lo ignoró y tiró hacia la barra, preguntándose dónde estaría Padín. «Con suerte andará cambiándole el agua al pajarito. Aunque lo más probable es que se haya cansado de esperar por mí», dedujo. No había más opciones para un tipo tan puntual como él.

Se sentó en la barra. Del otro lado, el tabernero lo miraba con la boca abierta, en un gesto de desconcierto. Hasta le dio la sensación de que le preguntaba con la mirada qué hacía allí. Estaba claro que la borrachera aún le nublaba los sentidos y le hacía ver cosas que no eran.

—Ponme una... —la lengua le pedía una cerveza, pero reprimió las ganas— taza doble de café. Y, si puedes, hazme el favor de invitarme a una magdalena. ¡Me suenan las tripas!

Tardó unos segundos en ser consciente de que el propietario del bar no se había movido del sitio, el tiempo que empleó en buscar encima de la barra el ejemplar de *Ourense Actualidad*. No lo encontró.

—¿Me preparas el café o qué? —protestó—. Por cierto, ¿hace mucho que se marchó Padín? Había quedado aquí con él, pero me he retrasado.

El dueño siguió en la misma postura, sin dirigirle la palabra. De las mesas le llegó un murmullo e incluso alguna palabra malsonante. Notaba que el ambiente era extraño, incluso tenso.

—¿Qué pasa? —dijo cabreado.

—¿En serio que no lo sabes? —preguntó el del bar.

—Seguro que se está haciendo el tonto —soltó el hombre que se había burlado a su llegada.

Moncho saltó del mostrador y se acercó a él. Apretó los dientes y las aletas de la nariz se le abrieron. El otro se levantó y, a pesar de que le sacaba una cabeza a Moncho, este no se amilanó.

—¡Qué hostia pasa contigo, mona!

—Pues que no me gusta la gente que tiene amigos asesinos.

A continuación, cogió el periódico de la mesa y le señaló la portada.

—Tú trabajabas allí. Estabas con él.

La última frase no la llegó a escuchar. Quedó impresionado por la foto de Padín arrestado. En la página destacaban palabras como «muerte», «crimen» o «víctimas». No pudo leer ni el primer párrafo. El gracioso llamaba su atención, dándole golpecitos en el brazo.

—¿Qué? ¿Vas a decirnos que no sabías nada?

—Déjame leer, por favor.

La paciencia de Moncho estaba agotándose.

Por Salgueiro no pasa nadie. Tú y ese criminal estabais allí casi todo el día. Lo que ignoro es cómo no estás en comisaría ahora mismo.

—Felipe —gritó el dueño—, déjalo tranquilo. Está claro que Moncho no tenía ni idea.

—¡Ja! Eso es lo que nos quiere hacer creer. Este os digo yo que es cómplice. ¡Llama a la Policía!

Para dejar clara la orden, atrapó a Moncho por el brazo. Lo que no esperaba era que aquel hombre pequeño, avejentado y tan poca cosa lo agarrara del cuello con el brazo libre. Felipe, lívido, sintió que se elevaba unos centímetros y cómo los dedos presionaban como unas tenazas. Si no ocupó un lugar en la sección de sucesos del día siguiente fue gracias a sus compañeros de mesa. Las pasaron moradas para liberarlo.

El golpe de rabia que le había atravesado el espinazo a Moncho se le fue apagando. Decidió que lo mejor era que le diese el aire. Pero, antes, se dirigió a los que estaban en el bar.

—Hay cosas que no se dicen ni en broma. —Se giró para comprobar que todos lo escuchaban—. Además, meto la mano en el fuego por Padín.

—Ya sabemos que la mano, a ti y a Padín, os gusta meterla en lo que no es vuestro.

La rabia prendió de nuevo en los ojos de Moncho. Lanzó con fuerza la primera botella de cerveza que encontró. Todos miraron cómo estallaba en cientos de trozos contra la pared. Todos excepto el chistoso, quien contemplaba, atontado, la punta de su nariz. La botella le había pasado a escasos cinco centímetros.

## Capítulo 49
## Fina

Dentro del coche, de camino a la redacción, me sentía como las hormigas del Carnaval de Laza, donde los vecinos les echan vinagre para enrabietarlas, antes de lanzarlas a la gente. Estaba deseando soltar el volante para morder a alguien. Por si eso no bastara, las constantes notificaciones y llamadas al móvil se encargaban de alimentar mi excitación. Hubo un punto en el que no sabía si tirarlo por la ventanilla o si cogerlo y sumarme a la fiesta. Finalmente, opté por quitarle el sonido y por colocar la pantalla boca abajo.

Ya en Ourense, cada semáforo, cada peatón cruzando un paso de cebra o cada coche en doble fila sacaron lo peor de mí. Me moría por ver delante a Agustín y a Raúl, y daba la impresión de que el mundo me ponía pequeños obstáculos para impedírmelo. Cuando por fin aparqué, lo celebré rayando el lateral del vehículo con un contenedor de basura. No me importó. Solo quería entrar en la redacción. No fui tan rápida como esperaba porque caí en el error de comprobar las notificaciones. No solo tenía wasaps de conocidos que ni me saludaban por la calle, sino también de periodistas. Me solicitaban más información, acceso a mis fuentes, y algunos incluso me proponían entrar en directo en programas de televisión. Supuse que algunos de esos periodistas estaban detrás de los números desconocidos que atiborraban la lista de llamadas recibidas. ¿Cómo demonios habían conseguido mi teléfono en tan poco tiempo? No respondí a nadie.

En la redacción había un movimiento inusual. Las mesas y los ordenadores, vacíos hasta última hora de la mañana, cargaban con periodistas que hablaban por teléfono o tecleaban de forma frenética. Muchos de ellos, al verme, se acercaron a felicitarme.

Agustín me cogió del hombro, como si fuéramos íntimos, y me acompañó hasta el despacho con el cartelito negro con letras blancas desgastadas que daba la bienvenida a la «Dirección».

—Qué locura de día, ¿eh? —Su entusiasmo era evidente—. No paramos de recibir llamadas. Los comerciales están encantados: van a vender los espacios publicitarios de toda la semana. Los puntos de venta echan humo. Algún quiosco incluso se ha quedado sin ejemplares y eso que el periódico solo lleva unas horas en la calle. En pleno siglo XXI, esa sí es una noticia. ¿Y tú qué?, ¿cómo lo llevas?

—Verás, de eso precisamente quería hablar. Hay cosas que...

Raúl, el director, pegado al móvil en una esquina del despacho, le pidió a Agustín que se pusiera.

—Disculpa un segundo —me dijo.

—Es del programa de Rosa. Van a hacer un especial y quieren hablar con nosotros a media mañana. Hoy Salgueiro va a abrir todos los telediarios. —Raúl también estaba emocionado.

En mi cara leyeron que no compartía su alegría.

—Fina, perdona que no te llamara aún esta mañana, pero estaba a mil. La batería del móvil se evapora...

Mi paciencia también estaba al mismo nivel que el de la batería de Agustín.

—Solo quiero comprender dos cosas. ¿Por qué va mi nombre en el reportaje? Y, lo más importante, ¿por qué tuve que leer lo de Padín al mismo tiempo que el resto de los lectores?

—Finiña —empezó, como si me conociera de toda la vida—, la portada, la exclusiva, todo lo que ha pasado hoy, es gracias a ti.

—¿Y por qué no tengo esa sensación?

—Porque eres humilde. Piénsalo bien. ¿Quién estuvo horas en Salgueiro escondida? ¿Quién fue la única periodista que supo lo de los cuerpos? ¿Quién se encontró a Padín en Salgueiro y descubrió su conexión con el incendio?

—Pero si lo leí esta mañana...

—Eso no importa. Tú fuiste a su casa a entrevistarlo. Aún no sé cómo las hiciste, pero las fotos que tomaste allí dentro son la clave de todo. Lo que te falta es experiencia, contactos y algo de picardía. Por eso formamos tan buen equipo.

—Me falta conocer la respuesta a mi segunda pregunta. ¿Por qué no me informaste de nada?

Agustín suspiró.

—Te implicas. Tanto que pierdes la perspectiva. Olvidas la objetividad a la hora de tratar un tema. Tienes talento, pero hay que tomar distancia. Somos como doctores que atienden a decenas de pacientes cada día. Si sintiéramos a cada uno como a un familiar, como si fuera nuestro mejor amigo o nuestra pareja, lo emocional primaría sobre lo racional.

—Detrás de las historias hay personas.

—También asesinos —matizó Agustín—. Por cómo me has estado trasladando los hechos estos días, intuí que solo veías una realidad posible.

¿Tan cegada estaba por una buena primera impresión que fui incapaz de interpretar las pistas y tuvo que ser otro quien las ordenara? Un mismo suceso siempre va a ser interpretado de distinta forma por dos personas, pero, en mi caso, había intentado ceñirme a los datos, ser objetiva. Sin embargo, me dejé engañar.

—Fina, hoy lo celebraremos con una comida en el mejor restaurante de la ciudad. Pero antes es necesario que concedas un par de entrevistas —me pidió Raúl tras acordar por teléfono la entrada en el programa de Rosa—. Estamos desbordados.

Dudé.

—Dime que contamos contigo. —Agustín hizo frente común con el director para que me uniese a ellos—. Por favor.

Agarré el diario y vi la firma. «Fina Novoa».

—Está bien.

Acepté. Intenté no pensarlo más. Debía tomar decisiones maduras, racionales, de adulta. Tener un trabajo, hacer algo con mi vida, sentirme realizada. Contribuir. Todas esas cosas que nos hacen evolucionar. Nadie vería sensata la perspectiva de volver al hospital con mi abuelo o de barrer suelos en el hostal de mi madre. Respuesta incorrecta. Lo sentimos, pero esta era su última oportunidad. Despídase del periodismo. *Bye, bye.*

Me dieron un pequeño guion con las respuestas. Fundamental repetir como una letanía el nombre de *Ourense Actualidad* y dejar caer que mañana tendríamos otra exclusiva importante. Había que mantener las expectativas. Éramos el origen de todo. Mientras la noticia no caducara, disfrutaríamos de la mejor campaña publicitaria, curiosamente, gracias a otros medios.

Estábamos preparando nuestra intervención en el matinal cuando alguien entró en el despacho.

—Buenos días, Raúl.

No me hizo falta verle la cara. La voz era tranquila pero imperativa. Una auténtica bofetada anímica. Solo había coincidido con él una vez, pero sabía de qué pie cojeaba.

—Buenos días, señor León —dijo el director un tanto sorprendido—. No esperaba verlo por aquí esta mañana.

—Sí. Quiero que me cuentes cómo van las ventas y cuál va a ser la estrategia durante estos días.

Agustín se acercó de forma tímida al empresario y le tendió la mano.

—Por cierto, le acompaño en el sentimiento. Lamento mucho...

La frase se fue apagando a medida que al constructor se le inundaba el rostro de una ira glacial y rencorosa. La mano de Agustín se quedó en el aire, como un juguete ignorado durante el recreo. En ese momento, Raúl dibujó una sonrisa artificial, me miró y señaló al recién llegado.

—Fina, creo que ya conoces al señor León. Es el nuevo accionista de *Ourense Actualidad*.

Arturo León se situó frente a mí.

—Sí. Tuve el honor de ser entrevistado por ella. Apunta maneras —le dijo al director del periódico, dejando bien a la vista sus colmillos de depredador en plena caza.

# Capítulo 50
Agustín

Había disfrutado tanto durante la noche anterior que olvidó que su mujer solía esperarlo despierta. Siempre avisaba si llegaba tarde, pero esta vez se le pasó. A medianoche recibió un wasap preguntando si le había pasado algo. No lo leyó porque estaba reunido y la mujer, nerviosa, lo llamó a los diez minutos. «Cari, tengo montado un lío de *carallo*. Te cuento más tarde», fue la única explicación que le dio Agustín. Colgó y no volvieron a hablar hasta las cinco de la madrugada cuando, satisfecho y con dos cócteles de ron bailando la conga en el riego sanguíneo, decidió que se merecía un sueñecito.

Ya en el piso, ella, enfadada, quería discutir. Él, alegre, vivo y pletórico, anhelaba planchar la almohada con su oreja. Lo hizo justo después de contarle que en unas horas lo entendería todo y que fuera pensando en un bonito destino de vacaciones. La mujer dejó que cerrase los ojos y empezó a darle vueltas a la idea de si sería mejor ir al Caribe o al norte de Europa. A su lado, Agustín roncaba.

Había tenido cierres complicados de madrugada (elecciones, atentados terroristas, sucesos graves...), aunque nada como aquello. En un momento incluso estuvo a punto de tirar la toalla. Pero le iba la marcha. Un buen periodista, un verdadero profesional, es el que permanece de pie mientras llueven balas a su alrededor. «Los que se esconden o se van a casa no se comprometen. Y, si no te comprometes, no sirves. Gracias por intentarlo, y a otra cosa», les soltó una vez Raúl a los responsables de la redacción antes de anunciarles recortes. «Os pago por trabajar, por ser los mejores. El que no sienta los colores o no se vea con fuerzas, ya sabe dónde está la puerta». No fue la charla más motivadora del mundo, pero Agustín, con cincuenta y tres tacos y un buen sueldo a fin de mes, comprendió que su futuro pasaba por hacer horas, por ser más proactivo y por caerle bien al director.

«Problemas», pensó dos días atrás, en cuanto vio entrar a Arturo León en el despacho de su jefe.

«A ver ahora qué cojones contamos», se dolió tras conocer por boca de Raúl el nombre del nuevo accionista mayoritario.

«Va a ser la hostia», intuyó nada más descargar las fotos que Fina le había enviado.

«¿Y ahora qué?», preguntó cuando Raúl lo llamó de nuevo al despacho tras conocer los últimos condicionantes del caso.

El suyo no era un estilo duro. Es cierto que exigía y que de vez en cuando soltaba algún grito para liberar sus frustraciones, pero era más dado a pasar la mano por la espalda, a potenciar las habilidades de cada uno y a tener palabras de ánimo. Por detrás, se aprovechaba e intentaba llevarse el mérito del éxito de los demás. A los incompetentes y mediocres, les daba puerta. Todo, por supuesto, con sutileza. Lo hizo con Fina en su día y solo se acordó de ella por necesidad. En esos momentos le era útil por la historia que les había regalado y que le pagarían a precio de saldo. Más adelante ya se vería. Eso sí, conocedor de sus debilidades, decidió no compartir con ella todo lo que estaba pasando. Bastante tenía con cerrar el periódico y salir al fin con la exclusiva como para escuchar los lamentos de una quejica con más pájaros en la cabeza que tinta en los dedos. Además, cuando viera su nombre en la portada, seguramente el ego ahogaría los escrúpulos y todas esas tonterías sobre ética que sueltan en las facultades de Periodismo.

Las reglas del juego habían cambiado con la llegada de Arturo León al periódico. No era un suicida laboral como para desobedecer las órdenes de Raúl, pero toda gran historia necesita de héroes y de canallas. En un principio, y a falta del asesino, el malo de la historia era el empresario. Había despedido sin miramientos a los pobres obreros que encontraron los cadáveres. Cumplían con su deber y recibieron un castigo injusto. Contaba con los arquetipos ideales con los que generar empatía, odio y mucho boca a boca. Se quedó sin ellos y, entonces, gracias a las fotos de Fina, uno de los héroes se convirtió en el malvado de la película. Padín, un tipo asocial, violento y principal sospechoso de varios crímenes. ¡Bingo!

La agenda de Agustín estaba llena de contactos en todos los organismos públicos, instituciones e incluso de las empresas más importantes. Eran sus fuentes. Una confianza ganada a base de años, conversaciones, comidas y, todo hay que decirlo, alguna que otra gratificación.

Con la gente de Magariños no tuvo suerte, pero sí con un policía que expedía el DNI y que le facilitó la información que necesitaba: la ficha policial de Padín. La pista se la dieron las imágenes que le pasó Fina. De nuevo, Fina y su flor en el culo consiguieron lo imposible. Eso y los años que Agustín había pasado en un diario madrileño escribiendo para la sección de internacional. Después tuvo la confirmación de que Padín había estado en la aldea justo antes del incendio de la capilla. Por algo no creía en las casualidades. Además, ahora también contaba con el testimonio de Arturo León, quien le aseguró que en la obra faltaba material. Había un ladrón entre sus empleados. Blanco y en botella.

De la alegría por su descubrimiento, Agustín pasó al sobresalto cuando en la redacción se presentó Magariños. El policía estuvo rápido y lo cogió con las manos en la masa. De su boca salieron palabras como «delito», «multa», «suspensión» u «obstrucción a la justicia». Sabía que no iba de farol e intentó conseguir un trato satisfactorio para ambos. Compartió toda la información de la que disponía con el inspector y su ayudante, sin guardarse nada. Por ese motivo, cuando la jueza dictó la orden de detención contra Padín, *Ourense Actualidad* tenía esperando en Farnadeiros a un redactor, a un fotógrafo y a un cámara de televisión. Las imágenes que tomó este último abrieron todos los telediarios.

Solo había una cosa que podría haberle quitado el sueño a Agustín esa noche: no publicar quién era la última persona enterrada en Salgueiro. En el periódico consideraron que era mejor no hacer público su nombre. Para su tranquilidad, fue meterse en la cama y empezar a soñar, satisfecho y con una sonrisa alcohólica. El jefe de local también había negociado con Magariños la grabación en la que las fuerzas del orden entraban en casa de Padín. Otra primicia que le reportaría mucho dinero al diario y a él un extra con el que pagar las vacaciones. Quedaba decidir si irían al Caribe o al norte de Europa.

Capítulo 51
Padín

«*Destroy everything, destroy everything, destroy everything*».
Esas dos únicas palabras eran el refugio de Padín. Las repetía una y otra vez, para evadirse de aquella sala de interrogatorios en la que Magariños y Almeida daban vueltas y más vueltas a su alrededor, igual que dos tiburones oliendo sangre. No lo habían dejado solo ni un segundo. Lo sentaron en una silla demasiado pequeña para su estatura y, a pesar de la incomodidad, tenía prohibido moverse.

Se sentía ridículo. Él, a quien nunca le había importado su vestimenta ni lo que decían los demás de sus pintas, se notaba violento e incómodo. Calzaba unas pantuflas con forma de pie, con sus uñas gigantes y unos hilos negros cual pelos. «¿A que son divertidas? Pues no sabes el trabajo que me ha costado conseguirlas de tu talla», le dijo su ex después de regalárselas una Navidad. Él no le veía la gracia por ningún lado, pero las usaba porque eran calientes en invierno. En aquella sala, sin embargo, con la calefacción al máximo, los pies le sudaban y sentía los dedos empapados. Por si fuera poco, vestía un pijama inundado de osos panda de colores. Regalo de su madre para su «pequeñito», que andaba cerca de los treinta. Esposado, en una silla enana, sin parar de sudar y vestido como un niño, era, sin duda, el acusado de asesinato más grotesco que había pasado por una comisaría.

—¿Seguro que no quieres un abogado? —preguntó Magariños.

Padín negó con la cabeza. Había estado con el letrado de oficio que le ofrecieron, quien cubrió el papeleo, le explicó de qué lo acusaban, sus derechos y el procedimiento judicial y policial al que debía enfrentarse. Padín agradeció su tiempo y le indicó que no necesitaba sus servicios porque era inocente. Lo que no le confesó era que no le gustaban los abogados.

A partir de ahí, los policías le hicieron preguntas y más preguntas. Lo interrogaban sin descanso, le sacaban fechas, nombres, lugares, personas, querían saber dónde había estado tal día, qué hizo otro, qué ideas religiosas profesaba, cuáles eran sus gustos sexuales, por qué no tenía amigos, cuál era la razón que lo había llevado a trabajar con la excavadora en un lugar fuera de los planos... Padín se liaba, respondía a destiempo, las palabras se le atragantaban antes de ser expulsadas por la boca, tropezaba con ellas y caía.

Enfrente, Magariños se movía a un lado y a otro. Lanzaba con la derecha una pregunta y le aparecía por detrás. Padín la encajaba y recibía una y otra vez los embates verbales sin poder defenderse. El inspector le escupía al interrogarlo, a un palmo de la cara. A Almeida, encantado espectador con cada *round*, le tocaba el papel de árbitro.

—Dinos lo que queremos saber y todos podremos descansar. Tú, nosotros, las víctimas y sus familias.

—No soy un asesino. Solo un operario. Encontré los cuerpos por casualidad.

—¿Recuerdas la última persona a la que has matado? Fue justo cuando empezaste a trabajar en Salgueiro, ¿verdad? —Golpeó de nuevo Magariños.

—Seguramente lo celebró con un ritual satánico.

Padín ardía por dentro, pero intentaba mantener la calma por fuera.

—¿Te suena este hombre? —le preguntó, mostrándole una foto.

—Sí. Se pasaba horas viendo una obra donde trabajé.

Recordó su cara pegada a la alambrada, cómo llamaba la atención de los obreros y las veces que comentaba que él era el único al que se le veía un poco de actitud. «A ver si aprendéis un poco del gordo, panda de vagos. Así va el país», se quejaba.

—¿Decidiste ganarte su confianza antes de matarlo?
—¿Cómo?
—No nos mientas. Sabemos que después lo enterraste en Salgueiro.
—¿Yo? Les juro que yo no he sido.

Sus ojos estaban alucinados. Respiraba de forma cada vez más acelerada y parecía tartamudear.

—¿Y no es mucha casualidad que su cuerpo haya aparecido justo en tu nuevo trabajo?
—No sabría explicarlo, pero solo lo conozco de hablar. Por alguna extraña razón le caí bien. Nos daba voces desde la valla y después se quedaba para preguntarme.
—Una víctima fácil, ¿no? Hay que ser muy cobarde para acabar de esa forma con alguien mayor.
—Nunca haría algo así.
—¿Te gustó ver cómo sufría?

Padín negó con la cabeza. Cerró los ojos y lo vio de nuevo. Era su último día en la obra y quiso despedirse en su tono habitual. «A ver dónde encuentro ahora otros chapuzas muertos de hambre que no sepan hacer la o con un canuto», le espetó antes de pedirle el teléfono. «Por si en el futuro necesito contratar a alguien que al menos no se coma los mocos», dijo al tiempo que se marchaba con las manos detrás de la espalda, calle arriba, refunfuñando mientras meneaba la cabeza.

—¿Cuántas horas llevamos aquí? ¿Cinco, seis? Supongo que querrás descansar, liberarte de ese peso. Cuéntanos la verdad y te dejaremos tranquilo, Alberte.
—Me puede llamar así si lo desea. Pero ya le dije que todo el mundo me conoce como Padín.
—¿Y no será que te quieres esconder en el apellido de tu padre para justificar tu comportamiento? —Magariños volvió a la carga.
—No. Me llaman así desde que iba a la escuela. Había otro Alberte.

—¿Te pegaban en el colegio? ¡Di la verdad! Seguro que te convertiste en un asesino a partir de algún trauma infantil.

Recordó cómo en la escuela lo tomaban por retrasado.

El gigante tonto.

El alto cara-burro.

El gordo idiota.

Creció entre insultos, burlas y golpes. Solo lo salvó la música. Cuando los demás hurgaban en sus miserias, cuando lo denigraban por hablar poco, por ser lento, por ser grande y cobarde, o cuando le disparaban burlas porque era divertido meterse con él y ver los ojos llorosos de un grandullón, él huía. Se cobijaba en canciones. Dejaba que las notas se introdujeran en su cabeza hasta apoderarse de todo. Entonces llegaba la paz.

Cerró los ojos y oyó de nuevo las notas.

«Destruye todo».

«Elimina lo que nos hace débiles».

«Limpia este mundo con fuego».

«*Destroy everything*».

# Capítulo 52
## Magariños

Estaba a punto de perder la paciencia. Había procedido con un interrogatorio de manual y, después de muchas horas, no había conseguido nada. Excepto cabrearse. El principal sospechoso, lejos de confesar, ignoraba sus preguntas o negaba los hechos. Pasó de una calculada timidez a un total retraimiento a medida que se sucedían las preguntas. El acusado estaba en su mundo, lejos de aquella sala que superaba los treinta grados y donde los policías eran los más tensos.

Antes de dar un paso en falso, decidió que era mejor descansar. Dejaron a Padín esposado a la mesa y le pusieron en la otra punta una botella de agua. No había bebido nada y, en ese ambiente, querían forzar su cuerpo y que reaccionara ante determinados estímulos. Había que minarlo, buscar sus puntos débiles e ir apretándole las tuercas poco a poco. Todos tenían un resorte oculto. Un punto en el que las caretas caían y la culpa, el dolor o incluso el orgullo tomaban la palabra.

Al detener a Padín, con su cara de niño perdido y asustado, se sintió un tanto defraudado. Los pusilánimes no le duraban nada. Cantaban nada más sentarse y experimentar la presión de las primeras preguntas. Este le parecía tan patético que hasta un novato le podría arrancar la confesión.

Se equivocó. Hacía años que no le fallaba así el olfato. De ahí las ganas que le entraban de arrearle una bofetada cada vez que se cerraba en banda. Después meditó y se exigió autocontrol. Estaba ante uno de los casos más importantes de su vida, ante un criminal atípico que aparentaba todo menos ir reuniendo cadáveres en medio de la nada. Se había dejado llevar por su aspecto. Un error de bulto. Y él no era un novato. Era el responsable del operativo que acababa de capturar a un asesino profanador de tumbas y debía proceder cumpliendo todos los protocolos.

Su experiencia le decía que no se debía fiar de nadie. Siempre le hacían gracia las declaraciones de los vecinos en la televisión, esos típicos «parecía buena gente». Los habituales «nunca le vimos nada raro, saludaba y hablaba con todo el mundo» referidos a criminales. Todos, en un momento dado, podemos sacar lo peor de nosotros, convertirnos en un ser irracional, en un monstruo cruel y ciego que se deja llevar por instintos primarios y disfruta arrastrándose por la violencia. Sin embargo, había un segundo grupo. Aquellos que no sufrían arrebatos ni impulsos súbitos. Son los miles de individuos que ocultan una personalidad desalmada, pero que llevan, en apariencia, una vida normal, personas a las que admiramos y que no levantan ningún tipo de sospecha, pero que esconden tendencias homicidas o sádicas. Padín, no tenía dudas, pertenecía a este segundo grupo.

Cuando el responsable de local de *Ourense Actualidad* le explicó lo que había encontrado, le pareció una auténtica broma. Hasta que vio que era cierto. Tanto que solicitaron la colaboración de las autoridades de Noruega. En paralelo, los forenses informáticos rastreaban las búsquedas y el contenido del ordenador de Padín y los hombres de Magariños estaban tras la pista de cualquier información que pudiera ser útil en la investigación.

La sala de reuniones de la comisaría no tardó en llenarse de fotos de Mayhem, Gorgoroth o Burzum. Tres de los grupos que Fina había fotografiado en la colección de discos de Padín. Tres de los grandes exponentes del black metal noruego. Tres conjuntos que formaban parte de una organización que iba más allá de la música: el Inner Circle. La prensa de su país también los había definido como

Black Metal Mafia, Black Milicia o Terroristas Satánicos. Unos auténticos angelitos. Los causantes de que ardieran cincuenta y dos iglesias, de profanar quince mil tumbas y de pintar cientos de cementerios con símbolos satánicos. Por no hablar de las muertes violentas que se habían producido alrededor del movimiento. Esos eran los grupos que admiraba Padín.

El inspector de Policía miró de nuevo a Padín y pensó que ese futuro era el presente que le tocaba vivir: una capilla incendiada, tumbas profanadas y asesinatos. Cadáveres formando una estrella, seguramente un pentagrama invertido.

Sangre, música y satanismo.

El mundo estaba loco.

Al principio había pedido que lo siguieran, pero comprendió que era una persona metódica y no cometería errores. Decidió entonces tomar perspectiva. Alejarse. Dar un paso atrás. Saber no por dónde se movía ahora, sino dónde lo había hecho. En su historial laboral figuraba que antes de Salgueiro había trabajado en la construcción de un centro médico en Verín. A partir de ahí todo fue muy sencillo.

En la localidad había desaparecido un hombre al que no se le conocían problemas de memoria ni de salud. Vivía cerca de la obra donde había estado Padín y pasaba por allí a menudo. Sin embargo, lo más sorprendente fue conocer que se trataba del hermano de Arturo León.

Cuando llamaron al empresario, este no se imaginaba que lo iban a citar esa misma noche en el instituto forense. Pudo reconocer su reloj y dio datos que permitieron identificar el cadáver, como que unos años antes se había partido la clavícula. Además, el propio Arturo León les confirmó que su hermano lo había llamado para recomendarle a Padín. Por eso lo contrató.

Almeida y él concluyeron que el albañil primero se ganó la confianza del hombre, después usó su influencia para conseguir un puesto de trabajo en la ecoaldea y, más tarde, acabó con su vida y trasladó el cuerpo hasta Salgueiro. A Padín solo le quedaba representar la pantomima en la que fingía descubrir la necrópolis. Quería estar en primera fila. Levantar el telón y contemplar la reacción del público.

Un psicópata narcisista de manual.

Solo que esta vez ellos habían sido más listos y la jueza, al comprender los riesgos, firmó la orden de detención. Ahora solo necesitaban vencer su resistencia, ver cuánto era capaz de aguantar Padín sin confesar.

## Capítulo 53
## Fina

La reina televisiva de las mañanas anunciaba, con voz afectada e inquietante, la última hora del caso que estaba conmocionando al país. Me acerqué en silencio hasta el umbral de la habitación. Olegario y mi abuelo, sentados en sus respectivas butacas y con el cuerpo inclinado hacia el televisor, devoraban ansiosos la pantalla.

La presentadora explicaba la fijación de Padín con el black metal. Una obsesión con la música que en su día arrastró también a otros asesinos en serie. Dio paso entonces a un reportaje que mezclaba imágenes de la serie *American Horror Story* con otras reales.

La pantalla devolvió otra vez la palabra a la presentadora.

—Lamentablemente, el suceso del que estamos informando no es el argumento de una serie. Ni tampoco nos encontramos ante un criminal que viva a miles de kilómetros. —Hizo una pausa y juntó las manos—. Hablamos de una persona con una existencia, en apariencia, normal. Sin saberlo, los vecinos de Muíños residían al lado de un hombre con un terrible secreto. Cerca de ellos se movía el presunto autor de crímenes atroces.

La cámara cerró el plano sobre ella en el momento de pronunciar sus dos últimas palabras.

En el cuarto, mi abuelo se revolvía en el asiento. Olegario se llevaba las manos a la boca.

—Conectamos con Fina Novoa y con Agustín Collado, periodistas de *Ourense Actualidad* y autores de la exclusiva que está conmocionando a España.

La pantalla se dividió en dos.

—Fina, Agustín, buenos días.

—Buenos días, Rosa —respondimos ambos al mismo tiempo.

—En primer lugar, felicidades por la exclusiva. Os felicito también porque, gracias a vuestro trabajo, la Policía ha conseguido una pista fundamental para la detención de Alberte Padín, a quien en las redes sociales ya califican como «el Asesino del Xurés». ¿Qué nos podéis contar de su personalidad?

Fue verme en pantalla y no aguantar más. Estaba saturada. Había sido un tsunami de acontecimientos que, en lugar de alegrarme, me dejaron en la piel la pegajosa sensación de la traición. Mi pecho era como el camarote de los hermanos Marx: un espacio cada vez más reducido, opresivo y surrealista. Lo que comenzó como una casualidad era, por momentos, una auténtica locura. Cada segundo sucedía algo nuevo. Cierto que yo había sido la primera en entrar al trapo, un poco por ilusión y un poco por vanidad. Pero ahora, por dentro, me sentía infecta. El camarote cada vez tenía más habitantes y había dejado de ser un espacio confortable. Cada nuevo dato era una mano que me estampaba la cara contra una esquina. Me dolía la cabeza y me faltaba el aire, pero, en lugar de dosificarlo, respiré fuerte. Cada vez más. Estaba agitada. El corazón se me aceleró. Supongo que fue ahí cuando me caí al suelo. Todo se movía. La hiperactividad del camarote estaba disparada. Mi esquina era cada vez más pequeña. La presión mayor. La mano me aplastaba. No era la primera ocasión en que lo hacía.

Las siguientes secuencias que recuerdo fueron una sucesión de gritos, de piernas corriendo, brazos recogiéndome y manos tocándome.

No sé cuánto tiempo necesité para que el mundo dejara de estar borroso. Poco a poco fui enfocando la realidad. Lo primero que vi fueron los dedos del doctor García, quien me tomaba el pulso.

—Fina, ¿puedes entender lo que te digo?

Asentí con la cabeza.

—Has sufrido un ataque de pánico. Sé que es una sensación angustiosa, pero no tienes nada que temer. Respiras de nuevo con normalidad y las pulsaciones ya han bajado. Es mejor que descanses unos minutos. Te quedas en manos de los mejores enfermeros que tenemos en el hospital. —La vista se me fue hacia el abuelo y Olegario—. Si necesitas algo, me irán a buscar de inmediato. Un consejo: trata de reducir el nivel de estrés. Entiendo que es más fácil decirlo que hacerlo, pero baja el ritmo.

No hizo preguntas, no me recetó nada, ni me exigió compromisos. Simplemente me envolvió en una de sus apacibles sonrisas, me guiñó un ojo y se fue. Sin más. Me flanquearon entonces, solícitos, los enfermeros.

—¡Qué susto nos has dado, Fina! —me confesó el abuelo.

—¡Y tanto! Te estábamos viendo en la tele y, de repente, en la puerta apareció una chica que se te parecía. Blanca como la nieve y con los ojos idos. ¡Cosa de meigas! Lo creas o no, empecé a rezar el padrenuestro. ¡Yo, que no entro en una iglesia desde que me casé!

—Tú siempre fuiste de darle a la lengua en el atrio de la iglesia. El día en el que me entierren, mucho ojo con quedarte fuera. Si hace falta, te voy a buscar.

—Conociéndote, eres capaz.

No mentía el doctor. Estaba al cuidado de los mejores profesionales. Aquellos dos me hacían sentir segura. Al igual que García, ellos tampoco preguntaban. Los silencios incómodos no existían porque los rellenaban con sus bromas. Conocían demasiado bien la vida y sabían que cada persona tiene sus propios tiempos.

Me incorporé y les di un beso.

—Estaba grabada.

El abuelo y Olegario pusieron cara de no entender.

—La entrevista. Da la sensación de que conectan en directo, pero realmente es una grabación —expliqué—.

Todas las teles querían una entrevista. Con tanto compromiso no les pudimos garantizar un directo y la hicimos antes de que comenzase el programa. ¡Magia!

—Sí que son listos, sí —aseguró Olegario.

—Mejor di que nos engañan como quieren —replicó el abuelo.

Olegario asintió, mirando de reojo la pantalla.

—Pensaréis que soy una tonta, pero he dejado el periódico.

—Lo que hayas hecho, bien hecho está. —El abuelo encogió el cuello en los hombros, dando a entender que no eran precisas más explicaciones.

—No sé si he hecho bien o no, pero me lo pedía el cuerpo. Fue acabar la entrevista y sentirme un fraude.

En la televisión emitían imágenes del exterior de la casa de Padín.

—Deseaba una gran exclusiva, pero esta no la escribí yo. Todo el mundo me felicita y quiere hablar conmigo. Durante unas horas pensé que era alguien importante y después comprendí lo equivocada que estaba. Mi portada no es mía. Todo mentira. Saqué una foto y poco más. En lugar de lo que redacté, apareció otro texto. Pusieron mi firma, aún no sé muy bien por qué, y me dejé enredar.

—Después te agobiaste, ¿no?

—No fue tanto eso como pensar que me estaba mintiendo a mí misma. No puedo salir en un programa de televisión hablando mal de una persona cuando no creo en lo que digo. Si soy una mentira, ¿qué credibilidad tengo?

—Pero la Policía detuvo a ese chico, ¿no? Tiene que haber pruebas sólidas para meter a alguien en la cárcel.

—No sé qué creer, abuelo. ¿Sabes quién es el nuevo propietario del periódico? Ni más ni menos que Arturo León. Como no quiere que salga su nombre, se ha convertido en empresario de medios. Hablo con él, me amenaza y después se convierte en accionista. Huele mal.

Él también parecía dudar.

—Y eso no es todo. Acabo de comprobar que alguien que se apellida como Arturo León desapareció hace unas semanas en Verín. Esta mañana, en la redacción, le han dado el pésame. Creo que su hermano era uno de los enterrados en Salgueiro.

—No entiendo nada —dijo mi abuelo, mirando sorprendido a su amigo.

—Yo tampoco. Por eso me planté. En el periódico me han ocultado datos que no acierto a comprender.

—Y, ahora, ¿qué piensas hacer? —inquirió Olegario.

—Ir a casa, no ver la tele durante una buena temporada y ayudar en el negocio hasta que mamá se jubile.

—Pero, si hay gato encerrado, tendrás que seguir investigando.

El abuelo le dio la razón.

—¿Yo? La cosa más sencilla del mundo. Además, ¿para quién voy a escribir? Olvidáis que ya no trabajo en el diario.

—Yo en este chisme leo un montón de cosas. —Olegario señaló su móvil—. Si tú quieres, te doy mi número y, cuando escribas algo, me lo mandas. Después se lo paso a los que juegan al dominó conmigo y con tu abuelo en la taberna, y ellos lo comentan en casa. No te faltarán lectores.

—Sí, ¿y qué más? ¿Voy por ahí preguntando por Arturo León? ¿Quién querrá hablar conmigo? Ni siquiera pude saber qué me quería contar Xosé da Pequena. Me corren a golpes de los sitios. Yo paso.

—De eso nada.

El abuelo se apartó de nuestro lado. Se acercó al armario y, con una aparente naturalidad, empezó a desnudarse.

## Capítulo 54
## Elvira

*Mayo de 1963*

Todos evitaban hablar del tema. El pacto de silencio exigía volver a la normalidad, como si nada, aunque se respiraba otro ambiente. Las patrullas de vigilancia nocturna primero se redujeron, después recortaron sus horas y a esas alturas ya espaciaban su presencia. En unas semanas desaparecerían. Pura fachada para no decir abiertamente lo que todos pensaban: ya no había peligro en Salgueiro.

Los vecinos estaban más tranquilos. Casi dos meses después del asesinato de Cibrán, las mujeres canturreaban alegres mientras lavaban la ropa en el arroyo. Los hombres celebraban los negocios calentando el pecho con aguardiente. Madres y abuelas, más relajadas, dejaban que los niños jugaran en la era. Y estos corrían despreocupados, sin ser casi conscientes de que faltaba alguien. No obstante, había dos casas en las que la felicidad tenía prohibida la entrada.

El olor a cera y a humedad recibía a los pocos que entraban en la vivienda de Elvira. La luz de la primavera aún no había hecho acto de presencia en aquel hogar convertido en cueva. Las contras seguían cerradas y las velas guiaban los pasos por el pasillo. Elvira, incapaz de acercarse hasta la capilla de San Antonio de Padua sin pensar en la cabeza aplastada de su hijo, había llenado la cocina de estampas de santos. Pasaba allí horas y horas.

A su lado, Carmiña. La niña también vestía el luto de la madre y de la casa. Con el rostro serio y adolecido, ya recitaba de corrido el rosario.

«Oh, Jesús, perdona nuestros pecados», escuchaban las paredes de piedra por la mañana.

«Líbranos del fuego del infierno», sentían los ratones escondidos en la cocina después de comer.

«Lleva al Cielo todas las almas, especialmente las más necesitadas de tu misericordia», percibía la ceniza del hogar cada tarde.

Cuando no estaba en la escuela, Carmiña resultaba una prolongación de su progenitora. Esta la llevaba con ella al campo, al monte y a hacer la comida. No la perdía de vista. El único momento en el que tenía un poco de respiro era cuando acudían a la casa de Matilde, la viuda de Duarte. El llanto y el dolor también habían tomado posesión de aquella morada. El tiempo en el que sus madres compartían silencios y rezos en la cocina lo aprovechaban Leandro y Carmiña para jugar. Hacían el mínimo ruido posible.

Al principio aquella actitud desconcertó a muchos vecinos. ¿Qué hacía Elvira en casa del asesino de Cibrán? ¿Se había vuelto loca? Algunos pensaron que muy bien de la cabeza no estaba y hubo quien concluyó que la suya era una actitud beata, dando ejemplo cristiano de perdón y de caridad. Después de todo, ni Matilde ni Leandro eran responsables de lo que había hecho Duarte. Bastante desgracia tenían con ese camándula en la familia, como para ser excluidos de la comunidad en la que vivían. Además, para Matilde lo que le había sucedido a Duarte había sido un accidente. Ningún vecino se atrevió a contarle la verdad. Ni siquiera Elvira, la primera persona que comprendió cuál sería el final de Duarte. Lo supo tan pronto como Antonio la vio con el libro de mamíferos que encontró Carmiña escondido.

—¿Qué hace eso aquí?

—Se lo dejaron a la niña en la escuela.

—Mientes. Aún es muy pequeña para leer. Además, le prohibí al maestro que les prestara a mis hijos esos comecabezas. ¡Déjame ver! —exigió él.

Temerosa, Elvira estiró el brazo y él agarró el trozo de papel con fuerza. Pasó las primeras páginas y los ojos se le encolerizaron delante de la dedicatoria.

—¡Lo mato, lo mato!

Corrió a la cocina, donde buscó el cuchillo de matarife.

—Antonio, ¿qué vas a hacer?

La voz de ella sonaba desgarrada por el miedo. La de él estaba impulsada por la ira.

—Lo voy a abrir en canal.

—¡Para, por favor! —suplicó la mujer.

—Duarte. Él le hizo todas esas cosas horribles a nuestro pequeño. Me las va a pagar —dijo mientras sujetaba con fuerza el mango del cuchillo.

—¿Qué dices?

—¿Es que no lo ves? «C. y D. están unidos». Habla de Cibrán y de Duarte. Es un cerdo. Un degenerado. Le compró el libro para engañarlo. Como me engañó a mí. —Mostró los dientes como un perro con rabia—. Todos me decían que desconfiara de tanta amabilidad. Lo de las sombras en el camino y lo de ofrecer él también una recompensa era una farsa.

—¡Es imposible!

—Yo tampoco lo quería creer hasta hoy —gritó Antonio—. El saco en el que apareció Cibrán era de él. Estaba continuamente jugando con Cibrán, con Carmiña y con todos los niños de la aldea. Pensé que me intentaba ayudar, que lo del saco había sido una casualidad y que le gustaban los niños, pero no de esa forma. Los demás tenían razón.

Acarició el filo del cuchillo.

—Antonio, escúchame, Antonio...

Elvira intentó cortarle el paso y calmarlo.

—¡Quítate de ahí!

Al no apartarse, Antonio le soltó una bofetada con la mano libre y la dejó tirada como un trapo en el suelo. Luego la empujó a un lado con el pie y se encaminó a la salida. Allí, quieta, se encontró con Carmiña.

—¿A dónde vas, papá?
—A matar a un cerdo.
—¿Puedo ir contigo?
—No. Eres muy pequeña.
—Déjame ir. Prometo no asustarme ni taparme los oídos cuando chille.
—Otro día.
—¡No, hoy! —exigió Carmiña.

En ese momento, Elvira, después de arrastrarse por el pasillo, trató de quitarle el cuchillo. Antonio, al sentir la presión, se revolvió y le hizo un corte profundo en la mano a su mujer.

Carmiña contempló el filo. Estaba lleno de sangre. Era sangre de su madre, que yacía en el suelo, con los ojos cerrados y el rostro macilento.

—¡Has matado a mamá, has matado a mamá!

Golpeó con los pequeños puños las piernas de su padre, mientras lloraba de forma desconsolada.

—Estoy bien, estoy bien. Solo fue un accidente —dijo Elvira tratando de ponerse en pie.

—Sí, sí, mamá no tiene nada. ¿Ves?

Antonio, desconcertado, dejó caer el cuchillo y acarició a la niña.

—Solo fue un accidente. Le quería decir a tu padre que los vecinos hoy no van a matar el cerdo porque hace mucho frío. Otro día sí —explicó Elvira—. Pero, sin querer, me hirió en la mano.

La niña, más calmada, le abrió la palma a la madre. Antonio, con cuidado, comprimió la herida con un paño.

A última hora, ya en la cama, antes de quedarse dormido, Antonio pronunció tres únicas palabras: «Otro día sí». Las pronunciaría cada noche hasta el momento en el que enterraron a Adelaida do Souto y a Duarte. Esa misma madrugada, tras meterse debajo de las mantas, llenó de aire el pecho y dijo: «Qué bonito es celebrar San Martín en abril». Elvira comprendió de inmediato.

—¿Te duele al trabajar? —preguntó Matilde.

Enfrente, Elvira contemplaba hipnotizada la cicatriz y recordaba su historia.

—No. Tiene peor pinta de lo que es.

Avergonzada, escondió la mano.

—¡Carmiña, vamos! —llamó.

En cuanto salió de la casa de Matilde y pisó el camino de Salgueiro, dirigió instintivamente los dedos al cuchillo que escondía bajo el vestido y guio a su hija hasta la casa. Dentro, en la cocina, Antonio sujetaba un vaso de alcohol. Observó su rostro embriagado y le vino a la cabeza el pensamiento que no la dejaba descansar: «Duarte no fue. Has matado a la persona equivocada».

Capítulo 55
Manuel

Manuel, el abuelo de Fina, tenía prisa por morirse. Con ochenta y cinco años ya había vivido lo suficiente y mucho más viejo no deseaba estirar la pata. «Es que no me va a ir ningún amigo al entierro», se justificaba.

Con gran pesar observaba cómo a los funerales acudía cada vez menos gente. Muchos conocidos y vecinos se iban quedando por el camino y él ahí seguía, achacoso, pero respirando de pie. Echaba entonces números, calculaba, recalculaba y concluía que no tenía demasiado margen si quería un entierro en condiciones. Porque Manuel no era de esos hombres que lo dejan todo a la improvisación o a la buena fe de los familiares. Él era un hombre, además de ahorrador, al que gustaba planificar las cosas con tiempo.

Lo primero era invertir. Llevaba décadas gastando dinero y tiempo en las exequias de los demás. Como un político en campaña electoral, acudía ligero a saludar, besar y dar el pésame a los allegados de cualquiera de los finados de la localidad. Pero, si algún conocido tenía un familiar o amigo fuera de Muíños, él también se acercaba. «Nunca está de más», concluía. Por otro lado, permanecía siempre que podía en los velatorios. Si el difunto era joven, había muerto en un accidente o de una grave enfermedad, era el primero en sentirlo. «Es una desgracia, una desgracia», repetía por lo bajo, apesadumbrado. Nada había para él más triste que enterrar a alguien de ese modo. En cambio, si el muerto era anciano, le gustaba contar anécdotas, recordar viejos tiempos y brindar con licor café por la memoria de los que se iban. Él quería algo así. Deseaba marcharse en condiciones y que su despedida fuera una fiesta a la que asistieran cuantos más mejor. No imaginaba mejor forma de partir: cientos de personas pensando en ti, hablando y riendo. «¿Qué puede haber más bonito?», consideraba.

Flores. Las flores también le hacían ilusión. Él compraba ramos para todos porque, cuando le tocara, soñaba con tener un montón de ellos. «Hay que sembrar para recoger», precisaba. Una vez, en un entierro en Xinzo de Limia, contó treinta y dos ramos y coronas. Sintió cierta envidia, todo hay que decirlo, porque nunca había visto nada igual. No quería ser menos, pero el tiempo apremiaba para poder servir de abono con éxito en la huerta del cura.

Llevaba la vida entera pagando el seguro de la funeraria, con extras y todo. Que no fueran por ahí después diciendo que Manolo Prieto no sabía hacer las cosas bien. Tenía apalabrados seis autobuses y diseñada la ruta para el día de su entierro. Uno saldría de Bande, otro de Lobeira, otro de Calvos de Randín, otro de Lobios y los otros dos recorrerían Muíños. Si alguien no tenía nada que hacer ese día, por lo menos podía dar una vuelta en ómnibus a su costa.

Él, por supuesto, se había reservado un Mercedes negro. «Después de tantos años conduciendo un tractor, tocará disfrutar de una limusina con chófer», se decía. Además, era un vehículo distinguido y de gente importante. Hasta el papa tenía un Mercedes para ir por las calles. En su caso, como no había sido de darse muchos caprichos, qué menos que marcharse como un presidente de Gobierno antes de ir bajo tierra. Un último viaje disfrutando de todas las comodidades y de la seguridad de un coche alemán.

Para la ocasión, contaba con un traje hecho a medida. Se imaginaba todo elegante, luciendo percha en el ataúd, como el maniquí de un escaparate.

—¿Va de boda? —le había preguntado el sastre.

—Si irme a vivir con Dios es ir de boda, entonces sí —respondió él.

Manuel lo tenía apartado en el armario, envuelto en una funda y, de vez en cuando, lo estiraba encima de la cama. «Qué guapo voy a estar», pensaba. Tan bonito le parecía que nunca se lo había puesto por miedo a estropearlo.

Después estaba el otro traje, el de madera. No quería uno de pino, porque le parecía típico. Así que encargó uno de nogal. Le resultaba menos presuntuoso que los de caoba. Además, él nunca había visto una caoba delante y, puestos a dormir dentro, se fiaba más de un árbol conocido.

Música tampoco iba a faltar. Había contratado una banda de gaitas: un par de piezas a la salida del tanatorio (en un día de fiesta, como él imaginaba, no podía faltar un pasacalles) y otro para cuando lo metieran dentro del «segundo sin ascensor», como llamaba cariñosamente al nicho. Lo último que quería escuchar antes de marcharse en paz era *A Camposa*, porque siempre lo animaba mucho. Dentro de la iglesia, para mantener las formas, un coro y un órgano tocarían lo habitual en esos casos. Algo sentido, pero sin pasarse porque tampoco quería dejar mal cuerpo a la gente.

Por último, tenía pagados unos vinos y unos pinchos en el bar junto a la iglesia.

—De esto ni pío a mi hija —pidió al de la funeraria—. Primero metedme dentro y después se lo dices. Conociendo a Sara, es capaz de enfadarse por no hacerlo en su negocio. Pero ese día prefiero darle poco trabajo. Ya me entiendes...

Solo había una cosa que Manuel quería más que un buen entierro: a su nieta Fina. Por esa razón, en cuanto la vio en el hospital, con el cuerpo convulsionado y gimiendo como un ratón atrapado en una trampa, algo se le partió de nuevo por dentro. No era la chica más guapa, ni la más alta, ni la más cariñosa del mundo, pero era su nieta. Todos los abuelos tienen una relación especial con los nietos, pero en el caso de Fina, poco dada a socializar, eran lo más parecido a dos amigos de toda la vida. Tanto que le dejó encargada una de las partes más importantes de sus exequias: la lápida. No el modelo, para el que reservó un mármol rosáceo con vetas blancas, sino el epitafio.

—Finiña —le pidió—, cuando me muera me gustaría tener en la lápida una cosa sencilla, como somos los de aquí, pero sentida. ¿Te encargas?

—Abuelo, para eso aún falta mucho —le comentó ella, algo molesta.

—No tanto, no tanto —le replicó él—. Es que me haría ilusión que me dedicaras algo.

—Mira que eres pesado con lo del entierro. Está bien —accedió Fina.

Ahora no deseaba morir. Solo ayudarla. La conocía bien. Era terca como él. Tenía sus propias ideas, aunque no fueran las más sensatas. Pero le costaba alzar la voz y defenderlas. Prefería estar callada y seguir en la sombra. No molestar. Sin embargo, esta vez había sucedido algo que la había llevado a tomar una determinación poco acostumbrada, porque Fina soñaba con una oportunidad así.

Por esa razón, Manuel habló con el médico y pidió el alta voluntaria, para echarle una mano. Su única nieta, la mejor del mundo, bien merecía todo el apoyo y cariño de su abuelo.

## Capítulo 56
## Fina

El abuelo dejó el hospital en contra de la recomendación del doctor y obviando mis protestas. Esperó con una sonrisa a que el facultativo le entregara los papeles, dio las gracias a todas las enfermeras y se despidió de Olegario con un fuerte abrazo. Yo, con cierto sentimiento de culpa, prometí que volveríamos para visitarlo.

El calor enfermizo y viciado del centro hospitalario nos abandonó en cuanto salimos a la calle. Caminamos hacia el coche. En la mano cargaba con su pequeña maleta. Dentro, unas mudas y los útiles de aseo. Lo mismo que si volviera de pasar un fin de semana fuera de casa.

Entramos en el Polo y el abuelo levantó el culo nada más sentarse. Allí aún estaba el disco de Padín. Lo miró extrañado. Después me observó, como preguntándose qué hacía aquel disco allí.

—No es mío. Me lo dejaron.

—¿Quién? ¿El melenudo?

Era directo y también de la vieja escuela. Preferí no responder, pero volvió a la carga.

—Puedo entender que matara a alguien si se lo merecía. Pero que sea alérgico a las tijeras...

—¡Abuelo!

Él, incorregible, me preguntó si se lo dejaba largo para no gastar en peluqueros. Opté por no hacerle caso y centrarme en la carretera. Conduje con precaución. El abuelo, como un centinela, permanecía atento a cualquier persona que paseara por la calle. Cuando descubría un conocido, me pedía que tocara el claxon. La mayoría fijaba entonces la vista en el coche y él saludaba entusiasmado. Incluso les hablaba, como si pudieran escuchar lo que decía.

—¡Adiós, Mariano!

Aparcamos en Prado de Limia, a unos cien metros de la casa de Xosé da Pequena. El abuelo salió del coche y comenzó su particular marcha. Uno, dos, tres. Uno, dos, tres. Pie derecho, pie izquierdo, bastón. Detrás, siguiendo sus pasos, desfilaba yo. Se afincó en el pasamanos y subió las escaleras que daban a la primera planta, donde vivía su amigo. Nuestro pequeño ejército se rompió en ese punto. Esperé en la calle para no tener que enfrentarme a Urbana. Un minuto después, el abuelo me pidió que subiera. No había peligro.

En el pasillo estaban los dos, Xosé y el abuelo, abrazados y hablando como una pareja. Como dos amigos de juventud que hace tiempo que no se ven o como dos viejos que saben que no van a tener muchas más ocasiones de hacerlo.

—Entrad, entrad, que Urbana está en misa. Le calculo media hora —dijo consultando el reloj.

—Descuida, que no te vamos a molestar mucho.

—¿Molestar? Para nada. No sabes lo que agradezco las visitas. Los hijos y los nietos solo vienen cuando necesitan dinero —se quejó—. Y, si tú vienes a pedirme que vaya a tu entierro, te digo lo mismo que les digo a ellos: «Ahí tienes la puerta». Antes me toca a mí.

—¡Ya te gustaría! —replicó el abuelo—. De todos modos, vengo por otra cosa. Conoces a mi nieta, ¿verdad?

—Y tanto que sí. Es muy agradable y educada. Debió de salir al otro abuelo.

Lejos de tomárselo a mal, rio de nuevo, a carcajadas. Disfrutaba metiéndose con la gente y que se metieran con él. Olegario había quedado en el hospital y agradecía tener un contrincante a su altura. Mi madre y yo nunca estábamos ágiles a la hora de responderle.

—Se ve que tienes ganas de darle a la lengua. Yo de buena gana lo hacía si no fuera porque tenemos prisa. Más que nada para evitar que Urbana nos muerda. A ti ya te ha sacado toda la sustancia y ahora le echa el diente al primero que puede.

Esta vez fue Xosé el que recogió con humor la broma.

—La niña —explicó el abuelo, señalándome— quiere saber más cosas sobre Salgueiro.

—A la gente no le gusta hablar. Aquí somos pocos y hay cosas que preferimos no contar. Mejor dejarlas ir. —Xosé hizo una pausa—. Yo era muy joven cuando me casé con Urbana. Sus padres tenían dinero y una casa libre. Trabajo había a rabiar, por lo que lo más sensato era vivir allá arriba. Los vecinos eran muy buena gente. Un poco raros, pero buena gente.

—¿A qué te refieres con raros? —pregunté.

—Cuando había un problema, una disputa o queríamos hacer algo, los hombres nos reuníamos en la capilla de Salgueiro. —Levantó los ojos, buscando algo en el pasado—. Como yo era nuevo en el lugar, antes de dejarme participar, me taparon la cabeza con un saco y me llevaron al medio del monte. Mi suegro y otro hombre me acompañaban. Debían dar fe de mi conducta. Había uno que hablaba y me preguntaba. Yo tenía que responder que quería ser uno más, aceptar sus normas y jurar que lo que allí se decidiera sería un secreto.

—¿Como una secta?

No podía evitar interrumpirlo a pesar del interés en el relato.

—Nada que ver. No era un tema religioso. Aquello era como una especie de familia. Hasta nos llamábamos «primos» entre nosotros. Había unos valores. Buscaban que a todos les fuera bien. Se trataba de pensar en la comunidad, no solo en ti.

—Tú llámalo como quieras, pero a mí eso me suena a cosa de chalados —dijo mi abuelo, dándole vueltas al índice a la altura de la sien.

—Por eso digo que tenían sus rarezas. La intención, sin embargo, era buena. Hasta que todo se torció.

—¿Qué pasó?

Agachó la cabeza y contempló las palmas de sus manos. Traté de leer en ellas, pero solo mostraban años de trabajo duro y miserable.

—Apareció muerto un chico llamado Cibrán —confesó sin levantar la cabeza—. La Guardia Civil, que tenía un puesto permanente en Prado, no encontró culpables, pero los hombres de la aldea señalaron a uno de los vecinos. Se encargaron de que no lo hiciera de nuevo.

Frotaba las manos, con rabia, como si las cubriera una capa de porquería.

—¿Quieres decir que se tomaron la justicia por su mano y lo mataron? —apremié.

Xosé asintió, entristecido. Cuando nos miró, un velo de vergüenza cubría sus ojos.

—No dejamos Salgueiro porque no hubiera luz o porque no llegara una carretera. Teníamos dinero y era cuestión de tiempo contar con esos servicios.

Noté que la voz le temblaba.

—La muerte se adelantó al progreso. Se instaló allí, entre nosotros. Los que pudimos escapamos de su voracidad.

# Capítulo 57
## Carmiña

*Junio de 1963*

En lo alto de la sierra el sol estaba a punto de ganarle la batalla a la nieve. Esta, casi extinguida, agonizaba jurando venganza después del verano. Marcharía, como cada año, tras escuchar los acordes de las gaitas que le rendían homenaje a san Antonio de Padua. Regresaría meses más adelante, aprovechando los días cortos y la humedad que alimentaba la artrosis de los más viejos. Pero para eso aún quedaba mucho y en Salgueiro disfrutaban del día de más trabajo del año: el de la fiesta.

En casa de Carmiña el ambiente era de recogimiento. Nada que ver con el año anterior, en el que se levantaron muy temprano para prepararlo todo. La madre bullía de un lado a otro, empujada por las prisas y por las ganas de que todos los invitados estuvieran bien atendidos. El padre no permitía que ninguna taza de vino se vaciara, ayudando a que las gargantas entonaran viejas canciones. Su hermano y ella corrían con el resto de los niños, de aquí para allá, excitados por las notas de los músicos y por la cadencia alterada de las horas. Hasta el discurrir del arroyo parecía unirse a la celebración: sus aguas bajaban juguetonas y más sonoras que otros días, moviéndose al compás de las jotas y de las muiñeiras.

En esta ocasión la oscuridad ahogaba los latidos sonoros. Las contraventanas de la casa estaban cerradas. Carmiña trataba de imaginar lo que sucedía fuera, pero la madre quería aislarse del espíritu festivo. Volvieron a rezar por el alma de Cibrán. Cabeza gacha y manos en el pecho.

«Por mi culpa, por mi culpa, por mi gran culpa».

Semanas antes, los hombres se reunieron de nuevo en asamblea. Hablaron largo y tendido sobre si, vistas las circunstancias, era adecuado celebrar la fiesta. La mayoría decidió seguir adelante:

—Para un día que tenemos al año...

—Ahora que el santo nos ha ayudado y estamos más tranquilos...

—Sería una lástima no juntarnos con los nuestros...

De modo que, sintiéndolo mucho por Antonio y por su familia (por la de Matilde no dijeron nada), la celebración en honor al santo continuaría como cada 13 de junio.

Las oraciones, incansables como un martillo en la fragua, trataban de combatir la vida exaltada fuera de las cuatro paredes. Pero en la cabeza de Carmiña había más luz que en aquel cuarto con alma de velatorio eterno. No pensaba en el significado de esas frases que, suponía, tendrían el poder de devolverles a Cibrán. Su mente infantil volaba por encima de la cárcel de piedra.

«No nos dejes caer en la tentación, mas líbranos del mal».

Mientras movía los labios, imaginaba los dedos ágiles de los músicos sobre la gaita. Todos los años venía un grupo de gaiteros de Lobeira, el mejor de la comarca. Las chicas estrenaban vestido, encargado a la modista para la ocasión. Los jóvenes lucían traje necesitado de cuerpo y fumaban cigarrillos de picadura para aparentar ser hombres hechos y derechos. El aire olía a pan de trigo, a ribeiro y a verano. Las familias de fuera —llegadas de Pitões das Junias, Requiás, Porqueirós, Guende, Puxedo, Reparade o Xermeade— ocupaban los tres grandes terrenos donde se realizaba la trilla. Allí comían, bebían y dormían hasta media tarde. Pocas fiestas tenían tal fama y gustaban tanto.

Meses antes, la madre de Carmiña le había prometido unos zapatos nuevos para ese día. En su mente, más que bailar, volaba, impulsada por el calzado charolado. La gente la miraba, fascinada y, al acabar la canción, le aplaudían. Hasta los músicos le pedían que los acompañase. Ella danzaba, levantaba las manos y se dejaba llevar con la elegancia de una avecilla brincando sobre las piedras redondeadas de los ríos.

«Perdona nuestras ofensas».

A mediodía se sentaron en silencio en la mesa. La conversación durante la comida había sido desterrada de aquel hogar. Pero ese día, en lugar de un vacío imposible de llenar, les llegaba el sonido de las risas y el ruido. El padre agarró con violencia el cuchillo y lo clavó en las patatas. Masticó como un cerdo hambriento. Carmiña observó sus dientes amarillos, sobre los que el sarro se extendía igual que el liquen sobre el tronco de los sauces. Del otro lado, la madre miraba el plato, inmóvil, con el tenedor en la mano.

—¿No comes?

—No me baja la comida —le respondió Elvira a su marido, antes de empezar a sollozar.

El padre, como si Carmiña no estuviera delante, se levantó cabreado. Cogió el plato y, de repente, lo tiró al suelo.

—¡Ya estamos con la historia de siempre, hostia! Le quitas el hambre a cualquiera. Pues aquí os quedáis tú y la comida. ¡Que aproveche!

Carmiña vio cómo la madre, nerviosa, se le encaraba.

—¿A dónde vas?

—¿Tú qué crees? A que me dé el aire.

—¡Ni se te ocurra! Estamos de luto. El cuerpo de Cibrán está aún caliente. Hay que tener un respeto.

El sonido de la bofetada le quedó a Carmiña grabado. A partir de ese día lo recordaría cada vez que oía una detonación o una rama al partirse. La madre se tambaleó, aunque no tardó en recuperar el equilibrio. Lo agarró del brazo, casi en un gesto de súplica.

—Piensa en lo que van a decir los vecinos —le rogó.

—Que digan lo que quieran.

Lo siguiente que escuchó Carmiña fue el cerrojo de la puerta abrirse y el llanto angustioso de la madre en la habitación. Su hipo ahogado se acompasaba con el estribillo de la muiñeira: «*Ruxa o ferro, ruxa o ferro, ruxa o ferro e corra a noite*».

La niña, olvidada, descubrió que los sollozos llegaban desde una esquina. Carmiña tocó la espalda de la madre, insegura. Quería abrazarla, pedirle que parara de llorar y jugara con ella, que no estuviera triste porque ella la iba a cuidar. Como única respuesta notó una mano que la rechazaba.

—¡Vete a la cocina! —le ordenó el cuerpo ovillado.

Ella, obediente, se apartó en silencio.

En la cocina, la muñeca quiso bailar, pero ella no se lo permitió. No debían molestar a la madre. Carmiña incluso le tapó los oídos, para que no escuchara lo que sucedía en el exterior. Volvía a ser una caprichosa. Por ahí no iba bien. Resolvió, pues, castigarla sin moverse.

Los rayos que se colaban entre la madera de las contraventanas fueron perdiendo intensidad. Las voces de fuera se apagaron también, a medida que las rodillas de Carmiña se agarrotaban por no cambiar de postura. Notó unos pasos y vio la fantasmagórica figura de su madre.

—Busca a tu padre. No son horas de que esté por ahí.

Reprimió las ganas de salir corriendo. Incluso pensó en llevarse la muñeca, pero recordó que continuaba castigada. Se levantó y salió de casa. La tarde estaba llegando a su fin, pero en las calles aún quedaba gente. Bajo los sauces, algunos hombres recordaban qué maravillosos eran los tiempos de antes. Cerca de la capilla unas mujeres se despedían del santo antes de dejar la aldea: «De hoy en un año». Junto a los castaños, varias parejas conversaban acortando las distancias. Pero en ninguno de esos sitios estaba su padre.

Decidió ir hasta el horno. Algún vecino de fuera dormiría esa noche allí, aprovechando el calor que guardaban las piedras tras varias jornadas cociendo pan para la fiesta. A unos metros, varias familias portuguesas enfilaban el camino de regreso antes de que la noche lo escondiera todo. De repente, detuvieron su marcha. Segundos más tarde, algunos hombres corrieron de frente y otros volvieron sobre sus pasos. Carmiña fue de las primeras en escuchar cómo una voz estremecía la aldea.

—¡Un chico! Ha aparecido el cuerpo de un chico en lo alto de As Gralleiras. ¡Dicen que está muerto!

## Capítulo 58
## SuR3

Dos de la madrugada. SuR3 combatía su habitual insomnio con el peor remedio posible: pegada a tres pantallas. Mala idea. Sabía perfectamente que la luz de la tablet y del ordenador afectaba a la glándula pineal. ¿Resultado? La melatonina producida en su cerebro disminuía y el ciclo del sueño se alteraba de tal modo que sus ojeras formaban parte de la geografía de su rostro.

Había probado todos los remedios posibles para dormir y ninguno le había funcionado. Tomar una infusión antes de meterse en cama solo servía para levantarse al poco rato con ganas de mear. Claro que beber una media de ocho cafés al día no ayudaba. Con el colchón tampoco tuvo suerte: uno le resultó demasiado blando, otro excesivamente duro y, en el actual, se asfixiaba de calor. Lo de darse una ducha caliente justo antes de acostarse casi le funcionó; era cierto que el cuerpo estaba más relajado y los ojos se le cerraban solos, pero después comenzaba a sudar por culpa del nuevo colchón, se revolvía y era incapaz de conciliar el sueño. Lo único que le quedaba era practicar deporte durante el día o bien tomar alguna de las pastillas que le recetó el médico para caer redonda. Ambas opciones estaban descartadas.

Incapaz de encadenar más de dos horas seguidas de sueño, SuR3 se conectaba a internet para matar el tiempo. En otros debates absurdos, como que era recomendable dormir lejos de las redes wifi, ya no entraba. En las horas nocturnas de desvelo había aprendido a distinguir de qué cosas fiarse o no. Había creencias que se difundían como el fuego en una plantación de trigo en pleno agosto, carentes de fuente e impulsadas por teorías de la conspiración. Y había otras más serias, reposadas y con una base científica. Estas últimas también eran aburridas y, por lo tanto, menos virales.

Internet era, además, el combustible de SuR3. El lugar en el que encontrar lo mejor y lo peor del ser humano, de darle paz durante la noche y de encender su ira por momentos. El refugio donde reír, sentir, gritar, aprender, desahogarse o llorar. Tantos estados como las personalidades y *nicks* que adoptaba en la red y con los que se manejaba durante las horas de vigilia, saltando entre tutoriales online, vídeos, portales de noticias y sitios web de lo más variado.

El ritual siempre comenzaba del mismo modo: revisando las notificaciones. Leía las reacciones que habían provocado sus últimos comentarios, consultaba las noticias a las que estaba suscrita y le echaba un ojo a los foros en los que participaba. Uno de ellos llamó su atención. Había meses en los que nadie escribía y el acceso estaba restringido. El comentario, apenas dos frases, estaba firmado por Fina Novoa: «Te necesito. Estoy metida en un buen lío».

SuR3 sonrió. Conocía demasiado bien a Fina para imaginarla en medio de un follón. De todos modos, miró el reloj (aún era temprano), abrió el panel de control del ordenador y se conectó, a través de una VPN encriptada, al *datacenter* afgano con el que tenía contratado un servicio de «anonimización». Una vez conectada, todo era más seguro, la red interpretaba que su computadora estaba físicamente en otro país. Gracias a ese sistema, tenía una dirección IP afgana, un nuevo identificador que ocultaba sus movimientos reales mientras navegaba. Por no mencionar que le ponía las cosas complicadas a la Policía en caso de que hubiera algún problema: los afganos bastante tenían con ir tirando, como para perder el tiempo con requerimientos judiciales de otros países.

Comprobó que el funcionamiento era correcto y accedió a uno de sus perfiles en Facebook. A pesar de la hora, Fina estaba en línea. Le abrió un chat.

—¿Y tú por aquí? ¿No te equivocarías de red social? La gente de tu edad a estas horas está en Tinder —le dijo sin más.

—¡Muy graciosa! Podrías unirte a mi abuelo y montar un club de la comedia. A todo esto: ¡hola!

—¿Cómo está Manolo?

—Mayor y achacoso. Llevaba una temporada en el hospital y ha pedido el alta voluntaria. A cabezota no hay quien le gane. Quiere echarme una mano con un problema que tengo.

—¿Tan grave es lo que te pasa?

—Supongo que si me escribes es porque has visto el mensaje en el foro.

SuR3, que no destacaba por su paciencia, se comía con los ojos la pantalla. La frase «Fina está escribiendo» durante más de diez segundos le encendía los ánimos. Se relajó cuando el chat escupió una nueva interacción.

—Han metido en la cárcel a una persona por mi culpa. Creo que es inocente a pesar de que todo apunta en su contra.

—¿De qué la acusan?

—De asesinato.

—Sí que has cambiado, sí. ¡Ahora eres una *femme fatale*!

—La verdad es que soy la misma ingenua de siempre.

Recordaba perfectamente la vulnerabilidad de Fina y los problemas de autoestima que se confesaron ambas durante meses.

—Vivo en mi mundo, me monto mis películas, me imagino siendo la princesa del cuento y, después, pasa lo que pasa. Se agotan las pilas, la música se ahoga y ahí estoy yo, con el pelo grasiento y vistiendo la misma horrible bata que me regalaron hace cinco navidades.

—Soñar es lo que nos hace pelear. Nos falta emoción, algo que nos impida seguir hurgando en la herida de nuestras miserias. Piensa que hace nada nos quejábamos de lo aburridas que eran nuestras vidas. Por lo que me cuentas, ahora estás metida en toda una aventura.

—Lo sé. Pero no es divertido ver sufrir a alguien.

—Como dicen los viejos, todo tiene remedio menos la muerte. Además, por suerte para ti, ha llegado la caballería al rescate. Dime, ¿cómo te puedo ayudar?

—El periódico en el que trabajaba ha publicado una historia que estoy investigando. Creo que han manipulado la información, apuntando hacia un sospechoso equivocado y ahora está preso de manera injusta. Hay cosas que no me encajan. Me he bajado de esa noria, pero continúa en marcha.

—Entiendo. Deseas que pare.

—Así es.

—¿De qué forma?

—Contraatacando con la ayuda de la caballería.

—¡A sus órdenes, generala Novoa!

Cuatro horas después, SuR3 se metía en la cama. Hacía mucho que no se divertía tanto. El sueño la cogió por sorpresa y no tardó en quedarse dormida. Quizá el remedio contra el insomnio estaba en conseguir que otros perdieran el sueño.

# Capítulo 59
## Moncho

Casi no sentía los pies. La suela de los zapatos, agujereada, absorbía a través del asfalto el frío de la mañana. Los calcetines, empapados, rechinaban a cada paso. Tanto que un par de ancianos, que contemplaban la carretera desde un banco, primero buscaron en el suelo el origen de aquel sonido ahogado y áspero para, unos segundos más tarde, levantar la vista y saludar con un «buenos días» al hombre de caminar acelerado y mirada enfadada.

Moncho, con los puños apretados y la cabeza inclinada hacia delante, no respondió a nadie. Caminaba rápido a pesar del calzado, con la única idea de llegar al hostal de Fina y cantarle las cuarenta. «Vaya con la mala pécora, con la niña con cara de mosquita muerta. La gente estudiada es así: primero lanzan su verborrea, después te frotan la espalda y, por último, te clavan bien hondo la puñalada». Eso le pasaba por ser buena gente, por ir de inocente por la vida. Pues a él «tonto» no se lo llamaba ni su padre, que Dios lo tuviera en su gloria y no lo sacase de allí.

La tarde anterior habían llamado a Moncho a declarar. Estuvo varias horas en comisaría, junto con Magariños y Almeida. Caras serias, ambiente cargado y preguntas, muchas preguntas. Lo acribillaron con el cuestionario. Que si dónde había estado tal o cual día. Que cómo de amigo era de Padín. Que si le había notado una actitud sospechosa. Que cuánto de peligroso o violento podía llegar a ser. Que cómo era posible que llevara allí los cuerpos sin que nadie se diera cuenta. Que si pensaba que tenía un cómplice. Al final tanto le tocaron las narices que les gritó cuatro verdades:

—Así va el país. Los políticos robando, a la vista de todo el mundo, y vosotros rascándoos la barriga.

—Señor Pena —lo cortó Magariños—, desde mi departamento tratamos de resolver homicidios, no otros asuntos.

—Sois todos de la misma cuerda. Os encubrís los unos a los otros. Los delincuentes hacen lo que les da la gana y, mientras, metéis en la trena a inocentes.

Almeida trató de echar una mano a su jefe, reconduciendo la conversación.

—El caso está bajo investigación judicial. Entendemos perfectamente su preocupación, pero tratamos de ser lo más rigurosos posible. De ahí también su colaboración. El proceso es totalmente *garantista*.

A Moncho aquello no le decía nada. De nuevo palabras para quedar bien. Otro más que se estaba riendo de él.

—¡Estamos peor que en la dictadura, hostia! —gritó—. ¿Qué va a ser lo próximo? ¿Detenerme a mí por cómplice?

Magariños y Almeida decidieron callar ante aquella salida de tono.

—¿Y ahora qué? Es que soy un asesino novato. ¿Me van a leer mis derechos?

El inspector respiró hondo un par de segundos, se dirigió a la puerta y le señaló la salida a Moncho.

—Le agradecemos su tiempo, señor Pena. Por hoy ha sido suficiente. De todos modos, esté localizable, por si necesitamos contactar con usted.

Se levantó con calma. Magariños seguía de pie, junto a la puerta. Se puso el abrigo, la bufanda y los guantes. Metió las manos en el bolsillo, como si saliera de su casa y comprobase que no olvidaba nada. Antes de abandonar el despacho del inspector estuvo a punto de pedirle que le diera saludos a Padín de su parte, pero, raro en él, se mordió la lengua. Eso sí, esa mañana, como protesta, no encendió el móvil. «Localizable, me dice. Ni que fuera uno de esos que se fugan a Brasil».

Delante del hostal había un par de furgonetas de reparto. Los cristales empañados del local no permitían distinguir nada de lo que pasaba dentro, si había mucha o poca gente. De repente cayó en la cuenta de que montarle a Fina un espectáculo allí no sería lo más inteligente, pero ya era demasiado tarde para dar media vuelta. Entró. En la barra un paisano miraba el diario y otros dos conversaban alrededor de un café. Él se arrimó a una esquina. Por lo demás, solo una de las mesas estaba ocupada. Una pareja joven le preguntaba a la camarera, una señora de unos cincuenta años, qué había para desayunar. Una vez que lo decidieron, esta repitió el pedido:

—Un colacao, un descafeinado de máquina, una tostada con mermelada y un cruasán.

Mientras se hacía el café, se acercó a Moncho y le preguntó qué deseaba. Quería tabaco. La señora pulsó un pequeño mando, él metió varias monedas en la máquina y esperó a que escupiera el paquete de rubios. Lo cogió, le quitó el precinto de plástico y lo tiró al suelo, mientras observaba cómo la mujer servía el pedido con una sonrisa. De vuelta a la barra, notó su mirada fija en ella.

—¿Alguna otra cosa?

—Verá. Quería hablar con Fina. ¿Puede avisarla?

—¿Y de qué quiere hablar con ella?

—Es un tema privado —soltó Moncho.

—Soy la madre de Fina. Así que o me dice de qué se trata o aplico el derecho de admisión.

«Esta tiene carácter. Es de las mías», pensó.

—Se trata de la noticia que ha publicado su hija.

—Sí, todo el mundo quiere hablar con ella por ese tema. Fíjese que hasta han aumentado los clientes. Esta mañana han venido unos cuantos a felicitarla y otros a saber más detalles. ¿Usted de cuáles es?

—De los que se quieren quejar y saber por qué nos ha traicionado a mi compañero y a mí.

Detrás de la barra, la mujer le devolvió primero una mirada de confusión y, a continuación, otra hostil.

—Mi hija puede ser muchas cosas, pero, como me llamo Sara, de traidora tiene lo que yo de hija de Amancio Ortega.

—Para dejar claro que no hablaba por hablar, se besó el pulgar y el índice—. ¡Por estas!

—En ese caso no le importará que me aclare por qué razón está en la cárcel Padín, mi compañero de trabajo —ironizó Moncho—. Quedó con Fina para darle información y al día siguiente lo detuvo la Policía.

—Fina es una buena chica. No le hace mal a nadie y siempre quiere ayudar. Sin ir más lejos, hoy...

—¿Puedo hablar con Fina o es usted su representante?

Tras interrumpir a Sara, fue consciente de que su tono era imperioso y maleducado. Notó cómo los tres hombres de la barra y la pareja de la mesa lo miraban, con gesto de desaprobación. Enfrente, Sara se cruzaba de brazos y apretaba los labios. «Por ahí no vas bien», reflexionó Moncho. Él, que se movía siempre por impulsos, en aquel ambiente gélido, con aquella mujer que no se lo iba poner fácil, hizo lo que pocas veces: buscar la empatía.

—Disculpe, es que... Sé que no son formas, pero estoy muy cabreado. Perdón, quiero decir que estoy molesto y triste. —Intentó medir sus palabras—. No se asuste, por favor. Le prometo que solo quiero entender por qué está detenido mi compañero. Eso y me marcho.

Los clientes buscaron la figura de Sara, a quien las últimas palabras de Padín no le habían alterado el gesto ni lo más mínimo.

—La niña estuvo trabajando hasta tarde —dijo después de pensarlo un rato—. Si está despierta, le digo que ha venido a visitarla...

—Moncho. El que trabajaba en la aldea de Salgueiro.

—En caso de que al final hable con usted, será aquí, a la vista de todos —le advirtió, señalando las mesas del local.

En una cosa tenía razón Sara: la conversación empezaría allí, delante de ella. Lo que no podía prever es dónde iba a continuar. De haberlo sabido, seguramente no estaría llamando a la habitación de su hija.

## Capítulo 60
## Magariños

El cabreo del inspector Magariños era proporcional al número de llamadas que estaba recibiendo. En la última media hora le habían pedido explicaciones el comisario, el delegado del Gobierno y hasta su madre. Desde el gabinete de comunicación de la Policía Nacional lo convocaron para abordar la crisis. No tenían claro si emitir un comunicado o si mirar hacia un lado, esperando a que las redes sociales se calmasen.

Edelmiro García, el jefe de prensa, hizo un breve repaso de la situación. La noticia circulaba de wasap en wasap, cientos de personas la habían compartido en Facebook y en X era tendencia #LibertadPadín, con miles de comentarios criticando la actuación policial y la manipulación de la prensa. Decenas de periodistas y medios esperaban una respuesta por parte de las fuerzas de seguridad.

—En el ojo de todo está un blog. Solo tiene una publicación, escrita hoy —señaló el responsable de comunicación.

A continuación, conectaron la pantalla de la sala de reuniones a internet y teclearon «crimenesdesalgueiro.wordpress.com». Magariños leyó por lo bajo, una vez más, el único post:

**Víctimas inocentes**

Imagina que en tu calle o barrio aumenta la delincuencia. Hay un punto de venta de droga que atrae a personas conflictivas y, como consecuencia, la inseguridad y los robos son el pan de cada día.

Imagina ahora que te vistes según los estándares que fijaría tu bisabuela: te peinas con raya al lado, usas chaqueta y pantalón de pana, y siempre siempre calzas zapatos lustrosos. Algún vecino piensa que escondes algo porque no eres como los demás y le habla de ti a la Policía. Acceden a tu vivienda, hacen un registro y te detienen. ¿Razones? Que conoces a un drogadicto y en tu casa logran una prueba que te señala como sospechoso de traficar con estupefacientes. ¿Se trata de cocaína, heroína, hachís o de otras sustancias estupefacientes? No. Encuentran unas cintas de música con rancheras. En concreto estabas en posesión de varios narcocorridos mexicanos.

¿Verdad que sería ridículo?

No tanto si pensamos que ahora mismo Alberte Padín está detenido por unos hechos muy parecidos a los que acabo de describir.

En la era de la posverdad, cuando no hay una historia, se inventa. En la era del miedo y de la urgencia, cuando no hay culpables, se fabrican. Picamos un poco de una noticia, otro poco de otra, nos quedamos con los titulares o con lo que más nos llama la atención, y dictamos sentencia. En el fondo, otros piensan y deciden por nosotros. Nuestro único cometido es devorar la información y no despegar los ojos de la pantalla: pasen y vean las fascinantes historias que les tenemos que narrar; si pestañean, se las pierden.

Pues bien, permanezcan atentos porque les voy a contar una maravillosa fábula:

Érase una vez una bucólica aldea enclavada en uno de los lugares más hermosos de Galicia. Sus habitantes viven tranquilos y se llevan bien. Fabrican carbón, lo venden y ganan su buen dinero. Como gastan muy poco, deciden diversificar y comienzan a hacer préstamos a cambio de un pequeño interés.

Todo marcha sin problemas hasta que, de repente, un niño aparece muerto. El pánico se apodera del lugar, piensan que cualquiera puede ser la siguiente víctima, deciden no salir de casa y tomar medidas. Un buen día, encuentran al culpable. Lo matan y todo parece volver a la normalidad. Hasta que las muertes se repiten. Poco a poco los vecinos abandonan la aldea para escapar de la amenaza. Nadie vuelve a confiar en los demás.

Varias décadas después, el rey de la selva constructiva compra la aldea. Gracias a sus contactos en la Xunta de Galicia, consigue que la Administración se la recompre y, en una hábil maniobra, le adjudique las obras de reconstrucción. Cuando sus obreros encuentran restos humanos, los amenaza, los despide sin indemnización y los acusa de haberle robado. Todo como venganza por la paralización de las obras mientras dura la investigación.

El constructor, también con el objetivo de diversificar, se convierte en el principal accionista de un periódico. Este medio, casualmente, publica en primicia las imágenes del sospechoso de los crímenes. Se trata, feliz nueva casualidad, de uno de los trabajadores que acababa de despedir por haber descubierto una fosa común con varios cuerpos. Entre esos cadáveres se encuentra el de su hermano. Pero, en su diario, no se cuenta nada de esto.

El culpable (que aún no había nacido cuando asesinaron a los niños en Salgueiro) es detenido. El constructor puede seguir con la obra. Y la gente, por fin segura, continúa tranquila con su vida. Y, colorín colorado, todos a ser felices y a comer perdices.

En la era de las medias verdades, de la manipulación y de la mentira, podemos seguir fingiendo o bien podemos rebelarnos. Yo opto, simplemente, por no creer en cuentos.

#LibertadPadín

Los cinco miembros del comité de crisis permanecieron en silencio, alguno de ellos cogiendo notas, intentando que otro tomara la iniciativa.

—Las acusaciones que realiza son muy graves —comenzó el comisario, Santiago Peñalba, un veterano que deseaba acabar tranquilo sus últimos días de servicio.

—Cada día hay cientos de comentarios poniendo en duda la labor que realizamos en la Policía. Pero ninguno, hasta ahora, había generado tanto ruido —informó Edelmiro, el jefe de prensa.

—¿Cómo es posible? —cuestionó Magariños—. Acabas de indicar que este blog solo tiene una entrada.

—Eso es lo más sorprendente. Generalmente los temas que se viralizan son los mismos que tratan los medios de comunicación de forma masiva o bien los que detrás tienen a un *influencer* con muchos seguidores. En este caso no se cumple ninguna de esas premisas.

—Entiendo. Vamos a solicitar una orden para investigar la IP que está detrás de ese blog, a ver si damos con algo. —El comisario dirigió a Magariños el cometido con la mirada.

—No sé por qué, pero me da que quien lo ha publicado tiene conocimientos informáticos. No lo puedo jurar, pero creo que varios de los perfiles que han publicado comentarios son bots. Es decir, perfiles falsos desde los que se programan y difunden mensajes.

—¡Sabemos lo que es un bot, no nos tomes por tontos! —protestó Magariños—. ¿Tenemos algún modo de neutralizar lo que está sucediendo?

—Continuar callados solo va a alimentar la teoría de la conspiración. Debemos sacar un comunicado para dejar claro que se está actuando con toda la rigurosidad, siguiendo un estricto protocolo y que desde la Policía solo buscamos proteger a la ciudadanía.

—Vosotros siempre lo solucionáis todo con comunicados, ¿no es cierto? Lo que no puede ser es que venga cualquiera a tocarnos las pelotas y no se pueda hacer nada.

—Echo de menos aquellos tiempos en los que podíamos trabajar con tranquilidad, sin la presión de la opinión pública —recordó Peñalba.

—Internet lo ha cambiado todo. Estamos perdiendo el pulso informativo. Si no decimos nada, los medios solo reproducirán lo que cuenta el blog, por mucho que sea anónimo y contenga información sin contrastar.

—¿Magariños?

—Sí, comisario.

—¿Qué sabemos de esos asesinatos de hace décadas en Salgueiro? ¿Son reales?

Era la pregunta que más le preocupaba al inspector. Estaba furioso, muy furioso, porque no tenía ningún dato al respecto. Era un hombre que quería tener todo atado y bien atado y, en ese momento, nadaba en el desconcierto. ¿Y si había perdido el olfato? ¿Y si no había sido todo lo riguroso que debería?

—Señor comisario... —dudó—, tengo a dos hombres investigando ese tema. Si al final se confirma —dudó de nuevo—, van a cuestionar todo nuestro trabajo. En ese caso, lo mejor sería que otro inspector se encargara del caso.

Peñalba pareció reflexionar. Tenían un cabeza de turco con el que saciar el apetito devorador de las redes sociales y de la prensa.

—Es normal que la presión nos haga dudar. Flaquear es una debilidad. Usted, que yo sepa, no es débil. Es el mejor inspector del cuerpo. Un hijo de puta que se deja la piel en cada investigación.

Magariños aguantó los gritos del comisario, sintiendo que recuperaba algo de la seguridad perdida.

—Magariños, no quiero débiles, quiero hijos de puta. Así que ya está tardando en interrogar otra vez a Padín. Si continúa sin confesar, que le tome declaración la jueza y que ella decida.

El comisario hizo un pequeño alto, cruzó las manos y dirigió la vista hacia el responsable de comunicación.

—No vamos a sacar ningún comunicado. Ahora bien, a los sujetamicrófonos y gastabolígrafos que te llamen, les dices que nosotros no tenemos la culpa de lo que publiquen otros tan alegremente. ¿O acaso hemos hecho alguna declaración oficial? Estamos trabajando en varias líneas, todo está bajo secreto de sumario y nadie puede pretender que un caso tan complejo se resuelva en cinco días. Los únicos que establecen la culpabilidad de un sospechoso son los jueces, no nosotros. Así que ojito con lo que andan publicando, porque, la próxima vez que necesiten información, igual tienen el grifo cerrado. —Se levantó, dando por concluida la mesa de crisis—. Venga, ahora a trabajar.

Magariños no era de los que se acobardan ante las adversidades. Decidió, pues, actuar conforme a la filosofía del comisario: sería el mayor hijo de puta de la Policía.

# Capítulo 61
## Antonio

*Junio de 1963*

Los hombres reunidos en torno a la capilla de Salgueiro estaban nerviosos. Habían enterrado a Bernardo dos días antes demostrando, de nuevo, la unión y el cariño de todos con la familia, rota por la tragedia. Los que unos días antes estaban allí de fiesta, riendo y bailando, regresaron vestidos con ropa oscura para recorrer el Camino de los Muertos junto con el niño. Pasaron de la alegría a la desolación. Nadie se explicaba cómo habían cometido aquella barbaridad tan cerca de ellos. Otra vez a un inocente. Otra vez de forma cobarde.

En la iglesia, el cura tuvo que interrumpir el oficio en numerosas ocasiones. A los desgarradores ayes de la madre de Bernardo se sumaban, indignados, gritos de «justicia» secundados por otros de «asesino». Ese clima colérico e impulsivo era lo que más temían los vecinos de Salgueiro que se habían juntado aquella noche.

—¿Esperamos por los que faltan? —preguntó Antonio.

—No van a venir —aseguró un hombre.

Era la primera vez que pasaba algo así. Desde que había memoria, siempre asistía a aquellas asambleas un hombre por familia. Sin embargo, esa noche las ausencias eran notables.

—Es su deber estar aquí. Es la promesa de los hombres de la montaña —protestó Antonio.

—No los culpo. Yo tampoco he venido a gusto —confesó un vecino.

—¿Y eso?

—Nos convenciste para matar —lo señaló un hombre a media voz—. Matamos a uno de los nuestros.

—Todo apuntaba a que Duarte era el culpable —se justificó Antonio—. El saco en el que apareció Cibrán era suyo, tenía una relación enfermiza con los críos, con los que jugaba y a los que regalaba cosas, buscando su afecto, y, cuando fui con él a buscar información a Pitões das Junias, me engañó y me dejó a un lado, como si fuese el más interesado en tapar rápido todo el asunto.

—Pero te equivocaste.

—Nos equivocamos todos.

—El plan era tuyo.

—¿Acaso alguien me dijo que no lo hiciera? Lo hablamos y estabais de acuerdo. No me echéis el muerto de Duarte encima, la decisión fue consensuada.

Callaron avergonzados porque en el fondo sabían que era cierto. Necesitaban un culpable lo antes posible y la mala suerte hizo que Duarte, de la noche a la mañana, pasara de ser un buen vecino y un gran padre de familia a convertirse en el principal sospechoso de la sádica muerte de un niño. Nadie quería a alguien así en su comunidad, con lo que solo había una solución posible.

Se escucharon unos pasos en dirección a la capilla. Los ojos se dirigieron a la sombra, que no tardó en unirse al grupo. Era el padre de Bernardo.

—No tenía previsto venir, pero algo me comía por dentro. Solo quiero decir una cosa: hay que parar esta locura. No podemos tomarnos la justicia por nuestra mano.

—Sé mejor que nadie por lo que estás pasando. —Antonio se acercó y le puso las manos en los hombros, en un gesto de apoyo—. Debemos encontrar a quien ha hecho esto a Bernardo y a Cibrán. La Guardia Civil no hace nada. Si no somos nosotros, ¿quién se va a preocupar?

El padre de Bernardo retrocedió un par de pasos, dejando a Antonio con los brazos en el aire.

—Conmigo no cuentes.

—Confía en mí. Solo te pido eso.

—También confiaba Duarte y míralo —dijo el hombre, antes de dar media vuelta y marcharse a su casa.

# Capítulo 62
## Fina

Mi madre no solía respetar mi intimidad ni mi espacio. Nunca llamaba a mi puerta ni esperaba una respuesta. Entraba directamente, como si nada.

—¿Qué quieres, mamá?

—Baja, tienes visita.

—Si es del diario o algún periodista, no estoy —protesté.

—¡Venga, arriba! —me ordenó.

Como no le hacía caso, actuó según la lógica de toda buena madre: levantó la persiana. Era una señal establecida. Debía abandonar, sí o sí, el recogimiento y el calor de la cama. Mi madre tenía poca paciencia, por lo que no me dio ni el minuto de rigor para estirarme y frotarme los ojos. El edredón y las mantas desaparecieron y noté el frío.

—¡Mamá, no soy una niña! —protesté.

—Cualquiera lo diría —me dijo, irónica—. Espabila, que tienes a un tal Moncho esperando.

—¿Moncho? ¿Un hombre mayor que tú, bajito, ancho y con cara de que le han robado la cartera?

—Ese mismo. Yo bajo, que no puedo dejar el local desatendido.

El cansancio por las horas sin dormir desapareció de repente. Conocía demasiado bien las reacciones airadas de Moncho como para estar tranquila. Seguro que me pediría explicaciones por lo publicado en el diario. Estaría enfadado. No lo culpaba, pero no sabía cómo enfrentarme a él.

Mientras me vestía y me lavaba, imaginé múltiples inicios de la conversación. En todas ellas Moncho alzaba la voz y comenzaba a llamarme de todo; mi madre, ofendida, optaba por contraatacar y aquello se convertía en una guerra de perros enseñando los dientes.

Fue verlo sentado en la mesa, sosteniendo la cuchara del café como quien agarra un destornillador, y frenarme en seco. Quise dar media vuelta, pero mi madre me vio las intenciones.

—Ha prometido portarse bien —me musitó al oído.

La maniobra, además de infundirme valor, me cortó toda posibilidad de retirada. Enfilé hacia él, me senté en su mesa y pronuncié las únicas palabras posibles.

—Lo siento mucho.

Me salió sin más, sin pensarlo. Moncho aflojó la mandíbula y soltó la cucharita. Él tampoco imaginaba ese inicio. Noté que trataba de decir algo, aunque no sabía muy bien cómo hacerlo. O tal vez sí y prefería darme la oportunidad de hablar.

—¿Por qué? —preguntó finalmente con voz pesarosa—. Estoy seguro de que Padín no lo hizo.

Esta vez fui yo la que masticó silencio. «¿Por qué?». Revolví la lengua para tragar excusas y escupir verdades.

—La verdad es que no sé cómo he llegado a este punto. Quería ser, por una vez, la primera. Cuando vives en la sombra, deseas que un foco te ilumine, que te digan, como en las películas, que eres «especial». Sentir que lo que cuentas importa, que te hacen caso y que te admiran.

Tomé un poco de aire tras soltar lo que llevaba dentro.

—Mi intención no era perjudicar a Padín. Desconocía lo que se iba a publicar. Lo leí al día siguiente, al mismo tiempo que todo el mundo. Lo que escribí era distinto.

—Pues bien que saliste en la tele hablando del «Asesino del Xurés».

—Tienes razón —confesé avergonzada—. Me cegué y seguí con el guion, como si no pasara nada. Me tocaba un papel bonito. Había logrado lo que tanto deseaba. Hice lo que esperaban de mí en el periódico y mentí. Y entonces fui consciente de que los focos, más que iluminar, quemaban. No puedes ser la protagonista cuando provocas tantas sombras.

—Fina, no te lo tomes a mal, ¡pero no entiendo un *carallo* de lo que dices!

Me acababa de abrir como pocas veces lo había hecho y su comentario no podía ser más apropiado. Tenía una empanada mental de campeonato. Mi reacción, al igual que la suya, fue de lo más inesperada: me reí a carcajadas. Moncho pasó de no entender nada a acompañarme en una risa sincera y desnortada. Éramos dos personas que lo estaban pasando mal y que encontraban un poco de liberación en el humor.

Mi madre y el resto de los clientes del bar nos miraban desconcertados. Nosotros seguimos a lo nuestro, partiéndonos de risa gracias a ese momento tan surrealista.

—No me extraña que no me entiendas, porque ni yo misma lo hago —le dije en cuanto recuperé el habla—. Pero, para concretar, he dejado el periódico y ahora voy por libre.

—¡Esa sí que es buena! Vas de John Wayne —se jactó.

—No sé quién es ese, pero supongo que sí.

—Eso debería ser pecado mortal. ¿Y tú eres periodista? Mucho futuro no te veo —ironizó—. En todo caso, ¿qué piensas hacer ahora?

—Voy a informar por mi cuenta. Quiero demostrar que Padín es inocente.

—Cuenta conmigo. ¿En qué te puedo ayudar?

—Te lo agradezco, pero prefiero hacerlo sola.

—De eso nada. Estamos en esto los dos. Yo también se lo debo a Padín.

Lo que me faltaba. Otra preocupación más. Pero, por más que me negara, sabía que no aceptaría quedarse a un lado.

—Está bien. ¿Conoces el entorno de Salgueiro?

—Un poco.

—Vamos entonces. ¡Conduzco yo! —le propuse.

Me levanté, le di un beso a mi madre y le dije que salíamos a investigar una cosa. Me pidió que la llamara cada cierto tiempo y después habló con Moncho en un aparte. No pude escuchar qué le decía, pero sí vi el claro gesto de advertencia.

—Si te pasa algo, me castra —me contó ya en el coche—. A todo esto, ¿qué vamos a hacer?

Tres niños de Salgueiro no pudieron nunca enamorarse, emborracharse, salir de fiesta hasta las tantas de la madrugada o complicarse la vida. Simplemente porque se la arrebataron.

«La aldea convulsionó con la muerte de Cibrán —nos contó el día anterior Xosé da Pequena a mi abuelo y a mí—. Fue complicado regresar a la rutina cuando sabes que el mal ha entrado en la puerta de al lado».

El anciano siguió desvelando todo lo que recordaba de aquel suceso, del miedo durante las noches, de la intranquilidad al despertarse y de cómo otra muerte, curiosamente, proporcionó un falso sosiego. Muchos pensaron que con el entierro de Duarte podrían pasar página. No obstante, la realidad impuso su crudeza y otra familia abrazó la fatalidad. Recordé las palabras del amigo de mi abuelo: «Ese día sentimos auténtico terror».

Íbamos precisamente al lugar donde apareció muerto el segundo niño.

Aparcamos cerca de Salgueiro y empezamos a caminar hacia As Gralleiras. El inicio estaba marcado. Lleno de hoyos, eso sí, pero transitable. Después de un kilómetro, Moncho se detuvo y señaló una vasta extensión de brezos.

—Es por ahí.

—Pero si ahí no hay camino.

—Ahora no, pero lo había.

Me contó que aquella era la ruta que usaban antes los contrabandistas. Ahora solo unos pocos, montañeros y cazadores furtivos en su mayoría, conocían la senda. No quise preguntar a qué grupo pertenecía él, aunque lo sospechaba.

El trayecto fue una auténtica tortura. Por un instante hasta me planteé que Moncho era el asesino. No había ningún tipo de camino, solo alguna rama partida aquí y allá. Los matorrales, tal que olas vegetales, me cubrían y me hacían perder de vista el cielo y la orientación. Era como una náufraga en medio de la montaña. Moncho iba delante de mí, seguro y ligero, por más que maldecía una y otra vez el agujero que tenía en uno de sus zapatos. Temí que me dejara abandonada, pero siempre volvía a por mí. En un momento dado se subió a un pequeño alto y me mostró unas piedras que había allí colocadas. Después, señaló otros lugares elevados cercanos sobre los que también descansaban guijarros. Como las migas de Hansel y Gretel, eran los indicadores que los montañeros dejaban para los que seguían aquella senda.

Según avanzábamos, los brezos daban paso a los peñascos. Surgían de la tierra, como protuberancias, como cuerpos deformes. Algunos parecían grandes cabezas que nos observaban y controlaban nuestros pasos hasta la cima del monte, hasta la puerta misma del Xurés: la Pica de As Gralleiras. Desafiando la gravedad, varias rocas formaban un gigante de piedra, una enorme columna tallada por el tiempo y el viento. Eran cinco volúmenes pétreos, colocados unos encima de otros, formando un tronco sin vida que se erguía hacia el cielo.

Me quedé impresionada. A los pies de aquel monumento, en el mismo lugar en el que me encontraba, descansó el cadáver de un niño. Al igual que Cibrán, también apareció envuelto en un saco. Se llamaba Bernardo y tenía la cabeza reventada.

«Tendría unos once o doce años. No recuerdo tanta gente en un entierro. Todos querían darle ánimos a la familia, que estaba destrozada», nos detalló Xosé da Pequena.

A partir de sus palabras, analicé las coincidencias y las diferencias con el asesinato de Cibrán. Aquel también era un escenario apartado, el sitio perfecto para matar sin miedo a ser descubierto. De nuevo otro chico, de una edad parecida a la de Cibrán, con la cabeza abierta y cubierto con un saco. Sin embargo, la muerte de Bernardo se cometió a plena luz del día y no durante la noche. Me preguntaba si el culpable se había aprovechado de las circunstancias o si había perdido el miedo a que lo descubrieran.

Saqué el móvil e hice fotos del lugar y de las impresionantes vistas del macizo. El dispositivo me avisó de que me estaba quedando sin espacio de almacenamiento. Revisé la galería de imágenes para empezar a borrar cosas. Me deshice de las que eran casi iguales o estaban desenfocadas. Me detuve entonces en las de Salgueiro.

—Cada vez entiendo menos. No sé cómo relacionar los crímenes del pasado con el presente. Si incendiaron la capilla, es que hay alguna razón que la conecte con los asesinatos. Pero ¿cuál? Los entierros se hacían en la iglesia de Prado de Limia y la capilla de Salgueiro ahora estaba vacía. Por no tener ni tenía santo. Solo tejas, piedra y las vigas de madera con un dibujo tosco.

—¿De qué dibujo hablas?

Le dejé el teléfono con la foto para que la viese.

—Amplíame la imagen, que yo no sé cómo hacerlo.

—Es este de aquí. —Señalé en la pantalla—. ¿Crees que puede ser importante? Igual deberíamos solicitar la ayuda de un experto en historia del arte.

Moncho se concentró en la fotografía y la observó durante un buen rato.

—También podemos ir a Pitões das Junias. Trabajé en la restauración de su capilla y juraría que en el interior tienen un grabado con la misma forma.

Así fue como Moncho, un albañil sin estudios, dio con la pista más importante hasta ese momento. Aquellos sencillos trazos geométricos escondían la clave de los crímenes de Salgueiro.

# Capítulo 63
## Padín

Magariños se colocó a su derecha y Almeida a su izquierda. Padín reparó en la barba de dos días de ambos y en su cara de haber pasado mala noche. Él tampoco había dormido nada. El catre de la celda era demasiado estrecho. Además, cuando el sueño estaba a punto de visitarlo, el guardia se acercaba a los barrotes y le preguntaba si necesitaba agua o alguna revista para matar el tiempo. Él, agradecido, respondía que no, que solo precisaba descansar. Le dio las gracias quince veces durante toda la noche. Recibió el día con la cabeza embotada y con el cuerpo exhausto.

Llevaba esperando dos horas en la sala de interrogatorios cuando aparecieron los policías.

—Qué disgusto están pasando tus padres —comenzó Almeida.

—¿Mis padres? ¿Les ha sucedido algo? —se inquietó.

—Pues sí: ni ellos creen en ti —le soltó el policía mientras le daba unas palmaditas en el hombro—. Les dijimos que, si querían, podían acercarse a verte y traerte algo de ropa. Y nada.

—Son mayores. Es mejor así —atajó Padín.

—Pobres, no tiene que ser fácil saber que han criado a un asesino. No los culpo.

—¿Cómo puedes decir eso, Almeida? Seguro que saben la clase de hijo que tienen. Yo incluso me pregunto si no lo encubrirían.

—Parecen buenas personas, inspector.

—Ya conoces la expresión: de tal palo, tal astilla. Seguramente sus progenitores no han sido el mejor ejemplo para él.

La presión de Padín era cada vez mayor. Las únicas personas que siempre habían estado a su lado eran sus padres. A pesar de desacuerdos y de discusiones, cuidaron de él en los buenos y en los malos momentos.

—¡Mis padres no han hecho nada! —protestó.

—Está bien. Solo nos tienes que contar qué ha sucedido, exculparlos y listo —le ofreció Magariños.

—¡Ya les he dicho que soy inocente!

—«Soy inocente». Claro, claro, lo que tú digas. ¿Sabes cuántos asesinos han pronunciado esas mismas palabras? Las cárceles estarían ahora limpias.

Padín permaneció callado. Intentó evadirse como el día anterior. No fue capaz.

—Almeida, vamos a interrogar a los padres. Si no quieren venir por las buenas, vendrán por las malas.

—La madre creo que está enferma. No sé si será buena idea.

—Si a su hijo no le importa, a nosotros menos. Solo hacemos nuestro trabajo. Además, me da en la nariz que ellos también conocían Salgueiro. Seguramente crearon allí hace años ese cementerio y se lo dejaron al hijo, una vez que enfermó la madre, para que continuase con la tradición y jugase también a ser un asesino.

Padín vio el rostro de su madre. Su pelo corto, las arrugas y el eterno mandilón cuando cocinaba. Las sesiones de diálisis cada tres días, los ojos cansados y protectores, su caminar débil y su voz sin alegría.

—Inspector, ¿qué pena le puede caer a alguien de su edad?

—No me preocupa tanto la duración de la condena como el trato que reciban de otros presos. Algún periódico ha informado de que hay cuerpos de niños entre los restos. Todo muy macabro. No lo pasarían nada bien entre rejas, la verdad.

Aquellas palabras rompieron un muro invisible que hasta ese instante sujetaba todas sus emociones. Padín se levantó y descargó todo su peso sobre la mesa. El golpe impresionó a los policías, que se apartaron por seguridad. Después hundió la frente contra el tablero y lanzó un grito de impotencia.

—¡Aaaaaaaaaaaaaaaaaaaah!

Golpeó la cabeza varias veces, hasta que empezó a llorar. Con el pelo disparado, se sentó de nuevo, como un niño pequeño, dócil y blando. La sangre le caía por la cara y le mojaba el cabello.

—Por fin nos dejas ver tu verdadera personalidad. Por nosotros puedes seguir. Está claro que necesitas canalizar tu ira, grandullón. —Magariños aplaudió—. Ahora que no puedes matar.

Almeida se acercó con cuidado y le acarició la espalda.

—Todo será más fácil para ti y los tuyos si colaboras. Cuéntanos cómo mataste al hermano de Arturo León.

—Tenemos la declaración de un guardia del Parque Natural asegurando que te vio varias noches en la aldea.

—Por no olvidar, inspector, la denuncia que le pusieron en su día por agresión. Por atacar ni más ni menos que a la nueva pareja de su exnovia.

Padín sintió el calor húmedo de la sangre. Recordó sus nudillos golpeando una nariz. El estallido del hueso. La explosión roja. La sensación de enorme felicidad y la posterior, de arrepentimiento.

Qué diferentes podrían ser las cosas si hubiera actuado de otra forma. Ya lo decía la canción de los While She Sleeps: «Bienvenido a la parte culpable». Allí estaban ella y él. Su ex y su nuevo novio. Las provocaciones, las palabras y el odio. La violencia que sale sin más, que se apodera de él y fluye, libre.

# Capítulo 64
# León

¿Cómo podían desacreditarlo de esa forma? A él, que tan duro había trabajado para el progreso de la provincia. No lo citaban directamente, pero aquella era la peor de las provocaciones. «El rey de la selva constructiva». Lo acusaban de tráfico de influencias y de entrar como accionista en un diario para manipular la opinión pública. Debía contraatacar con fuerza. Arturo León no era un hombre que se achicara. Pero hasta ahora nunca nadie le había descubierto las cartas. Y eso lo ponía furioso.

En cuanto tuvo conocimiento de lo sucedido, llamó a Raúl Portas, el director de *Ourense Actualidad*. Quería una explicación.

—Señor León, no se preocupe. En las redes sociales, con la misma rapidez con la que se expande un tema, también muere.

—A mí eso me da igual. El mal está hecho. Solo quiero saber cómo lo vas a solucionar.

—Seguiremos trabajando para ser el foco informativo de toda esta historia. Tenemos un nombre, lectores fieles y grandes profesionales trabajando. Somos el referente informativo en este momento. Mañana en las redes sociales solo se hablará de lo que nosotros publiquemos. Ese blog será historia.

—Por tu bien, así lo espero. A mí no me sirven las palabras, solo los hechos.

El empresario entendió el silencio del otro lado del hilo telefónico como una señal de que había sido lo suficientemente claro.

—Otra cosa. No quiero que se vuelva a hablar de mí en ese blog. Me da igual si tienes que sobornar a Facebook o limitar el acceso a Google. Lo de hoy no puede repetirse.

—Pero...

—¡Pero nada! —interrumpió—. Ah, y quiero un nombre.

—¿Perdone?

—Quiero saber quién está detrás de esa información, que lo investigues y saques a la luz todas sus miserias.

Colgó sin despedirse. Para obtener resultados era lo más efectivo. El miedo agitaba la creatividad, borraba la ética de las conciencias y convertía, por arte de magia, a los trabajadores en más productivos. Eso que no se enseñaba en las universidades, pero que él había aprendido a base de prueba y de error.

Pensó en su hermano. En la relación que habían tenido. Se trataban como si todo fuese una competición: quién era el que tenía la razón, el que gritaba más, el que hacía más cosas... En el fondo, ambos sabían que Arturo León era el mejor, el hombre de éxito y de las grandes ideas. Nunca le propuso que trabajara junto a él y su hermano tampoco se lo pidió. Aquello sería humillarse. Se veían de cuando en vez, discutían y se despedían a distancia, en silencio.

Recordó su infancia, siempre juntos, fuertes, cuando aún no existían abismos insalvables. Ahora ya no estaba. No tardaría en ser una lápida a la que decir adiós, sin palabras y de lejos. Una lápida donde enterrar el secreto que los unía.

El teléfono lo devolvió al presente. María, su secretaria, le pasó una llamada importante.

—Inspector Magariños, ¿cómo va todo?

—Perdone que sea directo, pero tengo bastante lío. Su secretaria lleva toda la mañana intentando contactar conmigo. ¿Qué desea?

—Estuve hablando con el *conselleiro* de Economía y está preocupado. Hay, cómo decirlo, cierta inquietud porque todo este asunto se dilate en el tiempo y que, como consecuencia, no se puedan cumplir los plazos que tenemos previstos.

—¿Está pidiéndome que haga mal mi trabajo?

—Al contrario. Precisamente lo que no nos gustaría es que las informaciones sin ninguna base le hagan perder su valioso tiempo y el de sus agentes.

—Muy cierto. Gracias por el consejo. Cometí el error de confiar en las conjeturas del *Ourense Actualidad* y eso le ha dado margen al verdadero asesino.

—¿Cómo dice?

—La jueza acaba de decretar la libertad vigilada de Alberte Padín.

—¿Acaba de soltar al principal sospechoso? —protestó sorprendido Arturo León.

—Yo simplemente hago mi trabajo y cumplo con la ley.

—¡Es el asesino de mi hermano!

—La jueza ha establecido que por ahora no hay nada concluyente, solo pruebas circunstanciales. Padín no ha confesado, no tenemos el arma y no podemos retenerlo durante más tiempo.

—De verdad que lamento escuchar eso. Como familiar directo de una de las víctimas, lo que exijo es celeridad. Tener un poco de paz después de tanto sufrimiento.

Notó la respiración de Magariños al otro lado de la línea, profunda y ruidosa.

—Supongo que desea que encontremos a su asesino. Lleve el tiempo que lleve. —Hizo una pequeña pausa—. Sea quien sea.

León se acomodó en la butaca. Acarició el auricular y habló marcando cada palabra.

—Algo así era lo que temía el *conselleiro*. Tengo la impresión de que no está viendo este asunto con la perspectiva adecuada.

—Y yo tengo la impresión de que está metiendo las narices donde no lo llaman.

El empresario no se había hecho a sí mismo claudicando ante otros. Le daba igual quién estuviera delante, no se andaba con miramientos. Ni aunque fueran inspectores de Policía.

—Como contribuyente solo me pregunto si mis impuestos se invierten de manera adecuada. Por suerte, creo en la Policía Nacional. El cuerpo tiene grandes profesionales. —Hizo una pausa—. Pero, si quien lleva el mando de una investigación toma decisiones equivocadas, siempre hay una solución: poner al cargo a otro más capacitado.

Escuchó una pequeña risa al otro lado del teléfono. Estuvo a punto de colgar, pero le molestaba que la conversación acabara de ese modo.

—Señor León, he intentado ser amable en todo momento. En este oficio uno tiene que lidiar con personas que creen saber de todo y buscan, ya sea para bien o para mal, defender sus intereses. Por eso incluso recurren a la coacción. Supongo que les sirve con políticos de medio pelo o con funcionarios corruptos. Pero ahora le voy a dar yo un consejo: váyase a freír espárragos.

—Se lo agradezco. Sin duda será una reflexión culinaria que comparta con el ministro del Interior. Iremos juntos de cacería este fin de semana. Lamento no poder invitarlo, pero sé lo ocupado que está.

Esta vez, sí cortó la llamada, igual que con Raúl Portas unos minutos antes. Lo siguiente sería cortarles la cabeza si dejaban de serle útiles.

## Capítulo 65
## Fina

Mi abuelo, de joven, se levantaba de madrugada para ir hasta Entrimo. No había autobús y solo los ricos tenían un coche. De regreso dormía donde podía: en un establo, en un molino o en la cocina de un conocido. Parece cosa de hace siglos, de la Edad Media, pero mi abuelo aún vive.

Le doy vueltas a eso y a la red de caminos que existía en medio de los montes entre Galicia y Portugal, y más en concreto entre Pitões das Junias y Salgueiro. Decenas de personas recorrían a diario esos senderos, atravesando el Xurés. En ciertos aspectos considero que hemos dado pasos atrás. Ahora, para hacer el mismo trayecto en coche sin salir del asfalto, es necesario recorrer treinta kilómetros: conducir desde Salgueiro hasta Prado, coger por Porqueirós, cruzar el embalse de Salas, atravesar Requiás, entrar de nuevo en Portugal y llegar a mi destino. Cincuenta minutos de reloj. ¡Y pensar que en As Gralleiras estaba justo la frontera!

El verde llano de los campos de Pitões das Junias contrastaba con los abruptos y grises pliegues de la montaña con la que limitaba. Casas de piedra y de granito arremolinadas junto a calles estrechas, muros de musgo, escaleras de piedra con peldaños desgastados por pasos antiguos, portales llenos de óxido y contraventanas de madera. Incluso las miradas recelosas de los vecinos me hacían pensar que aún estábamos en Galicia.

Guiada por Moncho, atravesamos a pie la aldea y nos plantamos delante de la iglesia de San Rosendo. Parecía una construcción más del lugar. Era pequeña, discreta y estaba encajada en medio de una calle. Delante, un tractor aparcado y un par de viejos hablando al fresco. Les preguntamos por las llaves, para visitar el templo, y, muy amables, nos acompañaron hasta una casa próxima. Allí, una señora nos preguntó el motivo de querer entrar.

—Estamos investigando si hay algún tipo de relación entre este templo y el de la aldea de Salgueiro —le expliqué.

—¡Son historiadores! Qué trabajo tan bonito —dijo con una sonrisa—. Perdonen la pregunta, pero es que últimamente hay muchos robos por la zona y hay que ser precavidos. Voy con ustedes y aviso también a Constante, quien sabe mucho de historia.

—No queremos molestar.

—Qué van a molestar. Y menos tú, con la cara de buena niña que tienes.

Finalmente entramos diez personas en la iglesia: Moncho, la señora de las llaves, los dos viejos que nos habían acompañado junto con la señora, Constante, yo y otros cuatro vecinos que se unieron al ver movimiento en el lugar.

Era un templo humilde, pero cuidado hasta el extremo. Se veían el cariño y la devoción con los que lo mantenían los feligreses: flores frescas, bancos nuevos y un hermoso altar. En uno de los laterales, como había asegurado Moncho, el mismo símbolo que en la capilla de Salgueiro. Al poner los ojos en él, Constante nos aclaró el misterio.

—La Carbonaria.

—No me diga que aquí también vendían carbón y este era su emblema —quise saber.

—Es algo mucho más complejo. Acompáñenme, por favor.

Cuando la señora nos avanzó que Constante sabía mucho de historia, no exageraba. Su casa daba la impresión de ser la biblioteca de un anticuario, con libros colándose por todas las esquinas.

—Era una sociedad secreta —comenzó—. No se conoce con certeza su origen, pero sus miembros aseguraban que había nacido de reuniones clandestinas que se organizaban en las profundidades de los bosques durante la Alta Edad Media. En el norte de Italia y en algunas zonas de Alemania decidieron unirse para hacer frente a los bandidos y a la opresión feudal.

—Como un ejército del pueblo.

—En este caso no se enfrentaban abiertamente al poder. Recuerda que se trata de un grupo secreto: no se deja ver, no desea hacer pública su existencia y solo se accede a él por recomendación de otro miembro. Actúa en la sombra.

—A mí me suena a película de la noche del sábado —apuntó Moncho.

Nuestro anfitrión arqueó las cejas, se acercó a uno de los estantes de la librería y seleccionó un pequeño libro: *A Carbonária em Portugal. 1897-1910*, de António Ventura.

—Esto es mejor que una película. En estas páginas se cuenta cómo esta organización tuvo un papel determinante en la proclamación de la República portuguesa en 1910.

Agarré la obra, de pocas páginas pero letra minúscula, y pasé las hojas hasta detenerme en un apartado que hablaba del ritual de iniciación, que daba inicio con esta fórmula:

—¿Quién golpea en la puerta de nuestra humilde morada?

—Es un primo acompañado de un pagano.

—Puede entrar el primo y también el pagano. Nuestra casa es pobre, mas no faltaremos a los deberes de la hospitalidad.

Continué con la lectura. Los dos entraban en un cuarto oscuro. Según el libro, el iniciado se sentaba en una silla con los ojos vendados. Tras ser interrogado por su credo político y por su religión, venía lo más importante. Debía confirmar si iba a dar su sangre por la República, para ayudar a la sociedad o bien para ejecutar a un miembro desleal.

Los nuevos miembros realizaban un juramento de lealtad y de respeto a las órdenes. A continuación, el presidente le preguntaba al secretario:

—¿Qué se hace con los traidores?

—Se matan.

—¿Y si huyen?

—¡Se persiguen hasta que los golpee el brazo vengador!

Por último, el presidente permitía que se le arrancara la venda al iniciado, «que reculaba al ver apuntando a su indefenso pecho puñales de dos filos», a los que se sumaban «las pistolas automáticas y sobre su cabeza las hachas de los leñadores».

Parte de la ceremonia me recordó a la que nos había contado Xosé da Pequena. Los hombres de Salgueiro, alrededor de la capilla de San Antonio de Padua, aceptando como uno más a un nuevo vecino, un «primo». La similitud era evidente, aunque sin la parafernalia de las armas y ese discurso político y violento.

—Entonces ¿la Carbonaria llegó hasta aquí? —le pregunté a Constante.

—Uno de sus grandes impulsores, Luz de Almeida, recorrió Portugal de norte a sur. A raíz de sus visitas, la Carbonaria no solo tuvo presencia en Lisboa y en Oporto, sino que se abrieron grupos o chozas en Évora, Coímbra, Aveiro, Chaves y, por supuesto, en Pitões das Junias.

—Que está a un paso de Salgueiro. —Pensé de nuevo en la red de caminos entre Galicia y Portugal.

—La organización actuaba contra el poder establecido. Sus miembros eran perseguidos y juzgados. En Salgueiro pudieron encontrar un refugio en el que esconderse. Pocos lugares hay tan inaccesibles y tan estratégicos como el Xurés.

—¿Eran peligrosos?

—Eran revolucionarios. Fabricaban bombas, planeaban atentados, disparaban armas y conspiraban contra la monarquía. La Policía hizo incluso una lista con los miembros de la Carbonaria entre 1908 y 1910, porque temían un acto terrorista contra el nuevo rey.

Señaló las últimas páginas del libro, donde se relacionaban las personas implicadas en tumultos, levantamientos, atentados, explosiones e incluso un crimen definido como «ajuste de cuentas de la Carbonaria».

## Capítulo 66
## Mamen

Contempló asombrada el contenido de la caja registradora. La recaudación equivalía a una buena semana de trabajo. Y eso que aún no había finalizado la jornada. Desde que se mudó a Prado de Limia, todos los días eran tan semejantes entre sí como los pinos que van quedando atrás en la carretera: conversaciones con los vecinos, llevar recados, hablar con proveedores y horas y horas delante de un cuaderno de sudokus. Pero aquella tranquilidad había dado paso primero a un alboroto ahogado entre los vecinos y, más tarde, a un enjambre de curiosos y periodistas.

Como si fuera un destino anunciado en Fitur, Prado de Limia se llenó de coches que vaciaban especímenes de lo más variado. Desde parejas que dejaban tras de sí una estela de perfume caro mientras resbalaban en el hielo por culpa de sus zapatos náuticos, hasta excursionistas que lucían la marca Quechua en cada prenda. Había quien daba una vuelta por el lugar y trataba de establecer conversación con los pocos vecinos que encontraban. Y otros preferían meterse directamente en las entrañas del Xurés. Muchos de ellos volvían nada más detenerse el GPS del móvil por falta de cobertura. «Cómo se nota que estáis atrasados aquí», se le quejó a Mamen un hombre que desprendía olor a ropa de plástico recién estrenada.

La psicología humana es fascinante. Un paraje tan maravilloso como aquel, un sitio para desconectar y disfrutar de la naturaleza, convertido en atracción turística por un trágico suceso. Lo que a algunos les produce temor, a otros les despierta morbo y curiosidad. Acudir al epicentro de la noticia, compartir con tus amistades que has estado allí, que en la televisión parece diferente de como es en realidad, que allí nadie habla porque algo esconden.

La puerta de la tienda nunca había tenido tanto movimiento. Cada vez que se abría, Mamen desplegaba su mejor sonrisa. Ya dentro, los turistas se movían en busca de algún producto con el que marcharse felices. A base de prueba y error, de medias verdades, invenciones y cuentos de viejos, Mamen saciaba su hambre curiosa y, de paso, les vendía mercancías típicas de la zona, desde embutidos hasta quesos y miel. «Todos salimos ganando», concluyó.

Empujaron de nuevo la hoja de aluminio y de cristal. Mamen pensó que en la tienda aún tenía sin vender muchas botellas de vino de la casa. Desde aquel momento serían las últimas que se habían producido en Salgueiro. Una historia más que regalarles a los visitantes. Seguro que nadie se paraba a pensar que en plena sierra la existencia de vides era tan real como la de los unicornios. Sin embargo, la que entró fue su vecina Urbana.

—Mira que hay gente. Ni en los días de fiesta hay tanta. ¡Son una peste! —protestó.

—Excepto para los que tenemos un negocio —dijo Mamen acariciando la caja registradora.

—Es verdad. Por cierto, ¿necesitas huevos para vender?

—Tráeme si tienes. Hoy he vendido tres docenas. Ah, ni se te ocurra limpiarlos —le pidió.

—¿Los quieres llenos de mierda?

Urbana, como si acabara de oír una blasfemia, se persignó.

—Me dicen que si están limpios les parecen iguales que los del supermercado. De la otra forma, manchados, notan claramente que son de casa.

—Madre mía. ¡El mundo al revés!

Vaya ocurrencia. Los visitantes pagaban por los huevos y, aún por encima, eran ellos los que los limpiaban. «Y después somos nosotros los atrasados», reflexionó para sí Mamen.

—Te traigo después un par de docenas. Ahora dame una caja de galletas, que llevo prisa.

—¿No tendréis de visita otra vez a la chica con cara simpática?

—¿De quién hablas?

—Fina, creo que me dijo. Sí, era Fina.

—¿Y cuándo la viste?

—Vino por aquí varias veces. Hasta estuvo con un señor mayor, supongo que su abuelo.

—¡Vaya lagarta! Y mira que le dejé bien claro que no la quería ver más por casa.

—Mujer, no será para tanto.

—Esa santita es el demonio en persona. Ahí donde la ves, que parece que no ha hecho ni la primera comunión, es periodista en *Ourense Actualidad*.

—¡No me digas! —se sorprendió Mamen.

—Fue una de las que publicaron lo de Salgueiro. Quiso enredar a Xosé, preguntándole por cosas que habían pasado allí arriba. En cuanto le vi las intenciones, le enseñé la puerta. Mira que venir a escondidas... Si la vuelvo a ver, se va a enterar.

Mamen cogió una caja de galletas y se la dio a Urbana. Estaba impresionada al saber que aquella joven apocada y carnosa había sido la primera en contar la historia de los crímenes de Salgueiro.

—Queda así. Después, cuando me traigas los huevos, hacemos cuentas.

—Me marcho con mal cuerpo. Se me ha ido el hambre de repente. Con lo bien que estábamos antes...

Urbana salió de la tienda resoplando palabras incomprensibles. Fuera, la niebla caía por la falda de la montaña y extendía su blanda irrealidad por las calles, obligando a curiosos y senderistas a recoger. Varios de ellos se marcharon, no sin antes hacerse con alguna de las últimas botellas de vino fermentado en Salgueiro. Lo beberían más tarde con los amigos, presumiendo de lo barato que les había salido.

# Capítulo 67
## Magariños

El control era poder. La confianza era poder. La seguridad de que te respeten, de que nadie va a cuestionar tus decisiones. Saber que tus hombres funcionan como una extensión de tu cuerpo y van a por todas porque no imaginan un líder mejor. Marcar la diferencia. Solo con control y confianza se les podía ganar la partida a los malos.

Magariños tenía la sensación de que esta vez su capacidad analítica se había desmigajado como hojas secas de pino sobre las brasas del hogar. Le gustaba trabajar con presión, sentía que esta lo mantenía despierto y sacaba lo mejor de sí. Sin embargo, los asesinatos de Salgueiro estaban suponiendo para él un gran fracaso. Extraña palabra esa, que creía expatriada de su vocabulario. No mucho antes, le hacía gracia la letra pequeña de los folletos de los bancos: «Rentabilidades pasadas no garantizan rentabilidades futuras». Él consideraba que en el fondo vendían aire, porque un verdadero profesional era capaz de conseguir siempre resultados. Por eso dudaba de sí mismo, porque hasta entonces nunca lo había hecho.

El comisario Santiago Peñalba lo llamó al despacho. A los políticos no les gustaba cómo se había gestionado hasta ese momento el caso. Acusar así a una persona para después ponerla en libertad los dejaba en mal lugar. No quiso excusarse porque sabía que era algo propio de perdedores. Necesitaba ser autocrítico y buscar otra estrategia.

Tras la conversación con Peñalba, cogió de nuevo los informes de las autopsias. Necesitaba comprobar todo por si se le había pasado algo. Llamaron a la puerta. Almeida sostenía varias páginas en la mano.

—Ya sabemos desde dónde se publicó la entrada del blog. La IP de la conexión era del operador R. Les hemos enviado el requerimiento judicial y acaban de decirnos el cliente al que pertenece.

—Sorpréndeme.

—La publicación se ha hecho desde el hostal Novoa.

—¿De qué me suena ese sitio?

—Cenamos allí. Fue la primera noche de investigación en Salgueiro. Bajamos y nos metimos porque era el único local que encontramos abierto.

—Coge tus cosas y vamos. Debemos conseguir una relación de los clientes habituales y de los que han estado de paso estos días.

—Creo que no será necesario. El nombre también te suena porque Fina Novoa es una de los periodistas que han firmado la exclusiva de *Ourense Actualidad*. ¿Y a que no sabes dónde vive?

—¡Mierda!

Magariños se sentía un estúpido. Durante la cena estuvo hablando del escenario del crimen. Recordaba que la chica que los había atendido no era precisamente muy espabilada. Se le veían pocas ganas de trabajar y cierta prisa. Siempre le preocupaban las filtraciones y en esa ocasión había cometido un error de bulto al permitir que se hablara del caso en un sitio público. No había más clientes y se confió. Definitivamente estaba fallándole la intuición.

En cuanto llegaron al hostal, fueron directos a por Sara y Miguel, que atendían tras la barra. Se identificaron y les pidieron hablar en un lugar discreto. Subieron hasta la primera planta. Al notar el rostro cerúleo de la madre y su tensión, le aclararon que no le había pasado nada a Fina. Pero querían hablar con ella.

—No creo que tarde en llegar. Me llamó hace una hora. Estaban en Portugal y venían de camino.

—¿Estaban?

—Sí. Salió con un conocido suyo. Con Moncho.

—¿Moncho Pena?

—No sé cómo se apellida.

En ese momento sintieron unos pasos en las escaleras.

—¡Ma, ya estoy aquí!

Magariños olió el miedo en los ojos de Fina, en los dedos agarrándose al pasamanos, como a una balsa que pierde aire, y en los pies, que se detuvieron en seco.

—Son policías y quieren hablar contigo, Fina.

—Creo que ya nos conoce —precisó el inspector—. ¿Nos permiten hablar con ella a solas?

Lejos de lo que se imaginaba, Fina no protestó. Algo nerviosa y desconcertada, tranquilizó a su madre e incluso los acompañó hasta un pequeño salón. Magariños y Almeida ocuparon las butacas de los extremos.

—Sabemos que eres la autora de la página crimenesdesalgueiro.wordpress.com.

La chica no respondió. Se limitó a encoger la cabeza entre los hombros.

—¿No vas a decir nada?

—No tengo nada que decir. Lo que he contado es cierto.

—Pero lo has hecho de modo anónimo. Eso significa que escondes algo o que también estás manipulando la información.

—Si tuviera intención de hacerlo de forma anónima, no estarían aquí ahora mismo. Habría enmascarado mi IP. Pero no lo hice a propósito.

Los policías la miraron, totalmente desconcertados.

—Quería atraer su atención, que vinieran a hablar conmigo. No me importa que la Policía sepa que yo estoy detrás del blog. Pero solo ustedes. Estoy harta de circos. ¿Saben lo que es que te llamen a todas horas números desconocidos, tener que dar explicaciones y aguantar a periodistas rondando el negocio familiar con preguntas?

—Tú eres periodista —la recriminó Magariños—. Curioso que hables así cuando la primera que has alimentado este circo has sido tú.

—He dejado el *Ourense Actualidad*.

El inspector miró a Almeida, preguntándole con la mirada si sabía algo. El subordinado negó con un gesto imperceptible.

—A nivel laboral nunca he pasado de becaria en prácticas y ahora estoy en el paro. Ayudo a mi madre a servir comidas, cafés, cervezas, y a preparar las habitaciones cuando tenemos algún huésped, pero periodista, lo que se dice periodista, no soy.

—Pero tú firmabas la exclusiva.

—Como si no lo hubiera hecho. Me han estado ocultando información desde el primer momento. Y no solo a mí, también a los lectores. Ni siquiera han publicado que uno de los fallecidos es hermano de Arturo León. ¿Por qué?

—Supongo que para proteger su intimidad —dedujo el inspector.

—Podían haber publicado solo las iniciales, sin más. Era lo mínimo. En todo caso, ocultar información en beneficio propio es manipular.

El inspector fue consciente de que era ella quien estaba haciendo las preguntas y quiso reconducir la conversación:

—¿Qué hacías hoy con Ramón Pena?

Magariños analizaba cada uno de los gestos de Fina. La chica abrió la boca un par de veces y la cerró como un pez boqueando. Finalmente habló.

—Moncho está afectado por lo de Padín. Supongo que lo ve como a un hijo. —La joven revelaba cierta inseguridad—. Nos unimos para buscar pruebas y que lo dejen libre.

—¿Qué ganas tú con esto?

Fina comenzó a rascar las manchas de esmalte rosa que le recubrían las uñas. Mordió los labios y entornó los ojos. Aquella chica nunca ganaría una partida de póquer.

—Limpiar la conciencia, supongo.

Los ojos se le velaron de una capa húmeda. Parecía que se iba a derrumbar de un momento a otro. Magariños sintió cierta compasión, pero luego pensó en las veces que había bajado la guardia en los últimos días. Demasiados fallos.

—Estás desacreditando el trabajo policial. Mi trabajo. —Levantó la voz—. ¿Acaso te crees más lista que nosotros?

—No.

Le buscó la mirada, pero la tenía en un punto indeterminado del suelo. La rodilla derecha subía y bajaba, como si tuviera ganas de ir al baño. Pero de allí no se iba a mover. Otro error era inaceptable.

—Dime entonces por qué consideras que Padín es inocente.

Fina despegó la vista de ese lugar en el que trataba de aguantar el chaparrón del inspector y le pidió permiso para levantarse. Magariños la acompañó hasta un cuarto con múltiples muñecos de Disney encima de la cama, carteles de películas románticas sobre las paredes y una estantería con muchos libros.

—Aquí tengo mis notas y todo lo que he ido recopilando. Por eso estaba interesada en que hablaran conmigo, para compartir lo que he visto. Además —hizo una pausa, sin decidirse a acabar la frase—, han venido justo en el mejor momento.

Se sentó frente al escritorio, abrió un cuaderno y encendió el ordenador.

—La disposición de los cuerpos, lo macabro de los crímenes y la quema de la capilla nos hizo creer que todo era parte de un ritual satánico. Hasta lo del black metal noruego encajaba.

Magariños observó que Fina tenía anotadas, con la meticulosidad de un amanuense, fechas, citas e información. Todo clasificado por títulos y separado por marcadores de colores. Se detuvo en una página encabezada con el título de «Documentación Gorgoroth».

—El punto de partida es que Padín era un seguidor o imitador del Inner Circle o de la Black Metal Mafia. Quise profundizar en el tema. He consultado todos los reportajes que encontré en la red sobre esta corriente y he visto varios documentales. Fue ahí cuando concluí que Padín no daba el perfil.

—¿Así, sin más?

Fina entró en una carpeta dentro del navegador con enlaces a varios vídeos e hizo clic encima de uno titulado «True Norwegian Black Metal». Consultó en el cuaderno el minuto de una de las declaraciones que había recogido. A continuación, YouTube devolvió el primer plano de Kvitrafn, antiguo batería del grupo Gorgoroth, que había promovido la quema de iglesias: «Nosotros exigimos algo a quien nos escucha. La banda está propagando el miedo y usa ese miedo como creador del cambio», explicaba el músico como si hablara de la promoción de su último disco.

—No entiendo a dónde quieres ir a parar.

—Escuche esto.

Avanzó hasta el minuto 24:23: «Hay muchos con carácter de oveja que vienen a ver a nuestro grupo como fans. Hay muchas formas inferiores entre el público. Están allí por la música y nada más», se quejaba Gaahl, el cantante de la banda, desde un primer plano tan inquietante como su paso por la cárcel tras torturar a una persona.

—Sigo sin comprender nada —protestó Magariños, pensando que aquello era una auténtica pérdida de tiempo.

—Mire este otro documento.

De repente, Fina parecía muy segura de sí misma, hablaba con energía y confianza. Abrió un vídeo titulado «Black metal noruego»: «Todo hombre que ha nacido para ser rey se convierte en rey. Todo hombre que ha nacido para ser esclavo no conoce a Satán», afirmaba Gaahl.

—Hablan de extender la palabra de Satanás, de la necesidad del miedo, de que el black metal es una guerra y ellos son guerreros. Solo quieren a los mejores y a los más fuertes. No se avergüenzan de lo que hacen, al contrario, presumen con orgullo de sus actos. Los tímidos o los débiles no tienen cabida en sus filas. —Miró al inspector, como si fuese obvio—. Esa gente va de frente y llama públicamente al desorden. Padín no encaja con ese comportamiento, es alguien retraído.

Magariños asintió con la cabeza. Era verdad que Padín tuvo un ataque de ira, pero no tardó en cerrarse en sí mismo. Como si quisiera escapar lejos de todos.

—Es cierto que escucha grupos satánicos, pero su colección de discos es inmensa. Simplemente se deja llevar, es como si volviera a la infancia. Pensará que soy una paranoica, pero a mí me pasa lo mismo con la escritura. Para él la música es el refugio en el que se cobija, en el que es feliz. No busca un mensaje, solo busca desconectar, nada más que eso.

Aquella forma de relacionar hechos, comportamientos y declaraciones dejó a Magariños impresionado. Tal vez había subestimado a Fina.

—¿Eres consciente de que lo que comentas es subjetivo?

—Sí y no. Cuando se establece una teoría o una hipótesis, debe demostrarse. Fue algo que vimos en la facultad, en una asignatura llamada Métodos de Investigación —explicó al inspector y a Almeida—. Lo que es incuestionable es que en Salgueiro se cometieron asesinatos antes de que naciese Padín. Partiendo de ese supuesto, podríamos imaginar que es un satánico que se dedica a coger cuerpos, construir una necrópolis y quemar capillas. Si él fuera el autor y siguiese las consignas del Inner Circle, ya habría confesado, orgulloso, sus crímenes. Sin embargo, mi hipótesis es que esos asesinatos del pasado y la quema de la capilla de San Antonio de Padua están relacionados. ¿De qué forma?

Hizo una señal, dando a entender que había conseguido la respuesta. Metió la mano en el bolso y sacó un pequeño libro. Magariños lo cogió, interesado, mientras Almeida mantenía un gesto suspicaz.

—Hoy, gracias a Moncho, he dado con esto. Estoy segura de que el autor sigue vivo y busca venganza. Eso descartaría a Padín como sospechoso.

# Capítulo 68
# Padín

El coche patrulla lo dejó delante de casa. Las ventanas de la aldea, como el ojo del cíclope Polifemo, se abrieron torpes y ruidosas. Padín notó las sombras que lo buscaban, que examinaban sus movimientos amparados en la distancia, como si saludarlo fuera algo contagioso. Trataban de descubrir en sus gestos la razón de que estuviera libre. Sintió que ya habían dictado sentencia en un juicio sin pruebas ni testigos donde todos tenían algo que opinar. Decidió escapar de la intemperie hostil y refugiarse, tal que Ulises, en el vientre de su pequeña casa.

Notó una puñalada en la boca del estómago al verlo todo tirado. La ropa del armario en el suelo, los cajones abiertos, su colección de discos arrasada... En otras circunstancias habría llamado a la Policía. Irónico que los autores de aquel desastre actuaran igual que los vándalos a los que perseguían.

Se tiró encima de la cama. Le dio igual que las sábanas, las mantas y el edredón estuvieran alborotados. Solo quería descansar. No pensar. Dejar atrás los últimos días. Que la cabeza apaciguara por fin tantos demonios y la sangre fluyera de nuevo con normalidad, no sentirse marchitar en una celda y respirar sin que la impotencia ardiera dentro del pecho. Apenas acababa de tumbarse cuando sonó el teléfono fijo. Su madre lo llamaba cada día, para hablar de las cosas más insignificantes. Se alegró de poder escuchar una voz conocida.

—¿Mamá?

—¿Hablo con Alberte Padín? Soy Uxía González, periodista de Radio Galaica. Quería conocer su impresión...

Con las prisas no había comprobado el número en la pantalla.

—Lo siento. Prefiero no decir nada. Un saludo —cortó en un tono amable.

—Sí, por supuesto. Entiendo que han sido momentos muy duros para usted. Imagino que querrá descansar.

Padín no deseaba saber nada de periodistas. Había aprendido por las malas que le podían sacar punta a la cosa más insignificante.

—Al menos ahora está en casa, ya en libertad después de unas acusaciones tan graves.

Permaneció callado.

—¿Considera que se ha cometido una...?

Al final optó por quitar el cable de la corriente. Necesitaba aislarse, volver a la rutina, y no se lo permitían. El móvil estaba lleno de cientos de mensajes con insultos de desconocidos. Decidió también apagarlo y se obligó a dejarlo varios días en un cajón. Era todo muy extraño. Gente que no conoces que te busca, te llama y te acosa.

Pasó la noche sin dormir. A veces hasta le parecía que alguien golpeaba por enésima vez las rejas de la celda o que tiraban abajo la puerta de su casa. Tenía pánico a abrir, a encontrarse con una cámara o con alguien increpándolo, a que entraran en la vivienda y revolvieran las pocas cosas que seguían en su sitio. Optó por coger una manta, apagar la luz y sentarse en una esquina.

A pesar de la alegría inicial por dejar los calabozos, la vuelta a casa se le antojó un castigo. Estaba encerrado en su propio hogar y las preguntas continuaban. No comió ni se duchó. Permaneció en aquel sitio abrazándose las piernas, repasando cómo lo habían sacado de su cama al rato de haberse dormido. Tras despertar sobresaltado por los golpes y los gritos, varios hombres lo inmovilizaron y le pusieron las esposas. El sueño huyó con la misma velocidad con la que le latía el corazón. El mundo avanzaba a cámara rápida, mientras él se quedaba atrás. Los agentes se movían a su alrededor, hablaban entre ellos, entraban y salían. Él se convirtió en un mero espectador.

Dio un par de cabezadas y se despertó asustado. Miró a los lados, por si entraban de nuevo. La sensación de angustia y de desconcierto había sido lo peor de su detención y no quería sentirla otra vez. Estiró las piernas un momento y trató de mantenerse alerta, aunque la cabeza no le regía por el cansancio.

La llegada de los primeros rayos de sol lo sorprendió bostezando y con los ojos rojos. No supo decir cuánto había dormido. Fue hasta el baño para desperezarse. El grifo escupió el agua fría de la mañana. Se lavó la cara con ella. Nunca había estado más de un día sin afeitarse, por lo que el tacto de la incipiente barba en las manos le provocó un pequeño escalofrío. El pelo se le pegó en la frente y fue consciente de que estaba grasiento. Incluso llevaba puesta la camiseta con la que dormía la noche en la que lo detuvieron. Tenía restos de sangre de cuando se golpeó contra la mesa. «Lo que puede cambiar una vida en un par de días». Solo le apetecía anidar dentro de la manta. Ser invisible, no molestar, dejar de ser.

Tocaron al timbre. El sonido se clavó como un grito en el tímpano. Silencio y, de nuevo, el timbre. Se acercó hasta la puerta. Por debajo alguien metía un periódico doblado. En la parte inferior de la portada, una información destacaba las dudas y las críticas que estaba suscitando la investigación policial liderada por el inspector Magariños. Incluso lo culpaban por dejar en libertad a Padín.

Desplegó la página y, como si mordiera, la arrojó lejos. Sobre el pasillo quedó su foto bajo el titular «El pasado violento del único detenido por los crímenes de Salgueiro».

Fue directo a la ducha y abrió el agua. Necesitaba diluirse y desaparecer por el sumidero. Que el frío penetrara en el cerebro y los malos pensamientos se detuvieran en seco. Pero toda la rabia contenida permanecía ahí.

Apoyó las manos sobre la pared de la ducha y permitió que el agua lo empapara. Deseó que aquella corriente fría fuera parte del río Leteo, las gotas del olvido que lo ayudaran a descansar, a que la oscuridad se convirtiera en materia traslúcida.

A pesar de su fortaleza, su cuerpo entero tiritaba. Primero fueron las piernas, después los brazos y, a continuación, la boca. Algo dentro de él se partió y la debilidad lo inundó. Se dejó caer en el suelo húmedo. Gemía como cuando los otros niños le pegaban después de meterse con él.

«Padín tonto», reían.

«Padín idiota», repetían.

«Padín retrasado», se mofaban.

«Ojalá no viviera», se dolía él.

# Capítulo 69
# Leandro

*Agosto de 1963*

El día anterior el cielo se tiñó de un color encarnado tan brillante que a Leandro le dolía mirarlo. Desde las escaleras de la casa, alzaba la cabeza, extasiado. No se movió del peldaño en el que llevaba sentado una hora. Acostumbrado a verlo solo azul o gris, aquello se le antojaba un misterio.

—Mala señal. Parece sangre —oyó que pronosticaba un viejo—. Dios nos pille confesados.

—Todo son malas señales. Aún no hemos salido de una y entramos en otra. Es una desgracia —se resignó un segundo anciano.

Cientos de grillos, sofocados, chirriaron durante toda la noche. Leandro se quedó dormido escuchándolos. A pesar de que las gruesas paredes de Salgueiro mantenían las casas siempre frescas, en esta ocasión nada pudieron contra el calor. Los goznes de varias puertas y ventanas rechinaron asombrados por abrirse en plena oscuridad.

Un sudor viscoso se fijaba en la piel y en la lengua. Los habitantes de la aldea, acostumbrados al frío, pero no a las altas temperaturas, se movían torpes y confusos. El sol apretaba tanto que hasta el ganado agradecía permanecer en las cuadras en lugar de perderse en los montes.

A pesar de que muchos no habían pegado ojo, todos se levantaron antes de que amaneciera para aprovechar la fresca. Era la época de la trilla. Grandes y niños ocupaban las tres eras de la aldea como un pequeño ejército de hormigas. Hasta los vecinos de otros lugares estaban allí para echar una mano.

En los campos de cultivo de Salgueiro, además de patatas, sembraban centeno. La siega había sido unos días antes, a finales de julio. Las mujeres, hoz en mano, cortaron y amontonaron en haces las plantas secas. El duro trabajo se combatía gracias a la compañía de la gente y a la animación que surgía de noche, donde no faltaban cuentos, canciones y baile. A Leandro le había quedado grabada la letra de un cantar que su madre siempre repetía:

> *Voy a ir a tu siega,*
> *voy a ir a tu segada;*
> *voy a ir a tu siega,*
> *que mi vida va acabada.*

Matilde, su madre, ya no cantaba desde la trágica muerte de su padre. A decir verdad, ya nadie lo hacía en la aldea. Cuando el miedo vive en tu casa, el humor permanece enterrado bajo una capa sombría. Leandro notaba los silencios y la pena en el ambiente. El trabajo era mecánico. Se hablaba lo justo porque querían acabar lo antes posible.

Aún recordaba cómo su padre le había contado el año anterior que la trilla era uno de los momentos más destacados del año. El centeno era casi tan importante para ellos como el carbón o el dinero. En primer lugar, porque les permitía comer pan. En segundo, porque tenía múltiples usos. Gracias a la paja alimentaban al ganado durante el invierno. Por otro lado, a pesar de ser un material en apariencia tan frágil, los protegía del frío y la lluvia. Aún había casas en Salgueiro con la cubierta de colmo. Las mejor construidas podían durar hasta diez años y eran el orgullo de sus moradores.

Ese verano la cosecha había sido muy buena. El molino y el horno trabajarían durante todo el año. Leandro, junto con el resto de las mujeres y los niños de la aldea, llevaba los haces de centeno hasta las eras. Allí, dos filas de hombres esperaban su turno. Una vez que tenían colocadas las espigas hacia el centro, agarraban los trillos y comenzaban a golpear el centeno. Pum, pum, pum, pum. Acompasaban las sacudidas. Primero una fila y, a continuación, la otra. Agarraban los palos de roble con fuerza, los levantaban y el extremo del trillo sacudía la paja.

En ocasiones, Leandro notaba que la intensidad de los golpes aumentaba. Como si cada fila fuera un bando y los hombres se desafiaran, se miraban los unos a los otros, apretaban la mandíbula y descargaban con rabia los porrazos. Los granos saltaban y la paja se removía.

En cuanto se detenían, las mujeres y los pequeños ocupaban de nuevo la zona. Tocaba recoger el grano, cribarlo y hacer los pajares. No había descanso y el ritmo era frenético.

A mediodía, los cuerpos y los ánimos estaban tan hechos polvo como la paja. La gente comía sin ganas, lejos de un sol que también golpeaba con dureza. Hasta bien entrada la tarde no regresarían a la era, porque el calor era insoportable. Los mayores aprovechaban para descansar. Los jóvenes, más inquietos y ruidosos, preferían bañarse. Se juntaban allí donde el regato de Salgueiro se unía con el torrente de Carballal. Había varias pozas y el agua discurría tranquila.

La madre de Leandro no quería que fuese. Pero, cuando supo que los niños irían acompañados de varios adultos, se lo permitió. Se sintió raro al estar otra vez con los demás chicos de la aldea. Últimamente no salía mucho y la única con la que tenía trato era con Carmiña. En esta ocasión ella se quedó en casa.

En cuanto llegaron a las pozas, todos se quitaron la ropa rápidamente, como si les picara. Leandro se contagió de ese espíritu de libertad. Echó a correr hacia el agua, sin ni siquiera probarla. Saltó y su cuerpo se sumergió en la corriente húmeda y fresca. Qué bien sentaba. Nadó hasta el fondo, donde las truchas se agachaban, y cogió los cantos rodados más bonitos para regalárselos a su madre.

Sobre la superficie, todo era movimiento. Los niños se salpicaban con agua, saltaban unos encima de otros, jugaban a ahogarse, nadaban por debajo de las piernas de sus compañeros, hacían peleas de caballitos... La orilla del regato también era un no parar: quien no jugaba a esconderse subía a los árboles o perseguía libélulas. Las buscaban con alas de colores, les arrancaban el abdomen y les clavaban una hierba en su lugar. Después se divertían viendo cómo volaban con la hierba colgada, casi moribundas.

Leandro guardó aquel momento en su memoria. Tumbado encima del pasto, escuchaba las risas, el agua corriendo juguetona, el viento moviendo las hojas, los pájaros piando alegres y los grillos quejándose del calor. Hacía tiempo que no sentía algo tan próximo a la felicidad. Pero de pronto hubo un silencio. Fue tan abrupto y oscuro que, hasta los hombres, dormidos bajo la sombra de los alisos, se despertaron a un tiempo. Después surgió un grito. Nervioso al principio y, más tarde, estridente. Todos corrieron hacia el lugar.

Él se unió al grupo que bajaba por la orilla del río. A unos treinta metros, uno de sus amigos permanecía de pie, aterrado y sin parar de gritar. El chico no apartaba la vista del curso del regato. Leandro y los demás descubrieron que un saco flotaba sobre el agua, preso en una piedra. Un hombre se tiró para cogerlo. A continuación, vieron unas piernas blancas y arrugadas sobresaliendo del trapo marrón.

Otro adulto abrazó al niño que gritaba, mientras les pedía a Leandro y a los demás que, por favor, se marcharan del lugar.

Esa noche nadie en Salgueiro fue capaz de dormir. Las puertas y ventanas se cerraron de nuevo. La madre de Leandro le indicó que se metiera en su cama. Llorando, no dejó de abrazarlo y acariciarlo. Él apenas la sentía.

—¿Estás bien, Leandro? —le preguntó la madre al notarlo tan serio y quieto.

Él respondió que sí. No quería contarle que se había girado cuando le quitaron el saco al niño del río. Veía una y otra vez su cabeza machacada e irreconocible. Roja como el atardecer.

# Capítulo 70
# León

—¡Estás despedido! —bramó Arturo León.
—Comete un enorme error. Las ventas del periódico van mejor que nunca. Hemos aumentado la tirada un 110 por ciento y los anunciantes llaman directamente a nuestra puerta. Con muchos ya hemos cerrado un acuerdo anual. Todo el mundo habla de nosotros y de nuestras exclusivas. Piénselo, por favor —suplicó Raúl Portas.
—Creo que ayer fui lo suficientemente claro.
—Solo le pido que sea un poco razonable, está hablando de un blog anónimo...
—A la puta calle, he dicho. Tienes media hora para recoger e irte.
«Poco razonable». De los insultos que le habían dirigido a lo largo de su vida, aquel era uno de los que menos le pegaban.
—Señor León, por favor...
Además, era patético. Un quejica. Los hombres de verdad no se rebajaban de ese modo. Afrontaban con dignidad las consecuencias de su labor o peleaban, pero nunca pedían por favor. No tenía ganas de seguir aguantándolo y colgó el auricular. Después se acercó hasta la mesa de su secretaria. Ella sí era eficiente. Entraba justo después de él y solo se marchaba tras pedirle permiso. Ni una queja, ni una protesta. Solo respondía con un «sí» a sus peticiones y cumplía.
—María, habla con los de seguridad de *Ourense Actualidad*. Si en veintinueve minutos el director no está fuera de la redacción, que lo echen a patadas.
—Sí, señor —confirmó ella mientras tomaba nota.

—También quiero que llames al contacto que tengo en la Policía. Pásamelo en cuanto lo localices.

—Por supuesto.

Regresó al despacho, cerró las puertas y se sentó en el sillón. Tras meter la clave en la caja fuerte, sacó un sobre. Contó dos veces la cantidad antes de meterla en el bolsillo: cincuenta mil euros en billetes de quinientos y doscientos euros. Extrajo también una carpeta con diferentes documentos relativos a la aldea de Salgueiro.

Debía darse prisa, moverse de forma ágil y no dejar rastro. Encendió el ordenador para enviar un par de correos y lo primero que vio fue la última entrada de crimenesdesalgueiro.wordpress.com. Esa era la razón por la que había despedido a Raúl Portas:

**La estrella de cinco puntas y el círculo**

En ocasiones, los lugares más tranquilos esconden los secretos más increíbles. Supongo que eso es lo que tanto nos atrae de los crímenes de Salgueiro. Eso y, por supuesto, el misterio. Generamos teorías. Especulamos. Queremos saber qué ha pasado para saciar nuestra curiosidad.

Cada nuevo detalle, cada pista, cada noticia que vemos en la prensa intensifica esa necesidad de saber más y más. Necesitamos nuestro pequeño chute de dopamina que nos haga olvidar nuestros problemas.

Hoy intentaré saciar esa hambre. Ahora bien, en lugar de especular, os quiero hablar de historia. Suena aburrido, pero tened un poco de paciencia.

Os voy a hablar de la Carbonaria.

La Carbonaria fue una sociedad secreta portuguesa que deseaba implantar la república en el país. Se cree que surgió alrededor de 1897 y trabajó de manera incansable hasta lograr su meta, en 1910, momento en el que desapareció. Pero, entremedias, tuvo que actuar a escondidas de la monarquía. No os engañaré:

tenían armas y explosivos, cometían acciones violentas, murió gente y, por supuesto, muchos de sus miembros fueron detenidos para más tarde ser amnistiados.

Uno de ellos, seguramente escondiéndose de la justicia, fue a parar a Salgueiro. Sus nuevos vecinos pronto adoptaron los ritos de la Carbonaria hasta convertirse en «buenos primos». Se llamaban así porque eran una verdadera familia, vecinos y amigos unidos por lazos fraternales.

Su símbolo incluso se grabó en uno de los edificios sobre los que se regía la comunidad: la capilla de San Antonio de Padua. Sí, la misma que ardió hace solo unos días, quién sabe si para borrar cualquier pista que nos conduzca hasta el asesino. Porque la Carbonaria adoptaba una estrella de cinco puntas encima de un globo terrestre. Representa al buen primo con las piernas y los brazos abiertos, la cabeza erguida, diciendo: «Listo siempre para luchar contra todas las tiranías».

Los cuerpos que se encontraron en la aldea estaban dispuestos como una estrella y un círculo. Lo lógico era pensar que se trataba de un pentagrama invertido, el símbolo del satanismo y de la magia negra. Pero en Salgueiro tenían sus propios ritos, influidos por una sociedad secreta con unos intereses bien distintos.

Solo queda conocer, ahora, quién está detrás de este suceso. De la Carbonaria formaban parte zapateros, barberos, mozos de almacén, pintores, canteros, periodistas, abogados e incluso militares. Gente humilde y con ideales políticos.

Como sucede con las casas, las personas tenemos mucho de fachada, de pura apariencia. No sabemos lo que ocurre por dentro. Hay una personalidad que mostramos a diario y otra que guardamos para nosotros. Al igual que las tortugas, también nos refugiamos dentro de nuestro caparazón. Dejamos ver solo una parte de lo que somos.

Solemos caer en el error fácil de juzgar a la gente solo por su exterior, cuando la crueldad y el dolor visten cuerpos sin máscara.

Aprovecho la ocasión para denunciar que Alberte Padín fue víctima de una doble injusticia. Porque, antes de ser detenido, también fue despedido por avisar de la aparición de restos óseos mientras abría una zanja. Se ve que para Arturo León ser un buen ciudadano no es compatible con ser un buen trabajador.

#Salgueirosecreto

Vaya sarta de tonterías. Increíble que algo así generara tanto revuelo. Incluso algún medio, de los que se calificaban como serios, lo había llamado para conocer su versión. «No voy a alimentar mentiras», respondió indignado.

Presumía de ser discreto y de tener un perfil bajo delante de la opinión pública. Pero esta vez los focos apuntaban directamente hacia él. Debía solucionarlo cuanto antes.

La secretaria contactó de nuevo y le pasó la llamada que esperaba.

—¿Sabes quién está detrás de esas publicaciones?

—Sí, pero quiero confirmar que voy a recibir lo que acordamos.

—Por supuesto, soy un hombre de palabra.

—Se trata de Fina Novoa.

—¿La niñata con aires de periodista?

No daba crédito. Le había dejado bien claro las consecuencias. Lo primero sería hablar con su despacho de abogados.

—¿Qué hay del resto? —demandó el empresario.

—Ya tiene el nombre. Antes necesito que cumpla con su parte del trato. Me estoy jugando mucho al pasarle información del caso.

A Arturo León no le gustaba que otros le marcaran las pautas.

—Está bien. Tú quieres garantías y yo también las necesito. Veámonos en persona.

—Ese no era el trato.

—Lo que te pago bien lo vale. Tú no eres el único que se juega mucho.

Casi podía leer el pensamiento de su interlocutor. Acabaría aceptando. Todos tenían un precio.

—No puedo ausentarme sin más del trabajo. Prácticamente estamos haciendo vida en comisaría.

—Cincuenta mil euros seguro que te avivan la imaginación. Inventa cualquier excusa. Yo también tengo la agenda muy ocupada, así que llama a mi secretaria con la hora y el lugar.

El dinero hace milagros y él era rico. Si algo tenían en su contra, haría todo lo posible para que no saliera a la luz. Pero lo primero era lo primero. Fina Novoa pagaría cara su osadía.

# Capítulo 71
## Fina

La visita de Magariños finalizó de la mejor forma posible. Me contó que Padín estaba libre por falta de pruebas concluyentes. De lo feliz que me sentí, salté de la silla y le di un abrazo. Fue un gesto espontáneo, nada habitual en mí. Y, por supuesto, algo a lo que no estaba acostumbrado el inspector, quien se quedó tieso como un palo.

La carga que sentía sobre mis hombros se aflojó. Por fin una buena noticia después de varios días en los que la demencia se había instalado a mi alrededor.

—Creo que has tomado esto como una causa —me dijo Magariños en cuanto me aparté—. Por ahora, no me acercaría mucho a Padín. Que esté en la calle no significa que no siga bajo investigación.

Era verdad. Por encima de todo deseaba reparar el daño que había causado. Saber que estaba libre era un comienzo. Pero no haría caso a Magariños. Debía pedirle perdón en persona. Que supiera por mi boca que lo sentía, que lamentaba haber hablado mal de él en televisión. Casi no lo conocía, pero me noté muy cómoda en el poco tiempo que pasé con él. Se veía tímido, un tanto obsesionado con la música, pero no más que yo con los libros. En definitiva, éramos dos bichos raros con ganas de encajar.

Después de darle el libro de la Carbonaria a Magariños y de acordar con él no volver a cuestionar por escrito la labor policial, me pidió que lo llamara con cualquier otra cosa que descubriese.

Por mi parte, traté de rascar algo, pero se cerró en banda. Él nunca facilitaba datos en plena investigación. Era una de sus máximas, nada de filtraciones. Y no iba a romperla ahora con una periodista que escribía de forma anónima en la red y que había cabreado a medio Ministerio del Interior. Además, estarían pendientes de los comentarios del blog, por si alguno ofrecía nuevas pistas. Le informé de que esa noche escribiría sobre la Carbonaria.

En cuanto publiqué el segundo artículo, SuR3 se encargó otra vez de la ingeniería social. Primero una reacción, después otra y así cientos de ellas. Las visitas eran tantas que el blog incluso dejó de funcionar durante un par de horas. Pero para entonces otras bitácoras y perfiles reales estaban difundiendo extractos e incluso la gente se animaba a opinar sin haber leído nada. Entre aquellos que sí lo leyeron, una buena parte apuntó que me estaba montando una auténtica película, hablando de sociedades secretas en medio del Xurés, y que había perdido la poca credibilidad que les inspiré antes. Otros compartieron datos interesantes para demostrar que no era una invención por mi parte. Y un último grupo se centró en atacar a Arturo León. Criticaron que un empresario de tanto éxito tratara de esa forma a sus trabajadores, sabiendo además lo rico que era y que recibía dinero de la Administración autonómica. Inocente de mí. Esperaba que la presión pública lo hiciera recapacitar hasta el punto de que les pagara la liquidación a él y a Moncho, o bien que los readmitiera. No sabía hasta qué punto estaba equivocada. Lo descubrí a la mañana siguiente:

> Estimada Sra. Josefa Novoa:
> Me dirijo a usted en calidad de representante legal del Sr. Arturo León, para manifestarle lo siguiente:
> Contamos en nuestro poder con un informe informático que la identifica como autora del blog crimenesdesalgueiro.wordpress.com, en el que se han realizado dos publicaciones. La segunda de ellas, lanzada el 10 de febrero bajo el título «La estrella de cinco puntas y el círculo», hace referencia a una serie de ase-

sinatos para, a continuación, mencionar a mi cliente, el Sr. Arturo León.

Sin ningún tipo de pruebas, lo acusa de despedir a un trabajador y cometer una «injusticia». Esta entrada ha dado origen a multitud de comentarios que califican a mi representado de «ladrón», «explotador», «asesino» o «corrupto», por citar algunos ejemplos.

Por otro lado, en la entrada del 9 de febrero, hace referencia a hechos semejantes, usando palabras como «los amenaza», «los despide» o «venganza». En tanto en cuanto es público y notorio que el constructor que rehabilita la ecoaldea de Salgueiro es mi cliente, se sobreentiende que también se está refiriendo a Arturo León.

Además, realiza insinuaciones muy graves contra mi cliente, como que su diario ha ocultado informaciones relevantes sobre la investigación. Por contra, siguiendo el código deontológico periodístico, al estar a la espera de un análisis de ADN para confirmar la identidad del hermano de mi representado, el citado medio acordó no publicar ninguna información sin contrastar.

A consecuencia de estas publicaciones en su blog, Arturo León no solo sufrió los insultos arriba mencionados, sino que también ha recibido amenazas de muerte y hasta un ataque directo contra su vehículo particular.

En vista de todos estos hechos, entendemos que dichos artículos resultan injuriosos para el buen nombre de Arturo León, han puesto en riesgo su integridad física y son constitutivos de un delito perseguible en sede civil y/o penal. Es por eso que

SOLICITAMOS

que, en el plazo de 24 horas, desde la recepción de este burofax, proceda a la eliminación de los citados artículos (comentarios incluidos) de su blog, además de publicar una disculpa a mi cliente y darle difusión masiva. En caso contrario, procederemos a iniciar las acciones legales contra usted, acciones que en todo caso nos reservamos.

Atentamente,

Horacio Portabales

Si pretendía asustarme, lo había conseguido. Horacio Portabales era un conocido abogado. Los más poderosos contaban con su servicio. Era implacable y no se le recordaba una derrota. Por eso era tan cotizado.

—¿Qué dice? —preguntó mi madre, preocupada, en cuanto comencé a leer el burofax.

—Es del abogado de Arturo León. No le ha gustado que hablara mal de él en internet —le expliqué, nerviosa—. O borro todo o me denuncia.

—No te metas en más problemas, hija. Ese chico ya está libre. ¿Qué más quieres?

Lo que quería no era aquello. No esperaba que una de las consecuencias de informar por libre era que fueran a por mí y a por mi familia. Ahora tenía todas las de perder. «Vas a estar pagando hasta el día del juicio final», me había advertido en su despacho.

—Muy típico de las personas con dinero. Usan el miedo para que metamos el rabo entre las piernas. ¡No les hagas caso a esos desgraciados!

Mi abuelo, también presente, comenzó a discutir con mi madre. Ella buscaba evitarme sufrimientos. Él deseaba que no me rindiera. Lejos de ayudarme, añadían mayor presión a todo lo que estaba viviendo. La estrategia de León funcionaba porque había dividido a mi familia y me generaba nuevas inseguridades.

—¡Parad ya, por favor! —imploré—. No puedo más.

Estaba agotada mentalmente. Si no era una cosa, era otra. Después de un momento de felicidad llegaba, automáticamente, otro de presión y de impotencia. Era un continuo quiero y no puedo.

—Tú por el dinero no te preocupes —me dijo el abuelo—. Mi entierro está pagado y lo demás es todo para ti. Si quiere guerra, que se prepare.

—No quiero una guerra, abuelo. Soy demasiado cobarde para luchar fuera del teclado del ordenador.

Les di las gracias y me metí en la habitación. Necesitaba tranquilidad y no voces a mi alrededor diciéndome qué tenía que hacer. Solo podía pensar en el burofax y en las amenazas de Arturo León. Era una persona que cumplía sus promesas. Pasaría los siguientes meses en el juzgado, ¿y para qué?

Siguiendo las instrucciones de SuR3, accedí al chat encriptado que me había indicado y le escribí. Facebook no era seguro.

—Malas noticias. Me ha llegado un burofax de Arturo León. Sabe que estoy detrás del blog y me quiere denunciar si no borro todo y le pido disculpas públicamente. Hasta me acusa de incitar a un ataque vandálico contra su coche cuando eso sucedió antes de que escribiese nada. Va a por todas contra mí. Tenías razón, debí hacerte caso y dejar que tú publicaras el contenido desde una conexión sin rastro. De verdad que lo siento, pero creo que me voy a venir abajo de un momento a otro. Esto me supera. Haré lo que me piden. Por favor, para la campaña en redes sociales.

Después de dejarle el mensaje a SuR3, empecé a redactar la disculpa. Escribía una línea y la borraba. Las frases eran tan forzadas que provocaban espanto. Lo que sentía por dentro era auténtica rabia. Las palabras se atragantaban en la pantalla del ordenador porque aquello sí que era una burla. Pedir perdón por contar la verdad era la peor de las humillaciones.

De repente, el chat se iluminó. SuR3 acababa de conectarse.

—¿Qué plazo te dan en el burofax?

—Veinticuatro horas.

—Fina, ¿recuerdas por qué nos metimos en esto?

—Sí, porque le fallé a una persona.

—Eres una buena amiga, porque ahora Padín está libre. Tú lo defendiste cuando nadie creía en él.

—Si está libre es porque la Policía no ha encontrado pruebas en su contra. Yo no tengo ningún mérito.

—Tú y yo somos lo que somos por nuestras inseguridades. Nos queremos muy poco y pensamos que los demás nos quieren aún menos. Los pensamientos van por libre, pero los hechos están ahí. Somos más fuertes, inteligentes y cabezotas de lo que pensamos.

—Sí, lo de cabezota me lo dicen mucho en casa.

—Actuar en caliente nunca es bueno —escribió SuR3—. Haz una cosa. Tienes un día entero para pensarlo e incluso para encontrar pruebas contra Arturo León. Esta madrugada volvemos a hablar y, si continúas con la misma idea, haré lo que me pides.

Me pareció una buena idea y acepté. No creía que encontrara nada contra el constructor porque era demasiado listo. En todo caso, si tenía que disculparme con él de forma fraudulenta, lo primero era avisar a Padín y pedirle perdón, a él sí, de forma sincera.

# Capítulo 72
## Padín

El enorme cuerpo de Padín parecía menguar. Tirado en el suelo de la ducha, inmóvil, recordaba a un feto indefenso. El agua fría le seguía cayendo directamente sobre la piel mientras su largo pelo se estiraba hacia el desagüe. Los labios entreabiertos, ya de un color violáceo, permitían ver el castañeteo de los dientes. Cada poco, el cuerpo entero recibía pequeñas sacudidas. Estaba a punto de sufrir un shock por hipotermia.

La cabeza ya no le regulaba. El frío le succionaba el cerebro como si el hueso temporal hubiera abierto las puertas del invierno. El dolor era intenso y continuo, aunque por momentos se desvanecía. De vez en cuando todo quedaba en blanco y, cuando recuperaba los pensamientos, estos se movían a cámara lenta. Incluso estaba dejando de sentir aquel chorro gélido que le penetraba en los poros. Solo unos minutos más y él también se diluiría como la aguanieve.

—¡Padín! ¡Reacciona, hostia! —escuchó antes de que un lienzo blanco, brillante y metálico lo invadiera todo.

Sintió como si se elevara, para después caer en una superficie suave y blanda. Nunca había hecho caso de los que decían que al morir experimentaban algo así, pero era verdad. Era como si lo acariciaran, como si un estado de paz lo envolviera y una voz interior le dijera que todo estaba bien. Él se dejaba hacer, feliz por sentirse protegido y lejos de cualquier sufrimiento.

Estuvo en ese estado durante un tiempo indeterminado. Cuando abrió los ojos, a su lado, encontró la cara ruda y sin afeitar de Moncho. Sostenía una taza de cacao templado que le acercó a los labios. Si aquello era el cielo, Dios tenía un gran sentido del humor.

—Bebe a sorbitos —le pidió.

Le recordó a cuando, de niño, al estar enfermo, tenía que pasar varios días metido en cama. La madre lo cuidaba, lo abrigaba y le daba de comer. Solo que en esta ocasión se sintió incómodo y avergonzado.

—¿Qué ha pasado? —quiso saber Padín.

—Pues que me has dado un susto de cojones. —En sus palabras no había reproches, sino alivio—. Por lo menos ya se te ha quitado ese azul pitufo que tenías. Aún van a tener razón los que dicen que la música te ha taladrado la cabeza.

Padín notó que tras esa capa de humor y de sarcasmo había otra de preocupación. Moncho lo observaba con los ojos enrojecidos y la barbilla recogida. Era la primera vez que lo veía así.

Después escuchó cómo había decidido hacerle una visita esa mañana, tras conocer que estaba libre. Delante de la casa había un enjambre de periodistas, por lo que resolvió dar un rodeo y meterse por detrás de la finca, a escondidas. Padín le había contado en una ocasión que allí tenía una copia de la llave oculta bajo una maceta, para emergencias. La encontró y abrió la puerta trasera. Nada más entrar en la vivienda lo llamó, pero el único sonido que le llegaba era el del agua en la ducha. Al no recibir respuesta, descorrió la cortina y lo encontró hecho un ovillo, sin sentido. Lo secó rápidamente, lo envolvió en una manta y lo metió en la cama. Estuvo a punto de llamar al 112, pero, al ver que iba recuperando la temperatura corporal, no quiso darle más carnaza a la prensa.

—De joven hice montañismo —le confesó Moncho—. Por suerte para ti, sé cómo actuar en estos casos. Al menos lo básico.

Le puso otra vez el termómetro y comprobó que todo era normal. Después retiró la taza y lo tapó con la colcha. Padín se tumbó de nuevo.

—Descansa y, si necesitas algo, dime. Me quedo contigo.

Aunque no lo dijo directamente, Padín notó su temor. No lo iba a dejar solo por si cometía otra locura.

—Ojalá pudiera dar marcha atrás. Todo empezó con la entrevista a Fina. Mi padre siempre me dice que trabaje y calle, pero no le hice caso.

—A Fina no la culpes. Está de nuestro lado. Tardé en descubrirlo, pero está haciendo todo lo que puede por lavar tu nombre y para que la gente sepa cómo es León.

Aquella revelación estremeció a Padín. Se había abierto a Fina, sintió que lo habían utilizado y ahora descubría que no tenía malas intenciones. Moncho le explicó todo lo sucedido durante aquellos días, cómo se hizo Arturo León con el control del diario y cómo Fina renunció a seguir trabajando cuando fue consciente de que manipulaban la información, contando medias verdades.

—Esa chica tiene buen corazón. Otra seguiría apareciendo en las televisiones y aprovechando su minuto de fama. En su caso está fastidiada y dolida por lo que te ha pasado.

Se alegraba de que creyeran en su inocencia y al descubrir que, por una vez, el instinto no le había fallado. Saber que había personas que estaban preocupadas por él lo llenó de emoción. Incluso sintió que recuperaba parte de sus fuerzas y podía mover las extremidades antes agarrotadas.

—Moncho, tú también tienes buen corazón. Gracias.

Su compañero tardó en reaccionar. Buscaba las palabras, sin conseguirlo. Cuando lo hizo, fue para soltar una de las suyas.

—Tú deliras. O eso o se te ha subido todo el azúcar del cacao a la cabeza de repente.

Padín, que llevaba varios años callando, necesitaba desahogarse. Acababa de vivir una situación extrema y ahora estaba experimentando algo parecido al coraje. Sentía una enorme gratitud por Moncho y pensaba que le debía una explicación.

—A ninguno de los dos nos gusta contar nuestras cosas. No sé mucho de tu vida y tú tampoco de la mía. Por eso te agradezco lo que has hecho por mí.

Moncho bajó la mirada y se rascó el cuello. A pesar de todo, aguantó el tipo.

—Sé que no me lo vas a preguntar, pero pensé que nadie confiaba en mí. Por eso lo he hecho. Entré en la ducha para no salir —se justificó Padín—. Cuando esta mañana metieron un diario por debajo de la puerta y me vi en la portada, era revivir otra vez una pesadilla.

—Yo creo en ti —subrayó Moncho, tocándole el hombro, pero con la vista aún baja.

—Lo que cuentan hoy es verdad.

En ese momento Moncho levantó la cabeza, buscando incrédulo el rostro de Padín. Este le pidió que abriera un cajón y sacara un álbum de fotos. Buscó entre las páginas y le enseñó cómo era cuatro años atrás.

—¿En serio que eres este? ¡No me lo puedo creer!

Entonces tenía el pelo corto y vestía ropa de Zara. Su prometida, Lola, decía que así estaba mucho más guapo y podía presumir de él sin esconderse.

—Lo que te voy a contar sé que suena ridículo e increíble. Prométeme que no te vas a reír. Ya bastante lo han hecho otros.

—Ahora sí que tengo curiosidad —le confesó Moncho.

Después de dieciocho meses juntos, Lola había planeado una boda por todo lo alto, con casi doscientos invitados y una luna de miel en Maldivas. Él quería algo más íntimo. No conocía a la mayoría de los invitados y ni siquiera sabía dónde quedaban las Maldivas. «Si de verdad me quieres, dejarás que tenga mi boda soñada», contraatacó ella. Por supuesto que lo hizo. Hasta aceptó llevar un chaqué escogido por ella, aunque se veía ridículo y forzado.

—En la puerta de la iglesia —continuó contando Padín—, tieso como estaba y nervioso, me tocó saludar a todos los presentes. Allí había varias personas del grupo de amigos de Lola. Yo no les gustaba demasiado, pero se unieron a la celebración. Uno de ellos, Vicente, se me acercó al oído. «Hemos pensado una cosa para ti», me susurró mientras los demás se reían, mirándonos. «Como eres tan serio y Lola es tan controladora, se nos ha ocurrido una forma muy divertida de daros el regalo. Cuando el cura te diga eso de "¿Quieres recibir a Lola como esposa y serle fiel...?", os entregaremos ciento cincuenta euros por cada segundo que aguantes sin responder. Va a ser el regalo de todos. De ti depende la cantidad», me advirtió.

—Y ahí fue cuando lo hostiaste, ¿no?

—No. Me quedé en blanco. No supe reaccionar.

—¿No le harías caso? —Moncho comprobó la mirada avergonzada que tenía delante—. ¡Joder, Padín!

—Contábamos con el dinero de los invitados para los gastos de la boda y el viaje —se excusó—. Sé que después de la propuesta de Vicente me saludaron más invitados, pero, por lo que me dijeron, no le dirigí la palabra a nadie de lo conmocionado que estaba. Hasta me metieron dentro de la iglesia a la fuerza porque Lola estaba de camino. Más tarde, ella entró superguapa y radiante, con la sonrisa desbordando su cara. En mitad de la ceremonia intenté explicarle lo que había pasado, pero no me dejó. Me pidió que callara y escuchara, que era un momento muy especial en nuestras vidas como para andar con cotilleos.

—A quien se le cuente...

—Lo peor fue cuando me tocó decir el «sí, quiero». Me quedé callado, como un cretino, contando los segundos. Lola empezó a ponerse nerviosa. Noté cómo la gente se inquietaba en los bancos y perdí la cuenta del tiempo que había pasado. Lola se puso histérica, su familia comenzó a alterarse y todo el mundo murmuraba. Cuando traté de justificarme ante Lola, ella entendió que no me quería casar, se echó a llorar y escapó corriendo de la iglesia.

—Entonces buscaste a Vicente y le diste una paliza.

—No. Eso fue un año después. Iba caminando por una calle de Ourense cuando vi a Lola y a Vicente cogidos de la mano. Quise cambiar de acera, pero ya era tarde. Él me vio y me saludó con la mano, todo feliz.

—Lo que se dice un hijo de puta de los pies a la cabeza.

—Me quedé mirándolos, sin saber si felicitarlos o qué. Vicente fue el primero en hablar: «Ya sabes lo que se dice: de una boda sale otra». Me cegué de tal manera que no lo pensé. Le solté una bofetada con todas mis fuerzas. Hasta sentí cómo le estallaba la nariz. Sangraba mucho, Lola gritaba y me llamaba de todo... A partir de ahí llegó la Policía, la denuncia y un juicio que se alargó porque mi abogado no me dio los mejores consejos. Desde entonces no puedo ver a ninguno.

—Yo de ti le reventaba la cabeza. ¡Corto te quedaste! —gritó—. A más de uno, un soplamocos a tiempo le hace mucho bien. Y ese tipo tenía todas las papeletas para ganarse un par. Bastante paciencia tuviste —lo animó Moncho—. Además, la tal Lola creo que hacía de ti lo que quería, por lo que te hizo un favor. Ahora debes centrarte en Fina, que se preocupa por ti.

Padín se sonrojó. Recordaba la primera vez que la vio, en Salgueiro. Cómo los pulmones se le comprimieron hasta dejarlo sin aliento y sin palabras. Fina le provocaba ternura y una enorme timidez. Con ella se sentía a gusto y podía hablar sin fingir ser otro.

## Capítulo 73
## Antonio

*Octubre de 1963*

Los días se pudrían aguijoneados por el recuerdo del verano. Los grillos permanecían afónicos durante las noches y las luciérnagas preferían confundirse con la oscuridad antes que desgarrar aquel velatorio infinito.

Salgueiro se marchitaba conforme menguaban los días. Durante las últimas semanas habían abandonado el lugar tres familias. Las puertas de las viviendas permanecían mudas. Las contraventanas no querían saber nada de la luz. Solo las arañas y las ausencias llenaban el interior de esas casas.

La amenaza latente y la duda constante hicieron que muchos dejaran de ver aquel paraíso como su hogar. «Esta aldea está maldita», aseguraban algunos vecinos. Otros consideraban que Dios los había castigado por lo que le hicieron a Duarte. También había quien pensaba que entre ellos habitaba un malnacido que no pararía hasta matarlos a todos. Tuvieran unas u otras razones, cada vez era más habitual verlos bajando el Camino de los Muertos, cargados con maletas y muebles. En el bolsillo, una llave que, con el tiempo, se oxidaría. Detrás dejaban las cerraduras con doble vuelta, como si fueran a regresar en breve.

Antonio los miraba a todos con desprecio. «Cobardes, más que cobardes», les decía con la mirada. A él solo lo apartarían de Salgueiro con los pies por delante. Le habían matado a un hijo y no iba a permitir que lo desterraran del lugar en el que nació. Su mujer le había insistido en que lo mejor era irse. Tenían dinero y podían empezar una nueva vida donde quisieran. Las primeras veces se rio de ella. Las siguientes trató de ignorarla. Centraba su atención en la superficie brillante del ribeiro y bebía con calma.

—Si no lo haces por mí, hazlo por Carmiña. Por favor... —le suplicó.

Pero él callaba. Quería descubrir al asesino de Cibrán. Matarlo con sus manos. Era un deseo obsesivo. Desconfiaba de todos. De los que se marchaban y de los que se quedaban. De los viejos y de las mujeres. De los que siempre fueron amigos y de los que tenían menos trato con él. Sabía que el asesino estaba en Salgueiro y podía ser cualquiera.

De la mujer también había sospechado.

En la cocina siempre tenía una vela encendida y, junto a ella, una estampa de la Virgen. Elvira susurraba noche y día. «Tú, que sabes lo que es perder a un hijo, cuida del mío allá arriba», le escuchó una vez.

Todos sentían compasión por ella. Les daba pena verla convertida en aquella vieja de treinta y dos años. El corazón enlutado y la cara seca, agotadas las lágrimas de tanto llorar por Cibrán. Una santa en vida. Hasta había intentado detenerlo en aquella ocasión en que cogió el cuchillo para clavárselo a Duarte. De ese modo solo actuaban los iluminados o los que tenían remordimientos.

Lo único que lo mantenía en pie era el alcohol. Se refugiaba en él para recuperar fuerzas. Se sentía renacer de nuevo. Su calor serenaba su temperamento y le daba algo de lucidez. Si los demás habían abandonado, él no lo haría, porque era diferente. Era mejor que toda aquella panda de estúpidos ignorantes. Él daría con el asesino. Ya se lo agradecerían, ya. «Meteos vuestros agradecimientos por donde os quepan».

Intentaba estar lo mínimo posible en casa. Había un clima enfermizo e irrespirable. En el exterior, los pulmones recuperaban su tamaño normal y podía beber sin escuchar los continuos reproches de su mujer.

La temperatura había bajado conforme se desvanecía la tarde. La noche cumplió con los pronósticos. Era fresca e inquietante. Antonio quiso disfrutarla sintiendo las cosquillas y la calidez del ribeiro. Cogió una botella y caminó lejos, donde pudiera beber tranquilo y solo.

Los pies lo llevaron por instinto hasta el cerro de la Candaira, donde únicamente llegaba el ulular del viento. Se acomodó encima de una piedra, quitó el tapón de la botella y le dio un trago suave y gustoso. «Aguanta, Antonio. Aguanta y mata a quien tengas que matar», se dijo. Dio otro trago y, al levantar la barbilla, distinguió una sombra encima del montículo.

Se acercó en silencio y descubrió que era un niño.

—¿Qué haces por aquí a estas horas? —lo interrogó.

El chico apenas giró el rostro. Estaba de espaldas en lo alto de una piedra estrecha y alargada. Era Leandro.

—¡Eh! —insistió—. ¿No sabes que es de mala educación no contestar cuando te hacen una pregunta?

Leandro, de pie sobre la elevación, casi no se movía.

—Estoy despidiéndome —dijo por fin.

Había escuchado que él y su madre eran los siguientes en partir. Bonita forma de llamar a una huida. Matilde había conseguido un trabajo de modista en Ourense y quería que el niño estudiara.

—Quisimos ser reyes, construir nuestro paraíso en la montaña, robarle lo que necesitábamos y, ahora, renegamos de ella —balbució Antonio, con la lengua bailándole en el paladar—. Supongo que echarás de menos esto.

Alargó la mano para señalar la silueta de la sierra. La luna llena dibujaba las rocas de la Maromba y, más arriba, los cotos de As Gralleiras y Fonte Fría. Leandro continuaba de espaldas, mirando en dirección contraria. La sombra de Salgueiro se desvanecía a sus pies.

—Lo único que echaré de menos es a mi padre.

Antonio notó un reflujo ácido subiéndole desde el estómago. Chascó la lengua un par de veces. El mal sabor se fijó en la boca.

—Era un buen tipo tu padre.

—No eres el primero que me lo dice.

Leandro era casi parte del paisaje. Como un tronco en el bosque, parecía llevar allí décadas.

—Si te lo decimos será por algo. Era buena gente. Cuando pasó lo de Cibrán, él fue el primero en ayudarme.

—Y tú se lo pagaste matándolo.

Las palabras se le enmarañaron en los oídos. Aquel chico estaba acusándolo con una tranquilidad que le daba escalofríos.

—No sé de qué me estás hablando. —Más que seguridad, reflejaba irritación—. Voy a hacer como que no he escuchado nada, mocoso.

—Devuélveme el colgante de mi padre.

—¿Qué?

A punto estuvo de llevarse la mano, de forma instintiva, al cordón que escondía debajo de la camiseta. Después de asesinar a Duarte, Antonio se lo vio colgando del pecho ensangrentado. Lo cogió como un trofeo de guerra. En las últimas semanas, a veces, le ardía sobre la piel. Era una garrapata que lo consumía poco a poco y que trabajaba junto con el ratón que, desde dentro, roía su pecho. Antonio intentaba no pensar. Se repetía que lo único que había hecho era tratar de salvar a otros. Duarte había sido un pequeño error. Un malentendido de él y de todos. Porque la idea fue de todos. Él no era el único responsable.

—Lo descubrí un día de mayo —le desveló Leandro—. Dormías la mona junto al regato de la Candaira y te colgaba por encima de la camisa. Pasé junto a ti y roncabas. Al principio me parecía imposible, pero al acercarme supe que era verdad. Mi padre me lo mostró muchas veces. Es el símbolo de la Carbonaria. Antes, fue de mi abuelo, quien escapó de Portugal.

Antonio trató de disimular.

—¿Esto? —Agarró el colgante—. Lo encontré tirado en el suelo. No sabía que era de tu padre. Supongo que lo perdió sin querer. Toma, te lo devuelvo sin problema.

En ese instante, el mástil en el que se había convertido Leandro se giró. Por primera vez conversaban enfrentados el uno hacia el otro. A pesar de estar unos dos metros por debajo de él, Antonio distinguió perfectamente la sonrisa de felicidad del niño. El gesto contrastaba con los puños, cerrados y en tensión.

—Mi padre nunca se separaba del colgante. Me decía que algún día sería mío.

Los dedos de Leandro se abrieron y le arrojaron ceniza a la cara. La luz de la luna iluminó los miles de partículas. Muchas se perdieron entre el suelo, las piedras y las hojas de los brezos. Pero la mayoría se adhirieron a las córneas de Antonio, que se llevó las manos a los ojos. Ciego y desorientado, sintió cómo el chico bajaba de la roca. Lo notaba cerca. Lo buscó con los brazos, detrás de sí, pero tropezó. Cuando quiso levantarse fue tarde. Un golpe seco le partió la cabeza.

A Leandro le recordó al sonido de un huevo cocido. Siguió aplastando la cáscara. Dos, tres, cuatro golpes. Dejó la piedra y, con su mano izquierda, recogió el colgante del padre. Los ojos de Antonio seguían velados por la ceniza. Cubrió su cuerpo con uno de los sacos de su padre, abandonados ahora en el almacén, y regresó a Salgueiro. En unas horas abandonaría la aldea.

## Capítulo 74
## Fina

Estar nerviosa me provocaba ir al baño, darle vueltas a la cabeza y comer. Tres características que me convertían en una persona normal y corriente. Esa mañana, los nervios corrían una maratón dentro de mí. Bajé hasta la cafetería a tomarme una tila, con la esperanza de que se aplacaran. Solo conseguí alterarme más al ver que el remedio no funcionaba. Para distraerme, comí un par de cruasanes y una magdalena.

Visto que eso solo me servía para abrir el apetito, opté por echar una mano en el local. Limpié la barra, obligando a varios habituales a levantar los codos. Uno de ellos tenía ganas de cháchara.

—¿Qué pasa? ¿Hoy no trabajas?

—¿Y qué piensas que está haciendo, idiota? —le soltó otro cliente.

—Fina ya me entiende.

—No creo que sirva para periodista —expliqué.

—Eres una artista. Los vecinos estamos muy orgullosos de ti. Lo hemos estado comentando antes, ¿a que sí, Luis?

Seguí pasando el trapo mientras el otro asentía con la cabeza.

—Tu madre no para de presumir. Incluso nos ha contado, en confianza, que eres quien está detrás de la página esa de internet. Ya me entiendes —me dijo por lo bajo, guiñándome un ojo.

Me preguntaba cómo había sabido tan rápido Arturo León que yo era la persona que estaba detrás del blog. Incluso pensé que Magariños le había pasado el informe. Y resulta que la noticia era *vox populi*. «Una de las claves de la hostelería es ser agradable y entretener al cliente, que se sienta como en casa», me reveló una vez mi madre. Lo que no imaginaba era que hubiera contado sin más un secreto así.

Me despedí con educación, guardando las formas, y salí en su búsqueda.

—Cómo se te ocurre decirles a todos que yo soy quien está detrás del blog. ¡Anónimo es anónimo, mamá! —la recriminé.

—Algún cliente insinuó que te habían despedido, que si no seguías en el diario es porque algo habrías hecho mal. Yo les conté la verdad, que te marchaste para ayudar a un amigo.

—Aun así. ¡No tenías derecho!

—Tú misma me dijiste que no querías poner tu nombre para no tener a las televisiones en la puerta, que ibas con la verdad por delante y que eso era lo único que te importaba —me explicó—. Yo solo se lo dije a los habituales. Siempre has sido demasiado humilde. Además, fue dejar el periódico y aparecer el blog. No tengo estudios, pero solo había que atar cabos porque tu forma de escribir es muy particular, cualquiera la puede reconocer.

—Está claro que no tienes estudios porque, de lo contrario, sabrías cerrar la boca —le eché en cara—. Supongo que estarás contenta. Gracias a ti alguien le fue con el cuento a Arturo León.

—Yo...

Sabía perfectamente que me había pasado de la raya al gritarle de ese modo. No supe parar a tiempo y, siendo consciente, corté la conversación de la manera más brusca posible.

—Me voy con el abuelo. Él sí me entiende.

Cogí el bolso, las llaves y el móvil, visité de nuevo el baño debido a los nervios y me largué sin despedirme.

Unos minutos después, la radio del coche me devolvió a la realidad. Una voz dulce y sensible cantaba una letra que no le pegaba nada y de la que solo entendía: «Perdóname, perdóname». Me arrepentí al instante de haberme portado tan mal con mi madre. Pensé que tal vez aquello era una señal. Tenía que disculparme. Y hacer lo propio con Padín, algo que estaba evitando desde primera hora de la mañana. Conduje hasta su casa.

La entrada de Farnadeiros estaba llena de coches y de unidades móviles. Una veintena de periodistas hacía guardia delante de la puerta de Padín. Por muy discreta que fuera, era imposible acercarme sin más. Y, aun así, debía esperar a que me abriera. Opté por llamarlo al móvil. «El número al que está llamando no está disponible en este momento y le ruega que lo intente más tarde», me notificó una voz anodina.

A punto estuve de enviarle un wasap. Opté por borrarlo porque era un recurso fácil y cobarde. Decidí regresar esa misma noche. Los periodistas tendrían que marcharse antes o después. Debía disculparme en persona.

Hay conversaciones que inventas una y otra vez en tu cabeza, que estiras y deformas, que reescribes por miedo a enfrentarte a ellas. Esa charla no sabía ni cómo empezarla. No sabía si mirarlo a la cara, acercarme o quedarme a una distancia prudencial. Cómo me recibiría, si querría escucharme o me pagaría con la única moneda que merecía: la indiferencia.

Todo tiene un principio. Pero aquella conversación pendiente estaba aún por escribir. Lo mismo que el origen de los asesinatos.

En aquellos días extraños y convulsos, apenas había tenido tiempo de pararme a pensar. Los acontecimientos se sucedían y me arrastraban de un punto a otro. Me había centrado en el presente, en el descubrimiento en Salgueiro, en la encarcelación de Padín y en el incendio de la capilla. Por azar, me encontré con la Carbonaria, pero aún estaba lejos del inicio. Faltaba el comienzo, ese momento donde todo cambia, el punto de origen. Donde todo se precipita.

El día era gris. De esos en los que las nubes parecen enraizarse en la tierra. La luz mortecina no permitía distinguir si era por la mañana, al mediodía o a última hora de la tarde. En la carretera solo un par de ciclistas se habían atrevido a hacerle frente al frío y al hielo. Admiraba la capacidad de algunas personas para hacer deporte. Como si estuvieran ofrecidos a un santo. Fue ahí cuando se me vino a la cabeza san Antonio de Padua, exiliado en Prado de Limia. Allí estaban enterradas las primeras víctimas de Salgueiro. Xosé da Pequena me había dado algunos nombres. Ellos eran parte del inicio.

Aunque la iglesia de San Salvador estaba situada en el medio de Prado, el cementerio se encontraba a las afueras de la aldea, justo antes del desvío a Salgueiro. Los altos muros de cemento parecían camuflarse con el clima. Era un recinto pequeño, más que suficiente para los escasos cien vecinos del lugar. Nostálgico de visitas, el camposanto anunció mi llegada con el rechinar de la verja.

Un corredor central y dos laterales acogían los restos de diferentes generaciones. Nicho a nicho, fui leyendo sus nombres y el año de la muerte. Por no saber, ni sabía la fecha concreta de los primeros crímenes. Cada detalle era importante.

Me detuve en cada panteón y en cada tumba. De repente, una inscripción desgastada y llena de liquen me indicó lo único que recordaba a Duarte. Abril de 1963. «Duarte Teixeira Rodríguez», apunté en el cuaderno. Teixeira podía ser un apellido gallego o portugués, pero en cuanto vi que debajo descansaba José Teixeira Henriques lo tuve claro. Recorrí las notas del libro de la Carbonaria y lo encontré. Era uno de los implicados en el llamado crimen de Cascais. Las autoridades consideraron que se trataba de un ajuste de cuentas dentro de la sociedad secreta. Uno de los implicados era Albano Teixeira, de veintidós años. Durante su detención, el 11 de enero de 1910, consiguió ganar tiempo para que su hermano, de diecisiete, escapara. Desde entonces, nada se supo de José.

Acababa de encontrar la pieza que conectaba definitivamente Salgueiro con la Carbonaria. José Teixeira huyó de la justicia portuguesa y se refugió en un enclave de difícil acceso, pero muy próximo a su país. Con casi toda seguridad había transformado la organización de la aldea e impulsado todos aquellos ritos en un lugar que, precisamente, vivía del carbón.

Solo quedaba lo más difícil, conocer qué provocó los crímenes.

Pasé otra hora en el cementerio, limpiando de nieve las lápidas y tratando de descifrar quiénes eran los habitantes de aquellas minúsculas parcelas. Eso me permitió construir una pequeña cronología, toda ella en torno al año 1963:

*Marzo. Cibrán Ferreira Alonso. 11 años.*
*Abril. Duarte Teixeira Rodríguez. 40 años.*
*Junio. Bernardo Pérez Escudero. 12 años.*
*Agosto. Paulo Álvarez Diz. 12 años.*
*Octubre. Antonio Ferreira Prieto. 36 años.*

La calefacción del coche restituyó la vida de mis dedos, cada vez más rígidos. A continuación, como si realizara un ejercicio de matemáticas, empecé a trazar flechas entre los distintos nombres.

Cinco asesinatos en ocho meses.
Dos hombres adultos.
Tres niños.
Un padre y un hijo.
Tres cadáveres sin parentesco familiar.
Un verdugo y su víctima.

Nada parecía tener sentido. Lo que más me desconcertaba eran los niños. Todos contaban con una edad muy similar, por lo que volvía una y otra vez sobre ellos.

Por su parte, el asesinato de Duarte había sido un «accidente» o, al menos, el culpable estaba claro. Tal vez la muerte de Antonio fue una venganza o bien descubrió al asesino antes de que este lo matara. De todos modos, a partir de octubre de 1963, el culpable se volvió más prudente y discreto. Aparentemente ya no hubo más crímenes, pero, en realidad, el responsable continuaba con sus planes.

Además, había otra cuestión que me inquietaba. Mientras comprobaba los nichos uno a uno, descubrí que allí dormía un «León». Cuatro letras que infundían respeto y que muchos evitaban pronunciar. Ahora sabía que el último cuerpo enterrado en la aldea compartía el mismo apellido: Breixo León. La relación del empresario con el lugar iba más allá de la rehabilitación.

La única opción que me quedaba era recurrir de nuevo a Xosé da Pequena.

# Capítulo 75
## Almeida

Definitivamente el inspector Magariños estaba perdiendo toda su credibilidad. Era un policía admirable, con el que llevaba trabajando desde hacía muchos años, pero en el caso del Asesino del Xurés todo le estaba saliendo al revés.

Almeida, después de una vida de servicio público, deseaba retirarse del cuerpo de policía por todo lo alto, con un caso sonado y, por qué no, con una condecoración. Lamentablemente, no iba a suceder nada de eso. Cada vez eran más los rumores que insistían en que Magariños tenía los días contados al frente de la investigación. Y, junto con el inspector, el resto de sus hombres también dejarían de trabajar en el caso. Nuevo responsable, nuevo enfoque, nueva metodología y nuevo equipo. Así solía ser.

Habían pasado de la euforia más enérgica tras la rápida detención de Padín a la mayor de las decepciones con su liberación. Había quien acusaba a Magariños de no hacer bien su trabajo. De lo contrario, de haber buscado mejor las pruebas, el asesino continuaría ahora mismo entre rejas. Otra corriente dentro del cuerpo aseguraba que el procedimiento había sido un desastre desde el principio. Seguir la línea marcada por un periódico era todo un error. Era cierto que la presión social y política nunca ayudaban, que les exigían resultados inmediatos en lugar de dejar que la investigación siguiera sus tiempos, pero la iniciativa nunca la debía marcar un tercero. Y menos un medio de comunicación. Además, la autopsia era clara: varias víctimas habían sido asesinadas muchas décadas atrás. ¿Cómo casaba eso con la edad de Padín? ¿Padín estaba implicado y reproducía la conducta homicida de alguien del pasado? ¿Había un asesino o varios?

Sin embargo, todo el mundo coincidía en que la peor decisión de Magariños había sido la última: considerar factible la teoría de que los crímenes de Salgueiro podían estar relacionados con una sociedad secreta portuguesa. Una auténtica locura. En lugar de denunciar a la autora del blog que había difundido esa idea, desacreditando a la Policía, le dio credibilidad. Le pidió al propio Almeida que fuera hasta la iglesia de Prado de Limia y consultara las partidas de nacimiento, casamiento y defunción del último siglo. Quería una relación de todos los vecinos de Salgueiro.

Era un trabajo en balde. A la presión social y a las críticas dentro de la Policía, había que sumarle que Arturo León estaba moviendo todos sus hilos para que Magariños dejara de estar al cargo de la investigación.

Almeida sabía perfectamente que el empresario era el primero en querer tapar determinados asuntos. Dinero y poder no le faltaban para conseguirlo. Metió la mano en el bolsillo para sacar un paquete de tabaco. Dentro, notó una hoja doblada en varios pliegues. Primero encendió el cigarrillo y después abrió el papel. Era el recorte de una noticia que criticaba la actuación policial en su caso. Según fuentes del Ministerio del Interior, podría haber un cambio en el mando de la investigación.

Volvió a guardar los cigarrillos y el artículo y se dijo que nada de aquello importaba. Lo fundamental ahora era su cita con el constructor. Almeida se vería apartado del caso en cualquier momento, junto con el resto del equipo de Magariños, pero antes tenía pensado cobrar su recompensa. Él fue quien contactó con el empresario para informarle de cómo estaba yendo el caso tras la liberación de Padín. También le había desvelado que Fina Novoa era la persona que se escondía detrás del blog que lo había desacreditado públicamente. Pero el empresario era un hombre vengativo. No se conformaba solo con un nombre. Quería más.

# Capítulo 76
# Elvira

*Octubre de 1963*

Los rostros estaban desdibujados bajo el velo de humo que se había extendido por el cuarto. Todo tenía una apariencia fantasmal, incluso Antonio, tumbado y con su cara apenas mostrando un ojo, la nariz y la boca bajo los trapos que ocultaban su cabeza deformada. A los pies y en los laterales de la cama ardían varias candelas. Las mismas que unos meses antes habían velado el cuerpo de su hijo Cibrán.

A diferencia de aquella ocasión, ahora Elvira no lloraba. La gente lo entendía. Era imposible soportar tanto dolor tras perder a tu primogénito y a tu marido en tan poco tiempo. La escena se repetía. Todos habían estado en aquella ocasión y pensaban en su desgracia, en qué había hecho esa familia para que padre e hijo acabasen así. Aunque lo que más temían los allí presentes era que esa fatalidad fuese contagiosa, una especie de plaga que saltaba de tejado en tejado hasta arrasar con Salgueiro.

La viuda acariciaba con suavidad el cabello de su hija Carmiña, la mirada fija en la llama de una vela que bailaba roja como las llamas del infierno. Allí era a donde ella iría de cabeza. Algún día pagaría por sus pecados. Sabía perfectamente que toda esa oleada de crímenes era fruto de su maldad.

No echaría en falta a Antonio. No era un buen hombre. Sin embargo, era fuerte, bien parecido, trabajador y tenía dinero, algo que convino a su familia. De eso habían transcurrido quince años. Él se fijó en ella durante una romería celebrada en Bande, una localidad próxima, habló con el padre de Elvira y concertaron la boda. No hubo mucho más. Ella no sabía lo que era el amor, pero, cuando alguien pasa hambre, quien habla es la memoria de la escasez. Ya casada, en aquel lugar tan apartado, conoció el sacrificio, el aullido de los lobos que atacaban su ganado, el frío que se metía en los huesos o el mal humor de su marido, cada vez más cambiante y agresivo. Él deseaba formar una familia pronto, pero, por más que recibía sus embestidas cada noche y sentía sus duras uñas clavándose en la piel igual que agujas, Elvira no se quedaba en estado.

Antonio la culpó a ella. Elvira le pedía un poco de paciencia y se encomendaba a san Antonio de Padua. El tiempo transcurría y él se desesperaba. Le gritaba por todo, la ignoraba días enteros y, en la intimidad, mostraba su naturaleza más zafia e impulsiva.

Desesperado, habló con una curandera y esta le aconsejó que su mujer no estuviese encerrada en casa. El aire puro mejoraba la fertilidad. Así fue como empezó a sentirse libre. Durante el día, lejos de la aldea y acompañando al ganado por el monte, encontraba algo de alivio. Allí empezó a coincidir con uno de los vecinos de Salgueiro que algunos días trabajaba el carbón y otros se centraba en las vacas. Al principio solo se saludaban desde lejos. Más tarde, comenzaron a hablar porque las horas pasaban lentas y contarse cómo iba todo hacía más llevadera la jornada. Se reían juntos, hablaban de cosas triviales, se quedaban embobados contemplando el vuelo del milano negro o se salpicaban con agua de los arroyos solo para ver la reacción del otro. Cada vez estaba más a gusto con él.

Una de esas mañanas, Elvira se lo quedó mirando fijamente. Él supo interpretar aquel gesto y dejó que los mastines se encargasen de las vacas. Se acercó y, con cuidado, le tendió la mano. Ella tocó sus dedos y sintió cómo se estremecía su columna vertebral. Se dejó llevar por la tentación, por sus caricias cuidadosas, devoró, hambrienta, sus labios y, por primera vez, sintió eso que algunos llamaban amor y que ella definiría como su mayor pecado. Era una mujer casada y «los que viven según la carne no pueden agradar a Dios», advertía la Biblia.

Acarició de nuevo a su hija, quien se había unido en oración a las demás mujeres de la aldea. Elvira permanecía callada. Sabía que rezar era inútil. El infierno las aguardaba.

# Capítulo 77
## Fina

Las preguntas que deseaba hacerle a Xosé da Pequena se acumulaban. No obstante, la primera cuestión era obligada.

El clima invitaba a sentarse al lado de la cocina de hierro o de la estufa. En las calles de Prado de Limia solo se escuchaba el agua del lavadero, impaciente y llorosa. Subí hasta cerca de la casa de Xosé y vi que exhalaba humo. La tienda de Mamen estaba abierta. Mejor preguntar.

—Hola. ¿Qué tal todo?

—Muy bien. Qué gusto saber de ti otra vez, Fina.

Me recibió con familiaridad, con su sonrisa acogedora.

—¿Me das una bolsa de patatas fritas y una palmera de chocolate? —le pedí.

—Claro que sí. Aquí tienes.

Saqué la cartera, pero hizo un gesto de que no era necesario pagarle.

—Tengo algo que comentarte —dijo, pesarosa—. Metí la pata el otro día. Vino por aquí Urbana y le pregunté por ti. Se enfadó mucho al saber que visitaste a su marido. Se lo comenté de forma inocente, pero de verdad que lo siento.

—Te agradezco el aviso. Precisamente te quería preguntar si estaban Xosé y su mujer en casa. Con el carácter que tiene Urbana, prefiero tenerla lejos —le expliqué.

Cambió de nuevo la cara, por otra más relajada.

—No sabes la alegría que me da saber que no estás enfadada.

—De verdad que no —la tranquilicé—. Pero, si me dijeras si está Urbana, me harías un gran favor. Acabo de estar en el cementerio de Prado y quería hablar con Xosé para que me contara algunas cosas. Por cierto, ¿tú no sabrás si el empresario Arturo León nació en Salgueiro?

—Ya sabes que llevo poco aquí, en eso no voy a serte de mucha ayuda. Puedo preguntarle a alguno de mis clientes. Muchos son mayores y seguro que lo recuerdan.

—Sería estupendo. Precisamente me da vueltas una idea en la cabeza y necesitaría que me ayudaran los vecinos que nacieron en Salgueiro.

—¿Qué idea?

—Quiero saber los nombres de los niños que eran compañeros en la escuela de Cibrán Ferreira, un niño que apareció muerto hace muchos años en Salgueiro. Con él comenzaron los crímenes. El punto de partida siempre es importante.

—Sí, es un horror todo lo que estamos conociendo estos días —comentó Mamen—. Y pensar que sucedió aquí, tan cerca.

—A ver si puedo descubrir algo. A todo esto, te estaba preguntando por Xosé y Urbana.

—Cierto. En cuanto a Urbana —me informó en un tono casi confidencial—, está en casa. Mejor que no te vea. Eso sí, tienes suerte porque Xosé ha salido.

—¿Ha salido? ¿Con lo que le cuesta andar y con el día que hace? —me extrañé.

—Sí, a mí también me pareció muy raro. Pero vino a comprar unas pilas hace cosa de una hora y me dijo que iba hasta Guende.

—¿Tiene allí familia?

—No, no. Quería ver el foso del lobo. Por lo visto un conocido le dio envidia porque le contó que quedó muy bien restaurado. Ya sabes cómo es la gente mayor, le debió de dar hoy por ahí porque con este tiempo no es ni medio normal. Que tampoco sé cómo Urbana lo deja ir. Casi no sale de casa y hoy le permite que vaya hasta allá, estando como está el pobre hombre...

Agradecida por la información, me despedí. Debía darme prisa. Los días eran cortos y hasta Guende tenía una pequeña tirada en coche. Además, la niebla era cada vez más espesa y gris, una boca hambrienta que, conforme pasaba el tiempo, devoraba las formas, el sonido y la distancia.

# Capítulo 78
## SuR3

En el Gadis compró galletas, detergente y un kilo de pechugas en oferta. En el Familia tenían un dos por uno en pastas y cogió para todo el mes. La leche estaba más barata en el Mercadona, pero andaba escasa de tiempo para ir hasta otra tienda, así que metió una caja de seis cartones junto con los espaguetis, macarrones y fideos. Entregó la tarjeta y los cupones de descuento y pagó en metálico. Siguiendo la costumbre de su madre, comprobó que el recibo y la vuelta estuvieran bien y, entonces sí, agarró la compra y la llevó hasta el coche.

Condujo en dirección a su casa, dejó el coche en el garaje y sacó la compra del maletero. Llamó al ascensor mientras miraba el reloj. Le pareció que tardaba más que de costumbre. Nada más abrir la puerta de casa, Misifú se restregó en su pierna y maulló. Ella lo apartó y siguió hacia la cocina, donde fue colocando la comida. Como el gato la perseguía, decidió hacerle caso y echarle comida en el plato. Al verlo entretenido, recogió su equipo en el cuarto y salió de nuevo a la calle.

De vuelta en el ascensor, coincidió con la vecina cotilla del quinto izquierda. Ojalá solo quisiera hablar del tiempo.

—Buenos días. Parece que hoy vas con prisa —le dijo mirando sin disimulo la bolsa de deportes y la mochila que llevaba.

SuR3 no tenía ganas de conversación, pero la señora no apartaba los ojos de su equipo de trabajo, así que se inventó algo.

—Buenas. Sí, me apunté al gimnasio.

La vecina, al escucharlo, se persignó como si aquello fuera un milagro.

—Haces bien, hija. Es lo bueno de tener tiempo libre. Yo no lo tengo. Bajo media hora hasta la iglesia y después sigo con mis cosas. Rezaré para que continúes con el hábito.

Realmente iba hasta el banco. Era ludópata y se pasaba las madrugadas jugando al póquer en internet. La tarjeta de la que tiraba se había quedado sin crédito y pretendía convencer al director de que le ampliaran los fondos. A pesar de saber todo eso, SuR3 sonrió y le dio las gracias.

Una vez sola, dentro del coche, desplegó un mapa impreso y marcó dos puntos próximos entre sí. Verificó que lo tenía todo y arrancó. Quince minutos después llegaba a su destino. Dio un par de vueltas para comprobar las salidas e inspeccionar los alrededores y, a continuación, entró en un aparcadero. Era uno de los negocios que había marcado en el papel, una multinacional de bricolaje y decoración con bastante movimiento de clientes. El sitio perfecto para realizar su misión y pasar desapercibida.

Abrió la bolsa de deporte y sacó la antena. Cuando nadie miraba, la colocó de forma disimulada entre el vehículo y el cierre del recinto. Apuntó en dirección al edificio que estaba justo enfrente y se metió de nuevo en el coche. Deslizó el asiento hacia atrás, se puso cómoda, estiró los dedos y se dispuso a hacer magia.

Dentro de la mochila esperaba su equipo con sistema operativo Linux. Una vez conectado a la antena, buscó las redes wifi de la zona. En medio de la ciudad necesitaría media mañana para filtrar los cientos de señales diferentes: bares, negocios, pisos particulares, móviles compartiendo datos... Pero en el polígono la tarea era más sencilla. Además, su objetivo tenía una red muy identificable: «Constructora_Leon_Wireless».

Piratear la wifi le llevó más de lo previsto. Se veía que habían dejado la seguridad en buenas manos, porque normalmente no tardaba más de cinco minutos en conseguir la clave de acceso. La noche anterior también se tuvo que emplear a fondo después del ataque de denegación de servicio que sufrió el blog de Fina. Eran auténticos profesionales. Sobrecargaron la plataforma de Wordpress en la que se almacenaba la bitácora, impidiendo que el resto de los usuarios pudieran acceder al contenido. Lo mismo que colapsar un carril con coches para que nadie más pueda circular. Si a eso se le sumaba el burofax tan madrugador, no había que ser muy inteligente para imaginar que Arturo León quería impedir a toda costa que se hablara de él.

A Fina le mintió. Le contó que lo del blog era algo normal, fruto de tantas visitas. Era importante que estuviera tranquila. Y, sobre todo, que le diera ese día de margen para ver qué se traía entre manos Arturo León.

Una vez dentro de la red de la empresa, buscó el ordenador de Arturo León. En cuanto lo localizó, hizo *spoofing* para falsear la MAC del equipo, el identificador único que le asigna cada fabricante. Suplantada la MAC, quedaba lo más sencillo. Pulsó encima del icono de Wireshark, ejecutó el programa y, *voilà!*, su pantalla le devolvía unas maravillosas líneas de código con todo lo que se cocía en el ordenador del empresario.

Satisfecha, se estiró en su asiento y abrió una lata de refresco. Bebió un buen trago y alzó la lata hacia el parabrisas, que le mostraba levemente su reflejo.

—Brindo por mí —se felicitó.

Lo siguiente ya era más complicado. Acceder a un iPhone era un trabajo de días, pero esta vez debía batir su marca. Cruzó los dedos. Después de crear una página web falsa, le envió un correo electrónico al constructor haciéndose pasar por Apple. El diseño era calcado al que enviaban los de la empresa de Cupertino y el remitente, info@apple.com, tampoco levantaba sospechas. Cuidó mucho el texto, avisando de que se había descubierto un fallo de seguridad que comprometía su dispositivo y era necesario cambiar cuanto antes la contraseña. Podía hacerlo desde su terminal o bien desde la web appleid.apple.com. Si pulsaba en el enlace, entonces accedería a una página igual que la de Apple, solo que controlada por ella.

Debían de darse muchas casualidades, pero era un buen trabajo de *phising*, nada que ver con esas páginas con faltas de ortografía o dominios extraños. Aquí nada levantaba sospechas, a excepción del hecho de que Apple nunca pedía confirmar la contraseña. En su página, SuR3 sí la solicitaba y, tras pedir que el usuario cubriera los datos, redirigía a la web auténtica para que todo pareciera normal.

Un cuarto de hora después, cuando ya estaba a punto de marcharse, brindó de nuevo por la ingenuidad del empresario y por su talento. Arturo León acababa de darle las claves de su móvil. Cuando conseguía este tipo de cosas, SuR3 se sentía una especie de superheroína, la vida se le figuraba incluso hermosa, como si el cielo se abriera y alguien cantara aleluyas al ritmo de los Beatles.

Tenía el tiempo contado. A continuación, recogió rápido la antena y el portátil, puso el asiento en posición de conducción y salió del aparcadero. Diez minutos más tarde, las puertas de atrás se abrían.

—¡Hola, mami! —la saludó el pequeño.

—¿Qué comemos hoy? —preguntó desganado el mayor.

—Yo también os quiero —dijo, irónica—. Hoy toca pizza.

—Pero no es sábado por la noche... —repusieron extrañados los dos.

—Está bien. En casa tengo brécol. Lo acompañaremos con unas patatas cocidas...

—¡No, no! —protestaron.

Fue una comida alegre. Los chicos, animados por las pizzas, estaban más habladores que de costumbre. SuR3 incluso sacó unas galletas de postre. Jugaron a ver quién comía más de golpe. El suelo se llenó de migas mientras las bocas, entre tanta risa y broma, no tardaron en vaciarse. De vuelta en el cole, los hijos incluso se despidieron de ella con un beso.

El día mejoraba por momentos. Regresó al polígono industrial y ocupó la plaza de aparcamiento de la mañana. Aún con la sonrisa en los labios, encendió todo y se puso manos a la obra. Gracias a la clave del móvil, rastrear la actividad de Arturo León era un juego de niños. El empresario salió en su brillante Mercedes negro con una pintada horrorosa en la puerta del copiloto, y SuR3, desde el interior de un coche familiar que acumulaba polvo por dentro y por fuera, monitorizó sus movimientos hasta un despacho de abogados. El mapa lo situó después en una cafetería del centro durante un cuarto de hora y, por último, el punto detuvo su marcha en la Delegación del Gobierno.

En paralelo a que ella regresaba a por los niños, el constructor dejó las oficinas gubernamentales y se adentró por la calle del Progreso antes de girar a la derecha y tomar la carretera OU-504. SuR3, ejerciendo de eterna taxista de sus hijos, dejó al pequeño en el campo de fútbol y acompañó al mayor hasta las clases de apoyo. Al quedarse sola, sacó el móvil y comprobó que la señal del empresario estaba a setenta kilómetros de Ourense. Llevaba tiempo sin actualizar la posición. Lo más inquietante fue saber que a ese mismo punto se encaminaba otro de los móviles que tenía bajo vigilancia, el de su amiga Fina Novoa.

# Capítulo 79
Fina

Mis dioptrías y mi habitual precaución se unían. Cuando llegué a Guende, el motor estaba aburrido de avanzar en segunda. Y yo estaba arrepentida de haber ido hasta allí. Si continuaba era porque me superaba la preocupación por Xosé da Pequena. Gracias a mi abuelo sabía que la cabezonería es proporcional a la edad. Xosé tenía ya sus años y era peligroso que estuviese solo por allí.

Me metí por mitad de la aldea. Las casas alternaban tejados: los había de uralita, de teja del país y de pizarra. Grandes ventanas de aluminio blanco frente a pequeños huecos enmarcados con madera. Paredes de piedra llenas de liquen frente a muros hechos con bloques y cubiertos de cemento. El contraste habitual del rural, en una aldea en la que seguramente había más viviendas que personas.

Dos grandes mastines aparecieron en mitad del camino. Detrás, la sombra de su dueño, un hombre de unos cincuenta años que vestía un mono azul y unas botas de goma. Detuve la marcha para preguntarle por el foso del lobo. Me dio las indicaciones para llegar en coche hasta una capilla, desde donde debía continuar a pie.

—¿No habrá visto por casualidad a un hombre mayor dirigiéndose a ese mismo lugar?

—No sé quién era, pero alguien sí se ha metido. Con este tiempo por aquí no pasa mucha gente.

Permaneció en el sitio, con un gesto de contrariedad, viendo cómo me alejaba. Los mastines lo flanqueaban. Segundos después, un manto blanco y gris los hizo desaparecer.

Lo que también desapareció al poco rato de iniciar la caminata fue la cobertura. Un cartel informativo anunciaba lo que se escondía un par de kilómetros más adelante. Recordaba que en casa hablamos de la inauguración. Aún estaba estudiando en Santiago y aquel tipo de iniciativas me parecían noticias sin importancia. Entonces soñaba con la política internacional, con grandes crisis humanitarias y con conflictos que estremecían al planeta. Muíños, Lobios o Bande no eran el centro del mundo. Pero aquí estaba, buscando a un anciano con dificultades para andar que ahora estaba sabe Dios dónde en medio del monte.

Caminé con paso apurado, para que no me cogieran el frío ni la noche. Miraba a todos lados, nerviosa. Fue ahí cuando vi una presencia extraña en lo alto de un montículo. Una sombra afilada vigilaba el camino. Empecé a retroceder muy despacio. Notaba aquel cuerpo inclinado hacia delante, dispuesto a saltar, cuando una brisa movió la niebla y me permitió ver mejor. Era un lobo. La figura, situada estratégicamente, había conseguido acelerarme el pulso y acortarme la respiración. No dejaba de ser una recreación de metal, pero a aquellas horas infundía mucho respeto.

Los cinco siguientes lobos que me asaltaron tampoco le iban a la zaga. El primero, a metro y medio de altura, inclinaba las patas delanteras a punto de saltar, con el pelo encrespado y el rabo haciendo equilibrios. Más adelante otro aullaba, llamando seguramente por la oscuridad y por la gente incauta que, como yo, entrábamos en sus dominios. El tercero era el peor. Tenía una mirada turbia y fría. Cerca del foso, uno corría y otro contemplaba expectante lo que tenía delante. Si aquellas siluetas pretendían causar impresión, desde luego, conmigo lo habían conseguido.

—¡Xosé! —grité.

La niebla adormecía los sonidos. Había llegado hasta el lugar y no se escuchaba nada. Era prácticamente de noche y aún me quedaba el camino de regreso. Xosé no parecía estar allí. Solo yo y la inquietante figura del lobo unos metros atrás. Me acerqué hasta el foso. Recordaba a una muralla medieval, redondeada y alta. Solo que dentro no había castillos ni calles. Únicamente nieve, piedras y hierbas.

—Xosé, ¿estás por aquí? —insistí.

De nuevo el velo blanco callaba. Fue entonces cuando vi una escalera pegada al muro del foso. Temerosa de que Xosé hubiera entrado y sufriera una caída, me armé de valor y accedí al recinto. Un minuto, mirar rápido y salir. Ya bastante había hecho llegando hasta aquel rincón perdido en la sierra.

Una vez abajo, pisé con cuidado. El suelo era irregular y los muros, movidos por la niebla y la oscuridad, por momentos parecían aproximarse a mí. Traté de mirar entre la niebla y busqué sin saber bien dónde. Xosé seguía sin aparecer. Me moví, desorientada. En mi cabeza solo pensaba en volver. Entonces tropecé. Avergonzada, quise levantarme rápido y volví a caer. Mi mano tocó algo áspero y blando. Un tacto que no encajaba allí.

El bulto estaba inmóvil. Solo las esquinas se movían un poco, animadas por el viento. Aquella quietud me alteraba casi tanto como saber que un cuerpo permanecía a escasos centímetros de mí. El saco marcaba perfectamente su silueta. Estaba doblado y colocado sobre una pequeña elevación, como si descansara encima de un altar natural. Dudé si destaparlo o no. Finalmente, hice lo más insensato. Mis dedos tiraron de la tela como quien descorre el inicio de una tragedia. Tras el saco, unos ojos enrojecidos y violentos. Los de Arturo León.

Si antes sentía miedo, ahora estaba aterrada. Reculé buscando el refugio de las paredes de piedra. Busqué la escalera, la puerta de salida de aquella cárcel. No aparecía por ningún sitio. Estaba totalmente perdida, sin saber bien el punto concreto al que dirigirme.

De pronto apareció una sombra en lo alto. Sentí casi felicidad porque la silueta del lobo era la única referencia clara que tenía. Pero esta vez el perfil se movió sobre dos patas.

—¿Buscas esto?

En cuclillas, Mamen acariciaba la escalera, que descansaba encima del muro. Me lo preguntó con la misma encantadora sonrisa con la que despachaba en su tienda.

—Por cierto, Xosé estaba en su casa. Siento que tuvieras que hacer el viaje en vano. ¿Quieres que le dé algún recado de tu parte? Más que nada porque tú no vas a tener ocasión de hacerlo.

Se rio. Era una sonrisa lobuna y humillante. Viéndome en peligro, decidí huir hacia el otro extremo del recinto, pero ya era tarde. Unas manos seguras y fuertes me agarraron por atrás. Con destreza me doblaron el brazo derecho hasta encajarlo en el omóplato. Hinqué las rodillas sobre la nieve y grité de dolor. Mamen, desde arriba, disfrutaba observándome. Cogió la escalera y, con parsimonia, descendió hasta el foso. Cuando estuvo junto a mí, me agarró por el cuello.

—Pobre Fina. Tan cándida, tan entrometida, tan predecible.

Apretó los dedos fuertes sobre mi tráquea. Boqueé desesperada, horrorizada, porque el cuerpo me pedía aire sintiéndose morir. A punto de desfallecer, disminuyó la presión y me besó. Lo hizo en la mejilla, con suavidad, como quien besa a un bebé mientras duerme.

—¿Sabías que hay distintos fosos de lobo? Este es uno de los llamados de cabrita —me explicó, como si estuviéramos en medio de una visita guiada—. Cuando el lobo hacía estragos y los vecinos se cansaban, le dejaban aquí un regalo. El animal seguía su instinto, olía la cabrita y saltaba para comerla. Lo malo es que después era incapaz de salir. Estos muros miden más de dos metros de alto y están inclinados hacia el interior. A ti, como al lobo, solo había que darte carnada para que vinieras derecha hasta aquí. Eres tan previsible...

La persona que me sujetaba me obligó a levantarme.

—Después, lo mataban a pedradas y golpes. Lo paseaban por las aldeas, ante la alegría de grandes y pequeños. Era una fiesta —continuó Mamen.

Me juntaron las manos y las ataron con bridas.

—Bonita forma de morir, ¿no crees? Seguro que, dentro de unos meses, durante alguna ruta turística, cuentan como anécdota lo que va a suceder esta noche.

Me acercaron hasta el lugar en el que estaba el cuerpo del constructor y comprobé que sus ojos seguían nuestros movimientos. Estaba vivo. Mamen lo sentó en el suelo.

—¿Qué locura es esta?

Lloré, desconcertada, lamentando el enfado con mi madre y echando de menos los abrazos de mi abuelo.

—Fina, te presento a tu asesino. Ya me imagino los titulares de mañana: «Arturo León asesina a la periodista que lo investigaba». De nuevo vas a salir en todos los medios —se burló mientras me acariciaba la cara.

—¡Es imposible que esto os salga bien! —protesté llena de impotencia.

Los brazos que me apresaban desde atrás me liberaron. Pude ver entonces, por primera vez, a mi raptor.

—Eres demasiado ilusa. Estuviste cerca. Has sabido dar pasos en la dirección correcta, pero sigues sin entender nada. Y ahora, gracias a ti, el caso quedará cerrado.

Almeida, el policía, se colocó junto a Mamen. Me contemplaban como si fuera una obra de arte que, tras muchos años de trabajo y sacrificio, estaba a punto de ser culminada.

—Yo no soy nadie, pero él —dije señalando con la barbilla a Arturo León— es un hombre con influencias. No va a pagar por mi asesinato. Tarde o temprano se descubrirá lo que ha pasado.

—¡Sí, sí que va a pagar! —Almeida estaba completamente alterado—. Él es el verdadero criminal, un tipo de la peor clase posible. Y hoy, por fin, se hará justicia. Tengo experiencia y sé manipular cuerpos, conozco perfectamente mi oficio. Llevo años preparando este momento. Todo está listo para que León te mate y después, en su huida, sufra un trágico e inesperado accidente. Caso cerrado —concluyó separando las manos.

Mamen se agachó para quitarle la cinta de la boca al constructor. Le habló bajito, casi pegada a su oreja, pero pude oírla.

—Cuéntale tus pecados a Fina. Anda, dale la exclusiva ahora que puedes —le rogó.

—¿Queréis dinero? Tengo dinero. Millones. —Estaba descompuesto, buscando alternativamente a Almeida y a Mamen—. La chica tiene razón, no va a ser tan sencillo. Por ella no os preocupéis, a mí me da igual. Yo muerto no valgo para nada, pero si me soltáis os daré lo que me pidáis.

—¿Ah, sí? ¿Me vas a devolver a mi hermano Cibrán? —le inquirió Mamen, con el gesto serio.

Arturo León se quedó lívido, petrificado. Como si viera un fantasma, sus ojos se transformaron en polvo. No había miedo ni incertidumbre en su rostro, solo incredulidad.

—¿No me recuerdas? Antes de que mi madre y yo emigráramos, me llamabas Carmiña.

Arturo León intentó restarle años a las arrugas y canas de Mamen, para leer debajo de ellas un rostro conocido.

—Sí, Carmiña. ¡Éramos vecinos! —vaciló—. Lamenté mucho lo de tu hermano, fuimos muy amigos. Lo que le pasó fue horrible. Mi familia y yo también tuvimos que marcharnos de Salgueiro.

Intentó agarrarse a esa trágica infancia que los unía. Una pequeña esperanza alumbró sus ojos.

—Se ve que a mí tampoco me recuerdas —le dijo Almeida—. Soy Leandro.

La mandíbula del empresario se abrió, ahora sí, en un gesto de estupor y desesperación.

# Capítulo 80
## Cibrán

*Marzo de 1963*

Esa noche, al igual que otras durante el invierno, mientras todos dormían, Cibrán se levantó con cuidado y salió de casa. Comprobó que no había nadie caminando por la aldea y se dirigió a las afueras, al almacén donde Duarte guardaba el carbón.

Al llegar, había varios chicos esperando y se unió a ellos. Leandro llegó dos minutos más tarde, con la llave en la mano.

—Entrad —les ordenó.

Ya dentro, Cibrán sacó una baraja y empezó a repartir las cartas para jugar al tute. Otros críos, en una esquina, intentaban liar sus primeros pitillos de forma torpe.

Solían quedar allí, escapando de los adultos y, al tiempo, imitándolos. A pesar de su edad, todos conocían lo que era dejarse los riñones en el monte y querían disfrutar también de un poco de diversión. En muchos de ellos, además, las hormonas empezaban a hacer su trabajo: había quienes presumían con orgullo del esbozo de bigote que asomaba en su cara, quienes se retaban, midiendo sus fuerzas, a echar un pulso, y quienes preferían hablar sobre mujeres.

El chico mayor al que le gustaba ser el centro de atención de todas las reuniones sacó su chisquero y le dio fuego a Breixo, su hermano. Después, hizo como que lo golpeaba, dirigiéndole a distancia una serie de puñetazos.

—Si pudiera, os juro que le reventaba la cara al profesor. Me tiene manía. Algún día, cuando deje la escuela, ese se va a acordar de mí.

—Quiere que aprendas. Quiere que aprendamos todos —dijo Cibrán de refilón, con los ojos puestos en la partida que estaba jugando.

—Claro, por eso me saca todos los días al encerado. Lo que busca es humillarme y que os riais de mí.

—El profesor solo hace su trabajo, Arturo. Lo que pasa es que tú no pones mucho empeño.

—¿Qué estás insinuando? —gritó el chico.

—Yo creo que te está llamando burro —terció Breixo.

Arturo León apretó los labios, respiró hondo, se acercó al grupo que estaba jugando y, de un manotazo, tiró las cartas que sostenía Cibrán.

—¿Qué haces? —protestó Leandro—. Tengamos la fiesta en paz.

—Tú no te metas o también te vas a enterar —lo amenazó Arturo—. Y tú, que tan listo eres, que tan bien te cae el profesor, ¿podrías calcular la cantidad de mierda que cabe dentro de un saco?

Cibrán, impotente y conocedor de cómo se las gastaba el chico, intentó escapar.

—¡Agarradlo! —ordenó Arturo a su hermano, a Bernardo y Paulo, sus compinches habituales.

Se tiraron encima de él, lo agarraron por el pelo y lo obligaron a ponerse de rodillas. Cibrán, dolorido, vio cómo Arturo León cogía uno de los sacos vacíos del padre de Leandro. A continuación, se lo introdujo en la cabeza y lo estiró.

—No, por favor —rogó.

Entre los cuatro chicos continuaron como si nada. Desorientado y lleno de miedo, Cibrán notaba que jugaban con su cuerpo, empujándolo, dándole patadas y pescozones entre risas, como si fuese un muñeco de trapo.

—¡Ayudadme! —suplicó, desesperado.

Los demás niños no reaccionaron, asustados ante aquella escena, sintiendo que podían ser las siguientes víctimas de Arturo León y, al tiempo, arrastrados por el morbo de contemplar cómo vejaban a otra persona y la curiosidad de saber qué pasaría.

—Parad ahora mismo o llamo a mi padre. Y olvidaos de volver al almacén nunca más.

Más que a amenaza, las palabras de Leandro sonaron a ruego. Para Cibrán, sin embargo, resultaban el fin de aquella pesadilla. Deseaba dejar de ser el objeto de aquel macabro juego y regresar a su casa cuanto antes.

Hubo un silencio y sintió la inmovilidad de los que lo rodeaban. Fue el único que no distinguió cómo Arturo León desafiaba a Leandro con la mirada, los ojos preñados de odio.

Tampoco vio su gesto despectivo al girarse hacia él. Ni sus dedos levantando despacio el saco hasta que, a la altura del pecho, se detuvieron. Lo único que notó fue el violento golpe que lo empujó contra la pared en la que se amontonaban los sacos llenos de carbón.

Tras la embestida, la pila se vino abajo. Mientras todos salían fuera, tosiendo por la nube de carbonilla causada por el derrumbe, Cibrán yacía sin vida, enterrado bajo una montaña negra.

## Capítulo 81
Fina

—¿Se te va refrescando la memoria? —le preguntó el policía.

A mi lado, Arturo León lloraba como un niño perdido. Miraba los sacos que permanecían en el suelo. Los mocos le caían por encima de los labios, invadido por el pánico.

—¡Ten el valor de decir que no tuviste nada que ver, hijo de puta! —le gritó Mamen como si estuviera viendo la escena.

No quedaba rastro del valor ni de la prepotencia del Arturo León que yo conocía. Tirado en el suelo y sollozando, se asemejaba a un viejo con demencia, a una persona a punto de quebrarse, a una hoja seca pisoteada en la calle.

—Éramos unos niños —imploró desesperado.

—Claro que sí, campeón. —Almeida aplaudía, sarcástico—. Por eso nos amenazaste con hacernos lo mismo si contábamos algo.

—Tenía miedo, solo eso. Fue un accidente. Por favor, tened piedad. Por favor... —suplicó.

—Llevar el cuerpo de Cibrán entre cuatro a un sitio en mitad del monte no fue un accidente, como tampoco partirle la cabeza para que aquello pareciese un asesinato —le aclaró el policía—. Que mataran a mi padre por tu culpa, pensando que él había sido el culpable no fue un accidente. Llevas aplastando cabezas y deshaciéndote de quien te estorba toda tu vida.

—Yo no quería matarlo. —Las lágrimas no paraban de correrle por la mejilla.

—Mira ahora al hombre hecho a sí mismo, al empresario despiadado y sin sentimientos, gimiendo como un ratoncito. Igualito que su hermano Breixo.

Vi entonces el terror en los ojos de Arturo León. Solo fue un instante, porque después bajó la mirada en un claro gesto de derrota. Se sabía hombre muerto.

—Me lo pasé muy bien con él. Valió la pena esperar tantos años para darle su merecido. Se retorcía de dolor, pidiendo ayuda como un miserable —le dijo obligándolo a levantar la cara—. Solo no era tan valiente.

En ese momento sacó un cuchillo fino y alargado y se lo mostró.

—Lloraba como el cerdo que era. —Pasó el filo por el cuello de Arturo León, que se estremeció de espanto—. Si pudiera, haría lo mismo contigo, pero las circunstancias han cambiado. Para mí fue una suerte que tu hermano conociera a Padín. Por lo que sé, incluso te llamó para que lo contratases en Salgueiro. Ese chico, además de trabajador, era un cabeza de turco perfecto. Sin embargo, ahora te toca a ti cargar con los muertos.

Guardó el arma y posó su mano sobre el hombro del empresario, como si quisiera darle ánimos.

—Hay que cerrar el círculo. Lástima que no pudiera hacer lo mismo con vuestro padre. Ayudó a matar al mío, por eso cogí sus restos del panteón familiar y los llevé hasta Salgueiro, pero tengo esa espinita clavada. Intentaré que tú llenes ese vacío. Al menos, piensa que en nada estarás con tu familia en el infierno.

Mamen se puso unos guantes de goma. Cogió de una bolsa un saco de esparto y me sonrió.

—Mi padre y mi abuelo eran carbonarios —continuó Almeida—. Luchaban contra la tiranía. Y tú, Arturo León, eres el rey de los tiranos. El pecado perdura hasta que se extermina la raíz.

Le hizo una señal a Mamen, como indicando que era el momento. Se acercó y me colocó el saco por encima. Olía a humedad y a cerrado.

—Túmbate, así será más fácil —me dijo ella.

Unas manos me agarraron con suavidad por los brazos y me recostaron sobre el suelo.

—Lo siento, Fina. Intentaré que sea rápido —se justificó Almeida—. Ojalá no fuese necesario, pero eres la pieza que lo completa todo.

La frase final fue como un puñal. Me recordaba a una película romántica de las que solía ver. Algo que sueñas que tu pareja te dice mientras te coge de la mano y te mira de forma tierna: «Eres la pieza que lo completa todo». Pero en boca de Almeida tenía sabor a epitafio. A tierra quemada y a moho.

Mi respiración se volvió violenta. Sentía como si aquel trozo de tela fuera de plástico y me robara el aire. No veía nada. Solo notaba cómo caminaban a mi alrededor. Imaginé a Almeida agarrando una piedra pesada con las manos y levantándola para arrojarla con fuerza sobre mí. La imagen hizo que mi esfínter dejara de responder. El calor inicial de la orina dio paso a una humedad y a un frío extremos. Quería que todo acabara rápido. No ser consciente del fundido a negro.

La sensación de ahogo iba en aumento. El aire era cada vez más escaso y los segundos cada vez más crueles.

—¡Aaaaaah!

Grité con todas mis fuerzas deseando desterrar la angustia. Vacié los pulmones hasta quedarme sin fuerzas y sin voz. Otro grito, hondo y desesperado, siguió al mío. Mi cabeza enloquecía y empecé a patalear. Me agarraron por los pies, con decisión.

Las voces se confundieron.

Más gritos.

A continuación, un par de disparos y, por fin, el golpe sobre mi cráneo.

# Capítulo 82
# Leandro

*Octubre de 1963*

La aldea parecía un cementerio de vivos. No había nadie junto al arroyo, ni en el horno de pan. El camino era una línea de tierra yerma y hostil. Las casas irradiaban tristeza y cansancio. Dentro, sus habitantes permanecían encerrados, envueltos en la oscuridad para escapar a los ojos del día. Se habían instalado en un silencio que casi se podía tocar. Era un silencio que crecía y crecía hasta ocupar un lugar, como otro habitante más de Salgueiro.

Aquella estampa fue uno de los últimos recuerdos que guardó Leandro de ese lugar. Al pie de su casa, junto a su madre Matilde, colocaba encima del burro las pertenencias que habían decidido llevarse. Estaban solo ellos dos, ayudándose y despidiéndose de su hogar. El chico casi lo prefirió así.

Habían retrasado su partida unos días, para asistir al entierro de Antonio. Estuvieron velando el cuerpo y dándole el adiós en la iglesia. Leandro observó el rostro receloso de los vecinos, los ojos macilentos por la falta de sueño, los movimientos nerviosos ante cualquier cosa que se moviera. Una atmósfera de mutismo y tensión se había adueñado de sus vidas. Aquel reino que habían construido con tanto sufrimiento se estaba desmoronando. Se caía igual que los tejados de colmo a los que no se les presta atención. Primero es una gota, después otra y, cuando te quieres dar cuenta, la podredumbre lo ha corrompido todo. Vivían en la intemperie del miedo.

Leandro ató fuerte la carga y comprobó que todo estaba bien sujeto. Su madre le tendió la mano y echaron a andar hacia la salida de Salgueiro. Vio de reojo cómo lloraba, con la cabeza alta, sin dignarse a mirar hacia atrás.

Unos metros más adelante, Leandro sacó de su bolsillo una llave.

—No tardo nada —le dijo a Matilde mientras abría el almacén de su padre.

El chico salió al poco rato, con un petate al hombro.

—¿Qué llevas ahí?

—Recuerdos —respondió sin más, tocando la bolsa donde había escondido varios sacos en los que su padre guardaba el carbón.

Por más que abandonasen la aldea, juró meter en cada uno de ellos el cuerpo de los que habían acabado con la vida de Duarte, ya fuera de forma directa o indirecta. Hasta el momento, tres nombres de su lista ya estaban tachados.

El primero fue Bernardo. Todo sucedió por casualidad. Mientras estaban de fiesta en la aldea, Leandro y su madre permanecían en casa, guardando luto por Duarte. La música, las risas y las voces se sucedían. Ellos permanecían sin hacer nada, la vista fija en las cenizas del lar. No sería hasta la tarde cuando Matilde habló. Sus vacas llevaban desde el día anterior en la sierra, guardadas por los perros.

—Sería conveniente echarles un ojo, pero hoy no me apetece salir.

—Tranquila, me encargo yo —se ofreció Leandro.

Fuera continuaban de celebración, abrazados, sentados alrededor de comida y bebida. Incluso dejaban que los niños se uniesen a la fiesta dándoles vino con gaseosa, que saboreaban maravillados.

Bernardo vivía en una de las casas más próximas al arroyo, justo donde comenzaba el camino hacia la zona más escarpada del Xurés. Salía cargado con dos botellas y un gran queso, camino del festejo, cuando Leandro lo vio.

—Me han dado un recado para ti —le dijo el chico, casi improvisando al descubrir, un poco más lejos, a un grupo de romeros que regresaba a Portugal.

—¿Quién?

—María. Se acaba de marchar a casa, a Pitões, con su amiga Isabel. Pero antes hará una parada en la Pica de As Gralleiras. Por si se te ocurre dar un paseo por allí.

—¿Tan lejos?

—A mí qué me cuentas. Le gustarán los sitios tranquilos —comentó, sabiendo su interés por la chica.

Bernardo dibujó una sonrisa de triunfo y se apresuró a llevar las viandas que le había pedido su familia. Sin decir una palabra a nadie, se lavó la cara en el río y estiró la camisa para estar lo más aparente posible. En ese momento, Leandro ya le llevaba un trecho de ventaja. Cuando Bernardo llegó a As Gralleiras, el chico estaba oculto detrás de una de aquellas enormes rocas.

—¡María! —llamó Bernardo—. ¿Estás por aquí?

Leandro quiso atraer su atención y, con un palo, dio unos golpecitos en el suelo.

—Así que quieres jugar al escondite, *pillabana*. Pues ya verás cuando te descubra —dijo Bernardo con voz melosa.

Después, caminó divertido hacia el lugar donde había escuchado el ruido. Pisaba fuerte y despacio, recreándose con el juego.

—A ver si vas a estar por aquí —anunció junto a las piedras, deseando abrazar a María.

Leandro, aguantando la respiración, contó mentalmente hasta tres y se lanzó a por Bernardo. Sin embargo, no salió como tenía previsto. Su víctima demostró ser rápida de reflejos y la piedra, en lugar de impactar en su cabeza, le magulló la cara. Su compañero de escuela se llevó la mano al pómulo, dolorido. Él aprovechó ese segundo para atacar de nuevo. Bernardo trató de defenderse con patadas y puñetazos. El primer golpe lo había debilitado, pero sabía que estaba peleando por su vida. Para su desgracia, Leandro era un animal desatado y violento. No le daba tregua y golpeaba con saña. El chico fue debilitándose de forma gradual hasta que su verdugo, esta vez sí, le sacudió en el cráneo, justo a la altura de la oreja.

Con Paulo todo fue diferente. Llevaba tiempo planeando su muerte. Aquel caluroso día de verano todo el mundo disfrutaba, así que no fue difícil engañarlo. Cuando vio que estaba solo, remojando los pies en la orilla del río, se le acercó, abriendo con cuidado la mano.

—¿Dónde lo has encontrado? —quiso saber Paulo al descubrir un pequeño y moteado huevo de ruiseñor.

—Allí abajo, cerca de unas ramas.

Paulo quiso ir al momento, pero Leandro le dijo que era mejor hacerlo por separado, para que no se les unieran más niños. En el nido aún quedaban otros cuatro huevos y, de ese modo, no los tendrían que compartir.

—Dame un minuto y te espero más abajo —le indicó Leandro—. Solo tienes que seguir el curso del río.

Leandro estaba donde había dicho, lejos del grupo, agachado y observando algo en el suelo, entre unas ramas.

—Déjame ver —le pidió Paulo antes de apartarlo, ocupar su lugar y ponerse de cuclillas—. No hay ningún nido, solo un saco.

Entonces Leandro, desde arriba, lo golpeó con todas sus fuerzas con una piedra que tenía preparada. El cuerpo de Paulo cayó sin más, descompuesto y dócil. No tuvo tiempo ni de gritar. Le introdujo la cabeza en el saco y lo arrastró al río. Luego desanduvo el camino, pero por el agua, hasta que vio a un par de niños jugando a ver quién aguantaba más sin respirar. Fingió estar bañándose, se unió a ellos y, más tarde, se tumbó sobre la hierba, recreándose en aquellos sonidos de verano previos a la tragedia.

Por suerte, nadie se dio cuenta de su ausencia ni de dónde venía. Y ahora, meses después, abandonaba la aldea sin levantar ningún tipo de sospecha. Se juró regresar algún día a pesar de que le hubiesen arrebatado a su padre, o tal vez por eso mismo, para limpiar con sangre su memoria.

# Capítulo 83
Magariños

El café doble le permitiría aguantar un poco más. Llevaba cuarenta y ocho horas sin dormir y aún le quedaba mucho día por delante. Al sentirlo en la boca le pareció demasiado malo incluso para ser de una máquina de hospital. A punto estuvo de tirarlo. Tragó las ganas junto con la cafeína de tercera y encajó el informe debajo del brazo. Un corredor gris y apático lo condujo hasta el cuarto 227. Delante, un policía permanecía de pie, con los brazos cruzados y la mandíbula en tensión.

—Gutiérrez, me encargo yo de la vigilancia. Tómate el día libre.

—Inspector, con el debido respeto, usted lleva más horas de servicio que yo.

—Es una orden, Gutiérrez —le dijo Magariños en el tono en el que un padre aconsejaría a un hijo. Después dejó la mano sobre el hombro del policía y lo invitó de nuevo—. Anda, vete a casa, que lo tienes más que merecido. Descansa.

Acompañó con la mirada los pasos de su subordinado hasta la salida y le dio un último trago al café antes de depositarlo en la basura. Dentro de la habitación había tres camas, aunque solo una estaba ocupada, la del fondo. Aún no había amanecido. La única luz provenía de una máquina que transformaba las constantes vitales en ondas.

Se sentó al lado de la cama. Su rostro, apenas iluminado por los colores que desprendía la pantalla led de la máquina, buscó el de Fina. Le parecía casi una niña.

Acostumbrado a convivir con las situaciones más crueles, no pudo menos que dolerse al verla. Su estado era reservado. Permanecía sedada e intubada. Una gran venda le cubría la cabeza, dándole un aspecto aún más lívido.

Magariños releyó una a una las hojas del informe gracias a la claridad del monitor. Alternaba la vista entre las conclusiones preliminares y los indicadores de la frecuencia cardiaca y respiratoria. A pesar de que Fina estaba inconsciente, en su interior la imaginaba dormida y prefería no despertarla. Por eso no había encendido la luz.

Una vez entregado el informe, iba a presentar su dimisión. Lo había decidido esa madrugada. Había cometido un error tras otro, confió en quien no debía y fijó mal las líneas de investigación. Algo imperdonable. Homicidios merecía a alguien mejor que él.

De la cama le llegó una queja apagada. Parecía casi un suspiro. Fina entreabrió levemente los ojos, desorientada y afectada por la medicación. Magariños corrió en busca de la doctora de guardia, quien regresó acompañada de un enfermero.

—Espere aquí, por favor —le pidió al inspector en la puerta de la habitación.

Él, acostumbrado a dar órdenes, obedeció como un familiar que vomita silencios por miedo a las palabras. Cinco minutos después se abría la hoja de madera. En ese tiempo dio vueltas y más vueltas en el pasillo, nervioso, incapaz de controlarse. La doctora lo advirtió y, antes de recibir la pregunta, lo tranquilizó.

—Está bien. Con dolor, pero nada que no cure el descanso. Puede hablar con ella si lo desea, pero no la canse demasiado.

—Gracias, doctora —le dijo.

Ya más tranquilo, entró en el habitáculo. Fina tenía aún los ojos entornados. Se pasaba la lengua por los labios, de una forma torpe y lenta.

—¿Quieres un poco de agua? —preguntó el inspector.

Ella movió levemente la cabeza y él subió el respaldo de la cama para que bebiera con comodidad. Tosió un par de veces y Magariños la calmó.

—Poco a poco. Sé que tienes sed, pero el cuerpo necesita acostumbrarse.

El policía se sentó otra vez en la butaca, desgastada y tan hundida que las nalgas notaban más la estructura de hierro que la gomaespuma. Fina se quejó por lo bajo. Estaba confundida y, en un momento, se llevó la mano libre de tubos a la cabeza. Abrió entonces los ojos del todo, como recordando lo sucedido.

—Fueron Mamen y Almeida. ¡Ellos son los asesinos! —dijo de repente, arrastrando las palabras.

—Lo sabemos. Están detenidos. Estuvieron a punto de matarte —le aclaró el inspector, señalándole el vendaje—. Has sufrido una pequeña fractura craneal. Nada grave según la doctora.

—¿Y mamá? ¿Y el abuelo?

—Por ahora no puedes recibir visitas. Están en la sala de espera del hospital. La doctora está hablando con ellos ahora mismo, para tranquilizarlos —informó el inspector—. Tienes una familia que te quiere mucho. No hubo manera de que se marcharan a casa a descansar. Tu abuelo incluso estuvo hablando con todos los médicos que conoce para que no te falte de nada.

Los ojos de Fina se volvieron acuosos. Magariños no supo decir si de orgullo o de sufrimiento.

—¿Cuánto tiempo llevo ingresada?

—Día y medio.

—¿Día y medio? —se sorprendió.

—Supongo que ahora no es el momento, pero cuando estés mejor necesito interrogarte. ¿Recuerdas qué pasó en Guende?

Fina cerró los ojos un instante y se llevó de nuevo la mano a la cabeza. Magariños observó cómo evitaba la respuesta.

—Ojalá pudiera borrar lo que viví allí, pero lo recuerdo todo. Lo pasé muy mal.

—Está bien. Ahora descansa. Voy a apagar la luz y hablaremos a última hora de la mañana.

—No, por favor, no apague la luz. No quiero quedarme sola —rogó Fina—. Prefiero hablar ahora.

Fina remojaba las respuestas en pequeños sorbos de agua. Durante una hora contó de forma detallada lo que había hecho en Prado, la conversación con Mamen y el miedo que vivió en el foso del lobo.

—Bien, con esto creo que es suficiente —dijo Magariños—. Si tengo alguna duda, vendré a hablar contigo.

—Antes de que se vaya, hay una cosa que no entiendo.

El inspector la animó a seguir hablando.

—Almeida... —Fina pensó en cómo formular su duda—. Dijo que habían matado a su padre. Si no recuerdo mal, al único hombre al que asesinaron en Salgueiro porque pensaron que era el culpable de todo fue a Duarte Teixeira.

—Sí. Almeida cambió el orden de sus apellidos. Puso primero el de su madre que, casualmente, coincidía con el del fundador de la Carbonaria, Luz de Almeida. De ese modo borraba su relación con Salgueiro. El nombre sí que lo conservó: Leandro. Se hizo policía para tener información y poder actuar sin levantar sospechas. En apariencia era un gran profesional, una persona afable y trabajadora —se lamentó.

Magariños agarró el informe y lo abrió por la mitad.

—Cuando tenía un objetivo seguro, iba a por él. No dejaba nada a la improvisación. Quería venganza. Acabar con los que mataron a Cibrán y con los que ajusticiaron a su padre. «El castigo de los traidores», según sus palabras —continuó repasando los datos—. En algún caso no llegó a tiempo, porque los implicados fallecieron de viejos o debido a alguna afección. Incluso en estos casos profanó sus tumbas y los enterró en Salgueiro. Quería completar el círculo y la estrella de la Carbonaria, en honor a su padre y a su abuelo.

—¿Y Mamen? ¿Qué pinta en todo esto? —preguntó Fina, confundida—. Por lo que entiendo, su padre, Antonio, fue una de las víctimas. Si lo mató Almeida, ¿qué hacía colaborando con él?

Magariños se inclinó hacia la cama. Levantó los ojos hasta el techo pintado de un blanco anodino y suspiró.

—Te confieso que a mí también me desconcertó. Mamen emigró con su madre al País Vasco muy joven y, hasta hace unos años, no regresó a Galicia. Leandro Almeida actuaba solo hasta ese momento. Pero un día Mamen cayó enferma. Precisaba un riñón de forma urgente y Leandro viajó al País Vasco para donarle el suyo.

—¿Almeida fue su donante?

La cara de Fina pedía más respuestas. El inspector sacó una hoja del informe y se la entregó a Fina.

—Todo está aquí. Mamen y Leandro Almeida son hermanos. Ambos son hijos de Duarte. Incluso Cibrán, el primer fallecido en Salgueiro, era hijo de Duarte.

Fina comprobó que el análisis del ADN confirmaba el parentesco entre los tres.

—Al no encontrar ningún donante compatible, las posibilidades de Mamen de seguir viviendo eran muy reducidas. Fue entonces cuando su madre, Elvira Alonso, le confesó que había una mínima esperanza. Tenía un hermano vivo. La mujer estaba segura de que Antonio, su marido, era un hombre estéril y por eso no se quedaba embarazada. Pero se enamoró de Duarte y nacieron Cibrán y Mamen.

La chica abrió los ojos, sin acabar de creérselo del todo.

—Almeida y Mamen, desde la operación, se hicieron inseparables. No me digas por qué, pero él incluso le contó sus planes y ella decidió sumarse. Según me ha reconocido, Mamen fue la que más empeño puso en matar a Arturo León.

—¿Lo hizo?

—No. Por suerte para ti y para él, no pudieron acabar con lo que empezaron.

—¿Sabe si me ha denunciado? Arturo León, digo. Tenía que borrar las publicaciones del blog y no lo hice.

—Arturo León ahora tiene problemas más importantes en los que pensar. Él también está en prisión.

—¿Y eso?

—Es un corrupto. No solo compraba favores policiales, sino también políticos. Ayer recibí un correo suyo. Declaraba estar arrepentido, que durante décadas había usado su influencia para amasar dinero de forma ilícita. Adjuntaba documentación con numerosas pruebas y grabaciones. Las guardaba para asegurarse de que nadie cantase.

—No es propio de él. Supongo que este suceso lo ha cambiado.

—Cuando fuimos a detenerlo me amenazó. Me dijo que él no me había enviado nada, que todo era falso y que, cuando acabara conmigo, el único sitio en el que podría vivir sería en un colchón debajo de un puente.

—Esa frase sí le pega más.

Magariños se puso en pie. A punto estuvo de decir algo, pero, en su lugar se apretó el puente de la nariz, se despidió de Fina y enfiló hacia la salida.

—Inspector, olvida el informe.

—Lo tienes todo ahí. Puedes usar la información como quieras.

Fina lo agarró como si fuera un tesoro.

—Gracias —dijo alzando la carpeta con el logotipo de la Policía Nacional—. Por esto y por salvarme.

—No fui yo. Te salvaron Moncho y Padín.

En la frase había un poso amargo. La chica lo intuyó y quiso levantarse de la cama para ver mejor a Magariños.

—¿Están bien?

Lo que más le dolía al inspector no era la traición de su hombre de confianza, alguien casi de la familia, o haber afrontado mal el caso. Lo peor era sentirse responsable de otra muerte.

—Lo siento mucho, Fina.

## Capítulo 84
## Moncho

En el tanatorio no cabía un alma. Moncho acompañaba en la sala principal a los padres de Padín, deshechos por el dolor. A lo largo del día numerosos vecinos se habían acercado a consolarlos. No lo lograron.

A primera hora, cuando llegaron los periódicos, Moncho vio una foto de su amigo, sonriente, en primera plana del *Ourense Actualidad*. Nada que ver con esa imagen oscura, esposado, de unos días antes o de la otra, en la que lo mostraban haciendo la *mano cornuta* y lo acusaban de violento. En esa portada salía con el pelo recogido y con su cara de bueno, la misma con la que lo recibía cada día desde el coche, antes de ir al trabajo. O cuando le pedía que esperara cinco minutos más para acabar una cosa en la obra. «El héroe del Xurés», titulaba el periódico esta vez, sin ningún tipo de pudor. Moncho, enfadado, lo tiró a la basura.

Se dedicaron a juzgarlo, sin conocerlo ni lo más mínimo. Y ahora todos hablaban de lo maravilloso que era. «Una persona excepcional». «Alguien que no dudaba en sacrificarse por los demás». «Un ejemplo». Frases hechas con las que todo el mundo se apuntaba a la nueva marea. Pero Padín no era así. Él no quería protagonismo porque era mejor que todo eso.

Pero ahí estaban todos, dando su «sentido pésame». Repartiendo abrazos y frases de ánimo como quien invita a un café. «Así os parta un rayo», deseó Moncho.

La paciencia le duró lo justo. Hasta que llegó una comitiva de políticos. Los imaginó en la entrada del tanatorio, posando delante de los fotógrafos y declarando ante las cámaras que lamentaban y condenaban la muerte de

Alberte Padín, al tiempo que fijaban tres días de luto en el ayuntamiento. Fue por eso por lo que, cuando entraron al velatorio y un consejero lo quiso saludar, él permaneció sentado y soltó una frase que le salió del alma.

—Como me toques, vas a ocupar la sala de al lado.

El cortejo de policías y guardaespaldas tomó rápidamente posiciones. La madre de Padín intervino.

—Él es de la familia —dijo poniéndose de pie y señalándolo.

Moncho se acercó a ella y le dio un beso cariñoso.

—Perdona mis prontos. Será mejor que me marche. Estaréis más tranquilos.

Se abrió camino entre la multitud. Fuera, varios hombres fumaban a pesar de la helada de la noche anterior. Distinguió al que en el bar los acusó de robar en Salgueiro. Cerró el puño, pero frenó en seco. Padín no merecía aquel espectáculo el día de su entierro.

Se puso el gorro sobre la cabeza y salió a la intemperie. Al meter las manos en los bolsillos de la cazadora sintió el tacto del móvil. No lo miró porque estaba sin batería. Llevaba dos días sin cargarlo, desde que se había quedado al 20 por ciento tras recibir la llamada de Sara desde el hostal.

—Moncho, ¿está Fina contigo? —le había preguntado preocupada la madre de la periodista.

—No. ¿Por qué? ¿Ha pasado algo?

—Acaba de llamarme una mujer desde un número oculto. Asegura ser amiga de Fina. Por lo visto, la está ayudando en su investigación y teme por su vida —dijo Sara con angustia—. Me avisó de que Fina va hacia el foso del lobo de Guende, donde corre peligro. He llamado a mi hija y su móvil no funciona.

—Fina es una chica lista. Seguro que es alguien que te quiere asustar para conseguir un poco de protagonismo.

—Se marchó a mediodía, enfadada. Desde entonces no sé nada de ella. Me comentó que iba a casa de su abuelo, pero por allí no ha pasado.

—Ya verás como no es nada. Quédate tranquila.

Aún no había colgado cuando Padín se levantó de la cama.

—¿Es Fina?

—No, su madre. Está preocupada. Alguien le ha dicho por teléfono que su hija no está a salvo. Creen que está en Guende.

—¡Vamos!

—Tú no puedes ir a ningún sitio. Acabas de sufrir una hipotermia. Necesitas recuperarte.

Padín se vistió a toda prisa, ignorando sus indicaciones. Cogió las llaves del Toyota Hilux y entró en el garaje. Moncho no daba crédito. Unas horas antes lo había encontrado en posición fetal, temblando y muy débil. Y ahora parecía un bulldozer en acción. Viendo que era imposible hacerlo cambiar de opinión, entró con él en el coche.

El portal del garaje se abrió ante la sorpresa de los periodistas que aún hacían guardia. Contemplaron inmóviles las luces del vehículo y solo se apartaron cuando Padín comenzó a revolucionar el motor. Estuvo a punto de atropellar a un cámara. Menos fortuna tuvo el lateral de una unidad móvil. La *pick-up* le rayó dos puertas mientras se alejaba con el acelerador a fondo.

—¡Llámala! —le gritaba Padín durante el camino—. Llama a Fina, por favor.

Por más que insistió, Moncho solo escuchaba la misma locución que Sara: «El teléfono al que llama está apagado o fuera de cobertura».

A su lado, Padín se concentraba en la carretera. Moncho no imaginaba que fuera posible conducir tan rápido a través de la niebla. Cuando pensaba que se iban a estrellar, Padín torcía el volante, como si supiera el camino de memoria, y seguía acelerando.

Ya en Guende, localizaron el Polo verde de Fina junto a la capilla.

—Está aquí. La mujer de la llamada tenía razón —se alarmó Padín.

A pesar de que el camino de tierra era demasiado estrecho para su coche, él no se detuvo. Destruyó a su paso varios muros de piedra, abolló la defensa e incluso rompió un faro, pero no paró hasta llegar al foso. A punto estuvieron de chocar con él, pero Padín tiró del freno de mano en el último segundo y abrió la puerta dejando el motor encendido.

En cuanto pisó la nieve, escucharon un grito angustioso. Moncho se quedó petrificado, pero Padín se convirtió en un animal rabioso y descontrolado. Subió como un loco hasta lo alto del muro y buscó aquella voz desesperada. Entonces apretó los puños y rugió encolerizado antes de saltar dentro de aquella trampa para lobos.

Un segundo más tarde, Moncho, ya encima del foso, clavó su vista en un saco. De su interior sobresalían unos pies con unas zapatillas blancas. Pataleaban con fuerza. Mientras, la mujer que les solía llevar los bocadillos a la obra trataba de inmovilizarlos. A su lado, uno de los agentes que le había tomado declaración, Almeida, sujetaba con las dos manos una piedra. La soltó en cuanto descubrió a Padín, avanzando hacia él, de un modo violento e imparable. El policía cogió una pistola y le disparó. El tiro falló.

Moncho corrió entonces, siguiendo los pasos de su compañero. Pudo ver cómo Padín se tiraba encima de Almeida. Los dos rodaron por el suelo y forcejearon con saña. Mamen, a poca distancia, cogía la piedra que había dejado el policía y la descargó sobre la cabeza de Fina justo en el momento en el que Moncho le reventaba el pómulo. A continuación, sonó el segundo disparo.

Cuando se giró, Moncho descubrió a Almeida retorciéndose debajo del cuerpo de Padín. No lo pensó dos veces y pateó la cabeza de su interrogador hasta que dejó de moverse, como si se tomase la revancha.

Ansioso, Moncho llamó a su compañero. Le pidió que le hablara, que aguantara un poco. Como no respondía, le dio la vuelta.

Trató de mantener la calma a pesar de que la sangre brotaba sin parar de la boca del estómago. Apretó fuerte con las manos en el agujero y, por primera vez en su vida, rezó. Padín apenas respiraba y por su boca también corría un hilo rojo.

—¿La salvamos? —preguntó, con la voz apagada.

—Sí —lloró Moncho, respondiendo lo único que podía hacerlo feliz, mientras veía cómo se le iba la vida, de forma irremediable, al que consideraba su único amigo.

# Capítulo 85
## Manuel

El pie del bastón golpeó rítmicamente el suelo. Un golpe, dos, tres y así hasta diez. Descansó un rato y volvió a golpear con la misma cadencia. Manuel mataba los nervios y la espera a través de aquel trozo de madera. Solo se detuvo cuando la doctora se acercó. Todo estaba bien, aunque Fina necesitaba descansar.

Acompañado por Sara y por Miguel, había sufrido durante día y medio por el estado de su nieta. Ni visitar a Olegario quiso a pesar de que estaba en ese mismo hospital y de que su amigo podría ayudarlo a sobrellevar la situación. Comió prácticamente obligado porque no tenía ni hambre del dolor tan profundo que padecía. Y, a pesar de la edad, aguantó de madrugada en la sala de espera del hospital. Las enfermeras, compadecidas, le dejaron mantas y una almohada. Manuel despertaba cada poco, sintiendo como si Fina lo llamara.

Cuando la doctora regresó junto a ellos, el bastón se puso de nuevo firme y esperó las noticias, tenso. Por fin podían visitar a Fina. Sara y Miguel se felicitaron y corrieron en dirección al cuarto.

—Papá, ¿no vienes? —quiso saber Sara al verlo tan dubitativo.

—Id vosotros. Ahora os cojo. Es que tengo la pierna dormida —mintió.

Había decidido entrar el último. Estaba demasiado afectado y nervioso. Respiró hondo, se dio valor golpeando el suelo con fuerza y se dirigió a la habitación de su nieta. Por el camino puso su mejor cara y prometió ser fuerte por ella. La promesa fue efímera. Duró hasta que la vio acostada en la cama.

Fina, completamente pálida, hablaba con su madre. La piel de la nieta se asemejaba a papel de fumar, frágil y transparente. Sin querer molestar, se fue acercando, vacilante.

En cuanto la chica lo vio, estiró los brazos para acoger el calor del abuelo. Manuel rompió entonces con lágrimas aquella barrera de tubos que le colgaban de todos lados.

—No sabía la falta que me hacéis —se quejó Fina.

«Yo sí sé la falta que me haces tú», pensó Manuel mientras lo embargaba la emoción. Le agarró la mano y no se la soltó, como si fuera una niña que regresara a casa después de muchos días. En el fondo era su niña. La que trajo la alegría a una casa vacía, la que los sorprendía con sus ocurrencias y su sabiduría. La que los hacía sentirse orgullosos y la que los atormentaba de sufrimiento. Manuel sintió de nuevo ese miedo amargo de perderla y deseó vivir unos meses más para asegurarse de que, en su ausencia, ella estaba bien.

Fina estaba abatida. No paraba de llorar.

—¡Padín ha muerto por mi culpa! —repetía.

—No digas eso —la cortó Manuel—. Los únicos culpables son Mamen y Almeida. Si llegan a matarte, yo no sé...

El abuelo no pudo acabar la frase porque la imagen de la nieta sin vida era superior a sus fuerzas.

—¿No lo entiendes? Quien debía morir era yo, no él.

—Padín era una persona tan noble que, nada más verte, supo lo maravillosa que eres. Se preocupó por ti sin pensar en él mismo —le dijo Manuel, acariciándole la mejilla—. Te ha dado un regalo precioso. Por favor, no lo desaproveches.

Fina asintió, incapaz de llevarle la contraria.

—Abuelo, tengo que pedirte un favor —le rogó.

—El que quieras.

—Me tienes que llevar a su entierro.

Sara saltó y movió la cabeza con un gesto negativo.

—Estás muy débil. La doctora te ha recomendado descanso —le explicó la madre—. Iremos tan pronto como estés bien.

—Necesito ir hoy.

Como Sara no daba su brazo a torcer, buscó en Manuel un aliado.

—Abuelo, ¿a ti te gustaría irte sin vernos allí a todos? ¿O preferirías que nos despidiéramos de ti como te mereces? Quiero decirle adiós a Padín, que no piense que no me importa. ¡Dime que me vas a llevar, por favor!

Manuel no se imaginaba nada más triste que morir solo. Pensó en el sacrificio que había hecho Padín por su nieta, pero también en que hasta unas horas antes Fina estaba inconsciente.

—Es muy importante —suplicó, como quien solicita su última voluntad.

—Papá, haz que entre en razón. Si sale del hospital tan pronto, le puede suceder cualquier cosa —le pidió Sara.

Después de mirar hacia las dos de forma alternativa, salió del cuarto en silencio, con pasos cortos pero seguros. Fina y Sara pensaron que no le quería dar la razón a ninguna y por eso se marchaba. Sin embargo, reapareció diez minutos después. Acudía con la doctora y con Magariños, quien se había retirado al pasillo para dejar un poco de intimidad a la familia.

—Habitualmente no lo permitiría, pero voy a hacer una excepción —explicó la doctora—. Fina, una ambulancia medicalizada te acompañará hasta la iglesia. Estarás solo lo indispensable. Al mínimo síntoma de mareo o de molestias, te traemos de vuelta. No es negociable.

Con la mirada vidriosa, Fina le dio las gracias a su abuelo.

—Yo os escoltaré en el coche patrulla. Por si fuera necesario —aclaró Magariños.

Una hora más tarde, Fina, agarrada por su madre y por su abuelo, abría la verja de la iglesia de San Pedro. El lugar estaba próximo a la carretera que conducía a Mugueimes, el centro de Muíños. Pasaron primero junto a la rectoral, convertida en casa de turismo rural, y llegaron hasta el aparcamiento. No había ningún coche. El entierro ya había finalizado.

—No es tarde —le dijo el abuelo a Fina, invitándola a seguir adelante.

Entraron en el atrio y los recibió la visión de una larga espadaña. La puerta parecía una boca profunda que se abría en la piedra. Justo encima, una cruz que hacía también las veces de ventana y, un poco más arriba, sobresalía un extraño círculo. Manuel supuso que algún día en ese lugar hubo un reloj y que alguien decidió quitarlo debido a su inutilidad. Allí el tiempo no importaba.

Una sucesión de nichos y de panteones coronados con cruces marcaban la frontera del recinto sagrado. Fuera, el verde de los árboles. Caminaron deteniéndose en cada sepulcro. Manuel le tocó el brazo a Fina y le señaló uno. Frente a una lápida sin nombre se amontonaban decenas de flores y de coronas. Un hombre las contemplaba inmóvil.

El abuelo sintió cómo Fina los soltaba y caminaba con dificultad en busca de aquel tipo pequeño y no demasiado bien vestido. Los dos se fundieron en un sentido abrazo. Moncho trató de darle el consuelo que no encontraba para sí. Con el paso vacilante y temblando, Fina se adelantó para tocar la lápida sin nombre.

—Gracias por salvarme. Por tu generosidad. Por aparecer cuando había perdido toda esperanza. —Tomó aire—. Lo que más siento es no poder decírtelo en persona. Que por mi culpa tú estés aquí. Perdón.

Las dos únicas palabras que entendió Manuel fueron «gracias» y «perdón». Seguramente las más difíciles de pronunciar cuando se dicen de corazón.

Fina regresó al lado de Moncho. Posaron de nuevo sus miradas sobre las flores. Estaba lleno de rosas, de lirios, de claveles y de margaritas.

—Padín no parecía mucho de flores —comentó Moncho.

—No lo conocía demasiado, la verdad. Solo sé que le encantaba la música heavy.

—Sí, era lo que más le gustaba en el mundo. A mí me parecía ruido. Además, como estaba en inglés, no entendía nada. Solo recuerdo un tema en español. Me dijo que era de sus favoritos.

—¿Quieres que se lo pongamos a Padín? —preguntó Fina.

—¿Tú crees que le gustaría?

—Sí, mucho.

Fina tecleó la canción que le dijo Moncho, levantó la pantalla del móvil hacia el cielo y se despidió de Padín.

*El día que se acabe el tiempo,*
*cuando el sol se apague para mí.*
*El día de la eterna noche sin sueños,*
*cuando por fin deje de sufrir.*
*El día en que de madrugada la dama*
*me visite al fin…*
*Ese día piensa en mí.*
*Descansaré en paz, amigo.*
*Calla, no llores por mí.*
*He escogido mi camino.*

Emocionado con la canción de Los Suaves, Manuel lloró por aquel chico de pelo largo al que solo conocía de oídas. Era el entierro más triste y más bonito al que había asistido nunca.

## Capítulo 86
## Final

*Cuatro meses después*

En la mochila cargaba con mi habitual inseguridad, solo que esta vez también había ilusión. Llevaba semanas pensando en ese momento. Se lo debía a Padín. Era lo mínimo.

Aunque empezaba la temporada alta, me cogí unos días libres en el hostal de mi madre para cumplir un sueño y, de paso, olvidarme de cambiar sábanas, limpiar baños o preparar desayunos. Había vuelto a una vida rutinaria y sin futuro y, para mi sorpresa, me sentía cómoda. El éxito tiene una parte de deseo y otra de decepción, y, en esos momentos, mi mayor ambición no era ser periodista ni publicar grandes exclusivas, sino disfrutar de mi madre, mi abuelo y de la gente que tanto me había demostrado. De hecho, mi idea original era irme de viaje con SuR3, pero le resultaba imposible.

—Es difícil conciliar siendo hacker y ama de casa —me dijo antes de animarme a que fuese yo sola.

Estaba en deuda con ella. No perdí la vida en el foso del lobo gracias a que me tenía geolocalizada y avisó a mi madre. Hablábamos de forma habitual por chat y, cada dos sábados, cogía mi Polo verde y me plantaba en Ourense para tomar un café y atiborrarme de *bica* junto a ella.

Ese fin de semana, sin embargo, faltaría a mi cita. Había atravesado Galicia de punta a punta para asistir a lo que muchos llamaban el Resu. Un festival en Viveiro, un pueblecito del norte de Lugo, donde habían tocado formaciones como Iron Maiden, The Offspring, Kiss, Megadeth o Scorpions. Sus canciones no sonaban en Los40, pero, durante los últimos meses, me había aprendido su discografía.

El ambiente era increíble. Se respiraba música en cada rincón: los supermercados estaban llenos de clientes, en el casco histórico tocaban pequeños grupos, los vecinos colaboraban con la organización... Padín sería feliz allí. Lo recordé frente al embalse de As Conchas, tímido y nervioso. Miss Muíños y Míster Pelo Largo charlando y riendo como si nos conociéramos de siempre. De algún modo, conectamos. Supongo que porque a los dos nos faltaba algo. Esa era la imagen con la que deseaba quedarme y no con la de su final, la que me obsesionaba y tendría que exponer en el juicio por su muerte. Estaba fijado para dentro de unos meses y tanto el fiscal como la acusación particular me habían convocado como testigo. Los culpables, Almeida y su hermana Mamen, permanecían en prisión. Por lo que sabía, solo se arrepentían de no habernos ejecutado antes a Arturo León y a mí.

El empresario, por su parte, estaba a la espera de conocer fecha para su causa penal, convertida en un macrojuicio, con diferentes políticos y funcionarios implicados. De hecho, la Xunta había paralizado la ecoaldea de Salgueiro a la espera de las conclusiones de la jueza. Sin embargo, me imaginaba a Arturo León lleno de soberbia por estar en libertad bajo fianza gracias a su equipo de abogados, con Horacio Portabales al frente, ya que el asesinato de Cibrán había prescrito.

«La justicia es una casa de putas», se quejó Moncho al enterarse. El albañil por fin había arreglado los papeles para disfrutar de su ansiada jubilación, aunque, según me confesó, ahora se despertaba temprano por las mañanas. Creía escuchar el timbre de casa, como si Padín estuviese en la puerta, esperándolo porque llegaban tarde a la obra. «Me viene a tocar los cojones incluso muerto, ¿te parece normal?». En sus palabras había mucha melancolía.

Lo entendí perfectamente. Hay voces de las que no podemos escapar. De ahí que ahora yo también disfrutase con la música heavy. Eso que muchos llamaban ruido era el mejor de los silencios. Un pájaro que te rescataba y te permitía huir, aupándote lejos. Para no escuchar el verdadero ruido. Ese que de verdad te parte el alma.

Quien también necesitaba evadirse era Magariños. La última vez que hablé con él se iba a pedir una excedencia.

—No sé muy bien por cuánto tiempo —me contó—. Por ahora, he decidido parar y tomar distancia de todo.

Antes de afrontar un nuevo caso necesitaba convencerse de que no era un mal inspector. Por mi parte solo puedo decir que fue tan profesional que no solicitó el permiso hasta saber quiénes eran y qué les había pasado a los cuerpos encontrados en Salgueiro. Allí Almeida había enterrado a Bernardo, Paulo y Breixo, quienes inmovilizaron a Cibrán antes de que muriese aplastado por los sacos de carbón. Y también estaban los restos de Antonio, del marido de Adelaida do Souto, del padre de Arturo León y de otros tres vecinos partícipes en la encerrona que acabó con la vida de Duarte. Y serían más si Almeida y Mamen no hubieran sido detenidos.

Traté de no pensar en todo aquello durante el festival. El plato fuerte de la jornada eran los americanos System of a Down, con una puesta en escena espectacular. Aunque no te gustase su música, el cuerpo se estremecía al escucharlos.

Uno de los músicos levantó ligeramente la guitarra y, tras dos punteados, todos los que estaban a mi alrededor comenzaron a gritar como posesos. El ritmo era tranquilo, demasiado para el tipo de canciones que sonaban en el festival. El bajo se unió, marcando la cadencia con un fondo grave y obsesivo. La perilla del bajista era una enorme trenza hipnótica que bailaba como una serpiente. El batería, sin camisa y totalmente sudado, entró poco después para hacer volar las baquetas de una caja a otra y dar paso al guitarrista. El cantante interrumpió entonces con una sola frase, sólida como una bofetada, para después permanecer callado medio segundo y continuar disparando palabras. Era una ametralladora. Disparaba ráfagas cortas y precisas, mezcladas con otras más largas e intensas.

A mi alrededor, varias personas empezaron a hacer aspavientos con las manos. Nos pedían que nos retiráramos hacia atrás.

—¿Qué pasa? —pregunté.

—¡Un *wall of death*! —exclamó alguien mientras saltaba de alegría.

—¿Un qué?

—Ya lo verás.

La marea humana se dividió entonces. Del escenario me llegaron dos frases en inglés que evaporaron el silencio: «Agarra un pincel y pon un poco de maquillaje. Esconde las cicatrices».

Entre los miles de espectadores, surgió un pequeño vacío. Dos paredes enfrentadas que se desafiaban. En ese momento comprendí el significado del *wall of death*. Empujada por la adrenalina, me abrí paso como pude hasta ocupar la primera fila de uno de aquellos dos muros.

La canción se calmó de repente. Noté que todos se preparaban para la acometida.

«No creo que confíes en mi falso suicidio. Yo lloro, cuando los ángeles merecen moriiiiiiiiiiiir».

El grito alargado del cantante fue la señal. El disparo de salida. Comencé a correr y entonces lo vi. Justo delante. Era igualito a Padín y venía hacia mí. No paré hasta chocar con él y sentir la presión de su cuerpo y el de todos los que corrían detrás de mí. Conmocionada, caí al suelo. Durante unos segundos dejé de escuchar la música y comencé a ver pequeños destellos de luz. Noté como todos se apartaban para dejarme espacio. El chico con el que embestí me tendió la mano.

—¿Estás bien? —leí en sus labios.

Iba a responder que no. La cabeza me latía. El cuerpo me pesaba. Y entonces oí de nuevo la música. «¡Despierta!», gritó el cantante como si fuera la única espectadora. Era hora de levantarme. Agarré la mano del gigante de pelo largo y, sin pensarlo, le di un abrazo.
—Ahora sí.

## *Agradecimientos*

Sé que para el lector esta es la parte más aburrida de un libro y, sin embargo, yo es la que primero leo. Dar las gracias es maravilloso. Saber que alguien te ha hecho un regalo, te ha dado una idea, te ha mejorado, está ahí, te ayuda o te anima es impagable.

Antón y Javier, gracias por el amor y la pasión por la literatura que me transmitisteis en vuestros talleres literarios. Allí prendió la semilla de esta historia.

Ilaria y Maya, gracias por conseguir que esta novela sea como la había imaginado. Vuestras ideas, sugerencias y mejoras han hecho que me sienta como un padre mirando a su hija, orgulloso y afortunado.

Patricia, gracias por asesorarme en materia musical, por descubrirme el Inner Circle y por contarme el Resurrection Fest desde dentro.

Lourdes, gracias por buscarle la mejor casa posible a esta historia. Aún sigo sin creérmelo del todo.

Miguel y Chemi, gracias por promover la cultura desde el rural. Siempre estaré en deuda con San Xoán de Río.

A los vecinos de Prado de Limia, gracias por descubrirme el Salgueiro lleno de vida.

A Susana, por explicarme cómo piratear una red wifi y hackear un ordenador.

A Jose, Xoán, Bastos, Merce, Lucía, Alba, Fernando, María, Noela, Ibon, Che y Ramón, por leerme, por darme vuestra opinión y por vuestra amistad.

A mis padres y a mi hermana, por tanto.

A Rebeca, por ser mi primera lectora, y a Icía, por pedirme que te invente cuentos.

Y, por supuesto, gracias a ti por leer esta novela. Que hayas llegado hasta aquí y conocido a Fina, Moncho y Padín es maravilloso. Y más aún si te ha gustado la historia y decides recomendársela a alguien. Mil gracias.

Este libro se terminó
de imprimir en
Móstoles, Madrid,
en el mes de
marzo de 2025

«Para viajar lejos no hay mejor nave que un libro».
EMILY DICKINSON

## Gracias por tu lectura de este libro.

En **penguinlibros.club** encontrarás las mejores recomendaciones de lectura.

Únete a nuestra comunidad y viaja con nosotros.

penguinlibros.club